Rotes Meer

D1855179

## Das Buch

In den frühen Morgenstunden kamen die Mörder. Sie töteten Jimmy Foro, den Besitzer eines kleinen, rund um die Uhr geöffneten Ladens, und zwei seiner kurdischen Mitarbeiter. Als Erik Winter wenig später an den Tatort gerufen wird, steht er vor einer ungeheuren Blutlache. Wofür sind diese Männer bestraft worden? Und wo ist der kleine Junge, der angeblich alles gesehen hat? Winter kommt nur schwer voran mit den Ermittlungen in einem Milieu, in dem der Kampf ums Überleben zusammenschweißt. Als er zu verstehen beginnt, was es heißt, am Rande des Abgrunds und ohne Heimat zu leben, geschieht ein weiterer Mord. Winter muss den Jungen unbedingt finden.
Einfühlsam, poetisch und mit großer erzählerischer Kraft schreibt Åke Edwardson in seinem neuen Roman über die, die im Schatten unseres Überflusses leben.

»Das Besondere an dem Schweden Åke Edwardson ist, dass er sich an das bewährte Rezept einer Serie hält, ohne dabei je zu langweilen.« *DIE WELT*

## Der Autor

Åke Edwardson, Jahrgang 1953, lebt mit seiner Frau und zwei Töchtern in Göteborg. Bevor er sich dem Schreiben von Romanen widmete, arbeitete er als Journalist u. a. im Auftrag der UNO im Nahen Osten, schrieb Sachbücher und unterrichtete an der Universität von Göteborg Creative Writing. Mit *Rotes Meer* legt er den achten Roman um Kommissar Erik Winter vor.

Von Åke Edwardson sind in unserem Hause
bereits folgende Erik-Winter-Krimis erschienen:

*Tanz mit dem Engel* • *Die Schattenfrau* • *Das vertauschte Gesicht* • *In alle Ewigkeit* • *Der Himmel auf Erden* • *Segel aus Stein* • *Zimmer Nr. 10* • *Rotes Meer*

Außerdem:

*Allem, was gestorben war* • *Geh aus, mein Herz* • *Der Jukebox-Mann* • *Der letzte Abend der Saison* • *Samuraisommer* • *Winterland*

Åke Edwardson

# Rotes Meer

Kriminalroman

Aus dem Schwedischen
von Angelika Kutsch

List Taschenbuch

Besuchen Sie uns im Internet:
www.list-taschenbuch.de

Umwelthinweis:
Dieses Buch wurde auf chlor- und säurefreiem Papier gedruckt.

Ungekürzte Ausgabe im List Taschenbuch
List ist ein Verlag der Ullstein Buchverlage GmbH, Berlin.
1. Auflage April 2009
© für die deutsche Ausgabe
Ullstein Buchverlage GmbH, Berlin 2008/Ullstein Verlag
© 2006 by Åke Edwardson
Titel der schwedischen Originalausgabe:
*Vänaste land* (Norstedts, Stockholm)
Konzeption: semper smile Werbeagentur GmbH, München
Umschlaggestaltung: bürosüd° GmbH, München
(unter Verwendung einer Vorlage von Büro Jorge Schmidt, München)
Titelabbildung: John William Godward »The Tambourine Girl« (1906)
© Sotheby's/akg-images
Satz: Leingärtner, Nabburg
Gesetzt aus der Sabon
Druck und Bindearbeiten: CPI – Clausen & Bosse, Leck
Printed in Germany
ISBN 978-3-548-60889-1

Für meine Mädchen Rita, Hanna und Kristina

# I

Ich erinnere mich an Sand, soweit ich zurückdenken kann. Sand. Etwas anderes wäre auch seltsam gewesen. Sand rann durch meine Finger, Sand bewegte sich unter meinen Schritten.

Daran erinnere ich mich so deutlich, als hätte ich auch jetzt Sand unter den Füßen. Und ich erinnere mich an die Kälte der Nächte. In der Wüste gab es fast keine Wege, keine Wege hinein und keine Wege heraus. Meine Mutter hat einmal gesagt, die Wüste sei wie ein Schiff ohne Segel. Ich habe sie gefragt, was sie damit meine, weil sie doch noch nie auf dem Meer gewesen war und auch nicht auf einem Schiff, aber sie antwortete nicht. Ich hatte auch noch nie ein Segel gesehen, damals noch nicht.

Die Zeltplane begann im aufkommenden Wind zu schlagen. Es war die Stunde, bevor die Kälte kam. Nachts wünschte man sich, nicht in seinem eigenen Körper zu stecken. Verstehen Sie, wie ich das meine? Man war nur Knochen, kein Fleisch und kein Blut. Man wollte weg von sich selbst und allem, was einen umgab, man wusste ja, was es bedeutete. Bald würde es kommen, in der Minute, in der man seinen Körper verließ, in der Sekunde, in der es geschah. Verstehen Sie?

Tagsüber versuchten wir zu laufen. Viele Wochen können es nicht gewesen sein, aber schon einen Tag nach unserer Flucht oder höchstens zwei Tage später konnte ich mich nicht mehr erinnern, wann wir das Dorf verlassen hatten. Vielleicht unter einem anderen Mond. Vielleicht unter einem anderen Gott. Doch es gab nur einen Gott. Im Dorf war Gott überall gewesen, und er war für alle da. Gott ist groß, Gott ist groß. All das.

Als sie meinen Vater umbrachten, hat er Gott angerufen. Mein Bruder hat fast gleichzeitig gerufen, es war wie ein Ruf nach unserem Vater, und dann ist auch er gestorben, einen Tod nach dem Tod unseres Vaters. Können Sie das verstehen? Ich glaube, Sie können es nicht.

Während wir unter dieser verdammten Sonne wanderten, waren die Erinnerungen gleißend wie das Licht der Wüste. Sie glühten in meinen Augen. Die Augen meiner Mutter konnte ich nicht sehen. Ich hatte sie nicht mehr gesehen, seit wir das Dorf verlassen hatten.

Ich kann mich nicht erinnern, wie wir entkommen sind.

Vielleicht ist es ihnen nicht gelungen, alle zu töten, weil sie so viele gleichzeitig umbringen wollten. Das Töten ging nach Sonnenuntergang weiter, und im schwindenden Licht konnten wir fliehen. Meine Mutter hat mich gepackt wie ein Bündel Feuerholz, ein ziemlich großes Bündel, das aber nicht viel wog. Damals habe ich ihre Augen zum letzten Mal gesehen, im Licht der feuerroten Sonne. Und dann sind wir hinaus in die Nacht gestürmt.

Ich erinnere mich an Blut. Es war schwarz im feuerroten Sonnenlicht, wie Öl. In der Erde gibt es viel Öl, das wissen Sie sicherlich, das wissen alle, ich habe beinah jeden Tag Öl gesehen, damals gab es fast genauso viel Öl wie Blut im Land. Jetzt ist das alte Blut im Sand versickert, das Öl aber wartet tief unten, und ich verstehe, dass Öl mehr wert ist als Blut, es ist dicker als Blut. Und Wasser, das dünner ist als Blut, ist auch mehr wert.

Ich lief wieder. Ich hatte wieder Blut gesehen. Es war genauso schwarz. Ich hörte einen Schrei. Das Licht war wie Feuer, und es machte die Augen blind.

# 2

Dort draußen. Es gibt nichts dort draußen. Dort oben: die Dämmerung, die kommen will. Aber es ist schon hell. Der Nacht bleibt in dieser Nacht kaum Zeit. Nicht weit entfernt verläuft die Autobahn zwischen Süden und Norden. Scheinwerferlicht auf dem Asphalt. Es kommt und geht, ein sinnloses Licht. Von Westen frischt der Wind plötzlich auf, ein Zug heult mit dem Wind. Es klingt jedenfalls wie ein Zug. Ein Taxi vor einem geöffneten Laden. Ein frei stehendes Gebäude, ungeschützt. Ein Laden ohne Kunden, rund um die Uhr geöffnet. Jetzt ist der Fahrer ausgestiegen. Im Laden ist es still. Still. Der Mann will Zigaretten kaufen. Der Laden hat Wände aus Glas. Nichts rührt sich. Stille. Alles ist still. Der Fahrer überquert den Parkplatz. Klacken von Absätzen in der Nacht. Von irgendwo ertönt ein Echo, er kann es hören. Etwas kehrt mit dem Echo zurück. Schreie. Ein Schrei, mehrere Schreie. Nein, das wird erst hinterher rekonstruiert. Schüsse. Ein Echo von Schüssen. Jetzt schreit er. Jetzt hat er es gesehen. Er verharrt in der Tür. Sie stand die ganze Zeit offen. Als er auf sie zuging, hat er die erleuchteten Glaswände gesehen. Aber jetzt sieht er das andere. Er steht in der Tür. Jetzt schreit er, doch niemand hört ihn.

In einem Meer von Rot liegt ein Körper auf dem Fußboden. Der Taxifahrer hat hier schon öfter eingekauft, und er weiß, dass der Fußboden schwarzweiß gefliest ist. Da unten ist kein Gesicht. Er sieht ein Bein hinter dem Tresen hervorragen. Er sieht eine einsame Hand in einem anderen Teil des Ladens. So denkt er: eine einsame Hand. Still, sie ist still. Alles ist still. Er hört vereinzelte Motorengeräusche von der Autobahn im Westen. Bald werden die Leute zur Arbeit fahren. Im Juni haben noch nicht viele Urlaub, er auch nicht. Vielleicht im September, falls er es sich leisten kann. Oder vielleicht jetzt, jetzt auf der Stelle, in diesem Augenblick. Das ist ihm schon in den Sinn gekommen.

Der Taxifahrer rührt sich nicht. Er sieht, wie das Rot über den gefliesten Fußboden kriecht. Nichts fängt es auf, saugt es auf, hindert es, stoppt es.

Und in dem Moment – von der Straße, vom Himmel kommt kein Laut – hört er Schritte, leichte Schritte, wie von einem Kind, das über das Pflaster zu fliegen scheint, dann sind sie weg.

Draußen ist jemand, denkt er. War jemand. Da draußen, hier drinnen. Jemand hat mich schreien hören. Jemand hat mich gesehen. Hier drinnen kann es ja niemand gehört haben. Sieh nur, was passiert ist. Herr im Himmel, wird er bald darauf sagen. Sie mussten das Auto holen. Ich kann mich nicht erinnern, dass ich sie angerufen habe, aber ich muss es getan haben.

Vorsichtig ging Kriminalkommissar Erik Winter um das rote Meer herum, nachdem die Leute von der Spurensicherung ihn endlich hineingelassen hatten. Er blieb zwischen der Tür und dem Körper auf dem Fußboden stehen. Dort lag ein Mann, oder das, was von ihm übrig war. Viel war es nicht, nicht einmal ein Gesicht. Dem Mann war aus nächster Nähe ins Gesicht geschossen worden. Die Auswirkungen waren verheerend. Als wäre im Laden eine Bombe explodiert. Aber es war keine Bombe gewesen. So viel wussten sie schon. Es waren Schusswaffen in den Händen von Menschen gewesen.

Rechts von den beiden Holzstühlen und einem umgeworfenen Tisch sah Winter Bertil Ringmar auf den Fliesen knien. Kommissar Ringmar schaute auf, schüttelte den Kopf und zeigte auf den vor ihm liegenden Körper. Leiche Nummer zwei, wenn man von der Tür aus zu zählen begann. Links, in der anderen Richtung, fast hinter dem Tresen, lag Nummer drei. Drei Tote, ein Massaker. Winter sah, worauf Ringmar deutete. Der Körper lag abgewandt, ein Rücken, ein Kopf, die Reste eines Kopfes.

»Das Gesicht ist weg«, sagte Ringmar.

Seine Stimme klang unnatürlich laut, wie elektronisch verstärkt. Sie zerriss die totale Stille, die bis eben geherrscht hatte, eine Stille, eine totale Stille, nachdem die Schüsse verhallt waren.

»Das ist bei allen Dreien gleich«, sagte Winter.

Von dem Opfer, das am weitesten von der Tür entfernt lag, konnte er nur die Schuhe sehen.

»Wie hat er es geschafft, allen Dreien so nahe zu kommen?«, fragte Ringmar.

Winter zuckte mit den Schultern.

»Und fast gleichzeitig«, fuhr Ringmar fort.

»Darauf gibt es eine Antwort«, sagte Winter. »Auf die Frage, wie er sich genähert hat.«

»Man sollte sie nicht erkennen«, sagte Ringmar.

Winter nickte.

»Übrigens, willkommen daheim«, sagte Ringmar.

·

Er war nach einem Winter und einem Frühling in Südspanien zurückgekehrt, aus einer schönen Wohnung in Marbella. Nicht viel Regen, nachts nicht so kalt, funktionierende Heizung, klare Tage. Jemand mit etwas Fantasie würde behaupten, er habe bis nach Afrika schauen können. Ein verdammt gutes halbes Jahr. Angela hatte in der Klinik gearbeitet, und er hatte zu Hause gearbeitet. Elsa und Lilly, ihre beiden Töchter, waren ihm direkt unterstellt, aber vielleicht war es auch umgekehrt gewesen. *Vamos*!, hatte er gesagt, und schon waren sie unterwegs, nach dem Frühstück, jeden Tag, hinaus in die klare Luft. Lasst uns gehen!

Von den Dreien, die im bläulich kalten Licht des Ladens auf dem Boden lagen, würde keiner mehr irgendwohin gehen. Sie hatten zwar noch Schuhe an den Füßen, aber das war auch alles. Das blaue Licht veränderte sich langsam, als die Sonne am gezackten Horizont empor kroch. Winter befand sich im südwestlichen Teil des enormen Gebiets, das erschlossen und bebaut worden war, als es noch eine Art Glauben an die Zukunft gegeben hatte, der heute, in den ersten zehn Jahren des einundzwanzigsten Jahrhunderts, schwachsinnig erschien. Hier oben sollte die Stadt wachsen: Hjällbo, Hammarkullen, Gårdsten, Angered, Rannebergen, Bergsjön. Häuserhöllen waren aus dem Boden gestampft worden. Keine Stadt im heutigen Europa war so gemartert worden wie Göteborg. Wenn es unten in Örgryte oder draußen in Långeland noch Einwanderer gab, dann waren es Engländer, die bei Volvo arbeiteten, aber auf keinen Fall am Band. Hier oben arbeiteten nicht viele, jedenfalls nicht an einem Fließband. Vielleicht hatten die drei Menschen vor ihrem Tod Arbeit gehabt, nämlich in diesem Laden in Hjällbo. Vielleicht war nur einer von ihnen Kunde gewesen. Vielleicht waren sie etwas ganz anderes gewesen. Bald würde er es wissen. Dieser Fundort war der Tatort. Winter sah sich um. Drei der Gebäudewände bestanden aus Glas. In diesem Raum konnte nichts im Geheimen geschehen sein. Er war wie eine Bühne gewesen. Das ging Winter durch den Kopf, als er den Laden verließ. Wie für ein Publikum. Etwas, das früher oder später ein Publikum fesseln würde.

Der Taxifahrer sah ihn wie aus einem Traum erwachend an, als Winter sich ihm näherte. Winter hatte sich im Laden einen ersten Eindruck verschafft und war dann sofort wieder hinausgegangen, um den Zeugen zu vernehmen.

Der Fahrer saß in Ringmars Wagen. Er war weiß, was für einen Taxifahrer inzwischen ziemlich ungewöhnlich war. Vielleicht ein Student, doch eigentlich wirkte er dafür zu alt. Vielleicht ein Künstler, Schriftsteller. Winter kannte keine Schriftsteller, aber er vermutete, dass die meisten arm waren. Winter war nicht arm.

Er stellte sich dem Mann vor und der Taxifahrer nannte seinen Namen:

»Reinholz ... Jerker Reinholz.«

»Ich muss Ihnen einige Fragen dazu stellen, was Sie gesehen haben«, sagte Winter. »Könnten Sie bitte aussteigen?«

Reinholz nickte und stieg aus. In seinen Augen blitzte es auf, als sie vom Sonnenlicht wie von einem Scheinwerfer getroffen wurden. Er zuckte zusammen und machte einen Schritt zur Seite in den Halbschatten eines Ahorns. Winter hörte das trockene Rascheln der Blätter, die sich leise im Morgenwind bewegten. Am frühen Morgen kam meist Wind auf und verschwand dann wieder, vielleicht aufs Meer hinaus. Seit Winter mit seiner Familie zurück in Göteborg war, war es tagsüber nicht sehr windig gewesen, auch nicht bewölkt. Nur die Sonne hatte geschienen. Er sehnte sich schon nach Regen. Nach einem leisen, schwedischen Sommerregen, der Düfte mit sich brachte, die er am Mittelmeer vergessen hatte. Dort war der Regen anders gewesen, härter. Bei uns ist er weicher, hatte er gedacht. Auf uns soll weicher Regen fallen.

Reinholz setzte sich eine dunkle Brille auf.

»Mir ist es lieber, wenn Sie sie absetzen«, sagte Winter.

»Äh ... ja.« Reinholz nahm die Brille ab. Er schaute zum Himmel hinauf, wie um zu prüfen, ob sich die Sonne versteckte. Sie war immer noch hinter dem Ahorn verborgen.

»Wann sind Sie hier eingetroffen?«, fragte Winter.

»Das hab ich schon ... jemandem erzählt«, antwortete Reinholz und machte eine Handbewegung zum Laden. Winter sah, wie sich die Polizisten in dem blauen und gelben Licht bewegten. Wie auf einer schwedischen Bühne.

»Erzählen Sie es mir bitte noch einmal«, sagte er und wandte sich wieder dem Fahrer zu, der eine schwarze Lederjacke trug. Während der langen Nachtschichten war eine dicke Jacke vermutlich die richtige Kleidung. Die Nächte hier waren anders als in Spanien.

»Es ... war gegen drei. Ein paar Minuten nach drei, glaub ich. Ich habe auf die Uhr gesehen, als ich aus dem Auto stieg.«

»Okay, fahren Sie bitte fort.«

»Ich bin über den Platz gegangen. Den Parkplatz.« Reinholz deutete mit dem Kopf zum Laden. Der sieht kleiner aus, dachte er. Komisch. Früher war der größer.

»Was wollten Sie kaufen?«, fragte Winter.

»Zigaretten. Ich wollte Zigaretten kaufen.«

»Kannten Sie den Laden?«

»Ja ... ich hab hier ... einige Male eingekauft. Wenn ich in der Nähe war.«

»Warum hielten Sie sich jetzt in der Nähe auf?«

»Hatte eine Fahrt nach Gårdsten rauf. Kanelgatan.«

»Warum sind Sie diesen Weg zurückgefahren?«

»Zur ... ich weiß nicht, ich wollte zum Hauptbahnhof ... tja, hab wohl einfach nicht drüber nachgedacht.« Er nickte nach Westen, zur Umgehungsstraße von Angered, die sich am Fluss entlangschlängelte. »Diese Strecke fahre ich immer.«

»Weiter«, sagte Winter. »Sie haben den Parkplatz überquert?«

»Mir ist aufgefallen, wie still es war. Sonst ist es zwar auch still, besonders nachts oder in der Morgendämmerung, aber diesmal war es irgendwie ungewöhnlich still.« Reinholz rieb sich ein Auge. »Der Laden schien leer zu sein. Man sieht ja alles, wenn man näher kommt.« Er zeigte auf das dreißig Meter entfernte Gebäude. »Der besteht ja fast nur aus Fenstern.«

»Aber Sie haben niemanden gesehen?«

»Nein.«

»Und wann haben Sie jemanden gesehen?«

»Als ... als ich den Laden betrat. Oder als ich in der Tür stand ... ich erinnere mich nicht genau. Ich bin ja gar nicht ganz reingegangen.«

»Was haben Sie gesehen?«

»Den, der mitten im Raum lag.«

Winter nickte.

»Und Blut.«

Wieder nickte Winter.

»Ich hab ... ich hab ...« Reinholz verstummte. Winter sah den Schock in seinen Augen, seinem Gesicht, seinem Körper. Sie hatten den Mann lange genug festgehalten. Jetzt durfte er den Ort verlassen. Er musste mit jemandem reden, aber nicht mit einem Kriminalkommissar.

»Haben Sie noch jemanden gesehen?«, fragte Winter.

Reinholz schüttelte den Kopf.

Winter wartete.

»Vielleicht einen ... Arm«, sagte Reinholz nach einer Weile. »Oder ein Bein.«

»Stand noch ein weiteres Auto hier, als Sie parkten?«

»Nein, ich war allein. Es waren einige Autos unterwegs, aber Autos sind ja immer unterwegs. Falls Sie verstehen, was ich meine.«

»Ja«, antwortete Winter. »Haben Sie was gehört?«

Reinholz schien etwas in weiter Ferne zu studieren, als hätte er etwas oder jemanden entdeckt. Winter drehte sich um, aber da war nichts, was er nicht schon vorher gesehen hatte.

»Ich meine, was gehört zu haben«, sagte Reinholz. Seine Stimme klang jetzt ruhiger, sicherer. Als hätte er tief Luft geholt und den Puls runtergedrückt. »Da war was.«

Winter wartete.

»Schritte«, fuhr Reinholz fort. »Das Geräusch von Schritten. Als würde jemand laufen. Aber es waren ... leichte Schritte.«

»Wann haben Sie die gehört?«

»Als ich da vorn ... als ich an der Tür war.«

»Schritte?«

»Irgendwie von der Rückseite. Als würde jemand weglaufen. Ich kann mich leider nicht erinnern. Ich hab sie gehört, als ... als ich das ... da sah.« Er begegnete Winters Blick. »Leichte Schritte.«

# 3

Für ihn war es relativ unbekanntes Terrain, als wäre er fremd in seiner eigenen Stadt. Manchmal fühle ich mich sehr fremd, dachte er. Hier wird dieser Eindruck noch verstärkt von all den Fremden. Ich bin auch ein Fremder. Verdammt noch mal, wir sind alle Fremde. Ich bin ein Fremder und die anderen da sind Flüchtlinge. Vor langer Zeit sind sie in dieses Land geflohen, das schließlich ihr Land wurde, vielleicht vor einer Generation. Unfreiwillige Wallfahrer. Kann man sie so nennen? Wer würde sich schon dafür entscheiden, zu diesem arktischen Außenposten hinaufzuwandern, wenn er die Wahl hätte? Eine wirkliche und anständige Wahl. Schweden ist eins der acht sogenannten arktischen Länder der Welt. Mehr gibt es nicht. Auf diese Stadt am Eismeer scheint im Augenblick die Sonne, aber sonst herrscht Dunkelheit. Regen. Wind.

Im Moment spürte Winter keinen Wind. Er stand immer noch vor dem Laden, der aussah wie ein kleiner Glaspalast, ein kleiner Tempel aus Licht, der die Sonnenstrahlen wie ein Prisma brach. Ihm taten plötzlich die Augen weh. Er setzte sich die Sonnenbrille auf, und die Bäume auf der anderen Seite des Hjällbovägen verloren ihre Farben.

Ringmar kam aus dem Laden und stellte sich neben Winter.

»Pia ist bald fertig«, sagte er.

Die Gerichtsmedizinerin, Pia Fröberg, arbeitete schon fast zehn Jahre mit Winter zusammen. Sie hatten ungefähr gleichzeitig angefangen, beide noch lächerlich jung. Sie hatten ein kurzes

Verhältnis miteinander gehabt, zu einer Zeit, als Winter, wenn er am Ende des Arbeitstages – oder am Ende der Arbeitsnacht – das Polizeipräsidium durch den Haupteingang verließ, noch keine Ahnung gehabt hatte, in welche Richtung sein Leben gehen sollte. Aber das war jetzt alles vorbei, vergessen und vergeben, nur noch Bruchstücke der Erinnerung an Obduktionen in diesem blauen Licht, Untersuchungen bei starkem Licht, bei Sonnenlicht, Regen, Tag, Nacht, Abend, von der Morgen- bis zur Abenddämmerung. Tot, immer tot. Körper, die ihre letzte Wanderung angetreten hatten. Häufig hatte Winter beim Anblick der Toten an die Kleidung gedacht, die sie am selben Tag ausgewählt hatten, am selben Morgen, ihrem letzten Morgen. Es war das letzte Mal, dass sie diesen Pullover, dieses Hemd, die Hose, den Rock angezogen hatten. Die Schuhe. Wer dachte an ein solches letztes Mal, während er sich anzog? Nur der, der auf dem Weg zu seiner eigenen Hinrichtung war.

»Sieht aus wie eine verdammte Hinrichtung«, sagte Ringmar.

Winter antwortete nicht.

»Es wird immer schlimmer«, sagte Ringmar.

»Was wird schlimmer?«

»Was meinst du wohl? Was meinst du, wovon ich rede?«

»Nun mal ganz ruhig, Bertil.«

»Ruhig, ruhig … Immer sollen wir alles ruhig hinnehmen. Ich hab's verdammt noch mal satt, ruhig zu bleiben.«

»Die Ruhe macht uns zu Profis.« Winter musste über seinen eigenen neunmalklugen Kommentar lächeln.

»Und die da drinnen?«, fragte Ringmar. »Waren die auch ruhig?«

Jetzt sind sie jedenfalls sehr ruhig, dachte Winter.

»Ich meine nicht die Opfer, Erik«, fuhr Ringmar fort. »Ich meine den Mörder. Oder die Mörder.«

»Die waren ruhig«, sagte Winter. »Ruhig und vielleicht Profis.«

»Himmel, ich sehne mich nach einer Welt voller Amateure zurück.«

»Dafür ist es zu spät, Bertil. Die Zeiten sind vorbei.«

»Die armen Teufel da drinnen waren vielleicht einmal etwas anderes, ganz woanders.« Ringmar drehte sich zum Laden um. »Aber dann waren sie nur noch Amateure gegen Profis.«

»Und jetzt sind sie nichts mehr«, sagte Winter.

Ringmar beobachtete den Verkehr auf der Straße. Autos von Süden, Autos von Norden. Überwiegend Volvos, sie befanden sich schließlich in Göteborg. Ringmar kam es vor, als führen sie langsam, fast im Zeitlupentempo, als wollten sie die Toten ehren.

»Es sieht aus wie eine Abrechnung unter Gangstern in Chicago«, sagte Ringmar, den Blick immer noch auf den Verkehr geheftet. »In den zwanziger Jahren, Maschinengewehre, Schrotflinten, einfach niedergemäht.«

»Hast du nicht eben gesagt, du sehnst dich zurück in eine Welt voller Amateure?«

»Ach, vergiss, was ich gesagt habe.«

»Du hast Schrotflinten gesagt. Dem müssen wir aber nachgehen. Hier sieht's nach Schrothagel aus. Vielleicht halbautomatische Waffen.«

»Eine oder mehrere?«

»Ich vermute mindestens zwei«, sagte Winter.

»Mhm.«

»Vielleicht verschiedene Arten von Munition.« Winter wies mit dem Kopf zum Laden, in dem sich Gestalten bewegten. »Mal sehen, was Pias Obduktion ergibt.«

»Aber jugendliche Banden benutzen doch keine Schrotflinten?«

»Nein, das ist ungewöhnlich. Trotzdem kann hier eine Art Abrechnung stattgefunden haben.«

»Oder ein Raubüberfall«, sagte Ringmar.

»Das Geld ist noch in der Kasse, und apropos, wir können wahrscheinlich ablesen, wann sie das letzte Mal geöffnet wurde. Wann hier der letzte Kunde etwas eingekauft hat. Holst du Informationen beim Hersteller ein?«

Ringmar nickte. Düster starrte er zum Laden, dann sah er Winter an.

»Den Mördern hat es einen Kick gegeben, den Opfern das Gesicht wegzuschießen«, sagte er. »Da haben sie die Kohle vergessen. Das Schießen hat ihnen genügt.«

»Und – soll ich das auch gleich wieder vergessen?«

»Ja.« Ringmar lächelte schwach. »Vielleicht.«

»Vielleicht waren die riesig wie Häuser«, sagte Winter.

»Größer als die Häuser hier oben.«

»Vielleicht haben sie die Opfer gekannt.«

»Das wird sich herausstellen, wenn wir wissen, wer die Opfer waren«, sagte Ringmar.

Bei den Opfern handelte es sich um Jimmy Foro, Hiwa Aziz und Said Rezai. Sie brauchten nicht lange, um das festzustellen. Seit viereinhalb Jahren betrieb Jimmy Foro den Laden, der Jimmy's hieß, und Hiwa Aziz war bei ihm angestellt, auch wenn die entsprechenden Sozialabgaben, Steuern und dergleichen nicht gezahlt worden waren.

Said Rezai war nicht dort angestellt, aber vielleicht ein Kunde gewesen. Er hatte seinen Führerschein in der Tasche gehabt und einige Fragmente seiner Zähne behalten, und so konnten sie sich überzeugen, dass er es tatsächlich war. Rezai konnte den Laden zusammen mit dem Mörder oder den Mördern betreten oder sich bereits darin befunden haben. Wenn Rezai nicht Teil irgendeiner Abrechnung war, vielleicht im Rahmen einer größeren Abrechnung, dann hatte er das Pech gehabt, die falsche Person am falschen Ort zum falschen Zeitpunkt gewesen zu sein.

Es musste sich um mehrere Mörder gehandelt haben. Wenn es ein einziger Mörder gewesen wäre, hätte er unmenschlich schnell gewesen sein müssen oder es geschafft haben, die Opfer in Sekundenschnelle zu hypnotisieren, sodass sie ganz still abgewartet hatten, bis sie an der Reihe waren. Oder er hätte unsichtbar gewesen sein müssen. Vielleicht haben die Opfer nicht gewagt sich zu bewegen, dachte Winter. Hier gibt es mehrere Möglichkeiten.

Jimmy Foro und Hiwa Aziz hatten nicht in Hjällbo gewohnt, sondern weiter nördlich, in Västra Gårdstensbergen beziehungsweise Hammarkullen. Said Rezais Wohnung war in Rannebergen.

Keine Schuhabdrücke auf dem Fußboden in diesem Meer von Blut. Das rote Meer, dachte Winter. Er hörte Musik, die von irgendwo aus dem Nahen Osten zu kommen schien. Die Musik war da gewesen, als sie die rote Schwelle übertreten hatten, das Blut war bis zur Tür gespritzt. Ist die Lage eines der Opfer verändert worden? Hat jemand das Bild, das ich sehe, manipuliert?, hatte Winter überlegt. Es sieht real aus, könnte jedoch manipuliert sein. Wie ein Foto, das auch die sogenannte Wirklichkeit wiedergeben soll. Winter hatte den Lautsprecher über dem Regal hinter dem Kassentresen bemerkt. Eine Frau sang ein Lied, das sehr wehmütig klang, fast wie leises Weinen. Die rhythmischen Instrumente schienen in einer Rückwärtsbewegung zu arbeiten, die wie eine andere Art zu denken wirkte. Die Bläser schienen gleichzeitig wie in eine andere Stilrichtung gezwungen zu sein. Da war Swing drin, aber er kam aus einer unerwarteten Richtung. Es war eine Art Jazz. Winter erkannte die Dissonanzen, die Asymmetrie.

Von der Musik hatten sich die Mörder nicht stören lassen.

Warum hatten sie sie nicht abgeschaltet?

Hatten sie sie mitgebracht?

Bei Jimmy lief immer Musik, würde später ein Zeuge sagen. Popmusik aus der Türkei, Syrien, Ägypten, Palästina, Jordanien, dem Irak, Iran, Libanon. Aus verschiedenen Ländern Schwarzafrikas, Nigeria natürlich. Kassetten. CDs. Manche Kunden brachten Musik mit und schenkten sie ihm.

»Kameljazz«, sagte Kriminalinspektor Fredrik Halders bei der ersten Besprechung. Niemand lachte.

Auf dem Fußboden hatten sich keine deutlichen Abdrücke gefunden. Die Männer von der Spurensicherung würden natürlich auch nach undeutlichen Abdrücken suchen, die schon vorher da gewesen waren.

Aber jetzt hatten sie Schleifspuren gefunden, die sich auf die Opfer zu und von den Opfern weg bewegten.

»Die haben einen Schutz über den Schuhen getragen«, sagte Torsten Öberg, der stellvertretende Chef des Fahndungsdezernats. »Solche Dinger, wie man sie in der Krankenpflege benutzt.«

»Oh, Scheiße«, sagte Kriminalinspektorin Aneta Djanali. »Die wussten wirklich, was sie taten. Was sie tun wollten.«

»Was passieren würde«, sagte Kriminalinspektor Lars Bergenhem am Besprechungstisch des Fahndungsdezernats im Polizeipräsidium am Ernst Fontells plats in Göteborg, gegenüber dem internationalen Fußballstadion Ullevi. »Die wussten, wie es ablaufen sollte.«

»Zwei verschiedene Größen«, sagte Öberg, »mehr haben wir bisher nicht gefunden. Zwei Personen.«

»Zwei Mörder«, sagte Ringmar.

»Bis jetzt ja. Derselbe Waffentyp«, sagte Torsten Öberg. »Schrotflinten, verschiedene Arten von Munition, wir können also nicht sagen, wie viele Waffen es waren, oder? In den Körpern haben wir Rehposten gefunden, das derbste Schrot, fünf Millimeter, sowie kleineres, drei und zum Teil ein Millimeter.«

»Das war auch geplant«, sagte Winter.

»Sieht so aus«, sagte Öberg.

»Die wollen nicht, dass wir rausfinden, wie viele es waren«, sagte Aneta Djanali.

»Vielleicht weil es doch nur eine Person war«, sagte Winter.

»Das ist unmöglich«, sagte Ringmar.

»Alles ist möglich«, sagte Winter.

»Normalerweise ist das ein optimistischer Spruch«, sagte Aneta Djanali.

»Wir müssen die Lage der Opfer noch einmal gründlich studieren«, sagte Winter, ohne Djanalis Bemerkung zu kommentieren. »Wie sie erschossen wurden und in welcher Reihenfolge.«

Torsten Öberg nickte. »Diese Einmalüberziehschuhe sind interessant.«

»Kann man so was überhaupt ermitteln?«, fragte Bergenhem. »Gibt es verschiedene Arten?«

»Ich schlage vor, du kümmerst dich darum, Lars«, sagte Halders.

Winter dachte an die Gesichter der Opfer, an das, was einmal ihre Gesichter gewesen waren. Warum hatte der Täter die Schrotflinte auf das Gesicht gerichtet? Was hatte das zu bedeuten?

Und wieder hörte er die Musik in seinem Kopf und später, in seinem Büro, real. Sie klang wie eine Botschaft, diese Musik aus Jimmys Laden. Er schickte den Text zum Übersetzen.

Winter schaute den Leichenwagen nach, die den Tatort verließen. Es waren immer noch die ersten Stunden des Tages. Hinter der Absperrung hatten sich Neugierige versammelt. Man könnte sagen, der Trauerzug war schon da. Vielleicht auch die

Mörder. Das war nicht ganz undenkbar, nicht einmal ungewöhnlich. Es lag in der Natur des Verbrechens, seinem Hintergrund, der Ausführung. Winter hatte erlebt, dass er hinterher, wenn es fast zu spät war, erkannte, dass der Mörder oder die Mörder sich draußen unter den Neugierigen befunden hatten. Fang sie. Er konnte sie mit Fragen fangen, versuchen, mit so vielen Menschen wie möglich zu sprechen. Ihm waren Polizisten zugeteilt, die in diesem Moment Befragungen durchführten. Der Menschenauflauf lichtete sich, als sich die Polizisten näherten.

Jemand muss die Schüsse gehört haben, dachte er. Hier muss ein neuer Fußboden her. Wenn überhaupt. Vielleicht wird die Bude abgerissen. Es ist ja kaum mehr als eine Bude. Wie eine windschiefe Würstchenbude im Niemandsland. Dies hier ist Niemandsland. Er ging wieder hinaus und einmal um das Gebäude herum. Vom Laden führte ein Fußweg über ein Feld zu einer Wohnsiedlung, dahinter Bäume, Tannen, Ahorn und Birken. Winter folgte dem Weg, der nur ein geteerter Pfad war. Bis zu den Häusern waren es etwa zweihundert Meter, vielleicht hundertfünfzig. Der nächste Schritt würde sein, alle nördlichen und nordöstlichen Stadtteile abzusperren. Was irgendwie längst geschehen war.

Als er sich weiter von der Straße entfernte, nahm er andere Gerüche wahr, Gerüche nach Gras, Gebüsch, Luft, intensiv in der Sonne, aber weicher als die Düfte am Mittelmeer. Hier roch es verschämter. Blonder. Ja, blonder. Vielleicht unschuldiger.

Der Fußweg mündete in einen kleinen offenen Platz vor einem achtstöckigen Mietshaus, das neben anderen achtstöckigen Mietshäusern stand, die alle zur selben Zeit vor fast fünfzig Jahren erbaut worden waren. Die Häuser hatten hier gestanden und auf ihre Mieter gewartet, bis die Zeit reif war, oder bis die Welt reif war, wenn man es so sehen wollte. Dann waren die Leute gekommen, aus der Türkei, Syrien, Iran, Irak, aus afrikanischen Staaten, amerikanischen Staaten, vorwiegend aus Süd- und Mittelamerika. Jugoslawischen Staaten. Von dort, wo er stand, konnte Winter die Musik hören. Arabisch, Gesang, eine Frauenstimme, dieser spezielle schleppende Rhythmus. An den meisten Balkonen klemmten Satellitenschüsseln. So war das hier oben, die

Satellitenschüsseln waren wie Augen und Ohren auf die alte Heimat gerichtet, in die Vergangenheit. Schweden war nicht ihr Land der Zukunft, jedenfalls nicht für die Älteren. Hier stand das Leben still. Mehrere Balkone waren wie Gärten mit Gewächsen gefüllt. Er sah sogar einige Palmen in Töpfen. Auch auf dem Platz vor ihm war keine Menschenseele zu sehen. Bald war es Vormittag, aber hier schien es immer noch Nacht zu sein.

Plötzlich hörte er ein Geräusch hinter sich. Er drehte sich um.

Hinter ihm in der Einmündung des Pfades stand ein Junge. Er hatte einen Tennisball dabei, den er auf der Erde aufprallen ließ. Das Geräusch hatte Winter gehört. Der Junge mochte zehn Jahre alt sein, vielleicht etwas älter, das war schwer zu erkennen. Er hatte dunkles Haar, das im Morgenlicht schwarz wirkte. Sein Blick war auf Winter geheftet oder auf etwas über ihm, auf das Gebäude. Winter sah sich um, aber er konnte keine Menschenseele entdecken, auch auf keinem Balkon. Als er sich wieder umdrehte, war der Junge verschwunden.

Von einer Sekunde auf die andere war er verschwunden.

Winter ging zu der Stelle, wo der Junge gestanden hatte. Niemand war auf dem Weg, der zum Laden führte, und auf den Feldern beiderseits des Weges war auch niemand zu sehen. Der Weg, gesäumt von Büschen, schlug einen Halbkreis um die Häuser, und Winter vermutete, dass sich der Junge im Gebüsch versteckt hatte. Er hatte keine Schritte gehört und hörte auch jetzt keine. Leichte Schritte, so leicht, dass er sie nicht gehört hatte. Leichte Schritte. Der Taxifahrer hatte sie gehört. Leichte Schritte hinaus in die Morgendämmerung.

»Wir müssen an jeder Tür klingeln«, sagte Winter.

Ringmar nickte.

»Kann er es gewesen sein?«

»Kann er was gewesen sein?«

»Ein Zeuge. Der Zeuge.«

»Wir haben ja nur die Aussage von dem Taxifahrer. Reinholz. Er könnte sich getäuscht haben.«

»Mhm.«

»Du glaubst es nicht, Bertil?«

»Dass er sich getäuscht hat? Nein. Wenn die Sinne wachsam sind, dann in einer derartigen Situation. Nach dem, was er kurz zuvor gesehen hat.«

»Da magst du Recht haben.«

»Dann gibt es also einen Zeugen.«

»Oder noch einen Mörder«, sagte Winter.

»Oder noch einen Mörder«, bestätigte Ringmar.

»Vor dem Laden ist kein Blut«, sagte Winter.

»Vielleicht hat er sich geduckt«, sagte Ringmar.

»Soll das ein Witz sein?«

»Darüber macht man keine Witze«, sagte Ringmar. »Es könnte noch ein Opfer gegeben haben, das entkommen ist.«

»Der einzige Weg zu entkommen ist der Fußweg«, sagte Winter.

»Es gibt doch Felder genug.«

»Die Schritte hätte man wohl nicht hören können.«

»Er hat ja gesagt, sie waren leicht.«

»Oder auch nicht so leicht. Nicht mal deine Schritte wären zu hören, wenn du da lang rennen würdest, Bertil.«

»Was willst du damit sagen?«

Winter antwortete nicht, Bertil musste seinen eigenen Schluss ziehen.

»Nee«, sagte er nach einer Weile, »das haut nicht hin. Der Taxifahrer kommt an. Er sieht die Ermordeten. Er hört Schritte. Er schlägt Alarm. Es ist unwahrscheinlich, dass ein mutmaßliches Opfer bleibt und erst flieht, als endlich die Rettung kommt.«

»Schock«, sagte Winter. »Verzögerter Schock.«

»Möglich, aber eher unwahrscheinlich.«

»Okay, dann lassen wir das für den Augenblick«, sagte Winter. »Torstens Leute schreiten gerade die Wiese und das Feld ab. Sollte es einen Abdruck geben, dann werden sie ihn finden. Das Gras ist noch voller Tau. Wir könnten Glück haben.« Er legte eine Pause ein und strich sich mit dem Zeigefinger über die Schläfe. »Wir gehen also davon aus, dass es ein Zeuge war. Er oder sie bleibt, bis die Mörder weg sind. Versteckt sich.«

»Aber warum hat er oder sie sich nicht gezeigt? Warum abhauen, wenn alles vorbei ist?«

»Wir haben vorhin von Schock gesprochen. Das kann ja auch für dieses Verhalten gelten. Wie eine verzögerte Bewegung.«

»Wenn es ein Zeuge ist, ein Zeuge war – was hat er oder sie überhaupt hier zu suchen gehabt?«

»Vielleicht ein Kunde.«

»Mutmaßliches Opfer also.«

»Nein, vielleicht gerade auf dem Weg in den Laden.«

»Über den Fußweg hinter der Bude?«

Winter zuckte mit den Schultern.

»Und dann hat es da drinnen geknallt.«

Winter nickte.

»Und dann sind die Mörder abgehauen.«

Wieder nickte Winter.

»In irgendeine Richtung. Wahrscheinlich mit einem Auto, wir werden sehen, ob jemand nach den Schüssen ein Auto gehört hat. Jemanden gesehen hat. Oder ob sie weggelaufen sind, vielleicht über den asphaltierten Weg, vielleicht über die Felder.« Ringmar machte eine Pause. »Und der Zeuge ist geblieben, vielleicht zitternd vor Schreck, vielleicht verletzt, viell...«

»Vielleicht nicht mal das«, sagte Winter.

»Doch«, sagte Ringmar. »Ich glaube, hier war jemand.«

»Ein Kind«, sagte Winter.

»Leichte Schritte.« Ringmar nickte.

»Könnte ein Kind gewesen sein«, sagte Winter. »Könnte der Junge gewesen sein, den ich eben gesehen habe.«

Jimmy Foro war siebeneinhalb Jahre zuvor aus Nigeria gekommen, allein und – so behauptete er – über den ganzen afrikanischen Kontinent verfolgt und dann über den europäischen. Er durfte bleiben. Und er blieb allein, wohnte in einer Zwei-Zimmer-Wohnung in der Kanelgatan in Västra Gårdstensbergen. Das Haus hieß Bokgården. Jetzt stand Winter davor. Es sah aus, als wäre es kürzlich renoviert worden, eins von mehreren Häusern, die um einen hübschen offenen Hof gruppiert waren. Winter sah jemanden in den Beeten graben. Die Erde musste trocken sein, trockener als normal, es war noch kein Frühsommerregen gefallen, seit er nach Hause gekommen war. Er hatte die Sonne mitgebracht.

Winter wusste sehr wenig über Gartenpflege und hatte keine Ahnung, was wann, wie und warum gepflanzt werden musste.

Um Gartenarbeit hatte er immer einen Bogen gemacht, so ähnlich wie jemand, der sich vor der Technik fürchtet und lieber mit tropfenden Wasserhähnen lebt, statt eine Dichtung auszutauschen. Noch nie hatte er davon geträumt, einen Rasen zu mähen, aber vielleicht würde er das irgendwann einmal müssen. Vielleicht. Vor drei Jahren hatten er und Angela ein Grundstück südlich von Billdal gekauft. Am Meer. Es war immer noch nicht bebaut. Es war ihr Ausflugsziel. Erik, Angela, Elsa, Lilly. Einige Male hatte es geregnet. Wie wäre es mit einem Dach?, hatte Angela gefragt.

Er nickte dem Polizeiinspektor von Angered zu, der vor dem Haus wartete.

»Sind Sie schon oben gewesen?«, fragte Winter.

»Ich hab die Tür überprüft, ja. Abgeschlossen. Und es ist niemand gekommen oder gegangen.«

»Haben Sie mit Nachbarn gesprochen?«

»Ich hab keine Menschenseele gesehen.«

»Seit wann sind Sie hier?«

»Henriksson und Berg waren als Erste hier, die sind ja sofort nach dem Alarm losgefahren.«

»Gut.«

»Sie haben niemanden gesehen, der in die Wohnung wollte. Oder sie verließ.«

»Am besten, wir fangen mit der Befragung an den Türen an«, sagte Winter und sah auf seine Armbanduhr. »Wir bekommen bald Verstärkung.«

Er betrat das Haus, die Tür stand offen. Es roch in etwa, wie es in allen Treppenhäusern gerochen hatte, die er in fast zwanzig Jahren Dienst bei der Kripo betreten hatte: alt, es roch alt, unabhängig davon, ob die Häuser kürzlich renoviert worden waren oder nicht. Der Mann auf der Treppe, das war er, Winter.

Treppenhäuser haben einen unverwechselbaren Geruch. Vielleicht kam es vom Stein, vielleicht von den Menschen, die die steinernen Stufen hinauf- und hinuntergingen. Alle rochen ungefähr gleich, sahen ungefähr gleich aus, weiß oder schwarz, lange Nasen, platte Nasen, krause Haare, glatte Haare, überhaupt keine Haare. Nach Essen roch es immer, stark, sauer, süß, scharf. In diesem Treppenhaus hing der Geruch von Gewürzen, vielleicht Nelkenpfeffer, Muskatnuss, Zimt, gesättigt, kräftig. In Jimmy Foros Laden gab es ein hohes Regal voller Gewürze. Es war unbeschädigt. Die meisten Gewürze waren in Tüten abgefüllt, nicht in Gläsern, wie sonst in Schweden üblich. Das Regal stand links von der Tür, am Rand des roten Meeres. Dort drinnen hatte Winter nur für einen Moment den Duft von Chili und einer Currymischung wahrgenommen.

In Jimmy Foros Flur roch es nach nichts, und von dem blendenden Tageslicht draußen war hier nicht viel zu sehen. Alle Jalousien waren so fest geschlossen, wie es nur ging, vielleicht, um den Eindruck und die Empfindungen zu dämpfen, wenn jemand die Wohnung zum ersten Mal betrat, nachdem der Bewohner nie mehr eintreten würde.

Es war fast halb acht. Der erste Tag, dachte Winter, halb acht am ersten Tag. Irgendwann gestern oder in aller Frühe am selben Morgen hatte Jimmy die Wohnung verlassen und war zu Jimmy's gegangen, und dort war er geblieben. Der Laden war in den letzten beiden Jahren rund um die Uhr geöffnet gewesen. Ein Fehler, dachte Winter, während er immer noch im dunklen Flur stand. Es ist ein Fehler, Läden während der frühen Morgenstunden offenzuhalten. Das kann gefährlich werden.

Mit welcher Art Verkehrsmittel hatte Jimmy seinen Arbeitsweg zurückgelegt? Sie wussten es nicht. Sie kannten nur seine Adresse, das war bis jetzt alles. Außer Reinholz' Taxi hatte kein Auto auf dem Parkplatz vor dem Laden gestanden. Keine Fahrräder oder Mopeds. Die Entfernung zwischen Jimmys Wohnung und dem Laden betrug an die sieben Kilometer Luftlinie. Wenn man mit dem Auto oder Fahrrad fuhr, waren es bestimmt mehr als zehn Kilometer.

Winter nahm sein Handy hervor und wählte die Nummer von Bergenhem, der sich immer noch am Tatort aufhielt.

»Hallo, hier ist Erik.«

»Wie sieht es aus?«

»Ich bin gerade erst reingekommen. Aber mir ist was eingefallen. Überprüf mal, ob es irgendwo in der Umgebung weitere Fahrzeuge gibt, in den Büschen, auf dem Feld, auch bei den Häusern am Ende des Fußwegs.«

»Wonach suchen wir?«

»Jimmy Foros Transportmittel.«

»Okay.«

»Und wie Aziz und Rezai dorthin gekommen sind.«

»Okay.«

»Wie sieht's bei dir aus?«

»Es trocknet langsam und fängt an zu riechen. Der Laden riecht nicht mehr nach Curry.«

»Was ist mit den Gaffern?«

»Die meisten haben sich nach Hause verzogen. Wir haben mit so vielen wie möglich gesprochen. Es sind ja keine Leute aus der Nachbarschaft umgebracht worden.«

»Die waren doch Nachbarschaft genug«, sagte Winter. »Es war der Laden des Viertels.«

»Aber keiner war verwandt mit ihnen«, sagte Bergenhem. »Damit nehmen es die Leute hier sehr genau.«

»Quatsch, jedes Volk nimmt das genau.«

Bergenhem antwortete nicht.

»Falls du Kinder siehst, Jungs, versuch sie einzufangen.«

»Okay.«

»Bildlich ausgedrückt. Benutz kein Lasso, Lars.«

»Musst du nicht eine Wohnung untersuchen, Erik?«

»Bis bald.« Winter drückte auf Aus und steckte das Handy in die Brusttasche.

Er ging durch den Flur und betrat vorsichtig das Wohnzimmer.

In Sekundenschnelle erkannte er, dass in den vergangenen Stunden noch jemand dort gewesen war.

# 4

Das Licht versuchte zwischen den Lamellen der Jalousien einzudringen, aber die Person, die vor Winter hier gewesen war, war nicht gewaltsam eingedrungen. Keine Tür, kein Fenster war beschädigt. Woher wusste Winter, dass jemand hier gewesen war? Er wusste es einfach. Er war schon durch so viele fremde Wohnungen gewandert. Durch Hunderte von Wohnungen im Lauf der Jahre. Hatte sich hineingedrängt, den Dienstausweis gut sichtbar erhoben, falls es verlangt wurde. Aber oft wurde das nicht verlangt. Die Leute, die dort gewohnt hatten, waren meistens schon aus dem Leben abgetreten, vielleicht mitten in ihrer eigenen Wohnung, auf dem Fußboden, in einem Bett, auf einer Couch. Sie verlangten nicht nach einem Dienstausweis. Im Leben hatten sie dergleichen auch selten verlangt. Die meisten, die durch die Hand eines anderen gestorben waren, hatten nichts vom Leben verlangt und selten etwas bekommen. Dafür war es zu spät, immer war es zu spät. Der Tod war eine unsaubere Angelegenheit, etwas, das sich im Verborgenen abspielte.

Winter sah auf seine Einmalüberziehschuhe. Hier drinnen leuchteten sie fast obszön. Vor seinem inneren Auge sah er das rote Meer. Er dachte an Krankenpflege, Krankenhaus. Patienten, die zum Arzt hineintappten. Zu seiner Frau. Sie war Ärztin. Vor einiger Zeit war sie seine Frau geworden, sie hatten in der schwedischen Kirche in Fuengirola geheiratet. Das und vieles mehr ging ihm durch den Kopf, während er das Zimmer nach einem

Beweis absuchte, dass seine Vermutung stimmte. Von draußen hörte er den Verkehr von der Kanelgatan, weiter entfernt vom Pepparvägen und vom Timjansvägen. Lauter Gewürze, aber sie gehörten nicht zusammen, eklig. Ein Lichtstrahl brach durch einen Spalt zwischen den Lamellen. Das bedeutete, dass die Sonne aufgegangen war. Der Strahl zerschnitt den Raum, und in seinem Licht tanzte Staub. Es sah aus wie Nebel, putzen war vielleicht nicht gerade Jimmy Foros Hobby gewesen. Oder jemand anders hatte kürzlich den Staub aufgewirbelt. Allmählich würde er sich auf dem Boden ausbreiten. Winter sah auf den Fußboden. Dort entdeckte er etwas, das kein Teppich war. Er bückte sich. Es war ein Knopf, ein ganz kleiner Knopf, vielleicht ein Hemdenknopf. Winter schaute hoch, die Couch war fast auf Augenhöhe. Die Kissen schienen verschoben worden zu sein, aus dieser Perspektive herrschte keine Symmetrie mehr. Vielleicht hatte Jimmy Foro diese Anordnung vorgezogen, aber Winter war nicht sicher. Er richtete sich auf, ging zum Fenster, öffnete die Lamellen und sah auf die Straße. Sie glänzte weiß im Sonnenlicht, farblos. Das Gras war weiß, vielleicht ein Spiegel der Hausfassaden. Im Augenblick bewegte sich nichts auf der Kanelgatan. Als herrschte Siesta. Er drehte sich zum Zimmer um. Für Jimmy war nun Siesta bis in alle Ewigkeit, der große Schlaf. Aber in Nigeria ist Siesta kein Begriff. Dort ist der Tod, ein böser, schneller Tod – ein konkreter Begriff. Dort wie hier, auch im lieblichsten Land auf Erden. Ich grüße dich.

Das Bett war nicht gemacht, vielleicht war es noch nie gemacht worden, in der Mitte ein faltiger Haufen wie ein Zelt. Auf dem Nachttisch stand ein Foto von einem Mann, der verhalten in die Kamera lächelte. Er war um die dreißig und es war Jimmy. Das Bild mochte vor fünf Jahren aufgenommen worden sein, vielleicht auch vor sechs oder sieben, auf jeden Fall in Schweden. Bisher hatte Winter nur sein Passfoto gesehen. Es war dasselbe Bild, derselbe Gesichtsausdruck. Aber so sah Jimmys Gesicht nicht mehr aus. Es war verschwunden, zusammen mit seinem Leben.

Winter schaute sich nach weiteren Fotos um, konnte aber keine entdecken. Vielleicht irgendwo anders. Vielleicht Bilder von anderen Personen, aber Winter war nicht sicher. Jimmy hatte allein gelebt, soweit er wusste, nur sein eigenes Gesicht gab es auf dem Schränkchen neben dem Kissen. Hatte es noch andere Menschen in seinem Leben gegeben? Warum hatte er sterben müssen? Vielleicht nur, weil ein paar angetörnte Mistkerle hereingestürmt waren, um zu schießen, jemanden umzubringen, vielleicht nicht mal angetörnt, vielleicht nicht mal Mistkerle, doch, auf jeden Fall Mistkerle, die es auf die Kasse abgesehen, sie allerdings zurückgelassen hatten, die Schüsse waren so verdammt laut gewesen, dass die Mörder selbst einen Schock bekommen hatten. Oder war der Schock eingetreten, nachdem sie das Resultat ihrer Schießerei gesehen hatten?

Oder nichts von all dem.

Die Mörder hatten es auf Jimmy abgesehen, da sie alte Bekannte waren. Oder auf Said oder Hiwa oder auf alle drei oder zwei von ihnen. Es gab geplante Morde und es gab Pech: falscher Ort und so weiter. Man sollte sich nie am falschen Ort befinden, das war Regel Nummer eins für jeden. Immer der richtige Ort mit der richtigen Person zum richtigen Zeitpunkt.

War Jimmys Laden der falsche Ort gewesen? Immer der falsche Ort?

War Jimmy die falsche Person gewesen? Immer die falsche Person?

Und die Morgendämmerung – die Morgendämmerung war immer der falsche Zeitpunkt. Alles Böse geschieht in der Morgendämmerung. So war es überall auf der Welt.

Winter kehrte in den Flur zurück. Er hörte Geräusche aus dem Treppenhaus, Schritte und Wortfetzen. In seiner Brusttasche klingelte das Handy. Er nahm es heraus.

»Ja?«

»Hier ist Bertil.«

»Ja?«

»Wo bist du?«

»Ich steh in Jimmys Wohnung.«

»Was gefunden?«

»Vielleicht. Hier ist jemand gewesen.«

»Hinterher?«

»Ich glaube ja.«

»Und hat wonach gesucht?«

»Ich weiß es nicht. Wo bist du?«

»Im Auto, auf dem Weg nach Rannebergen.«

Winter hörte das Rauschen im Hintergrund, Verkehr, Brausen, Geklirr und Geschepper.

»Was wolltest du, Bertil?«

»In Rezais Wohnung meldet sich niemand. Ich hab mehrmals angerufen. Die Jungs aus Angered warten im Hauseingang gegenüber, aber sie sind nicht reingegangen.«

»Said Rezai hat also eine Frau?«

»Laut Auskunft der Einwanderungsbehörde ja.«

»Auch Iranerin?«

»Ja, er ist zuerst nach Schweden gekommen und sie hinterher.«

»Kinder?«

»Soweit die Behörden wissen keine.«

»Und sie geht nicht ans Telefon?«

»Wir konnten noch keinen Kontakt zu ihr aufnehmen, Erik. Sie weiß es noch nicht.«

»Gut, ich werde es ihr erzählen. Ich möchte nicht, dass jemand an ihrer Tür klingelt, bevor ich dort bin.«

Winter hörte wieder Stimmen vor der Tür.

»Wie ist die Adresse?«

»Fjällblomman … 9«, las Ringmar von einem Zettel ab. »Ich kenne Rannebergen nicht, aber das Haus soll mitten im Zentrum liegen, wenn man das so nennen kann.«

Rannebergens Zentrum bestand aus einem Supermarkt, einer Pizzeria, einer Schule, Sporthalle und Schwimmbad, Kindergarten, dem Büro der Wohnungsverwaltung und einem Parkplatz.

Auf dem wartete Ringmar vor seinem Auto in der Zone des Bücherbusses. Daneben stand der Streifenwagen der Polizei von Angered.

»Sie warten dahinten.« Ringmar zeigte auf eins der Gebäude, ein beige und braun gestrichenes dreistöckiges Haus mit rosa eingefassten Fenstern. An einem Balkon hing eine schwedische Flagge.

Ein uniformierter Polizist stand vor der Haustür in der Mitte des Gebäudes. Für Winter war es das Gleiche wie zuvor, zum zweiten Mal an diesem Tag. Die gleichen Fragen an den Kollegen, die gleichen Antworten.

Der zuständige Hausverwalter kam, ein Mann um die fünfzig mit einem Werkzeuggürtel um den Bauch wie ein Soldat. Er trug eine Kappe und auf einem Schild an seiner linken Brusttasche stand sein Name, Hannu Pykönen. Ringmar hatte ihn angerufen.

»Sind Fredrik und Aneta schon bei Hiwas Familie gewesen?«, fragte Winter, während sie die Treppe hinaufgingen.

»Ja. Dort herrschte Chaos.«

»Welcher Art?«

»Er ist ... war der älteste Sohn in einer Familie mit mehreren Kindern. Kein Vater, der ist irgendwo in Kurdistan verschwunden, wie auch ein weiteres Kind. Die Mutter ist allein mit den anderen hier.«

»Wie alt war Hiwa?«

»Vierundzwanzig. Der Einzige in der Familie, der arbeitete. Schwarz, soweit ich verstanden habe, oder wenigstens grau. Aber was soll's.«

»Was für eine Art Chaos herrschte in der Familie?«

»Kannst du dir das nicht vorstellen, Erik?«

»Doch.«

»Ich hab's im Hintergrund während des Telefonats gehört«, sagte Ringmar.

»Sei froh, dass nicht du dort sein musstest.«

Ringmar antwortete nicht.

»Wie viele Nachrichten dieser Art hast du schon überbringen müssen, Bertil?«

»Viel zu viele. Als Ältester muss man viel zu viele solcher Nachrichten überbringen.«

Das alles stimmte. Kommissar Bertil Ringmar war jahrelang derjenige gewesen, der die Nachricht vom Tod überbrachte. In den letzten Jahren hatten Winter und Ringmar sich die Last geteilt. Sie war höllisch. Jedes Mal war es schlimmer, als man sich vorstellen konnte, aber Chaos war Chaos, innerlich, äußerlich, manchmal beides zugleich.

Niemand öffnete die Wohnungstür im zweiten Stock. Sie klingelten noch einmal und warteten. Der Hausverwalter Hannu Pykönen wartete. Ringmar klingelte wieder und hämmerte sicherheitshalber noch ein paarmal an die Tür. Dann nickte er Hannu Pykönen zu, der den Schlüsselbund schon in der Hand hielt.

Winter sah die Bäume vor dem Wohnzimmerfenster, das genau vor ihm lag, am Ende des kurzen Flures. Das Zimmer war sehr hell. Als er in das Viertel eingebogen war, waren ihm die vielen Wohnwagen und Wohnmobile auf den Abstellflächen zwischen den Häusern und dem Rannebergsvägen aufgefallen. Als hätten alle Bewohner dieser Gegend gleich vor der Tür ein zweites Zuhause, mit dem sie jederzeit davonfahren konnten.

Sie standen immer noch im Treppenhaus.

»Wann fangen Sie an zu arbeiten?«, fragte Winter den Hausverwalter.

»Um halb acht. Ich komme meistens etwas eher, aber zwischen acht und neun hab ich werktags eigentlich Telefonzeit.«

»Und das Büro befindet sich in diesem Haus?«

»Ja, unterm Dach.«

»Haben Sie jemanden getroffen, als Sie heute Morgen kamen?«

»Nein … nicht direkt.«

»Wie meinen Sie das?«

»Ich hab jemanden mit dem Auto wegfahren sehen.«

»Wann?«

»Es war ungefähr sieben, vielleicht etwas später.«

»Von wo?«

»Von wo das Auto weggefahren ist? Vom Parkplatz.« Hannu Pykönen zeigte auf den ziemlich leeren Parkplatz vor dem Supermarkt. Vielleicht arbeiteten die meisten Leute. »Von da ist es weggefahren.«

»Ein oder mehrere Autos?«

»Nur eins. Es fuhr los, als ich das Büro aufschloss.«

»Typ?«

»Äh … es war vermutlich ein Opel. Ziemlich alt, glaub ich. Ich bin nicht sicher. Sah aus wie ein Corsa. Weiß. Ein bisschen verrostet.« Hannu Pykönen lächelte. »Daran erkennt man den Opel.«

»Ziemlich alt?«, fragte Ringmar. »Was soll das heißen? Wie alt?«

»Ich weiß es nicht. Vielleicht zehn Jahre oder so.«

»War noch was mit dem Auto?«, fragte Winter.

»Der rechte Kotflügel schien eine Beule zu haben, ein kleiner Unfallschaden.«

Ringmar nickte.

»Kennen Sie Said und seine Frau?«, fragte Winter.

»Was ... ist denn eigentlich passiert?«

»Antworten Sie bitte nur auf unsere Fragen.«

»Nein. Ich kenne sie nicht.«

»Würden Sie sie denn erkennen?«

»Nein ... ich arbeite erst seit Ostern hier.«

»Shahnaz«, sagte Ringmar. »Sie heißt Shahnaz.«

Winter hielt dem Hausverwalter eine Kopie von Saids Passfoto hin. »Und dies ist Said.«

Der Hausverwalter warf einen Blick darauf und schüttelte dann den Kopf.

»Selbst wenn ich ihn getroffen hätte, hätte ich ihn sicher nicht erkannt.«

# 5

Winter schloss die Tür. Im Flur wurde es kaum dunkler. Plötzlich fühlte er sich geblendet. Er blinzelte. Sekundenlang war ihm fast schwindlig. Seit sie aus Spanien zurückgekommen waren, war ihm das schon einige Male passiert. Wahrscheinlich war er zu ausgeruht, zu entspannt. Nicht richtig vorbereitet auf die reale Welt.

»Was ist, Erik?«

»Nichts.« Er öffnete die Augen.

»Wie geht es dir?«

»Vermutlich zu gut. Zu viel Entspannung.«

»Mhm.«

»Das geht vorbei.«

Ringmar blickte in den Flur. Er blinzelte.

»Mir gefällt das hier nicht.«

Winter antwortete nicht.

Sie gingen auf das Wohnzimmer zu. Linker Hand lag die Küche. Es gab keine Tür.

Winter betrat die Küche, sah sich um. Sie wirkte fleckenlos, die Spüle sauber, nichts weiter auf dem Tisch als Blumen in einer Vase, rote, blaue, er hatte keine Ahnung, was für Blumen es waren. Unten sah er zwei Kinder auf dem kleinen Spielplatz schaukeln. Sie lachten, aber hören konnte er es nicht durch die Scheiben, sie waren zu gut isoliert. Es war wie ein Stummfilm, den er viele Male gesehen hatte: Kinder schaukelten auf einem Hof, den er nicht kannte, und doch hatte er das Gefühl, schon einmal hier gewesen zu sein. Es war ein Déjà-vu-Erlebnis, ohne ein Déjà-vu-Erlebnis zu sein. Er war schon einmal dort gewesen, viele Male, nur an einem anderen Ort, in einem anderen Stadtteil. Und immer waren Kinder da, auf Schaukeln, in Sandkästen. Wie eine Gewissheit, dass es trotz allem Hoffnung für die Zukunft gab.

»Erik.«

Er hörte die Schärfe in Bertils Stimme. Oder die Angst. Die professionelle Angst. Er kannte sie. Er wusste, was das war. Sie wartete dort draußen. Sie war schon da. Ringmar stand in der Türöffnung zu dem Zimmer rechter Hand im Flur, dem Schlafzimmer. Er drehte sich zu Winter um. Ja. Winter las in seinem Gesicht, was er gesehen hatte. Ringmars Blick kehrte ins Zimmer zurück. Winter *sah*, was er sah, er *wusste* es. Und dann war Ringmar im Zimmer verschwunden.

Sie lag quer über dem Bett, ihr Kopf hing in einem unnatürlichen Winkel über der linken Längsseite des Bettes. Unnatürlich. Winter registrierte alles mit einem einzigen Blick. Im landläufigen Sinn, aus der menschlichen Perspektive, hatte die Szene nichts Natürliches, aber gleichzeitig, dachte er, während er auf die Frau zuging, gleichzeitig ist dies ein natürlicher Zustand, für mich, für Bertil, eine natürliche Situation. Darum sind wir hier. Dies hat uns hierher geführt. Es hat hier drinnen gewartet. Es war schon da.

Er hörte Ringmar etwas in sein Handy sagen.

Der Flur war genauso hell wie vorher, nein, heller. Winter hatte Lust, die Jalousien im Wohnzimmer herunterzulassen, wollte jedoch nichts berühren. Er durfte sich dort nicht aufhalten. Sie warteten auf die Männer von der Spurensicherung.

»Ich schlage vor, dass wir Leute aus Borås anfordern«, hatte Torsten Öberg gesagt. »Ich möchte kein Risiko eingehen.«

»Nein.«

»Und erst recht nicht, wenn die Verbrechen zusammenhängen«, sagte Öberg, »wenn die Opfer etwas miteinander zu tun hatten.«

»Ja. Wir können nicht das Risiko eingehen, dass sich die Tatorte anstecken.«

Das war wichtig. Die Polizei wurde sich immer mehr der Gefahr bewusst, Spuren von einem Tatort auf den anderen zu übertragen. Spuren konnten durch Techniker oder Polizisten weitergetragen werden, was später die Ermittlungen erschwerte.

Ringmar stand in der Tür zum Schlafzimmer.

Im Augenblick konnten sie nichts machen. Hatten nie etwas machen können. Es war Zeit zu gehen und die Arbeit Pia Fröberg und den Technikern von Borås zu überlassen.

»Was zum Teufel geht eigentlich vor«, sagte Ringmar.

Aber das war keine Frage, und Winter antwortete nicht. Er strich sich über die Augen, ihm war heiß, als wäre die Wärme von draußen plötzlich in die Wohnung eingebrochen. Bei ihrem Eintritt war es kühl gewesen, als gäbe es eine Klimaanlage. Aber in schwedischen Wohnungen gibt es keine Klimaanlagen. In Schweden rechnet niemand damit, dass man eine Klimaanlage brauchen könnte.

»Es ist erst wenige Stunden her«, sagte Ringmar.

»Sinnlos zu spekulieren, Bertil.«

»Ich spekuliere nicht.«

Winter hörte die Irritation in Ringmars Stimme, einen Ton, den er in den vergangenen Jahren nicht wahrgenommen hatte, der ihm allerdings nach seiner Rückkehr aus der Beurlaubung aufgefallen war. Als wäre in dem halben Jahr etwas passiert, nicht mit ihm, aber mit Bertil. Bertil musste sich verändert haben. Winter war derselbe geblieben, ruhiger zwar, aber derselbe.

»Dieses Auto«, sagte Winter.

»Davon hab ich dir doch am Telefon erzählt.« Ringmars Stimme klang gereizt. »Hast du mir nicht zugehört?«

Winter antwortete nicht. Er ging in den Flur, zur Tür hinaus, die Treppen hinunter und auf den Hof. Jetzt war es ein anderer Hof als vor einer halben Stunde. Die Leute, die hier wohnten, würden erschüttert sein und in der nächsten Zeit kaum über etwas anderes reden. Dann würde es in Vergessenheit geraten. Manche würden wegziehen, aber nicht wegen dieser Morde. Es würde andere Beweggründe geben. Natürliche Ursachen. Einige würden genau wie immer mit ihren Wohnwagen oder Wohnmobilen in Urlaub fahren. Vielleicht jetzt. Bald war es Juli. Der sogenannte Hochsommer. Er hatte seinen Hochwinter gehabt. Sein

Sommer war für die Arbeit bestimmt. Und deswegen war dieser Sommer – wie es hieß – gerettet.

Die Kinder waren vom Spielplatz verschwunden, als hätten sie schon erfahren, was im zweiten Stock hinter ihm passiert war. Die verlassenen Schaukeln schwangen noch, oder es lag am Wind, aber es ging kein Wind. Im Augenblick gab es nur die Sonne. Winter schaute zum wolkenlosen Himmel hinauf. Dieser Hof ließ viel Himmel herein, in diesem nördlichen Teil der Stadt gab es mehr Himmel als im Zentrum. Von hier aus sah er mehr vom Himmelsblau als vor dem Haus am Vasaplatsen. Von seiner Wohnung sah er noch weniger.

Plötzlich stand Ringmar neben ihm.

»Entschuldige, wenn ich etwas barsch war, Erik.«

»Du bist entschuldigt.«

»Manchmal wird es einfach zu viel.«

Winter antwortete nicht.

»Die Morde müssen ja zusammenhängen«, sagte Ringmar.

»Wir müssen die Morde in Hjällbo in einem ganz anderen Licht betrachten«, sagte Winter.

Ringmar wandte sich Winter zu. »Waren sie hinter Said Rezai her?«

»Und hinter ihr?«

»Das muss zusammenhängen«, wiederholte Ringmar. »Zuerst er und dann sie.«

»Oder umgekehrt«, sagte Winter.

Ringmar nickte.

»Said ist der Täter«, sagte Winter.

»Er hat seiner eigenen Frau den Hals durchgeschnitten, meinst du?«

»Wenn sie auf diese Weise gestorben ist.«

»Es sah so aus«, sagte Ringmar.

Winter nickte.

»Hat sie etwas getan?«, fragte Ringmar. »Hat er sie umgebracht, weil sie etwas getan hat? Oder etwas nicht getan hat?«

»Mit unseren Spekulationen sollten wir lieber vorsichtig sein«, sagte Winter. »Aber Said würde schlecht dastehen, wenn er noch stehen könnte.«

»Das kann ich mir nicht vorstellen«, sagte Ringmar. »Ich hab gehört, was du gesagt hast, aber ich schieb das mal eine Weile beiseite.« Er sah Winter an. »Erlaubst du mir das?«

Er möchte eine bessere Welt haben, dachte Winter. Er will immer noch eine bessere Welt haben. Bertil ist zehn Jahre älter als ich, und er hat immer noch Hoffnung. Ich fange an, sie zu verlieren. Ich will sie nicht verlieren. Ich will wie Bertil werden. Aber ich kann nichts beiseite schieben.

»Du kannst dir vorstellen, was in dem Laden passiert ist«, sagte Winter.

»Gehen wir mal davon aus, dass die Mörder es eigentlich auf Said Rezai abgesehen hatten ...«, sagte Ringmar zögernd.

»Ja?«

»... und die anderen beiden haben sich nur zufällig am falschen Ort befunden«, fuhr Ringmar fort.

»Dann ist es immer der falsche Ort gewesen«, sagte Winter. »Sie haben dort gearbeitet.«

Ringmar nickte.

»Und Said Rezai war Kunde, soweit wir wissen. Wenn er nicht auch dort gearbeitet hat.«

»Nicht soweit wir wissen.«

»Der Täter betritt also den Laden und opfert zwei andere, um einen zu erwischen?«

»So was hat's schon gegeben«, sagte Ringmar.

»Aber nicht bei uns, Bertil, nicht hier in Göteborg.«

»Wir sind ja nicht gerade dagegen geimpft.«

»Geimpft? Was ist das denn für ein beschissener Vergleich? Es geht doch nicht um die Vogelgrippe.«

Hör auf, Erik, dachte Winter. Dieses Gespräch kann kippen. Wir müssen zu unserer Methode zurückfinden.

Sie hatten eine Methode, da flogen die Worte, die Assoziationen, die Fragen, manchmal die Antworten, die Gedanken, vielleicht verursacht durch einen Sturm im Gehirn oder wenigstens eine steife Brise. Wenn sie jetzt sagten »das sind nur Spekulationen«, waren sie weit entfernt von der Methode.

»Sie hätten ihn irgendwo und überall erschießen können«, sagte Winter. »Warum ausgerechnet dort?«

»Es sollte wie ein Überfall aussehen.«

»Sie haben nichts mitgenommen.«

»Genau.«

»Soweit wir wissen.«

»Ein verrückter Raubüberfall. *Random*, wie die Amis sagen. So was ist nicht zum ersten Mal in dieser Stadt passiert.«

»Zum ersten Mal mit diesem Ausgang.«

»Irgendwann musste es kommen. Und jetzt ist es da.«

»Und die Frau? Shahnaz?«

»Sie gehörte zu dem Plan«, sagte Ringmar.

»Dem Plan? Welchem Plan?«

»Ich weiß es nicht, Erik.«

»Haben wir es hier überhaupt mit einem Plan zu tun?«

»Was denn sonst?«

»Hass. Ich weiß es nicht. Rache.«

»Rache wofür?«

»Blutrache. Respekt. Ehre. Erniedrigung.«

»Was bedeutet das?«

»Ich weiß es nicht.«

»Was wissen wir über das Leben der Rezais?«

»Nichts.«

»Bald wissen wir, wie sie gestorben sind, aber nichts über ihr Leben.«

»Noch wissen wir nicht alles über ihren Tod«, sagte Winter.

»Da kommen die Männer von der Spurensicherung«, sagte Ringmar, »ganz von Borås.«

Winter und Ringmar standen wieder vor dem Laden. Sie waren wie von einem Ring aus Schweigen umgeben. Die Neugierigen waren gegangen. Den Ring bildeten die Absperrbänder, die blau und weiß im Mittagslicht leuchteten. Auch jetzt ging kein Wind.

Der Verkehr auf der Straße hatte zugenommen, aber nicht sehr. Wenn die Autos vorbeifuhren, sah Winter Gesichter, die sich ihm zuwandten: Dort steht Winter, es muss also etwas passiert sein. Aha, sie haben abgesperrt. Wieder ein Überfall. Der da war schon mal im Fernsehen.

Dies wird ein langer Tag, dachte Winter und drehte sich zu dem Gebäude um. Von der Morgen- bis zur Abenddämmerung.

Vielleicht stehen wir noch in der darauffolgenden Dämmerung hier. Versuchen zu verstehen, wie es zugegangen ist.

»Ich versuche zu verstehen, wie es zugegangen ist«, sagte Ringmar.

Winter zuckte fast zusammen.

»Kannst du Gedanken lesen, Bertil?«

»Nee, wieso?«

»Nichts. Du versuchst zu verstehen, hast du gesagt?«

»Okay, gegen zwei Uhr morgens, oder drei. Auch wenn es Sommer ist, gibt es keinen Grund, aufzubleiben.«

»Partyfreaks sind dann noch auf«, sagte Winter.

»In diesem Stadtteil? Wir befinden uns nicht in deinem Heimatviertel, in Vasastan, Erik.«

»Das stimmt.«

»Dann sagen wir also zwei Uhr«, fuhr Ringmar fort. »Es ist immer noch Nacht. Im Laden halten sich drei Männer auf. Hielten sich auf. Jedenfalls drei, vielleicht auch mehr, also bevor die Schießerei losging. Die Hinrichtungen wurden durchgeführt. Drei Männer waren da drinnen, und es war zwei Uhr morgens.«

»Worauf willst du hinaus, Bertil?«

»Wir reden nicht über die Rushhour, Erik, sondern über die frühen Morgenstunden. Jimmy hat zwar rund um die Uhr geöffnet, aber morgens zwischen zwei und drei sind wohl kaum zwei Leute nötig.«

»Zwei Leute für einen Kunden«, sagte Winter.

»Solche Zustände sind in diesem Land längst wegrationalisiert«, sagte Ringmar.

»Sie stammten nicht aus diesem Land.«

»Aber trotzdem.«

»Ich verstehe, worauf du hinaus willst, Bertil.«

»In der unwahrscheinlichsten Stunde betritt Said Rezai den Laden, um etwas zu kaufen«, sagte Ringmar. »Was?«

»Jedenfalls hat er es nicht mehr geschafft, irgendwas zu kaufen«, sagte Winter. »Nichts in den Taschen.«

»Hier stehen Jimmy und Hiwa. Said tritt ein.«

»Mhm.«

»Dann beginnt das Massaker.«

»Weiter.«

»Der Taxifahrer kommt vielleicht eine Stunde später an und schlägt Alarm.«

»Und die Besucher sind weg«, sagte Winter.

»Die Besucher sind weg«, wiederholte Ringmar. »Auf dem Weg nach Rannebergen.«

»Ja. Oder nein. Das wissen wir noch nicht. Wir müssen Pias Obduktionsbericht abwarten.«

»Bereit, das Risiko einzugehen«, fuhr Ringmar fort, als hätte er Winter nicht gehört.

»Der Notruf hätte eine Sekunde nach den Schüssen eingehen können«, sagte Winter.

»Welcher Notruf? Bei der Polizei?«

»Ja.«

»Dort ist aber nichts eingegangen, oder?«

»Nein.«

»Wir spielen mit dem Gedanken, dass sie zu Saids Wohnung gefahren sind, um die Frau zu töten. Sie wussten, dass sie dort war. Sie wussten von Said und Shahnaz.«

»Sie haben sie gekannt«, sagte Winter.

»Ich kann es mir schwerlich anders vorstellen. Wenn Said es nicht selbst getan hat.«

Winter spähte in den Laden. Der war jetzt leer. Die Leute von der Spurensicherung würden wiederkommen, sie kehrten so lange zurück, wie es einen Anlass gab. Es gab fast immer einen Anlass. Bei einer Ermittlung kam es darauf an, zurück und nach vorn zu schauen. Meistens schaute man zurück, jedenfalls anfangs. Es konnte dort drinnen immer noch Dinge geben, von denen sie nichts wussten, die ihnen aber helfen, ihnen enorm helfen könnten.

Winter wandte sich zu Ringmar.

»Sie haben gewartet.«

»Wie?«

»Sie haben gewartet«, wiederholte Winter. »Jimmy, Hiwa und Said. Die haben nicht im Laden rumgelungert, weil sie nichts Besseres zu tun hatten. Schlafen, zum Beispiel. Nein. Sie haben auf jemanden, auf mehrere gewartet. Es war eine Verabredung.«

»Da drinnen?« Ringmar wies mit dem Kopf zum Laden, der

unter der Mittagssonne in barmherzigem Schatten lag. Himmel, eigentlich war es noch Vormittag.

»Gibt es einen besseren Platz für eine Verabredung?«

»Nein.«

»Jemand würde kommen. Sie haben gewartet.«

»Und jemand ist gekommen. Der, den sie erwartet haben?«

»Ich weiß es nicht.«

»Du weißt es besser, Erik.«

»Ja, ich sage ja.«

»Also waren es alles alte Bekannte?«

»Ja, oder neue. Neue Bekannte.«

»Unsere drei Opfer warten also und dann kommen ihre Bekannten herein?«

»Ja.«

»Mit geladenen Schrotflinten.«

»Die Waffen waren geladen, aber vielleicht sollten sie nicht sofort losgehen«, sagte Winter.

»Du meinst, sie haben sich in die Wolle gekriegt?«

»Das ist möglich.«

»Und worüber?«

»Über den Preis«, sagte Winter.

»Den Preis wofür?«

»Die Ware.«

»Welche Ware?«

»Es ging wohl kaum um Zucker oder Salz«, sagte Winter.

»Aber irgendwas, was dem gleichkommt?«, fragte Ringmar. »Aussehensmäßig?«

Winter nickte, immer noch dem Laden zugewandt.

»Ja, warum nicht«, sagte Ringmar.

»Wenn es etwas gibt, das für Abrechnungen im Rauschgifthandel typisch ist, dann ist es Gewalt«, sagte Winter.

»Und die trifft die ganze Familie«, ergänzte Ringmar.

Winter antwortete nicht. Plötzlich ging er weg, um das Gebäude herum. Ringmar folgte ihm.

Winter blieb stehen, den Blick auf den Fußweg gerichtet. Die Häuser auf der anderen Seite des Feldes wirkten jetzt, da es überhaupt nicht grau war, anders grau, eher gelb und würden am späten Abend orange werden.

»Was ist, Erik?«

»Ich dachte an diesen Jungen.«

»Kann wer weiß wer sein, kann irgendein Junge gewesen sein.«

»Das glaub ich nicht.« Winter machte ein paar Schritte auf den Weg zu. »Das glaub ich nicht, Bertil.«

# 6

Fredrik Halders und Aneta Djanali passierten den Bahnhof von Hammarkullen zu Fuß. Von hier fuhren die Straßenbahnen nach Kungsten. Fast bis Långedrag. Zwei Pole.

»Die längste Straßenbahnlinie der Stadt«, sagte Halders und blieb vor der Rolltreppe stehen.

»Wirklich?«

»Glaub ich. Jedenfalls bildlich gesprochen.«

»Bildlich gesprochen?«

»Eine lange Reise durch die Gesellschaftsklassen«, sagte Halders. »Es braucht viele Generationen von hier nach Långedrag.« Er sah Aneta Djanali an. »Tausend Generationen.«

»Wenn du es sagst.«

»Ich sage es. Ich bin noch nie weiter als bis nach Lunden gekommen.« Er schaute zum Himmel hinauf, als wollte er die Luftlinie nach Lunden, südlich vom Redbergsplatsen, abschätzen. »Von hier nach Lunden sind es nicht mehr als sechs Kilometer.«

»Sechs Generationen«, sagte Aneta Djanali.

»Aber ich stamme ja nicht von hier«, sagte Halders in einem Tonfall, als würde ihm das erst jetzt bewusst werden.

»Ich auch nicht.« Eine Gruppe schwarzhäutiger Männer kam ihnen entgegen, und sie machte einen Schritt beiseite. Zwei von ihnen nickten ihr höflich zu. »Von hier stammt doch eigentlich keiner.«

»Das ist wahr. Gut gesagt, Aneta.«

»Ich weiß nicht.«

Sie standen vor Marias Pizzeria & Café. Das Lokal war erst kürzlich eröffnet worden.

»Möchtest du Kebab?«, fragte Halders.

Aneta Djanali sah zwei Schwarze an dem Tisch sitzen, der dem Fenster am nächsten stand, Afrikaner, vielleicht Somalier. Nein, definitiv Somalier. Sie war selbst Afrikanerin, sofern man so genannt werden kann, wenn man in einem Krankenhaus sechs Kilometer von Hammarkullen entfernt geboren worden war. Eine Generation von dort entfernt. Ja, sie war Afrikanerin und gleichzeitig die erste schwedische Generation der Familie Djanali. Ihre Eltern waren aus Ouagadougou im damaligen Obervolta gekommen, waren hierher geflohen. Jetzt hieß das Land Burkina Faso. Sie hatten Göteborg wieder verlassen, als das Heimweh übermächtig geworden war und die politischen Verhältnisse sich zum Besseren gewendet hatten. Da war die Tochter schon erwachsen und Polizistin gewesen. Ihre Mutter war kurz nach der Heimkehr in Ouagadougou gestorben. Aneta hatte ihren Vater in Afrika besucht und das Land zum ersten Mal gesehen, die Stadt. Es war ein aufrüttelndes Erlebnis gewesen. Es war ihr Zuhause und doch kein Zuhause. Sie war zu Hause, wusste jedoch, dass sie niemals in Burkina Faso würde leben können. Das lag nicht an der Armut oder der Sprache, am Job oder an der Kultur. Ja, vielleicht auch daran. Aber es war noch etwas anderes, das sie nie in Worte würde fassen können. Auf dem Flug zurück nach Paris in einer Maschine der Air France hatte sie nicht aufhören können zu weinen. Sie weinte, als sie »nach Hause« kam. Plötzlich war sie überall eine Fremde. Das Gefühl war sie bis heute nicht losgeworden. Vielleicht würde es sie immer begleiten. Vielleicht war es immer da gewesen. Latent vorhanden, wie ein eventueller Schuhabdruck auf Jimmys Fußboden. Es hatte darauf gewartet, zu Tage zu treten, war mit ihr im Krankenhaus von Hammarkullen geboren worden.

»Morgens um neun mag ich noch keinen Kebab«, antwortete sie. »Aber wir können uns ja ein belegtes Brot teilen.«

»Wir teilen uns eins«, sagte Halders. »Ich hab sowieso keinen großen Hunger.«

Sie betraten das Lokal. Die Frau hinter dem Tresen begrüßte

sie, als wären sie Stammgäste. Die beiden Männer am Fenster standen auf und gingen.

Das belegte Brot war dick und vegetarisch.

»Ganz in Ordnung«, sagte Halders mit vollem Mund. »Ich mag dieses Pfefferzeugs.«

»Ich weiß«, sagte Aneta Djanali. Sie musste es wissen. Nachdem sie einige Jahre ein Verhältnis gehabt hatten, waren sie in dem Haus in Lunden zusammengezogen. Genau genommen war Aneta eingezogen, denn Fredrik wohnte dort schon mit seinen Kindern Hannes und Magda. Er war in das Haus zurückgekehrt, nachdem ein betrunkener Autofahrer seine geschiedene Frau Margareta überfahren hatte. Einige Zeit hatte Aneta schon mehr oder weniger im Haus gewohnt. Richtig einzuziehen war ein großer Schritt gewesen, für alle. Aber schließlich gab es keine Schritte mehr, die zu machen gewesen wären.

Manche wunderten sich vielleicht. Fredrik Halders und Aneta Djanali waren kein selbstverständliches Paar.

Aber Fredrik hatte sich verändert. Er begann zu sich selbst zu finden, wie er es vor gar nicht langer Zeit ausgedrückt hatte. Es gibt jemanden, der bin ich, hatte er gesagt. Es hatte tiefsinnig geklungen und außerdem richtig. Er war immer noch sarkastisch, drastisch, aber nicht mehr so oft und nicht auf die Art wie früher. Er war auf dem besten Weg, Kommissar zu werden. Der Nachwuchs, hatte er es genannt und schief gelächelt. Der Posten musste neu besetzt werden. Der Chef, Sture Birgersson, würde im Herbst in Pension gehen. Winter sollte offiziell übernehmen, was er in den vergangenen sieben, acht Jahren inoffiziell längst gesteuert hatte. Und Ringmar wurde nicht jünger. Halders fühlte sich jünger, so hatte er es im vergangenen Jahr oder im letzten halben Jahr empfunden. In Winters Abwesenheit war er irgendwie gewachsen. Manchmal war es so offensichtlich gewesen, dass es schon komisch wirkte. Und vielleicht ein wenig tragisch, hatte Aneta gedacht. Fredrik steht in Winters Schatten, dem entkommt er nicht. Eriks Schuld ist das nicht, es ist einfach so.

Halders wischte sich den Mund ab und blinzelte in die Sonne. Einige schwarz verschleierte Frauen überquerten rasch den gepflasterten Marktplatz. Oder ließ die Sonne die Schleier schwarz wirken? Sie schien stark und die Schatten waren scharf. Da draußen war alles schwarz und weiß. Halders fuhr sich über seinen stoppligen Schädel und wies mit dem Kopf zum Markt.

»Hoffentlich sieht die Familie Aziz nicht, wie wir hier sitzen und essen«, sagte er, »als wäre nichts passiert.«

»Ich glaube, die haben anderes im Kopf.«

»Ja, Scheiße.«

»Die Mutter hat nichts gewusst«, sagte Aneta Djanali.

»Nein.« Halders nahm einen Schluck von seinem Wasser und legte die Serviette auf den Teller.

»Da erzählen wir ihr, dass ihr Sohn an seiner Arbeitsstelle erschossen wurde, und sie wusste nicht mal, dass er dort gearbeitet hat«, sagte Aneta Djanali.

»Sie wusste, dass er arbeitete.«

»Aber den Arbeitsplatz kannte sie nicht.«

»Spielt das noch eine Rolle?«, sagte Halders.

»Für sie oder für die Ermittlung?«

»Fangen wir bei ihr an.«

»Natürlich spielt das eine Rolle. Jetzt stell dir nur mal das schreckliche Trauma vor. Es wird ja ein doppeltes Trauma, wenn sich herausstellt, dass ihr Sohn im Geheimen noch ein zweites Leben geführt hat.«

»Vielleicht wussten es die Geschwister«, sagte Halders.

»Sie behaupten nein.«

»Ich glaube, sie lügen. Die Schwester, glaub ich, weiß es.«

»Weiß was?«

»Wo er gearbeitet hat. Wo er war.«

»Warum sollte sie das verschweigen?«

»Das müssen wir sie beim nächsten Mal fragen.«

»Sei vorsichtig, Fredrik.«

»Ich bin immer vorsichtig.«

»Hier handelt es sich um Menschen, die schlecht behandelt worden sind, gelinde ausgedrückt.«

»Sie haben auf ihre Aufenthaltsgenehmigung gewartet«, sagte Halders.

»Allein das«, sagte Aneta Djanali.

»Hat sie gesagt, dass sie viermal eine Ablehnung bekommen haben?«

»Ich glaube ja, das müssen wir überprüfen.«

Halders nickte.

»Was für ein Scheißleben«, sagte Aneta Djanali. »Nur dazusitzen und zu warten.«

»Die Kinder sind immerhin in die Schule gegangen«, sagte Halders.

»Das macht das Ganze nur noch zynischer.«

»Wenigstens waren sie nicht gezwungen, sich zu verstecken.«

Halders sah die Glut in Anetas Augen.

»Erinnere mich nicht, Fredrik. Erinnere mich nicht daran, dass wir es waren, die Polizisten, die die versteckten Familien gejagt, sie gefasst, betäubt und in ein Flugzeug gesetzt haben.«

»Das war nicht unsere Entscheidung«, sagte Halders.

»Unsere Entscheidung? Unsere ENTSCHEIDUNG?! Haben wir nur einem Befehl gehorcht? Was sind wir? Nazis?«

»Die Sache ist kompliziert«, sagte Halders.

»Kompliziert? Kompliziert? Während die Polizei in anderen Distrikten des Landes etwas anderes zu tun hat, als verschreckte Kinder zu jagen, während sie *dafür sorgt*, dass sie was anderes zu tun hat, setzt die Polizei in Västergötland ihre Mittel nur umso bereitwilliger für die Menschenjagd ein.«

»Ich weiß nicht, ob die Geschichtsschreib...«

»Geschichtsschreibung?«, unterbrach ihn Aneta Djanali. »Als die Gesetze überprüft wurden ... Himmel, da haben alle ihre Waffen auf der Stelle niedergelegt, nur wir nicht. Nicht Göteborg. Weißt du, was ich damals gedacht habe, Fredrik? Weißt du, was ich da gedacht habe?«

»Ich weiß, was du gedacht hast, Aneta. Du hast es mir erzählt, viele Male.«

»Ich habe erwogen aufzuhören, und ich sage es noch einmal!«

»In einer derartigen Situation sind alle guten Kräfte erforderlich«, sagte Halders.

»Herr im Himmel, du hast dich verändert, und das ist gut, aber es gibt eine Grenze. Willst du Kommissar oder Politiker werden?«

»Immer nur einen Schritt zur selben Zeit.« Halders versuchte zu lächeln. Es war sinnlos.

»Was meinst du denn, was diese entsetzte Familie denkt, wenn wir in ihre Wohnung gestiefelt kommen?«

»Ich kann es mir vorstellen«, sagte Halders.

»Das ist gut. Ohne Empathie erreichen wir in diesem Fall nichts. Den Fällen. Empathie und Fantasie.«

»Jetzt redest du wie Winter.«

»Ich rede wie ich selber.«

Halders schwieg. Er gab der Frau hinter dem Tresen ein Zeichen und holte seine Brieftasche hervor.

»Ich finde, das soll die Firma zahlen. Arbeitsfrühstück zur Mittagszeit.«

Aneta Djanali beugte sich über den Tisch.

»Was sollen wir tun, Fredrik?«

Halders nahm die Rechnung entgegen und die Frau kehrte zum Tresen zurück. Er zog ein paar Scheine aus seiner Brieftasche und schaute auf.

»Wie meinst du das?«

»Ich glaube auch, dass einer oder mehrere in der Familie etwas wissen, was sie uns nicht erzählt haben. Aber wir müssen vorsichtig sein. Dieser Fall liegt anders, ganz anders. Alles ist anders.«

»Ich weiß, Aneta.«

»Wenn wir etwas erfahren wollen, müssen wir behutsam vorgehen und unsere Fragen sehr genau überlegen, und auch die Antworten müssen wir vielleicht anders deuten als üblich.«

»Wenn wir überhaupt Antworten bekommen.«

»Das werden wir.«

Die Frau kam zurück und nahm das Geld entgegen. Ihr Äußeres verriet, dass sie aus einem Land im Nahen Osten stammte, aber vielleicht war auch sie in einem Krankenhaus in Göteborg geboren worden. Aneta Djanali sah ihr nach, als sie sich entfernte. Die Frau stellte sich wieder neben die Kasse. Hinter ihr schnitt ein Mann Fleisch von einem dicken Kebabspieß ab. Wenn Aneta Djanali gelegentlich Kebab aß, bevorzugte sie aufeinander geschichtete dicke Scheiben Lammfleisch, aber diese Art war in Schweden nicht bekannt. Der Begriff Kebab hatte ohnehin einen schlechten Klang. Wie etwas Zweitklassiges. Ein Import aus einem Teil der Welt, aus dem wir keine Importe haben wollen.

Allenfalls Oliven. Oder Datteln. Datteln gab es seit den fünfziger Jahren in schwedischen Haushalten, vielleicht schon seit den vierziger Jahren. Datteln waren mittlerweile durch und durch schwedisch. Wie Kohlrouladen. Schwedische Kohlrouladen, keine orientalischen. Noch gab es keinen schwedischen Kebab, obwohl man die Kebabspieße selbst auf dem Land in jedem Nest bekam.

Halders wollte sich gerade erheben, erstarrte jedoch.

»Ist sie das nicht?« Er nickte zum Marktplatz vor dem Fenster. »Die Schwester?«

Aneta Djanali drehte sich um. Sie sah eine Frau den hinteren Teil des Platzes rasch überqueren. Im ersten Moment war sie eine Silhouette vor der Sonne, dann hatten sich Anetas Augen an das Licht und den Abstand gewöhnt. Die Frau trug keinen Schleier, deswegen meinte Halders, sie erkannt zu haben, und er hatte Recht. Es war die siebzehnjährige Schwester des toten Hiwa. Aneta Djanali war ihr Name entfallen, aber sie hatte ihn in ihrem Notizbuch vermerkt. Plötzlich schämte sie sich, dass sie sich nicht an den Namen erinnern konnte.

»Wo will die hin?« Halders ging schnell auf den Ausgang zu.

»Wir können doch ni...«, sagte Aneta Djanali, aber Halders war schon auf dem Marktplatz.

Die Frau war aus Aneta Djanalis Blickfeld verschwunden.

Nasrin. Sie hieß Nasrin. Aneta Djanali hatte ihre Notizen hervorgeholt.

Sie war Halders nach draußen gefolgt und spürte plötzlich Wind im Gesicht. Er war heiß und erinnerte sie an den Wind, den sie am Stadtrand gespürt hatte, als sie ihren Vater besucht hatte. Der Stadtrand war gleichzeitig der Rand der Wüste gewesen. Beides ging ineinander über.

Aneta Djanali überquerte den Platz. Sie sah Fredrik in fünfzig Metern Entfernung. Er stand still, winkte, als er sie sah, drehte sich in verschiedene Richtungen.

»Ich hab sie verloren«, sagte er.

»Hat sie dich gesehen?«

»Glaub ich nicht. Sie war schon weg, als ich hier ankam.«

Vor ihnen lag ein größerer Parkplatz.

»Sie kann ja nicht in ein Auto gestiegen sein«, sagte Halders. »Das hätte ich gesehen.«

»Da hinten ist noch ein Parkplatz.«

»Es gibt auch reichlich Wege.« Halders zeigte nach Westen. »Und Büsche.«

»Ich glaube nicht, dass sie sich zu verstecken versucht«, sagte Aneta Djanali.

»Jedenfalls möchte ich wissen, wohin sie unterwegs war«, sagte Halders.

»Irgendwohin«, sagte Ringmar auf der Nachmittagskonferenz.

»Nein«, sagte Halders, »ich hatte den Eindruck, dass sie möglichst schnell ein bestimmtes Ziel erreichen wollte.« Er sah Aneta Djanali an. »Oder?«

»Ich weiß es nicht.« Sie wich seinem Blick aus.

»Das weißt du sehr wohl.«

»Es braucht ja nichts zu bedeuten«, sagte Bergenhem.

Halders antwortete nicht. Er schien nicht zuzuhören und sah Aneta Djanali an, als hätte sie ihn verraten.

»Die Familie wusste also nichts von Hiwas Job?«, fragte Winter.

»Schwarzarbeit«, sagte Halders.

»Nicht ganz«, sagte Ringmar.

»Wer behauptet das?«

»Dieselbe Quelle, von der wir erfahren haben, dass Hiwa dort gearbeitet hat.«

»Das ist mir ganz neu«, sagte Halders. »Wer war das?«

»Ein Nachbar.«

»Ein Nachbar? Wessen Nachbar?«

»Vom Laden.«

»Das klingt ziemlich vage«, sagte Halders.

»Du wirst es verstehen, wenn du die Umgebung siehst«, sagte Ringmar.

»Wie ist dieser Nachbar denn aufgetaucht?«

»Er ist zur Absperrung gekommen«, sagte Winter.

»Klingt verdächtig.«

»Wieso?«

»Tja, wie konnte er wissen, wer im Laden lag?«

»Wir haben sofort angefangen, die Leute vorm Laden zu verhören«, sagte Ringmar, »Neugierige.«

»Und?«

»Dieser Mann hat ausgesagt, er sei am Abend im Laden gewesen und dass die beiden, die dort arbeiteten, anwesend gewesen seien.«

»Kannte er die Namen?«

»Ja.«

»Okay. Aber da wussten wir schon, wer sie waren, oder?«

»Ja.«

»Er wusste nichts von dem Dritten, Sair?«

»Said«, korrigierte Bergenhem.

»Was?«, fragte Halders.

»Said«, wiederholte Bergenhem. »Mit einem ›d‹ am Ende.«

»Himmel, als ob das ein großer Unterschied wäre.«

»Ich hoffe, das war ein Witz, Fredrik«, sagte Ringmar.

»Das war ein Witz.«

»Sonst noch jemand, der Witze machen will?«, sagte Winter. »Oder können wir es jetzt im Ernst durchgehen?«

# 7

Mich fror nicht mehr. Wenn die Sonne aufging, fror ich wie ein Hund, und es dauerte zwei Stunden, ehe mir ein bisschen wärmer wurde.

Ich stand vor dem Zelt und sah die Sonne wie eine Blutorange über den Bergen aufgehen. Um mich herum war plötzlich alles rot, der Sand, das Zelt, die Berge, die Steine.

Die Kamele waren hundert Meter entfernt. Zwei Kamele. Und die Hunde, die schon wach waren, liefen zwischen den Zelten hin und her und suchten nach Futter, aber es gab kein Futter mehr, nicht für sie und nicht für uns. Deshalb muss ich immer an Blutorangen denken, wenn ich die Sonne aufgehen sehe. Oder an Granatäpfel, eigentlich denke ich an Granatäpfel. Ich will nicht an Blutorangen denken. Es war kaum eine Woche vergangen, seit ich zuletzt einen Granatapfel gegessen hatte, vor der Flucht. Ich mag Granatäpfel. Wenn wir jetzt doch ein Kilo Granatäpfel hätten, dachte ich, während ich dastand.

Wenn sie doch überhaupt keine Granaten hätten, wenn es gar keine gäbe. Ich wusste, dass es Granaten waren. Das wusste jeder im Dorf. Wenn überall im Dorf Explosionen krachten, wussten wir, was es war. Und wenn wir den Rauch sahen. Die Rauchwolken. Als würden alle Zweige auf der ganzen Ebene gleichzeitig Feuer fangen. Ich sah Flammen in den Himmel züngeln. Es war wie auf den Ölfeldern, aber anders. Dieses Feuer war schwärzer.

In den letzten beiden Tagen hatten wir nur ein bisschen Wasser und Brot gehabt. Das Brot hatte Mutter aus dem Mehl gebacken, das sie mitgenommen hatte, als wir von zu Hause geflohen waren. Ich weiß nicht, wie sie das geschafft hat. Als hätte sie das Mehl schon vorher in einen Ledersack gepackt. Als hätte sie gewusst, was kommen würde, das Feuer, die Granaten, das Schießen. Die Messer. Dass es kommen würde.

Mich fror nicht mehr. Ich ging zum anderen Ende des Lagers, es war, als würde ich dort der Sonne näher sein, als würde es wärmer.

Rauch stieg auf von kleinen Feuern im Lager, nur wenig Rauch. Wir kochten Teewasser, etwas Tee hatten wir noch, aber der würde bald ausgehen. Wir hatten keinen Zucker, und Tee ohne Zucker kann man fast nicht trinken, ich war es nicht gewöhnt.

Vater hatte immer gesagt, wenn man Zucker für seinen Tee hat, dann ist alles in Ordnung. Er konnte solche Sachen sagen: Hat man Salz für das Brot, dann ist alles gut, hat man Zwiebeln für den Reis, dann ist alles gut, hat man Pfeffer für das Lamm, dann ist alles gut, hat man Butter für die Eier, dann ist alles gut, hat man Öl für die Okras, dann ist alles gut.

Alles war gut. Zu Hause hatten wir alles gehabt, also war es gut.

Wir hatten in den alten Palastruinen gespielt. Sie waren fünfhundert Jahre alt und der Palast hatte siebenhundert Jahre gestanden.

Das Dorf gab es seit tausend Jahren, hatte ich gehört. Später im Lager hörte ich, dass es das Dorf nicht mehr gab, die, die später kamen, haben es erzählt.

Als ich mich umdrehte, sah ich meine Mutter aus dem Zelt treten. Sie rief mir etwas zu, das ich nicht verstand. Sie wedelte mit der Hand, sie wollte, dass ich kam. Sie wollte etwas von mir.

# 8

Die Schatten waren länger geworden, der Nachmittag zog sie in die Länge, von Angered nach Saltholmen. Aber bis zur Dämmerung waren es noch einige Stunden. Die Zeit von der Morgendämmerung bis zur Abenddämmerung zog sich im Juni unendlich hin, sie hörte nie auf. Die Schatten der Flutlichtmasten im Ullevi-Stadion würden sich später bis zum Korsvägen strecken und die Eklandagatan hinauf. So weit konnte Winter nicht sehen. Sekundenlang konnte er kaum die Papiere vor sich erkennen oder die Gesichter um den Tisch. Er schloss die Augen und öffnete sie wieder, und das Gefühl der Schwäche war verschwunden.

»Was ist, Erik?«, fragte Aneta Djanali.

»Nichts.«

»Überarbeitet?«, fragte Halders mit unschuldiger Miene.

»Noch nicht, Fredrik.«

Halders sah auf die Bilder, die vor ihm lagen, die vor allen lagen. Sie zeigten einen Körper auf einem Bett. Der Körper gehörte Shahnaz Rezai. Oder hatte ihr gehört. Ihre Seele war jetzt woanders. Dieses Gesicht ist nicht mehr ihr Gesicht, dachte Aneta Djanali. Es gehört jetzt uns.

»Wie nennt man so was?«, fragte Halders. »Hass?«

Niemand antwortete.

»Was sagt die Spurensicherung?«

»Bis jetzt noch nichts«, erwiderte Winter. »Sie arbeiten daran, genau wie wir.«

»Und was sagt Pia?«

»Dass es mehrere mögliche Todesursachen gibt«, antwortete Ringmar.

»Kann ich mir denken«, sagte Halders leise, während er die Bilder betrachtete. »Scheiße!« Er sah auf. »Diese Scheißkerle müssen wir fassen, und zwar schnell. Die sind lange genug auf unserer Erde gewandelt.«

Die anderen schwiegen.

»Ob der Fall mit den Schüssen im Laden zusammenhängt? *You bet*, es hängt zusammen«, fuhr Halders fort. »*No way* ist das ein Zufall.«

Auch das kommentierte niemand.

»Unmöglich«, übersetzte Halders sich selber.

»Er kann es getan haben«, sagte Bergenhem, »Said.«

»Mal sehen, was die Charakterstudie ergibt«, sagte Winter trocken.

»Wir wissen doch nicht das Geringste über diese Menschen«, sagte Halders.

»Noch nicht«, sagte Winter.

Halders drehte das Foto um, damit er den Körper nicht mehr sehen musste.

»Was machen wir jetzt?«, fragte er.

»Im Augenblick findet noch die Befragung an den Haustüren statt«, sagte Ringmar.

»Das bringt doch gar nichts«, sagte Halders. »Wir müssen auf die Leute von der Spurensicherung und Fräulein Doktor warten.« Er warf einen Blick in die Runde. »Und ich glaube, auch das wird nichts bringen. Wir werden erfahren, wie, aber nicht, warum.«

»Das kriegen wir raus«, sagte Winter.

Halders schüttelte den Kopf.

»Dafür brauchen wir tausend und eine Nacht.«

Wer sich einen ersten Überblick verschaffte, konnte meinen, es gäbe tausend und eine Gang in Göteborg, mit starker Rekrutierungsbasis in den nordöstlichen Stadtteilen: Motorrad-Gangs wie die Bandidos, Hells Angels, Red Devils, Red White Crew; Gefängnis-Gangs wie die Original Gangsters und Wolfpack; Jugendlichen-Gangs wie das X-Team und die Tiger; eng verflochtene ethnische Netze aus Albanern, Kurden, früheren Jugoslawen, Somaliern.

Aber wenn es um Verbrechen ging, gab es eigentlich keine primär ethnisch zusammengesetzten Gruppen, vor allen Dingen bei den schweren Vergehen nicht, wie dem großen Schmuggelgeschäft, Raub, Rauschgift- und Menschenhandel. Es war das Verbrechen, das integrierte und vereinte. Geld, Gewinn, Profit. Wichtig war nicht, woher der Kriminelle stammte – es kam darauf an, wie viel er an dem Verbrechen verdienen konnte, zusammen mit anderen, denn allein ist man schwach und gemeinsam ist man stark. Verbrechen schafft eine Gemeinschaft über Nationalitätengrenzen, über Religionsgrenzen hinweg, es steht über fast jeder altmodischen und schwedischen Ethnie. Ja, das ist schwedisch, der Schwede grübelt über so etwas mehr nach als der Rauschgiftschmuggler aus Albanien, dem Iran oder Somalia. Das Verbrechertum war die Antwort auf die Frage nach Integration und Ausgrenzung. Es schaffte auch eine Art Unantastbarkeit und Geborgenheit, wenngleich eine ungewisse Geborgenheit, die jedoch besser war als ihre Alternative. Was war die Alternative? Viele wussten es nicht.

Die Polizei versuchte, bekannte Gangmitglieder, besonders aus den nördlichen Stadtteilen, aber auch aus allen Himmelsrichtungen zum Verhör einzubestellen. Sollte es sich um eine Abrechnung im Rauschgiftmilieu handeln, dann würde es früher oder später ans Licht kommen, wahrscheinlich früher, aber mit nur vagen Details. Im Rauschgifthandel waren die Details immer vage.

Und Winter musste sich um die Waffenfrage kümmern. Auf den Straßen, in den Gangs, gab es immer mehr Waffen. Was vor zehn Jahren undenkbar gewesen war, war jetzt alltäglich. Neue Mitbürger auf den Straßen, neue Waffen, mehr Waffen. Abrechnungen mit Schusswaffen auf Plätzen, in Restaurants, auf den Straßen. An Stränden, Abrechnungen unter Gangstern al fresco.

Winter hielt vor einer roten Ampel in der Avenyn. An diesem warmen Sommerabend waren viele Leute unterwegs. Winter versuchte sich zu erinnern, welcher Tag es war, gab jedoch auf. Im letzten halben Jahr hatte er die Übersicht verloren, und es war schwer, die Gewohnheit zu durchbrechen. Montag, Dienstag, Freitag, Sonntag. Sonntag war es nicht, das wusste er, doch das war auch alles.

Sein Handy klingelte. Es lag auf dem Beifahrersitz. Die Nummer auf dem Display kannte er.

»Ja, Bertil?«

»Pia ist da gewesen. Sie sagt, es ist irgendwann gegen Morgen passiert.«

»Morgen? Wann am Morgen?«

»Früh, ein paar Stunden nach Mitternacht, bis spätestens sieben.«

Die Ampel sprang auf Grün um und Winter fuhr an.

»Die Frage ist, wann Said den Laden betreten hat«, sagte er.

»Ja. Pia meint, die Schüsse müssen in dieser Zeitspanne in der Morgendämmerung gefallen sein. Aber das wissen wir ja.«

Bisher hatten sie noch keinen Zeugen gefunden, der die Schüsse gehört hatte. Das war merkwürdig. Als hätten die Mörder Schalldämpfer benutzt. Aber nach den Verletzungen der Opfer zu urteilen, war das nicht möglich. Die Hauswände dämpften etwas, allerdings nicht sehr. Der Laden war vielleicht zu weit entfernt von den Mietshäusern. Dort hatte man die Schüsse womöglich für Verkehrsgeräusche, Fehlzündungen oder für irgendein anderes Geräusch der Sommernacht gehalten.

Sie könnten es testen. Ein paar Schüsse abgeben.

»Wir wissen nicht, ob sich noch mehr Personen im Laden befunden haben«, sagte Winter. »Abgesehen von den Opfern und den Mördern.«

»Jemand, der entkommen konnte, meinst du?«

»Ja.«

»Die Schritte, die der Taxifahrer gehört hat?«

»Nein, ich dachte nicht an die Schritte. Ich überlege, ob noch jemand dabei war, dem die Flucht geglückt ist. Oder der den Ort verlassen durfte, mit Erlaubnis sozusagen.«

»Wie kommst du darauf?«

»Ich weiß es nicht. Irgendwas stimmt da nicht. Ich will morgen früh sofort wieder rausfahren und alles noch mal überprüfen.«

»Ich muss ... erst noch etwas anderes erledigen. Ich komme später.«

»Ich hab gesagt, dass ich hinfahre, Bertil. Du brauchst nicht nachzukommen.«

»Das möchte ich aber.«

»Okay, dann sehen wir uns also.« Winter trennte die Verbindung.

Er bog zum Vasaplatsen ab und fuhr einmal um den Häuserblock und hinunter in die Parkgarage.

In der Bäckerei, die sich in dem Haus befand, in dem er wohnte, kaufte er ein Baguette. Der Bäcker backte mehrere Male am Tag frisches Baguette. Winter war ganz erstaunt gewesen, als er festgestellt hatte, dass er auch am frühen Abend noch frisches französisches Weißbrot bekam. Das war ein starkes Argument, die Wohnung nicht aufzugeben.

Im Fahrstuhl dachte er an den Jungen, der ihn auf dem Hof neben den Häusern, zweihundert Meter entfernt von dem einsamen kleinen Gebäude, in dem drei Menschen gestorben waren, beobachtet hatte.

Bo Lundin und Isak Holmström von der Spurensicherung aus Borås hatten in ihrem Arbeitsleben schon Ähnliches gesehen. Sie hielten auch mit der neuen Zeit Schritt und waren vertraut mit jener Methode zur DNA-Analyse, die auf der Basis von low-copy number- oder LCN-Proben Spuren fand, wo man früher unmöglich Spuren hatte entdecken können. Jetzt konnte man Spuren an Stellen suchen, wo die Suche früher sinnlos gewesen war.

Bo Lundin kam das Küchenfenster beim Ehepaar Rezai ungewöhnlich gut geputzt vor, besser als die Fenster in den anderen Räumen. Durch dieses Fenster sah er einen verlassenen Spielplatz in der Sonne. Möglicherweise hatte jemand das Fenster abgewischt, das war an sich schon interessant. Und noch interessanter war die Möglichkeit, dass dieser Jemand das Fenster beim Abwischen angehaucht und dass dieses winzige Ausatmen ein wenig DNA hinterlassen haben könnte. Jemand hatte sich vielleicht die Mühe gemacht, eine Spur zu verwischen, die ihn womöglich gar nicht überführt hätte, während genau diese Handlung dazu beitragen konnte, dass die Spurensicherung der Polizei doch etwas fand.

Und dann gab es den Nacken der Frau und den Hinterkopf.

Der Mörder hatte geatmet.

Bo Lundin wusste nicht, ob er Spuren sichern würde, aber er hoffte es.

Er arbeitete mit Mundschutz und in einem sterilen Einwegoverall.

Sie saßen auf dem Balkon und schauten in den Himmel über den Dächern, der immer noch sehr blau war.

Winter nahm einen Schluck Weißwein, ein Riesling aus Turckheim. Er war weich auf der Zunge, fast wie Wasser, das an einem stillen Abend ans Ufer rollt. Es war ein stiller Abend. Auf den Straßen hatte die Nacht noch nicht begonnen.

Plötzlich hörte er in der Wohnung einen Schrei.

»Sie träumt wieder«, sagte Angela.

»Ich geh zu ihr.«

Schon im Flur hörte er Weinen.

Lilly saß in ihrem kleinen Bett, Elsa war nicht aufgewacht.

»Ist ja gut, meine Maus.« Er hob Lilly hoch und spürte die Angst in ihrem Körper. Was mochte sie geträumt haben? Was gab es in ihrem Unterbewusstsein, das die Unruhe, den Schrecken ausgelöst hatte? Sie war noch keine zwei. Seine eigenen Träume verstand er. Manchmal hieß er sie willkommen. Wie schrecklich sie auch waren, sie konnten sich niemals mit der Wirklichkeit messen. Wie dieser Albtraum von heute. Hör bloß auf. Denk nicht ausgerechnet jetzt dran. Wiege nur die Kleine wieder in den Schlaf. Schaukeln. Sie schlief fast. Jetzt, jetzt schlief sie. Ja. Ich spüre das kleine Herz. Es hat sich beruhigt.

Er legte das Kind wieder ins Bett und deckte es vorsichtig mit einem Laken zu, für eine Decke war es zu warm. In der Altbauwohnung staute sich tagsüber die Hitze und nachts legte sie sich wie eine Pferdedecke über alles. Geöffnete Fenster halfen nichts, da es keinen Zug, keinen Wind gab. Seit Wochen hatte sich kein Windhauch gerührt. Es war, als würde jemand die Luft anhalten. Der Gedanke war ihm heute durch den Kopf gegangen, als er das reglose Laubwerk am Tatort gesehen hatte. Das Laubwerk am Tatort, klang fast wie ein Titel, vielleicht für seine Mordfibel. Sie begann mit dem heutigen Tag, und sie würde dick werden. Sie war schon dick, vier Morde in der Morgendämmerung. Wenn er glaubte, es könnten noch mehr werden, war das Spekulation, aber nicht nur. Im Lauf der Jahre hatte er gelernt, unkontrollierten Gedanken zu lauschen. Diesmal schien er nicht zuhören zu wollen.

»Jetzt schläft sie«, sagte er, als er wieder auf den Balkon trat. Er setzte sich auf den Rattansessel und nahm sein Glas. »Vielleicht ist es die Umstellung auf ein anderes Land und eine andere Kultur.«

»Und ein anderes Wetter«, sagte Angela. »Hier ist es wärmer als im südlichen Spanien.«

»Stimmt.«

»Kannst du mir bitte etwas Wasser holen?« Sie hielt ihm ihr leeres Glas hin.

Er erhob sich wieder, nahm die Karaffe, ging in die Küche und ließ so lange Wasser laufen, bis es kalt war. Dann gab er noch ein paar Eiswürfel in die Karaffe.

»Danke«, sagte sie, als er zurückkam und ihr Wasser einschenkte. Er setzte sich. In der Weinflasche war noch ein Rest. Den würde er trinken und dann nichts mehr an diesem Abend. Heute Abend kein Whisky. Niemand wusste, was morgen dort draußen passieren würde oder heute Nacht oder in der nächsten Nacht.

»Möchtest du darüber sprechen?«, fragte Angela nach einer Weile.

»Ich glaub, das muss ich.«

»Sag Bescheid, wenn wir nicht mehr darüber reden sollen.«

»Es geht um diesen Jungen«, antwortete er.

»Glaubst du, er ist von Bedeutung?«

»Ja.«

»Warum?«

»Er hat mich mit so einem besonderen Blick angeschaut.«

»Warum ist er dann nicht zu dir gekommen?«

»Vielleicht fühlte er sich von jemand anderem beobachtet.«

»Himmel.«

»Ich hatte den Eindruck.«

»Dass er sich beobachtet fühlte?«

»Ja, oder er hat es sich eingebildet.«

»Warum?«

»Weil er etwas gesehen hat. Er hat die Morde gesehen.«

»Was hatte er dort zu suchen? Warum war er dort?«

Herr im Himmel, Angela ist wie Bertil, dachte er. Wenn Bertil in Pension geht, hab ich immer noch Angela.

»War vielleicht mit dem Fahrrad unterwegs, war draußen und ... ich weiß es nicht.«

»Allein in der Morgendämmerung? Wie alt ist er? Zehn, zwölf?«

»Irgendwie um den Dreh«, sagte Winter, »nicht älter.«

»Und er durfte nachts allein herumfahren?«

Winter zuckte mit den Schultern.

»Vielleicht war er gar nicht allein«, fuhr Angela fort.

»Das ist mir auch schon durch den Kopf gegangen.«

»War er ... mit den Tätern zusammen?«

»Schon möglich«, sagte Winter.

»Wie willst du ihn finden?«

»Wir überprüfen alle, die in der Umgebung wohnen, Wohnung um Wohnung. Wir reden mit dem Bezirkskommando, mit den Hausverwaltern, den Schulen, Sportclubs. Und die Polizisten dieses Reviers reden mit ihren Quellen beiderseits des Gesetzes. Aber vermutlich mehr auf der anderen Seite.«

»Das klingt nach einer Heidenarbeit, alles zusammen jedenfalls.«

Winter nickte.

»Wir lange wird das dauern?«

»Viel zu lange.«

Er schenkte sich und Angela den Rest Wein ein, hob das Glas und trank. Der Wein war schon ein wenig zu warm, und er goss etwas Eiswasser hinzu.

»Es kann eine ganz andere Person gewesen sein«, sagte er.

»Wenn überhaupt jemand da war«, sagte sie.

»Der Taxifahrer ist sicher.«

»Ist er glaubwürdig?«

Winter zuckte wieder mit den Schultern. Er mochte es selber nicht, aber er tat es trotzdem.

»Ich glaube, jetzt möchte ich nicht mehr darüber sprechen.«

»Gut.«

»Ich möchte über etwas Nettes, Angenehmes reden.«

»Das Meer«, schlug sie vor, »lass uns über das Meer reden.«

»Welches Meer?«

»Warum nicht über das, das gleich dahinten liegt.« Sie zeigte nach Westen, über die Hausdächer.

»Was ist damit?« Aber er wusste, was sie meinte. Es war eine alte Diskussion, die jedes Mal neu war.

»Irgendwo in meinem Hinterkopf gibt es ein Grundstück an diesem Meer«, sagte sie. »Ich sehe sogar ein Haus.«

»Ein Haus? Ein Grundstück?«

»Ist das nicht seltsam?«

»Also wirklich.«

»Dieses Grundstück muss inzwischen eine Menge Geld wert sein, Erik.«

»Es war immer Geld wert.«

»Warum also nicht verkaufen?«

»Möchtest du das?«

»Ich weiß es nicht. Vielleicht will ich dich provozieren, vielleicht auch nicht. Aber ich hab das Gefühl, es wird doch nie was damit passieren. Wir kommen hier nie weg.«

»Ist das denn so schrecklich? Nie hier wegzukommen?«

»Nein, nein, aber du weißt, was ich meine. Da drinnen schlafen zwei Rosenknospen, und die Luft hier in der Stadt ist nicht die beste. Das weißt du auch. Darüber haben wir schon tausendmal gesprochen. Du sagst, für dich ist es zu spät, aber für Elsa und Lilly ist es nicht zu spät.«

»Hab ich gesagt, dass es für mich zu spät ist?«

»Du hast gesagt, du bist immun, und einen Haufen bescheuerter Gründe aufgezählt, aber im Augenblick erinnere ich mich nicht im Einzelnen daran.«

»Ist es okay, wenn ich mir einen Zigarillo anzünde?«, fragte er.

»Versuch jetzt nicht abzulenken.«

»Ich versuche nicht abzulenken. Ich brauche einen Zigarillo. Ich bin nervös.«

»Siehst du, schon wieder willst du ablenken.«

»Angela, würde es dir wirklich da unten gefallen? Es ist hübsch dort, und vielleicht würde es fantastisch werden, aber ... sind wir da nicht ein bisschen zu isoliert?«

»Isoliert? Isoliert von was?«

»Von allem.« Er breitete die Arme aus. »Der Stadt.«

»Ich weiß es nicht«, sagte sie. »Manchmal kommt sie mir überhaupt nicht wie eine Stadt vor.«

»Mit Marbella verglichen ist Göteborg groß«, sagte er.

»Ich vergleiche es nicht mit Marbella.«

»Mit Madrid? Barcelona? Paris? London? Mailand? Singapur? Bombay? Sydney? New York?«

»Ja.«

Winter lachte kurz auf und zündete sich einen Corps an. Der Rauch ringelte sich in den Abend.

»Es ist hübsch, wenn der Rauch an so einem klaren Abend davonschwebt«, sagte er.

»Ich geh jetzt schlafen.« Sie stand auf.

Winters Handy, das auf dem Tisch lag, klingelte. Angela verdrehte die Augen und winkte ihm zum Abschied zu, als Winter nach dem Telefon griff.

»Guten Abend, Winter.«

Er erkannte die Stimme am anderen Ende.

»Guten Abend, Sivertsson. Vielen Dank, dass du anrufst.«

Es war Holger Sivertsson, der Chef vom Bezirkskommando in Angered.

»Du hast ja gesagt, dass ich dich auch spät anrufen kann. Oder früh. Aber du brauchst dich nicht zu bedanken. Die Neuigkeit ist, dass es keine Neuigkeiten gibt.«

»Was bedeutet das?«

»Es bedeutet, dass unsere Quellen nichts wissen. Im Augenblick jedenfalls nicht, noch nicht.«

»Bist du überrascht?«

»Mich kann nicht mehr viel überraschen, Winter. Nicht, nachdem ich hier fünfundzwanzig Jahre Dienst getan habe.«

»So lange schon?«

»Aber nichts gegen unsere Stadtteile.«

»Ich hab nichts gesagt, Holger.«

»Unser Ruf ist unverdient schlecht.«

Winter schwieg.

»Hier oben leben achtzigtausend Einwohner«, fuhr Sivertsson fort. »Und dabei habe ich Bergsjön gar nicht mitgerechnet. Das gehört zu Kortedala. Aber wir bewegen uns natürlich über alle

Grenzen. Zum Beispiel folgen wir unseren lieben Jugendlichen hinunter in die Stadt. Die gucken vielleicht blöd, wenn sie vor einem Club in Mölndal Randale machen, und dann taucht die Polizei aus Angered auf und salutiert.«

»Das kann ich mir vorstellen.«

»Keine Anonymität, Winter. Kein Ort, wo sie sich verstecken können. Anonymität ist der kostbarste Besitz eines Kriminellen.«

»Und in diesem Fall ist er sehr anonym.«

»Wir werden ein Resultat bekommen, Winter. Wir wissen, wie man die Quellen hier oben anzapft. Würde eine größere Geschichte hinter dem Ganzen stecken, dann wüssten wir es schon jetzt, oder hätten es schon vorher gewusst. Vermutlich vor den Betroffenen!«

Quellen anzapfen bedeutete, dass der Fahnder eine Beziehung zu seinem Informanten herstellte. Dieser konnte ein aktives Gangmitglied sein oder jemand von der kriminellen Peripherie und manchmal jemand von außerhalb. Es kam einzig und allein darauf an, dass der Fahnder eine enge Beziehung aufbaute. Und Anonymität gewährleistete. Ein Informant setzte sein Leben aufs Spiel. Es ist Verrat, weiterzugeben, was in der Welt der Kriminellen geschieht. Winter wusste das. Deswegen war es auch lebensnotwendig, dass so wenig Personen wie möglich die Quellen kannten. Sivertsson wusste nicht, mit welchen Quellen seine einundzwanzig Polizisten im Außendienst zusammenarbeiteten. Er wusste nicht einmal, wie viele es waren. Er wollte es auch nicht wissen. Er wollte keine Fehler riskieren. Er würde vermutlich auch keine machen, aber schon ein hinterlassener Zettel mit einem Namen konnte zu einer Katastrophe führen. Nur ein Back-up wusste etwas: Wir haben eine Verabredung, wenn ich nicht zurückkomme, dann …

Winter wusste auch, dass es heute schwieriger war, Informationen von Zeugen zu bekommen. Es war stiller geworden. Die Menschen hatten heutzutage mehr Angst. Die Polizei benötigte Informationen aus der Unterwelt, die Nachrichten aus der Unterwelt. Warum wurde jemand Informant für die Polizei? Warum unterschrieb jemand sein eigenes Todesurteil blanko? Es war die Spannung. Eine äußere Dimension, die man seiner Identität hinzufügen konnte. Sich weiter in der kriminellen Welt zu bewegen und doch etwas Besseres zu sein. *Jemand* zu sein. Sich einen verdammten Kick zu verschaffen.

»Ich weiß nicht, ob du verstehst, was für ein Kontaktnetz wir hier oben haben«, hörte er jetzt Sivertssons Stimme.

»Doch, schon.«

»Das glaub ich nicht. Ist aber auch egal. Die derzeitige Neuigkeit ist also, dass ich keine Neuigkeit habe, aber es wird eine geben.«

»Du hast gesagt, dass es sich in diesem Fall nicht um ein größeres Geschäft handelt. Wie kannst du so sicher sein?«

»Vorausgesetzt, dass die ihre Gepflogenheiten nicht verändert haben.«

»Wer die?«

»Irgendwer. Die Gang. Oder die Freiberufler. Ich würde behaupten, dass es unmöglich ist, hier oben größere Rauschgiftgeschäfte zu betreiben, ohne dass wir Wind davon kriegen. Auch keine kleineren Geschäfte. Unmöglich.«

»Und trotzdem werden sie betrieben«, sagte Winter.

»Ja, ist das nicht merkwürdig? Ich hab mir schon immer den Kopf darüber zerbrochen. Warum gibt es Kriminalität, wenn wir Polizisten haben?«

»Das sind interessante Gedanken, Holger. Meinst du, wir haben es in diesem Fall mit Amateuren zu tun?«

»Wie meinst du das?«

»Irgendwelche armen Teufel, die sich ins Business begeben wollten, ohne die Risiken zu sehen? Die vielleicht über eine Partie Heroin gestolpert sind oder sie geklaut haben, und dies war die Strafe?«

»Das ist ein Riesending, Winter. Du mit deinem City-Horizont hast vermutlich keine Ahnung, was hier oben über Jimmy Foro geredet wird, darüber, was in seinem Laden passiert ist. Sogar nach unseren Maßstäben sind das keine Peanuts.«

»Ich glaube schon, dass ich das einschätzen kann.«

»Jedenfalls hätten wir was erfahren, Winter. Eine der Quellen müsste es gewusst haben, zumindest hinterher. Was gehört haben. Es ist unmöglich, dass so was nicht durchsickert.«

»Dann ist also das Unmögliche eingetreten?«

»Ich will nur sagen, dass es sich hier nicht um eine Strafaktion handelt oder wie man das nennen soll. Die Geschichte hängt nicht mit einer Partie Rauschgift zusammen.«

»Und mit irgendeiner anderen Aktivität? Prostitution? Menschenhandel? Überfall von Werttransporten? Lebensmittelkriminalität?«

»Lebensmittelkriminalität?«

»Da geht es um ernstzunehmende Sachen, Holger.«

»Machst du Witze?«

»Nein.«

»Gut, denn das *ist* ernst. Wir haben damit Probleme gehabt. Aber unabhängig davon, um welche Branche es sich in diesem Fall handelt, sollten wir etwas wissen, wenigstens ein bisschen.«

»Also was ist es dann?«, fragte Winter.

»Diese Frage müsstest du beantworten, Winter.«

»Ich hab bloß laut gedacht.«

# 9

Die Morgendämmerung zeichnete alles um ihn herum weich, als sähe er die Welt durch ein feinmaschiges Gewebe. Wenn er sich bewegte, bewegte es sich mit ihm. Im Augenblick war er der Einzige, der sich bewegte. In der warmen Morgendämmerung war alles still. Die Temperaturen waren während der Nacht nicht unter zwanzig Grad gesunken. Er hatte den Schweiß in Angelas Kreuz gespürt, nachdem sie sich geliebt hatten, in der Stunde, als die Dunkelheit den Himmel passierte. Auf andere Geräusche hatte er nicht geachtet, nicht in dem Moment. Auch jetzt nicht. Das war ihm jetzt nicht wichtig.

Die Entfernung zwischen den Parkflächen und der Ladentür betrug zwanzig Meter. Vielleicht würden sie Autospuren finden, vielleicht nicht, wahrscheinlich eher nicht. Dort hatten viele Autos gestanden, jetzt standen keine da. Die Absperrbänder hingen bis auf den Boden, erfüllten aber wohl trotzdem ihre Funktion. Winter schritt die Distanz zwischen Parkplatz und Häuserblöcken ab. Er hatte die Fläche, auf der er sich jetzt hin und her bewegte, mit Video filmen lassen. Der Spurensicherung lagen Fotos vor. Hier mussten die Mörder herangestürmt sein. Oder sie hatten sich angeschlichen. Es war still gewesen, wie jetzt. Kein Verkehr auf der Straße. Nicht soweit er wusste. Vielleicht würde sich ein Zeuge melden, sie waren bereits an die Öffentlichkeit gegangen. Jemand, der vorbeigefahren war und nichts gesehen hatte, aber immerhin, vorbeigefahren. Jemand, der hinterhergefahren war oder voran, als die Mörder wegfuhren. Wenn sie mit einem Auto weggefahren waren. Vielleicht sind sie gelaufen. Vielleicht halten sie sich in einem der Häuser da hinten versteckt, dachte er und hob den Blick. Wie sperrt man einen ganzen Stadtteil ab? Eine ganze Stadt?

Das Gras war feucht in der frühen Morgenstunde. Torsten Öberg hatte frische Schuhabdrücke gefunden, die von einem Kind stammen mussten. Von einem Jungen. Oder einem Mädchen. Oder weder noch, aber von jemandem, der sehr kleine Füße hatte. Plötzlich gingen ihm Sachen durch den Kopf, die mit dem zusammenhingen, was an diesem Ort geschehen war: die Kasse, die auswies, dass der letzte Kunde zweiundvierzig Minuten nach Mitternacht bedient worden war, das hatte Bergenhem mithilfe des Kassenherstellers herausgefunden. Hatten die Mörder etwas gekauft? Bevor sie die Gewehre unterschiedlicher Größe hoben, die mit unterschiedlicher Munition geladen gewesen waren, was es unmöglich machte, festzustellen, wie viele Waffen benutzt worden waren. Hatte das eine Rolle für die Mörder gespielt?

Spielte es eine Rolle, wie es passiert war? Wer war zuerst erschossen worden? Jimmy hatte der Tür am nächsten gelegen. Dann Said. Hiwa hatte sich anscheinend gerade vom Tresen entfernen wollen. Hatte er sich auf die Mörder zubewegt, als er erschossen wurde? Warum war er nicht in die andere Richtung weggelaufen? Vielleicht wäre er nicht weit gekommen, aber hinter dem Laden befand sich ein Raum mit einem Fenster. Es war geschlossen gewesen, als Winter diesen Raum zum ersten Mal betreten hatte. Er schaute wieder zum Laden, ein kleiner Glaspalast, jedenfalls in den Augen von jemandem mit wilder Fantasie. Winter hatte Fantasie, manchmal zu viel, manchmal war sie wild, aber sie half ihm bei der Arbeit. Jedenfalls bis zu diesem Moment. Jetzt war er nicht sicher. In keinem Punkt war er sicher, aber das war normal, eigentlich selbstverständlich.

Hiwa Aziz. Er war der Schlüssel. Warum denke ich das? Der Schlüssel wozu?

Er hatte eine Chance. Oder er bildete sich ein, eine Chance zu haben. Weil er die Mörder kannte. Wusste er, was passieren würde?

Sie kamen in Einmalüberziehschuhen. Hiwa, Jimmy und Said mussten es gesehen haben.

Den Schutz haben sie vor der Tür übergezogen.

Drinnen Spuren in zwei verschiedenen Größen, unklar, welche Größen genau, von vierzig bis zweiundvierzig vielleicht. Könnte noch mehr geben. Das rote Meer hatte keine eindeutigen, klaren Spuren geliefert.

Winter schaute zum frühen Morgenhimmel hinauf. Die Temperatur war schon gestiegen. Es würde ein weiterer Tag mit Hitzerekord werden. Besuchen Sie Göteborg, aber nicht im Sommer, dann ist es zu heiß.

Er schritt wieder auf und ab. Wie viele Mörder werden wir finden? Versuchen wir zu finden. Nein, finden. Jagen, sie jagen. *Hunt down*. Er dachte an seinen Freund im südlichen London, Steve Macdonald, Kriminalkommissar in einem Gebiet, in dem es jedes Jahr Hunderte von Morden gab. Oder im Quartal? Croydon, für sich genommen eine der größten Städte Englands. Aber sie verschwand in London. Göteborg würde in Croydon verschwinden. Für Anfang Oktober hatte Winter eine Woche London mit der Familie geplant. Die beste Zeit. Ein Apartment in Chelsea. Vielleicht ein Pint mit Steve in dem Pub mit Blick über den Selhurst Park, der Heimat des miserablen Clubs Crystal Palace, dessen Mannschaft nur Mörder lieben konnten. Als sie sich das erste Mal getroffen hatten, waren sie ins Prince George in der High Street von Thornton Heath gegangen. Winter war nach London geflogen, um bei den Ermittlungen zu einem Mord an einem jungen Schweden behilflich zu sein, der sich in der Nähe von Clapham Common ereignet hatte. Jetzt stand er auf schwedischem Asphalt in der Morgendämmerung. Langsam wurde der Himmel klarer, verlor sein unschuldiges Licht. Die Sonne war wieder im Aufgehen begriffen. Jetzt stand Winter vor der Tür. Er würde das rote Meer sehen. Es ließ sich nicht wegspülen. Die Konturen des Meeres dort drinnen waren unauslöschlich, die Spuren würden bleiben. Er bezweifelte, dass hier jemals wieder ein Laden eröffnet werden würde, aber er konnte sich täuschen. Die Menschen vergaßen, manchmal sehr schnell. Er wünschte, er könnte das auch. Hier waren sie hereingekommen. Gesichter hier, Gesichter dort. Hatten die Opfer an der Stelle gestanden, wo sie lagen? Es waren nicht viele Schritte, aber sie könnten entscheidend sein, für ihn. Für sie hatte das keine Rolle gespielt.

Aber für Winter spielte es eine. Jetzt war alles wichtig. Alles war entscheidend.

Mit einem Mal überkam ihn wieder dieses Schwindelgefühl. Als würde er für den Bruchteil von Sekunden das Bewusstsein verlieren. Was zum Teufel ...? Im Osten tauchte plötzlich die Sonne auf. Ein Strahl traf Winter mitten ins Gesicht. Er spürte einen jähen Schmerz über einem Auge. Das hatte er schon einige Male in diesem Frühsommer erlebt. So etwas sollte man aber nicht fühlen, wenn man nach einem halben Jahr in Südspanien heimkehrte. Dort sollte man nicht zum ersten Mal in seinem Leben eine Migräne entwickeln. Dann war das Schwindelgefühl verschwunden und er dachte nicht mehr daran.

Fredrik Halders stand mitten auf dem Rasen in der Morgendämmerung. Es war eine Gewohnheit geworden. Zehn Minuten später kehrte er zurück ins Haus. Aneta drehte sich um, als er wieder ins Bett kroch.

»Was ist, Fredrik?«

»Kann nicht schlafen.«

»Versuch's noch mal«, murmelte sie und drehte sich auf die andere Seite.

Schweigend schloss er die Augen. Dank des Rollos herrschte barmherzige Dunkelheit im Zimmer. Hinter seinen Lidern zuckten rote und schwarze Punkte. Einige sahen aus wie Froschlaich. Sie schienen sich in einem Muster zu bewegen. In seinem Kopf sah er etwas anderes sich bewegen. Es entfernte sich, es war in etwas eingehüllt. Ihm wurde klar, dass er träumte, und er wusste, was der Traum darstellte. Er wurde wach. Aneta schlief, er kannte ihre gleichmäßigen Atemzüge, die zeigten, dass sie wirklich schlief. Sie schien jederzeit schlafen zu können. Wenn sie entschied zu schlafen, dann schlief sie. Vielleicht ist das ihr Erbe, dachte er. So ist das vielleicht in Afrika. Ich muss sie mal fragen. Er richtete sich auf und streckte sich nach seiner Armbanduhr. Genau fünf, er hatte kaum eine Stunde geschlafen seit dem Spaziergang in der Dämmerung. Das musste reichen. Er stand auf, zog Shorts an und ging in die Küche, um den Wasserkocher anzustellen, überlegte es sich aber anders.

Im Auto gähnte er und schob die CD ein, die zuoberst auf dem kleinen Haufen auf dem Beifahrersatz lag. Kevin Welch. Es war ein Lied über Regen im Frühsommer, aber hier regnete es nicht. Halders ließ das Seitenfenster herunter. Weicher Regen soll fallen. Irgendwann, irgendwo. Er nahm fast gar keine Gerüche der Stadt wahr, als er in nördliche Richtung fuhr.

Ein Sonnenstrahl fiel auf das Gebäude, auf den dritten Stock, auf ein Fenster links, wie ein Laserstrahl. Das Fenster wirkte schwarz in dem jähen Licht. Dann war der Strahl verschwunden, als ob die Sonne untergegangen wäre. Winter stand auf dem Weg, der zu den Häusern führte. Er betrachtete das kurze Gras. Er sah den Asphalt. Es war unmöglich, den Asphalt nach unsichtbaren Spuren abzusuchen. Er setzte sich wieder in Bewegung, auf die Häuser zu. Da – plötzlich eine Bewegung! Dort! Hinter den Büschen links flammte etwas auf. War es noch ein Sonnenstrahl? Nein. Nicht so tief. Die Strahlen würden die Dächer der Häuser treffen, wenn die Sonne im Osten aufging. Da war es wieder! Weiter links. Etwas blitzte auf, erlosch. Hinter den Büschen fuhr jemand auf einem Fahrrad! Winter setzte sich in Bewegung, lief über das Feld, schneller als er sollte, wenn er an seine Knie und Waden dachte. Jetzt sah er den Jungen. Das Fahrrad entfernte sich von den Büschen. Winter versuchte noch schneller zu laufen, er hatte bereits das halbe Feld überquert. Hier gab es keine Büsche mehr. Er sah, dass sich der Junge umdrehte und dann die Geschwindigkeit erhöhte. Es war derselbe Junge. Winter lief weiter. Er hob die Hand wie zu einer Art Gruß. Er wollte freundlich erscheinen. Er wollte den Jungen mit dem freundlichen Gruß aufhalten, aber der Junge ließ sich nicht aufhalten, er sah sich nicht mehr um. Er bog um eine Ecke und war weg. Jetzt hatte Winter Asphalt unter den Füßen. Er spürte, wie sich seine Waden strafften, aber noch war da drinnen nichts gerissen. Langsam gaben seine Lungen auf. Er hatte auf einmal heftige Stiche in der Brust, und über seinem Auge zuckte ein Schmerz. Nur noch um die Ecke, dachte er. Gleich bin ich da.

Halders hatte eigentlich vorbeifahren und ein wenig später zurückkommen wollen, bemerkte jedoch Winters Auto auf dem Parkplatz. Es war zwar ein Mercedes, aber Winter müsste ihn langsam mal gegen ein neues Modell austauschen. Aber vielleicht wartet er noch zehn Jahre, und dann ist es ein Auto, das alle haben wollen. *Vintage*. In zehn Jahren sind wir alle *Vintage*. Dann wollen uns alle haben, mehr noch als jetzt.

Halders parkte neben Winters Auto. Er stieg aus und ging auf den Laden zu. Er war zum ersten Mal hier, am Tag zuvor hatte er keine Zeit gehabt. Die Tür zum Laden stand offen. Halders konnte keinen Kollegen entdecken, der Wache hielt. Er schaute hinein und sah all das Rote, das sich von der Schwelle und weiter in den Raum ausbreitete, zu den Regalen, Tresen, Tischen. Die Regale waren voller Nahrungsmittel, Tüten, Konserven, Gläser, Aluminium. Farbenfrohe Etiketten. Er bemerkte eine Tiefkühltruhe, eine kleine Fleischtheke mit Ringen von prallen türkischen Lammwürsten. Eine Gemüseauslage in Rot, Grün, Lila. Halders erkannte Auberginen, wenn er sie sah, bereitete sie jedoch selten zu. Es dauerte so verdammt lange, die Scheiben mussten gesalzen und ausgepresst werden, um ihnen die Feuchtigkeit zu entziehen, bevor man sie braten konnte. Er sah große flache Brotlaibe, Gläser mit Gurken und Peperoni, Schachteln mit übersüßen Naschereien, von denen man Diabetes auf Lebenszeit bekam, wenn man nur einen Happen davon aß. Dies ist eher ein Supermarkt als ein kleiner Tante-Emma-Laden. Möchte wissen, wie viel von dem hier auf legale Art herangeschafft worden ist. Wurde in diesen Stadtteilen mit Lebensmitteln überhaupt auf legale Weise gehandelt? Hatte nicht ein ehrwürdiger alter schwedischer Konsum an irgendeinem Marktplatz in dieser Gegend schließen müssen? Weil die Lieferanten zu teuer geworden waren?

Halders ließ seinen Blick von links nach rechts wandern. Hier drinnen gab es überall Spuren der Morde. Herr im Himmel, es sieht entsetzlich aus. Wer kann so hassen?

Die Mörder sind vorgegangen, als sollte kein Gesicht mehr zu erkennen sein, hatte er beim Studium der Fotos im Dezernat gedacht.

»Sie scheinen es auf die Gesichter abgesehen zu haben«, hatte er hinterher zu Winter gesagt. »Aber sie haben doch wohl nicht im Hinblick auf die Identifizierung so gehandelt.«

Winter hatte nicht geantwortet.

»Oder?«

»Das glauben wir jedenfalls nicht.«

»Wie meinst du das, Erik?«

»Ich weiß es noch nicht genau«, hatte Winter geantwortet. »An diesem Fall ist etwas, das ich nicht verstehe. Noch nicht.«

Halders stand immer noch an der Türschwelle.

Plötzlich hörte er jemanden irgendwo draußen rufen. Es klang wie ein Hilfeschrei. Es klang wie ein Echo.

Winter hörte seine eigene Stimme zwischen den Häusern widerhallen. Der Ruf hatte nichts gebracht, er machte den Jungen nicht sichtbar. Er konnte um die andere Ecke gebogen sein oder das Fahrrad in einen Hauseingang geschleppt und sich verdrückt haben. Konnte irgendein Junge gewesen sein. Er braucht nicht unbedingt etwas gesehen zu haben. Vielleicht wusste er gar nichts. Warum verfolgt er mich? Verfolge ich ihn? Plötzlich flogen kreischende Möwen über den Himmel. Winter zuckte zusammen, wurde aus seinen Gedanken gerissen. Er begann, an den Häusern entlangzugehen, bog um eine Ecke und stieß gegen Halders.

»Himmel, was machst du denn hier?«

»Dito, dito.« Halders massierte seine Stirn.

Winter versuchte etwas hinter Halders zu sehen.

»Ist dir hier was aufgefallen?«, fragte er Halders.

»Nein.«

»Ein Junge, etwa zehn oder elf Jahre alt.«

»Nein, ich hab niemanden gesehen.«

»Er war hier«, sagte Winter. »Der Junge.« Er machte eine Handbewegung an den Häusern und allen Ecken entlang bis hin zu dem Weg, dem stillen Laden und wieder zurück. »Der Junge, den ich am Morgen nach dem Mord gesehen habe.«

»Er war hier?« Halders sah sich um, warf einen Blick auf seine Armbanduhr. »So früh?«

»Apropos«, sagte Winter, »was machst du eigentlich hier?«

Halders spähte in nördliche Richtung. Sie standen vor dem Laden. Winter zündete sich einen Corps an, blies den Rauch aus. Der schwebte durch die klare Luft davon wie eine Abgaswolke. Auf halbem Weg über dem Feld löste er sich auf. Winter nahm erneut einen Zug. Der Rauch brannte in seinem Mund. Vielleicht war es an der Zeit, mit dem Rauchen aufzuhören. Dies sollte der letzte Zigarillo sein. Der Morgen war viel zu schön. Das Leben und all das war viel zu wertvoll. Seine Verantwortung für die Familie und so weiter. Manchmal sagte Angela »und so weiter« auf Deutsch, und Elsa hatte auch schon damit angefangen. Nicht mehr lange, dann würde auch Lilly deutsch sprechen.

»Sie hatte Besuch«, sagte Winter. »Shahnaz Rezai hatte Besuch.«

»Von wem?«

Winter antwortete nicht.

»Wer sollte sie zu einer solchen Uhrzeit besuchen?«

»Jemand, der auch hier war.« Winter deutete auf den Laden. Die Glaswände funkelten wie ein Prisma.

»Und wer hat sie besucht?«, wiederholte Halders.

»Jemand, den sie kannte.«

Halders nickte.

»Sie konnte ja durch den Spion feststellen, wer es war«, sagte Winter. »Einen Fremden hätte sie nicht hereingelassen, schon gar nicht mitten in der Nacht.«

»Vielleicht hat sie gar keinen reingelassen«, sagte Halders. »Der Mörder befand sich bereits in der Wohnung.«

»Said, ja.«

»Said«, bestätigte Halders.

»Oder jemand, den sie kannte.«

»Wir wissen noch nicht, mit was für Leuten das Paar Rezai Umgang hatte«, sagte Halders. »Und ich glaub auch nicht, dass es uns gelingt, eine vollständige Liste zu erstellen.«

»Das ist vielleicht gar nicht nötig«, sagte Winter.

»Wollen wir fahren?«

Es gab da ein Schild am Eingang des Einkaufszentrums von Rannebergen oder wie man es nun nennen sollte. Vielleicht Geschäftszentrum. Hinter der Glasfassade sah Winter eine Pizzeria. Er parkte neben der Sport- und Schwimmhalle und kehrte zurück zu dem Schild. »Wir mögen Vororte«, stand darauf. Vielleicht hatte die Wohnungsverwaltung es aufgehängt. Die kassierte die Mieten. Oder die Kommune. Oder irgendeine inoffizielle

Einrichtung. Alle mögen Vororte, solange es Vororte bleiben, dachte er. Solange sie sich abseits, an der Peripherie halten. Man schätzt es nicht, wenn die Vororte anfangen sich zu bewegen, auf den Kern zu. Zum Vasaplatsen. Dann ist es Zeit wegzuziehen. Nach Süden, in die südlichen Vororte. Südlich vom Süden. Dort ist es sauberer, hübscher, weißer.

Aber in Rannebergen war es auch weiß und hübsch. Die Wohnungsverwaltung hatte entschieden, dass in jedem Haus maximal drei Einwandererfamilien wohnen durften. Dass noch nie jemand auf die Idee gekommen war! So was nennt man Integration.

»Mann, wie viele Fahnen.« Halders schaute an den Hausfassaden hinauf. »Ist heute der Tag der schwedischen Flagge?«

»Den gibt's nicht mehr«, sagte Winter. »Der heißt heute Nationalfeiertag.«

»Ach ja?«

»Und an dem sind wir schon vorbei«, sagte Winter. »Oder er ist an uns vorbeigegangen.«

»Ist mir nicht aufgefallen.«

»Es war ein Feiertag«, sagte Winter.

»Ist mir auch nicht aufgefallen.« Halders setzte sich in Richtung Fjällblomman in Bewegung.

Die tote Wohnung war vom Morgenlicht durchflutet. Winter und Halders bewegten sich vorsichtig durch die Räume. Wie immer empfanden sie beide diese merkwürdige Scheu. Sie kamen nach dem Tod. Erst hatte es Leben gegeben, dann war der Tod gekommen und dann kamen Winter und Halders. Aber es war niemand mehr da, den sie um Entschuldigung bitten konnten. Es gab keine Überlebenden. Niemand, der getröstet werden musste. Niemand, dem man Fragen stellen konnte.

»Und kein Nachbar hat was gehört«, sagte Winter.

»Gut isoliertes Haus«, sagte Halders. »Wir bauen gute Wände in Schweden.«

»Aber jemand muss doch was gehört haben.«

»Warum sollte uns das jemand erzählen?«, fragte Halders.

Winter nickte. Warum? Was würde der Zeuge dafür bekommen? Ein Schulterklopfen? Ein freundliches Dankeschön, ein anerkennendes Wort von der Polizeibehörde von Västra Götaland?

Oder eine Schrotladung ins Gesicht? Nein. Die war für etwas anderes vorgesehen, für andere.

»Wir müssen sie noch mal ausquetschen«, sagte Halders.

»Was suchst du hier?«, fragte Winter. »Warum wolltest du ausgerechnet jetzt hierher? Warum konntest du nicht warten, bis die Sonne ganz aufgegangen ist?«

»Als ich die Fotos gesehen habe, konnte ich nicht richtig erkennen, wie sie gelegen hat«, sagte Halders. »Und die Spurensicherung konnte uns ja nicht sofort reinlassen.«

»Die Frau lag quer über dem Bett«, sagte Winter.

Halders antwortete nicht. Er stand über das Bett gebeugt und schien einen Schatten zu werfen. Das Bett war unverändert, seit Winter das erste Mal hereingekommen war. Es war kein Bett mehr.

»Warum das Bett?«, fragte Halders. »Und warum auf die Art?«

»Mach weiter.«

Halders entfernte sich wortlos ein paar Schritte, kehrte wieder zurück, hockte sich hin, richtete sich auf. Winter hörte Möwen vor den Fenstern, auch hier gab es Möwen. Eine Möwe lachte plötzlich auf, das Lachen drängte zu den Fenstern herein. Es klang hohl, freudlos.

»Entweder hat sie freiwillig jemanden hereingelassen, oder sie sind eingedrungen«, sagte Halders.

»An den Türen wurden keine Spuren gefunden«, sagte Winter.

»Die hatten einen Schlüssel.«

»Said hatte einen Schlüssel«, sagte Winter. »Er hat hier gewohnt.«

»Er war es nicht«, sagte Halders. »Das haben wir gesehen, Pia hat es gesehen und Torstens Leute auch.«

»Das endgültige Ergebnis liegt uns noch nicht vor«, sagte Winter.

»Sie sind hier am Bett gelandet.« Halders redete mehr zu sich selbst. »In diesem Bett sollte es geschehen. In einer unnatürlichen Haltung, wenn man es in diesem Fall so bezeichnen kann. Eine unnatürliche Haltung.« Er sah zu Winter auf. »Wie geschlachtet.«

Winter nickte. Daran hatte er auch schon gedacht. Über den Morden lag etwas von einem Ritual. War es ein Ritual gewesen? Wer hatte es inszeniert? Gab es ihn? Würde er ihn finden? Gab es ein Buch mit Instruktionen?

»Es hätte sich auch auf dem Fußboden abspielen können, in der Küche, im Wohnzimmer«, sagte Halders, »aber so war es nicht.«

»Irgendetwas ist vor dem Mord geschehen«, sagte Winter.

»Sie haben etwas gesagt.« Halders breitete die Arme aus. »Vielleicht eine Zeremonie. Etwas, das man vorher erledigen musste. Oder sprechen musste.«

»Hat es sich hinterher abgespielt?«, sagte Winter.

»Hinterher? Meinst du nach den Schüssen in Hjällbo?«

»Ja.«

»Ich glaube ja, kurz danach. Oder gleichzeitig. Ich weiß es nicht, Erik.«

»Wenn es gleichzeitig geschehen ist, mit anderen Beteiligten, dann hängen die Fälle vielleicht nicht zusammen«, sagte Winter.

»Sie hängen zusammen«, sagte Halders.

Winter hörte wieder das Lachen von draußen. Said und Shahnaz Rezai hatten es auch gehört, waren vielleicht früh morgens, wenn der Schlaf das Wichtigste im Leben ist, davon aufgewacht. Er hörte einen Automotor, der unnötig hochtourig lief. Es war ja immer noch früher Morgen.

Er versuchte, sich Said Rezai vorzustellen, aber vor seinem inneren Auge sah er nur eine undeutliche gesichtslose Gestalt, die um die Schultern herum fast unsichtbar war. Said hatte im Tod sein Gesicht verloren. Hat das Gesicht verloren. Hatte er es schon verloren, bevor alles geschah? Er und die beiden anderen, Jimmy und Hiwa? Sollte das Geschehen es nur bekräftigen? Shahnaz Rezai hatte ihr Gesicht nicht verloren. Sie hatte etwas anderes verloren. Ihr Tod machte den Fall womöglich noch komplizierter. Hatten die Täter es so beabsichtigt?

»Vielleicht hat Said dem Ablauf eine andere Wendung gegeben«, sagte Winter.

Halders schaute auf. Er hatte mit geschlossenen Augen neben dem Bett gestanden, das kein Bett mehr war, und ausgesehen, als wenn er träumte.

»Sie haben nicht mit Said gerechnet«, fuhr Winter fort. »Aber wo er nun mal da war, hatte er keine Chance.«

»Du meinst, er hatte Pech?«

»Verdammtes Pech«, sagte Winter. »Sie haben ihn gekannt und er hat sie erkannt.«

»Das heißt, die Mörder waren nicht maskiert?«

»Ich weiß es nicht, Fredrik, aber ich glaube nicht. Jimmy hatte keine Überwachungskamera, und das wussten sie.«

»Die Frage ist, warum er keine hatte«, sagte Halders.

»Warum er gerade jetzt keine hatte«, korrigierte Winter. »Früher hatte er eine, aber die war demontiert.«

»Von wem?«

»Das ist die Frage. Von wem? Von Jimmy selber.«

»Und die Besucher wussten das?«, fragte Halders. »Dass die Kamera demontiert war?«

»Genau.«

»Sie kannten den Laden.«

»Vielleicht sehr gut sogar.«

»Diesmal sind sie gekommen, um die Bekanntschaft aufzukündigen.«

»Ja.«

»Nicht um zu rauben.«

»Nein.«

»Und dann treffen sie Said.«

»Eine Überraschung«, sagte Winter.

»Sie konnten ihn doch wohl durch die Tür sehen? Oder die Fenster? Durch die verdammten Glaswände.«

»Vielleicht war er in dem Raum hinterm Tresen«, sagte Winter, »und ist rausgekommen, als er Schreie oder Reden hörte oder was auch immer. Oder er hat in einer Ecke gestanden, in der er von draußen nicht zu sehen war.«

»Wir haben noch viel zu tun«, sagte Halders. »Wir müssen noch viele Schritte machen in dem Laden. Vor und zurück. Wer hat dort gestanden und wer hat hier gestanden.«

Winter nickte.

Halders ließ den Blick durch das Zimmer schweifen.

»Und als Said erledigt war, kam seine Frau an die Reihe«, sagte er, »und das ging schnell.«

Wieder nickte Winter.

»Sie konnten es nicht riskieren, sie am Leben zu lassen«, sagte Halders. »Wenn die Nachricht von seinem Tod gekommen wäre, hätte sie gewusst, wer es getan hat.«

»Wenn es so einfach wäre«, sagte Winter.

Er stieg vom Fahrrad, stieg wieder auf. Es war still. Eigentlich war es zu warm zwischen den Häusern, um Rad zu fahren. Es war warm. Ihm war der Gedanke durch den Kopf gegangen, dass es zwischen den Häusern wärmer war als sonstwo, als würde sich die Wärme hier verstecken.

Versteckte er sich? Und wenn das so war, vor wem? Zu Hause hatte er nichts erzählt, die wussten von nichts.

Jemand suchte ihn. Ein Mann war ihm nachgelaufen, als er mit dem Fahrrad unterwegs gewesen war. Er wusste, wer es war. Aber er wollte nicht mit dem reden. Also versteckte er sich gewissermaßen.

# 10

Winter meinte, den salzigen Geruch des Meeres durch die offenen Autofenster wahrzunehmen. Er fuhr seitlich am Zentrum von Angered vorbei. Die Parkplätze zwischen ihm und Angereds Downtown wirkten unendlich, wie für die Zukunft gebaut. Es war wie mit allen Häusern in diesem Gebiet, sie waren für die Zukunft gebaut worden. Die Zukunft war da.

Er fuhr südwärts auf der Angered-Umgehung hinter Halders her. Er sah Halders' Ellenbogen aus dem Seitenfenster ragen. Er war braun und behaart. Das konnte Winter sogar aus dieser Entfernung erkennen. Halders trug ein T-Shirt und Jeans. Winter hatte heute Morgen noch fast im Schlaf ein Leinenhemd und Baumwollhosen angezogen. In seinen Bewegungen waren die Reste eines Traums gewesen, den er inzwischen vergessen hatte. Etwas von einem Strand und einem Meer. Seit sie zurückgekommen waren, kehrte die Erinnerung an Strand und Meer Andalusiens in seinen Träumen wieder. Es waren lauter gerade, lange Linien, sie reichten weiter, als das Auge sehen konnte, wie parallele endlose Horizonte.

Elsa hatte aus ihrem Bett gerufen, als er sich anzog, und er war in das Zimmer der Mädchen gegangen, aber sie war gar nicht wach gewesen.

In der Stille der Küche hatte er eine Tasse Kaffee getrunken und wieder an das Meer gedacht. Die Flüchtlinge. Sie kamen über die Meere. Die blauen Meere. Die roten. Das Rote Meer. Das Mittelmeer. Winter hatte gesehen, wie westlich von Estepona Flüchtlinge aus dem Meer gefischt worden waren. Er wusste, dass Tausende versuchten, nach Ceuta zu gelangen. Dort war er nie gewesen und er verspürte auch nicht den Wunsch, nach Marokko zu fahren und noch weniger zu dem eigentümlichen kleinen Spanien, das in Afrika lag, Ceuta. Ein imperialistisches Überbleibsel. In Afrika standen die ersten Mauern Europas. Er wusste, dass Menschen in den Wellen umgekommen waren, ehe sie das Land erreicht hatten. Sie hatten nicht einmal in Europa sterben dürfen, hatten es nicht bis hierher geschafft, um zu sterben. Er war allein gewesen, auf dem Weg nach La Linea. Es war keine hübsche Küste.

Halders hob den Arm und zeigte nach links, dann bog er ab. So hatte man das früher gemacht. Winter erinnerte sich daran, dass er mit einem Auto gefahren war, dessen Winker ausgeklappt wurde wie ein Stöckchen oder wie eine Flagge. Er war drei Jahre alt gewesen, höchstens vier. Es war das Auto seines Vaters gewesen oder vielleicht Onkel Göstas Auto. Dann musste es ein Volkswagen gewesen sein. Sein Vater hatte einen Mercedes gefahren. Winter hatte sich später auch einen Mercedes gekauft. Es war wie ein Traum gewesen. Seinem Vater hatte er nichts davon erzählt, weil sie einander zu der Zeit überhaupt nichts erzählten. Später hatten sie wieder miteinander gesprochen, aber da war es zu spät gewesen. Bengt Winter war im Hospital Costa del Sol in Marbella gestorben. Winter hatte ihn im Krankenhaus besucht, doch im Moment des Sterbens war er nicht am Bett seines Vaters gewesen, nicht in der Sekunde, als es geschah.

Winter folgte Halders auf dem Hammarkullens väg südwärts und bog dann zum Hammarkulletorget ab. Sie parkten. Halders schloss sein Auto ab und kam auf Winter zu.

»Sie wohnen hinter dem Bahnhof und dem Platz«, sagte er. »Bredfjällsgatan. Klingt nach einer Kleinstadt auf dem Lande.«

»Eine Stadt kann nicht Land sein«, sagte Winter und stieg aus seinem Mercedes. »Entweder ist es eine Stadt oder es ist auf dem Lande.«

»Dann sind wir auf dem Lande.« Halders sah sich um. »Das ist meine Vorstellung von Land.«

»Welchem Land?«

»Dem Mutterland natürlich. Oder Vaterland, wie du willst.«

»Stammst du nicht aus Västerås, Fredrik?«

»Warum fragst du?« Halders sah plötzlich misstrauisch aus.

»Nur so.«

»Von wegen«, sagte Halders und setzte sich in Bewegung.

»Warte«, sagte Winter. »Da winkt uns jemand.«

»Wo?«

»Da hinten, bei den Steinen.«

Jetzt sah Halders ihn auch. Es war ein Mann in ihrem Alter. Er trug ein Jackett an diesem warmen Morgen. Wieder hob er die Hand. Vielleicht lächelte er, oder es war die Sonne. Die flimmerte jetzt, auf den Gesichtern, an den Wänden, im Glas.

»Wir sind eigentlich erst in einer halben Stunde mit dem Dolmetscher verabredet«, sagte Halders, »gegen neun. Aber das muss er wohl sein.«

Der Mann kam auf sie zu und sie gingen ihm entgegen. Vielleicht lächelte er immer noch, oder es war die Sonne in seinen Augen, die ihn die Lippen verziehen ließ.

»Mozaffar Kerim.« Er reichte erst Winter und dann Halders die Hand. »Ich bin ein bisschen zu früh da.«

»Wir auch«, sagte Halders.

»Wohnen Sie in Hammarkullen?«, fragte Winter.

Kerim zuckte zusammen. Die Frage war so abrupt gekommen, wie bei einem Verhör. Dies ist kein Verhör, dachte Winter. Ich brauche die Hilfe dieses Mannes.

»Nein ... in Gårdsten.«

»Kennen Sie die Familie Aziz?«, fragte Winter.

»So wie wir Kurden uns eben kennen«, antwortete Kerim.

»Und wie kennen Sie sich?«, fragte Halders.

»Wie Brüder und Schwestern.«

»Ich meine, ob Sie der Familie schon einmal begegnet sind. Jemandem aus der Familie. Haben Sie sie persönlich getroffen?«

»Hin und wieder«, antwortete Kerim. »Auf Festen.«

»Sind das große Feste?«, fragte Winter, um das Gespräch etwas aufzulockern.

»Manchmal«, antwortete Kerim.

»Sind Sie Hiwa Aziz begegnet?«, fragte Halders.

»Ich glaube ja. Aber es war sehr ... wie nennen Sie das ... flüchtig?«

Winter fiel auf, dass er mit den Augen auswich, vielleicht wegen der Sonne, vielleicht weil es Zeit war zu gehen, vielleicht aus einem anderen Grund.

»Woher kommt der Name?«, fragte er. »Aziz?«

»Wahrscheinlich von seinem Vater.« Kerim sah ihn überrascht an. »Wenn der Vater hier gewesen wäre, hätten die Kinder den Namen seines Vaters bekommen.«

»So funktioniert das?«

Kerim nickte.

»Wir haben eigentlich drei Namen.«

»Wo ist er?«, fragte Winter. »Der Vater?«

»Die Familie ist ohne ihn nach Schweden gekommen.«

»Was ist passiert?«

»Ich weiß es nicht. Er ist tot. Umgebracht worden. Das war in Kurdistan. Irakisches Kurdistan, glaube ich. Aber vielleicht war es auch die türkische Seite.«

»Wissen Sie, aus welchem Ort die Familie stammt?«

»Nein.«

Die ältere Schwester öffnete ihnen die Tür. Halders fragte sie nicht, wohin sie unterwegs gewesen war, als er sie auf dem Platz gesehen hatte. Das wäre kein guter Start für das Verhör. Oder das Gespräch, wie Winter es lieber bezeichnete.

Sie begrüßten die junge Frau.

»Nasrin«, sagte sie und drehte sich sofort um und zeigte auf ein Zimmer, durch den Flur. Seine Wände waren weiß, jedenfalls wirkten sie weiß im Gegenlicht. Die Sonne schien geradewegs herein, da die Fenster keine Jalousien oder Vorhänge hatten. Der Flur führte zu einem größeren Zimmer, wo sich eine ältere Frau zusammen mit einem jüngeren Mädchen erhob. Beide wirkten verängstigt. Die Frau sah aus wie ihre Töchter, war aber fülliger und kleiner als Nasrin. Sie hatte die gleichen Augen, daran bestand kein Zweifel. Die Augen des ältesten Sohnes hatte Winter auf einem Foto gesehen, auf dem Hiwa noch lebendig gewesen war. Als er tot war, konnte man seine Augen nicht mehr sehen. Sie waren fort.

Sie sieht sehr verängstigt aus, dachte Winter. Besser, wir reden hier als im Präsidium. Die Verhörräume sind zwar so eingerichtet, dass sie ein wenig Geborgenheit vermitteln, aber es ist eine falsche Geborgenheit. Winter achtete nicht auf die Einrichtung der Wohnung, so viel bis jetzt davon zu sehen war. In diesem Moment achtete er auf die Menschen im Zimmer. Er sah den Teller mit dem Teeglas und Süßigkeiten auf dem Tisch, Baklava, Halva und andere Kekse, die aussahen wie kleine Vogelnester, Sonnenblumenkerne, Obst. Das hatte die Mutter für den Gast vorbereitet. Als Gast war er willkommen. Er würde Tee trinken und in honigsüße Kekse beißen. Das war ein Opfer.

Ediba Aziz, die Mutter, hatte sich wieder gesetzt. Mit leiser Stimme hatte sie ihren Namen genannt und der Dolmetscher hatte ihn wiederholt. Mozaffar Kerim war neben der jüngeren Schwester, die Sirwa hieß, stehen geblieben. Später würde Nasrin Winter erzählen, dass Sirwa »leichter Wind« bedeutete. Hiwa bedeutete »Hoffnung« und der Name des kleinen Bruders Azad bedeutete »Friede«. Es waren alles kurdische Namen, die früher verboten gewesen waren. Und was bedeutet Ihr Name, Nasrin?, würde Winter sie fragen, und sie würde antworten: Er bezeichnet eine Blume, die Sie nicht kennen. Und was bedeutet übrigens Erik?, würde sie fragen. Ich weiß es nicht, würde er antworten. Gab es nicht schwedische Könige, die Erik hießen?, würde sie weiter fragen. Doch, würde er antworten, aber König bin ich nicht. Es muss was mit König bedeuten, würde sie sagen. Und er würde den Namen nachschlagen und herausfinden, dass Erik »Herrscher« bedeutete. Er bedeutete aber auch »einsam«.

Hiwa bedeutet Hoffnung, würde er denken. Sirwa bedeutet leichter Wind, wie leichte Schritte.

Nasrin hatte sich in einen schweren Sessel nah am Fenster gesetzt und schaute hinaus, als ginge sie das, was drinnen geschah, nichts an. Diesen Eindruck bekam Winter: Ich bin nicht hier, sagt, was ihr wollt.

Winter wusste, dass die Familie fünf Jahre zuvor aus dem nördlichen Irak gekommen war. Aus Kurdistan, diesem Land ohne Land, das zum Iran, Irak, der Türkei und Syrien gehörte.

Für die Kurden gab es das östliche, südliche, nördliche und westliche Kurdistan, das zu diesen Ländern gehörte und doch nicht dazugehörte, und das Volk verbreitete sich weiter über diese Länder und hinaus über die Welt, über Grenzen, die es gab und doch nicht gab, verbreitete sich in einer Diaspora, wie eine weitere Erinnerung daran, dass Freiheit der Gegensatz von grenzenlos ist.

Und in Schweden war die Familie Aziz geblieben. Immer noch wartete sie auf eine Aufenthaltsgenehmigung. Die schwedischen Behörden waren der Ansicht, im nördlichen Irak herrsche schon seit so langer Zeit eine solche Ruhe, dass es keinen Grund gebe, aus dem Gebiet zu fliehen, keinen Grund, nicht zurückzukehren. Schwedische Behörden wussten es am besten.

Aber der älteste Sohn hat jetzt eine Daueraufenthaltsgenehmigung bekommen, dachte Winter.

Nasrin fuhr fort, nichts zu betrachten, durchs Fenster von draußen von einem Licht angestrahlt wie von Scheinwerfern. Sie braucht eine Sonnenbrille, dachte Winter. Sirwa sah ihn direkt an. Sie hatte ein offenes Gesicht und war fast noch ein Kind. Wie ist das möglich? Ediba schaute niemanden an. Ihre Augen waren geschlossen, als würde sie beten. Vielleicht betete sie, betete für ihren Sohn. Hiwa darf in der geweihten schwedischen Erde bleiben, dachte Winter und machte sich bereit. Keine direkte Übersetzung, vielmehr eine Interpretation. Aber wenn Mozaffar Kerim mich nun nicht richtig übersetzt? Oder die Familie? Er kann Gründe dafür haben. Er kann etwas zusammenlügen. Ein Glück, dass Fredrik fließend Kurdisch spricht.

»Frau Aziz …«, begann Winter.

Sie reagierte nicht. Ihre Augen waren immer noch geschlossen.

Kerim sagte etwas und sie schaute auf.

»Wir müssen Ihnen einige Fragen stellen«, sagte Winter. »Es dauert nicht lange.«

Er wusste nicht, ob er sie erreichen würde in ihrer Trauer. Trauer kann wie eine Höhle sein. Sehr tief, sehr schwarz. Sie ist schon einmal dort gewesen, vor mehreren Jahren. Jetzt ist sie wieder in dieser Höhle. Winter hörte Kerim die Worte wiederholen, jedenfalls ging er davon aus, dass es seine Worte waren. Er musste Kerim jetzt ignorieren, so tun, als spräche er direkt mit

Ediba Aziz, musste ihren Blick festhalten. Seine erste Frage galt dem fehlenden Jüngsten. Winter hatte vorausgesetzt, dass alle da sein würden.

»Wo ist Ihr jüngerer Sohn? Wo ist Azad?«

Jetzt sah sie auf, sah sich um, hastig, als wollte sie überprüfen, dass Azad nicht da war. Sie sah nicht überrascht aus.

»Er ist draußen«, sagte sie, und dann ging auch ihr Blick nach draußen.

Durch das Fenster sah Winter das kräftige Astwerk eines Ahorns. Es war wie eine grüne Wand auf der anderen Seite des Hofes. Vielleicht versteckte Azad sich hinter dieser Wand. Kerim war seinem Blick gefolgt, als gehörte es zu seinen Aufgaben, auch Blicken und Bewegungen zu folgen. Das ist gut, dachte Winter. Worte sind nicht alles. Er wusste das von Tausenden von Verhören, kurzen und langen. Das meiste war Interpretation. Worte konnten alles und nichts bedeuten. Er konnte jemanden stundenlang verhören, Tage, Wochen, und man konnte den Eindruck gewinnen, dass zwei vollkommen verschiedene Sprachen gesprochen wurden, und in so einem Augenblick hatte er keinen Dolmetscher zur Hand. Den Part musste er selber übernehmen.

»Der Junge hätte hier sein müssen«, sagte Halders an seinem Ohr. »Sie sollten alle hier sein.«

»Wo ist Azad?«, wiederholte Winter.

»Können Sie nicht wenigstens ihn in Ruhe lassen?«

Das war Nasrin. Sie hatte den Blick vom Fenster gelöst und sah Winter an, während die Mutter hinausschaute, als wäre nicht gleichzeitig Platz für die Blicke der beiden auf die Bredfjällsgatan und auf den Sportplatz vor der Schule, wo Kinder Fußball spielten und in kleinen Gruppen zusammenstanden und miteinander redeten. Es waren Ferien, aber die Kinder waren trotzdem dort.

Nasrin brauchte keinen Dolmetscher. Aus ihrem Schwedisch konnte Winter keine Spur einer anderen Sprache heraushören.

»Wie meinen Sie das, Nasrin?«, fragte er. Eigentlich wollte er nicht mit ihr sprechen, noch nicht, aber jetzt ließ es sich nicht vermeiden.

»Ich meine nichts. Wir sind doch hier. Azad braucht nicht dabei zu sein. Er wollte es nicht.« Sie deutete mit dem Kopf zum Fenster. »Er möchte lieber Fahrrad fahren.«

»Fahrrad fahren?«

»Ja, das macht er gern. Er ist irgendwo da draußen und fährt herum.«

Das ist doch nicht möglich, dachte Winter.

Er kann es nicht sein. Von hier ist es zu weit nach Bergsgårdsgärdet, nach Hjällbo. Aber es war nicht zu weit. Er selbst könnte die Strecke in relativ kurzer Zeit zurücklegen. Hin und zurück. Er wusste nicht, wie Azad aussah. Bevor er ging, würde er um ein Foto von ihm bitten. Kerim sah ihn fragend an: Wollen wir fortfahren? Winter wandte sich wieder zu der Mutter um. Ihr Blick weilte immer noch irgendwo draußen.

»Ich muss Ihnen einige Fragen nach Hiwa stellen, Frau Aziz.«

Sie antwortete nicht. Er war nicht sicher, ob sie ihn hörte. Er wiederholte die Frage und Kerim wiederholte sie wie ein Echo. Dies war die richtige Art, eine fremde Sprache zu lernen. Er sah, dass Nasrin etwas sagen wollte, es sich aber anders überlegte. Was hatte sie sagen wollen? Könnt ihr Hiwa nicht in Ruhe lassen? Aber sie konnten ihn nicht in Ruhe lassen. In Frieden. Die Toten kamen nicht zur Ruhe, wenn Winter sich in ihren Tod einmischte. Oder in ihr Leben. Man könnte auch sagen, dass sie ihr Leben zurückbekamen, wenn er auftauchte.

»Wie lange hat Hiwa bei Jimmy Foro gearbeitet?«

Sie antwortete immer noch nicht. Winter wiederholte die Frage.

»Ich weiß nicht … wer das ist«, sagte sie schließlich, ohne den Kopf zu wenden. Winter schaute jetzt auch hinaus, genau wie der Dolmetscher, wie alle Anwesenden. Wir machen hier ein Verhör im … Profil, dachte Winter. Wie eine ägyptische Wandmalerei. An den Wänden dieses Zimmers hingen keine Bilder. Es gab Stoffe, aber keine Bilder. Die Struktur der Stoffe war kräftig, jedoch nicht grob. Die Farben sahen aus, als wären sie durch Sand und Sonne gesiebt. Genauso sahen sie aus. An der hintersten Wand hing eine Karte, auf der ein Land abgebildet war, das Winter nicht kannte.

»Jimmy Foro«, sagte er. »Ihm hat der Laden gehört, in dem Ihr Sohn gearbeitet hat. Wo Hiwa gearbeitet hat.«

Sie nickte, aber Foros Namen schien sie zum ersten Mal zu hören.

»Hat Hiwa erzählt, wo er gearbeitet hat?«, fragte Winter.

Ediba Aziz schüttelte den Kopf.

»Er hat es nicht erzählt?«

Wieder schüttelte sie den Kopf.

»Wussten Sie, dass er in einem Laden arbeitete?«

Sie schüttelte wieder den Kopf.

Winter schaute Nasrin an, aber sie wich seinem Blick aus. Sie hatte beschlossen, nichts mehr zu sagen. Winter sah es ihr an. Jetzt mussten alle allein zurechtkommen, ohne ihre Hilfe. Ihr Profil zeichnete sich scharf ab, wie aus der Luft geschnitten. Sechs Jahre trennten Nasrin und Hiwa, es waren doch sechs? Nein, sieben. Sie musste außer sich sein vor Trauer. Außer sich. Ein seltsamer Ausdruck. Vielleicht stimmte es. Sie war hier und war doch nicht hier. Sie war dort draußen, wo ihr Blick war, außerhalb von sich selbst. Sie ist das Grün da draußen, die Sonne und vielleicht die Kinder.

»Ich möchte, dass Sie auf meine Fragen antworten, Frau Aziz. Dass Sie mit Worten antworten. Dass Sie etwas sagen.«

»Ich wusste nicht, dass er in diesem Laden gearbeitet hat«, antwortete sie.

»Sind Sie mal dort gewesen?«

Sie sah auf. In ihren Augen war ein Ausdruck von aufrichtigem Staunen.

»Warum sollte ich dort gewesen sein?«

»Vielleicht um einzukaufen.«

»Das ist … weit entfernt«, antwortete sie.

»Sie wissen, wo der Laden ist?«, fragte Winter.

Jetzt sah sie womöglich verwirrt aus. Sie warf ihrer ältesten Tochter einen Blick zu, ihrem Profil.

»Nasrin …«

Nasrin wandte ihnen das Gesicht zu. »Ja?«

Die Mutter deutete mit dem Kopf auf Winter.

»Was ist?«, fragte Nasrin.

»Der Laden …«, sagte die Mutter.

»Was ist damit?«

»Wo ist der?«

»Hjällbo. Er ist in Hjällbo.«

Ediba Aziz wandte sich Winter zu.

»Hjällbo«, sagte sie.

»Wussten Sie schon vorher davon?«, fragte Winter. »Bevor Ihr Sohn ... bevor das mit Ihrem Sohn passiert ist?«

»Nein.«

»Hat er nie darüber mit Ihnen gesprochen?«

»Nein.«

»Nie über seine Arbeit gesprochen?«

»Nein.«

»Warum nicht?«

Sie antwortete nicht. Winter wiederholte die Frage. Kerim wiederholte sie, ehe Winter am Ende war. Sie waren jetzt ein Team.

»Ich ... habe nicht gefragt«, sagte sie.

»Aber Sie wussten, dass er arbeitete?«

»Ein bisschen«, antwortete sie nach einer Pause.

»Ein bisschen? Sie wussten, dass er ein bisschen arbeitete?«

»Ja.«

»Hat er Geld nach Hause gebracht?«

»Ja.«

»Viel Geld?«

»Nein. Ein wenig.«

»Wie wenig?«

»Nicht viel«, antwortete sie.

Sie versteht nur Bahnhof, dachte Winter. Sie weiß nicht viel von diesem Job. Vielleicht mochte sie ihn nicht fragen. Vielleicht hat sie geglaubt, es handle sich um Dinge, von denen sie lieber nichts wissen wollte.

Plötzlich erhob sie sich, vorsichtig, und sagte etwas zu dem Dolmetscher.

»Sie muss zur ... sie muss ...«

»Das ist in Ordnung«, unterbrach Winter ihn.

Die Frau verließ das Zimmer so langsam, als hätte sie Probleme zu gehen. Winter konnte ihre Beine nicht sehen, auch keine anderen Teile ihres Körpers, nur Teile ihres Gesichtes.

Die jüngere Schwester folgte den Schritten der Mutter mit dem Blick. Sie braucht nicht anwesend zu sein, dachte Winter. Das war ein Versehen.

»Du kannst rausgehen, wenn du willst, Sirwa«, sagte er. »Oder machen, was du möchtest.« Er versuchte zu lächeln, sein freundliches Gesicht zu zeigen. »Du brauchst nicht zu bleiben.«

»Hätten Sie das nicht gleich sagen können?«, fragte Nasrin.

»Doch.«

Sie sah plötzlich erstaunt aus, als wäre das die letzte Antwort gewesen, die sie von einem Polizisten erwartete. Dass dieser Polizist so defensiv wirken konnte.

»Da haben wir wohl einen Fehler gemacht«, fuhr Winter fort.

»Kann die Polizei Fehler machen?«, sagte Nasrin.

»Das kommt vor«, antwortete Winter.

Er sah, dass Halders zur Bestätigung nickte.

»Das hab ich noch nie gehört«, sagte Nasrin. Sie lächelte nicht, aber in ihrem Blick war etwas ... vielleicht Ironie ... vielleicht nur Resignation. Enttäuschung. »Die Polizei gibt nie zu, wenn sie Fehler macht.«

»Sie haben mich ja noch nie gefragt«, sagte Winter. »Oder meinen Kollegen.«

Jetzt lächelte sie. Es war tatsächlich ein Lächeln, aber es verschwand sofort wieder.

»Wir haben kein Vertrauen zur Polizei.«

»Polizisten sind nicht alle gleich«, sagte Winter.

»Ach?«

»Nasrin, wir gehören zum Fahndungsdezernat, der Kriminalpolizei, Landeskripo. Wir ermitteln im Mordfall Ihres Bruders. Das ist der Grund, warum wir hier sind, der einzige. Wir werden alles tun, was in unserer Macht steht, um den Mörder Ihres Bruders zu fassen.«

Sie nickte.

»Deswegen müssen wir all diese Fragen stellen. Einige mögen dumm wirken. Vielleicht sind sie dumm. Manche wirken vielleicht ... hart. Ich weiß es nicht. Wir müssen so viele Fragen stellen, besonders jetzt zu Anfang, nachdem es gerade geschehen ist. Verstehen Sie? Wir brauchen Ihre Hilfe und die Ihrer Mutter,

Ihrer Familie. Alle Hilfe, die wir bekommen können. Wir brauchen Sie.«

»Uns hat nie jemand geholfen«, sagte Nasrin.

Winter schwieg. Er schaute Halders an, der nickte.

»Alle Hilfe, die Sie bekommen können, sagen Sie. Und wir?«, fragte Nasrin.

Winter sah, dass sie noch mehr sagen wollte, aber sie verstummte und ließ ihren Blick wieder aus dem Fenster schweifen.

»Kann ich gehen?« Das war Sirwa. »Darf ich rausgehen?«

»Klar«, sagte Winter.

»Und ausgerechnet von uns verlangen Sie jetzt Hilfe«, fuhr Nasrin fort, ohne Winter anzuschauen.

Sirwa verließ das Zimmer. Vielleicht würde ihre Schwester sie bald durchs Fenster auf dem Hof sehen.

Winter erhob sich und ging zum Fenster, stellte sich jedoch so hin, dass er Nasrin nicht die Aussicht versperrte. Er sah einige Kinder in der Sandkiste. Ein Kind schaukelte auf einer der zwei Schaukeln. Es war wie immer. All diese Kinder auf diesen gottverlassenen Spielplätzen. Ich hab genug davon gesehen. Jetzt kam Sirwa unten aus dem Haus. Rasch überquerte sie den Spielplatz, ohne sich umzudrehen oder zum Fenster hinaufzuschauen, an dem er stand. Eins der Kinder, ein kleines Mädchen, hob grüßend die Hand und Sirwa winkte zurück. Und dann war sie hinter einer Ecke verschwunden. In dieser Geschichte verschwinden Kinder dauernd hinter Ecken, dachte Winter. Sie verschwinden einfach.

»Sie ist sehr traurig«, hörte er Nasrin plötzlich neben sich sagen. Sie hatte sich erhoben und stand jetzt neben ihm.

Winter nickte. Er fragte nicht, was Nasrin empfand. Das hätte alles zerstören können. Aber es war schon alles zerstört, unabhängig davon, was er tat oder sagte.

»Was meinen Sie, wohin sie geht?«, fragte Winter.

»Ich weiß, wohin sie geht«, sagte Nasrin.

»Und wohin?«

»Dorthin, wo Azad ist.«

»Und wo ist er?«

Nasrin antwortete nicht.

»Ist es wichtig für mich, das zu erfahren?«, fragte Winter.

»Nein.«

»Dann werde ich nicht mehr danach fragen.«

»Gut.«

»Aber ich wollte Sie nach dem Laden fragen.«

»Das verstehe ich.«

»Wie lange hat Hiwa dort gearbeitet?«

»Nicht lange.«

»Einen Monat? Zwei?«

»Vielleicht fünf Monate oder vier. Ich kann mich nicht erinnern. Ich weiß auch nicht mehr, wann er es erzählt hat. Vielleicht hat er es erst erzählt, nachdem er schon eine Weile dort gearbeitet hat.«

»Wie hat er den Job gefunden?«

»Ich weiß es nicht. Das hat er nie erzählt.«

»Kannten Sie den Laden, bevor Hiwa dort gearbeitet hat?«

»Ja ... ich weiß, wo er ist. Bis Hjällbo ist es nicht weit. Ich glaube, die meisten, die hier wohnen, kennen den Laden.« Sie warf Winter einen Blick zu. »Der war ja Tag und Nacht geöffnet. So was wissen die Leute.«

»Wie gut kannte Hiwa Jimmy Foro?«

»Ich weiß es nicht.«

»Ist es nicht seltsam, dass er das nicht erzählt hat?«

»Ich habe ihn nicht gefragt.«

»Aber trotzdem.«

»Mir genügte es, dass er einen Job hatte. Und ihm auch. Es war ja kein Ganztagsjob, aber immerhin ... ein Job.« Sie machte eine Handbewegung zu Hammarkullen hinaus, zu allem, was sie vom Fenster aus sehen konnten und vielleicht zu dem, was sie nicht sehen konnten. »Hier gibt es keine Arbeit, vor allen Dingen nicht für uns.«

»Was machen Sie selber?«

»Ich? Was spielt das für eine Rolle?«

»Gehen Sie noch zur Schule?«

»Ja, komisch, was? Ich gehe in die zweite Klasse des Gymnasiums, Zweig Gesellschaftskunde.«

»Aufs Angeredsgymnasium?«

»Wo sonst?«

»Weiß ich auch nicht«, sagte Winter.

»So lange es eben dauert«, sagte sie.

»Mhm.«

»Verstehen Sie, was ich meine?«

»Ja.«

»Und was ist das Ihrer Meinung nach?«

»Dass Ihre Familie vielleicht nicht bleiben darf?«

»Ja. Meine und viele andere.«

»Das ist beschissen.«

»Aber wenn Leute abgeschoben werden, sind Sie immer sehr hilfsbereit.«

Winter antwortete nicht.

»Müssen Sie so hilfsbereit sein?«

»Nein.«

»Aber Sie sind es.«

Auch darauf antwortete Winter nicht. Unten sah er eine Frau, die einem Kind Sand von den Knien wischte, dann ging sie davon. Da unten gab es viel Sand, der Spielplatz war voller Sand, der Platz war offensichtlich etwas zu groß angelegt für die Gegend.

»Sind Sie Jimmy mal begegnet?« Winter wandte sich zu Nasrin um.

»Nein.«

»Haben Sie Hiwa nie an seinem Arbeitsplatz besucht?«

»Einige Male, vielleicht zweimal.«

»Nicht öfter?«

»Nein.«

»Warum nicht?«

»Ich ... mochte den Laden nicht. Ich weiß nicht ... ich mochte ihn einfach nicht.« Sie starrte wieder aus dem Fenster. »Und jetzt mag ich ihn noch weniger.«

»Warum mochten Sie ihn vorher nicht?«

»Ich weiß es nicht.«

»Was hat Ihnen nicht an ihm gefallen?«

»Ich weiß es nicht«, wiederholte sie.

»Lag es an Jimmy?«

»Wie bitte?«

»War Jimmy der Grund? Dass Sie den Laden nicht mochten?«

»Ich bin ihm nie begegnet. Das hab ich doch eben gesagt.«

»Ach ja, Entschuldigung.«

»Das können Sie doch nicht schon wieder vergessen haben. So alt sind Sie ja noch nicht. Sie wussten genau, dass ich es gesagt habe.«

Winter antwortete nicht.

»Sie versuchen, mich reinzulegen.«

»Nein.«

»Das versuchen Sie wohl.«

»Wir haben darüber geredet, dass Sie den Laden nicht mochten«, sagte Winter nach einer kurzen Pause. »Haben Sie nie jemand getroffen, als Sie dort waren? Kunden? Freunde? Bekannte?«

»Nein.«

»Said Rezai? Der Mann, der auch erschossen wurde? Sind Sie ihm mal begegnet?«

Eine direkte Frage.

»Nicht dass ich wüsste«, antwortete sie. »Es könnte sein, aber ich kannte ihn ja nicht, also kann ich auch nicht wissen, ob ich ihn getroffen habe, oder?«

»Wir werden Ihnen Fotos von ihm zeigen«, sagte Winter.

»Muss ich mir die angucken?«

»Keine Fotos vom Tatort«, sagte Winter.

Unten tauchte ein Mädchen auf. Es war Sirwa. Einen Schritt hinter ihr kam ein Junge um die Ecke, das war Azad. Leichter Wind und Frieden, Seite an Seite.

Sie guckten nach oben, zum Fenster, an dem Winter und Nasrin standen.

Nasrin winkte. Die beiden unten winkten zurück, aber sie lächelten nicht.

Winter hob ebenfalls seine Hand. Eine alberne Geste.

»Der Einzige, den ich dort kannte, war Hussein.« Nasrin ließ ihre Geschwister nicht aus den Augen.

»Hussein?«

»Ja, Hussein Hussein. So heißt er. Hussein Hussein. Er stammt aus dem Irak, glaube ich, aber er ist kein Kurde.«

»Sie kennen ihn?«

»Nur aus dem Laden. Er hat auch dort gearbeitet. Ich hab ihn ein einziges Mal getroffen.«

Winter hörte ein Geräusch hinter sich und drehte sich um. Halders war gegen einen Stuhl gestoßen. Winter sah den überraschten Ausdruck in Halders' Augen.

»Hussein Hussein?«, sagte Winter. »Er hat in dem Laden gearbeitet? Da hat noch jemand außer Jimmy und Hiwa gearbeitet?«

»Ja, Hussein.« Sie sah Winter an. »Wussten Sie das nicht?«

# 11

Hussein Hussein! Was zum Teufel ist das denn?!«

»Ein Name«, antwortete Winter. »Das ist ein Name.«

»Mensch, das hab ich doch kapiert«, sagte Halders. »Ich rede von der Situation.«

»Aber ob er wirklich so heißt, wissen wir nicht.«

»Oder ob es ihn gibt.«

»Warum sollte sie uns was vorlügen?«

»Ist das eine bewusst naive Frage, Erik?«

»Ja.«

»Ist das überhaupt eine Frage?«

»Versuch mir zu antworten, Fredrik. Warum sollte sie lügen?«

An der Bredfjällsschule bogen sie nach links ab. Die Schule war in die Bebauung integriert, alle Häuser sahen gleich aus. Kinder spielten Fußball. Ein Ball landete vor Winters Füßen, und er schoss ihn mit Kraft zurück, in einem weiten Bogen über den Platz, bis zur anderen Seite. Die Gang auf dem Platz johlte.

»Nicht schlecht«, sagte Halders. »Und dann auch noch mit links. Ich wusste ja gar nicht, dass du Linksfüßer bist.«

»Ich bin mit beiden Füßen gleich gut«, sagte Winter.

»Wir sollten wieder Fußball spielen im Dienst«, sagte Halders.

»Du bist auf Lebenszeit gesperrt, Fredrik.«

»Das haben die längst vergessen«, sagte Halders.

»Aber es fällt denen augenblicklich wieder ein, wenn du den Platz betrittst.«

Halders antwortete nicht. Ein kleiner Junge, etwa sechs, sieben Jahre alt, beobachtete sie von einer Haustür aus. Er trug eine Brille aus Kunststoff, die das halbe Gesicht bedeckte. Halders riss den Arm zu einem Gruß hoch. Über das Gesicht des Jungen huschte ein Lächeln.

Sie gingen an dem Schulgebäude entlang und bogen bei der Pizzeria Gloria nach rechts ab.

»Hunger?«, fragte Halders.

»Es ist geschlossen«, sagte Winter.

Sie überquerten den Hammarkulletorget. Winter hatte Möllerström noch aus der Wohnung der Familie Aziz angerufen. Der Registrator des Fahndungsdezernats hatte den Namen notiert und die Suchmeldung vorbereitet. Winter sah auf seine Armbanduhr. Jetzt war die Suchmeldung draußen. Es mussten einfach alle nach Hussein Hussein suchen. Und Nasrin Aziz musste ihre ganze Kraft aufbieten, um sich zu erinnern, wie er aussah, vielleicht auch, indem man verschiedene Phantombilder durchspielte. Irgendeinen kreativen Nutzen musste das neue Computerprogramm doch haben. Ein Gesicht würde entstehen. Inzwischen fehlten schon viele Gesichter. Vor seinem inneren Auge tauchte das Gesicht des Jungen auf. Es war nicht Azad Aziz, den er morgens gesehen hatte, und er hatte es auch nicht geglaubt. Den Jungen zu finden ist genauso wichtig wie Hussein, dachte Winter. Womöglich war das sogar noch wichtiger. Hussein war vielleicht die falsche Person. Ein Missverständnis.

»Ich weiß von Hiwa, dass Hussein manchmal dort gearbeitet hat«, hatte Nasrin vor einer Weile gesagt.

»Wann hat Hussein dort gearbeitet?«

»Als ich dort war. Hussein war da.«

»Haben Sie mit ihm gesprochen?«

»Nein, ich hab ihn nur gesehen.«

»Was tat er?«

»Tat? Wie meinen Sie das? Er … hat nichts getan. Er war bloß da.«

»Im Laden?«

»Ja, natürlich.«

»Wie lief das ab? Hat Hiwa auf ihn gezeigt und gesagt, dass er auch dort arbeitet?«

»Ja ... so ähnlich. Aber vielleicht hat er ihm auch nur zugenickt.«

»Warum haben Sie das nicht früher erzählt?«, hatte Winter gefragt.

»Ich ... hab geglaubt, das wüssten Sie«, hatte sie geantwortet. »Ich dachte, so was erfahren Sie sofort.«

Halders öffnete seine Autotür. Sie waren an Marias Pizzeria vorbeigegangen, die nicht geschlossen war, aber Winter hatte keinen Hunger gehabt.

»Ich glaube nicht, dass sie lügt«, sagte Halders.

»Sie hätte es gleich beim ersten Mal sagen können, als wir sie trafen. Als du sie getroffen hast.«

»Wir haben nicht gefragt«, sagte Halders. »Ich habe sie nicht gefragt, ob es noch mehr Angestellte im Laden gab.« Er schloss die Autotür wieder. »Oder wie man die nun nennen soll. Nennt man die Angestellte? Er hat wohl nur ein paar Konservenbüchsen von den Regalen geholt und einen Hungerlohn dafür gekriegt.«

»Er war da«, sagte Winter.

»Aber jetzt ist er weg.«

»Wo ist er? Warum hat er sich nicht gemeldet?«

»Dafür könnte es verschiedene Erklärungen geben, oder?«

»Jetzt müssen wir ihn jedenfalls finden«, sagte Winter.

»In welchem Zustand er sich auch befinden mag«, sagte Halders.

Winters Handy klingelte.

»Bergsjön«, sagte Möllerström laut in sein Ohr.

»Redest du von Hussein?«

»Ich hab die Angaben an die Leute rausgegeben, die die Befragung an den Türen in Hjällbo durchführen«, sagte Möllerström. »Irgendjemand kannte offenbar einen Hussein, der mal in dem Laden gearbeitet haben soll. Aber er war sich nicht ganz sicher.«

»Okay, Janne.«

»Aber viel kann man nicht damit anfangen. Diese Person vermutet, dass der Kerl in Bergsjön gewohnt hat.«

»Warum vermutet?«

»Keine Ahnung. Damit ist wirklich nicht viel anzufangen.«

Winter hörte Möllerström auf seiner Tastatur herumtippen. »Es gibt mehrere Hussein Husseins in der Stadt.« Er tippte weiter. »Aber vielleicht haben nicht alle Telefon.« Er tippte wieder. »In den Karteien haben wir niemanden mit dem Namen, nur einen Hassan Hussein. Diebstahl.«

»Überprüf ihn. Und krieg raus, welche Wohnungsverwaltungen es in Bergsjön gibt. Finde heraus, ob die an einen Hussein vermietet haben, und ruf mich sofort an.«

»Hab schon selbst daran gedacht«, sagte Möllerström.

»Gut«, sagte Winter und beendete die Verbindung.

»Wir fahren nach Bergsjön«, sagte er zu Halders und ging rasch zu seinem Auto.

Sie fuhren über den Gråbovägen und dann den Bergsjövägen. Bergsjön breitete sich immer weiter nach Osten aus. Den namengebenden See sahen sie nicht, aber den Berg. Bergsjön war auf einem Plateau erbaut, umgeben von Wald. Es sah aus wie eine riesige mittelalterliche Burg aus Beton, und der Bergsjövägen zog sich wie ein Wallgraben um den Stadtteil. Es war ein eigentümlicher Ort, surrealistisch, und der Eindruck wurde noch durch die Straßennamen verstärkt, die nach Weltraum klangen. Sie standen für etwas, das Winter nicht begriff: Stratosfärgatan, Nebulosagatan, Universumsgatan, Meteorgatan, Kometgatan.

Er parkte unterhalb des Rymdtorget. Alles hing hier mit dem Weltraum zusammen, die Straßen, die Plätze. Vielleicht sollten die Namen auf die Zukunft verweisen. Man hatte für die Zukunft gebaut, groß gebaut, vielleicht schon im Hinblick auf Bewohner von einem anderen Planeten.

Halders stieg aus seinem Auto, das er neben Winters Mercedes geparkt hatte.

»Wann warst du zuletzt hier?« Er sah sich um.

Winter dachte nach.

Dort hinten, beinah mitten auf der offenen Betonfläche vor der Kneipe, hatte er einmal mit einem Mann gerungen. Das war bevor es Kneipen in Schweden gegeben hatte. Der Mann, der unter der Einwirkung von verschiedenen Rauschgiften gestanden hatte, hatte ein Messer gehabt. Ein Schwede, damals hatten hier noch mehr Schweden gewohnt. Seine Augen würde

Winter nie vergessen. Der Kerl war eine echte Gefahr für Leib und Leben gewesen. Bewegungen eines Reptils, Gehirn wie das eines Reptils. Es war an einem Sommertag wie diesem gewesen. Hatte es die Ärztezentrale damals schon gegeben? Winter sah das Schild. Wie lange war es her, dass er hier mit dem Typ gekämpft hatte? Mindestens fünfzehn Jahre. War er danach noch einmal hier gewesen? Nicht, soweit er sich erinnern konnte.

Sein Handy klingelte.

»Ja?«

»Tellusgatan 20.« Möllerströms Stimme klang entfernt, auch wie aus dem Weltraum. »Da gibt es einen doppelten Hussein.«

»Wohnt er allein?«

»Nach dem Mietvertrag zu urteilen ja.«

»Danke, Janne.«

»Sei vorsichtig.«

»Fredrik ist dabei«, sagte Winter.

»Das hab ich doch gemeint.«

»Schick einen Wagen«, sagte Winter.

»Ist schon unterwegs«, sagte Möllerström.

»Sie sollen am Rymdtorget warten«, sagte Winter. »Der Befehlshabende soll mich anrufen.«

Winter drückte auf Aus und steckte das Handy in die Hemdtasche.

»Tellusgatan«, sagte er.

»Da hinten hängt ein Plan«, sagte Halders.

Sie studierten den Stadtplan. Die Tellusgatan verlief in einem Halbkreis nach Norden.

Halders strich sich über den Schädel. Er sah aus, als wäre ihm viel zu heiß. Sein Gesicht war rot.

»Ich brauch Schatten.« Der Platz lag verlassen in der Sonne. Die Schatten waren scharf, die Winkel gerade, die Flächen weit und leer. Stein und Himmel. Die Straßen, die vom Platz abzweigten, waren wie aus einem Stück Beton gehauen. Raum und Licht, dachte Halders. Was er sah, erinnerte ihn an ein Plattencover. Pink Floyd. *Wish you were here.* Ich wünschte, du wärst hier.

Auf dem Weg zur Tellusgatan kamen sie an einem Kindergarten vorbei. Auf dem Spielplatz stand eine große hölzerne Lokomotive. Die Häuser reihten sich bis zum Horizont. So war es immer. Die enormen Häuserblocks der Vororte erstreckten sich weiter, als das Auge reichte.

»Hier ist es«, sagte Halders.

Es war still und kühl im Treppenhaus. Auf der Namenstafel fanden sie einen Hussein Hussein.

»Das ist ungefähr, als würde ich Fredrik Fredrik heißen«, sagte Halders.

»Ein Fredrik langt«, sagte Winter.

»Ha, ha.«

»Dann gehen wir mal rauf.«

»Vierter Stock.«

Oben war es immer noch still. Aus den anderen Wohnungen war nichts zu hören. Vielleicht waren alle bei der Arbeit oder am Meer oder an den Seen. Vor dem Haus war auch niemand gewesen. Winter klingelte. Er hörte den Klingelton von drinnen, ein aufdringlich schriller Ton. Halders sah aus, als wäre er bereit, die Tür einzuschlagen oder wenigstens das Schloss. Winter klingelte erneut. Sie lauschten dem Ton nach. Er war so laut, dass man ihn im ganzen Haus hören musste. Er prüfte die Klinke, drückte sie herunter – die Tür gab nach.

Halders zog seine Sig Sauer.

In Winters Brusttasche vibrierte das Handy.

»Ja?«

»Winter? Wickström hier. Wir sind …«

»Tellusgatan 20«, unterbrach Winter. »Wir gehen jetzt rein. Kommt rauf.«

»Okay.«

Halders hatte die Tür mit dem Pistolenlauf aufgedrückt.

Jetzt standen sie beide rechts und links von der Tür.

»Hussein?«, rief Winter, versuchte jedoch, seine Stimme zu dämpfen. »Hussein Hussein?«

»Polizei!«, rief Halders.

Sie warteten. Von drinnen war kein Laut zu hören. Das musste nichts bedeuten. Eine derartige Stille war an sich schon verdächtig.

»Hussein?«, rief Winter wieder.

»Wir kommen jetzt rein«, rief Halders.

Die Wohnungstür gegenüber öffnete sich. Ein kleiner Junge spähte heraus.

»Hallo, wie heißt ihr?«, fragte er.

»Geh wieder rein und mach die Tür zu.« Halders fuchtelte mit der Hand, in der er die Pistole hielt.

Der Junge öffnete die Tür noch weiter. Hinter ihm lag ein Flur. Der Junge sah den Flur gegenüber, und das war mehr, als sie selbst bisher gesehen hatten.

»Geh wieder rein und mach die Tür zu«, wiederholte Halders.

Der Junge mochte drei, vielleicht zweieinhalb Jahre alt sein. Er sah kein bisschen ängstlich aus und hielt das Ganze wohl für ein Spiel. Er wollte auch eine Pistole haben und machte einen Schritt vorwärts. Nach einem weiteren Schritt wurde er von einer Frau eingefangen, die plötzlich herbeistürzte und sich mit dem schreienden Jungen zurückzog.

»Machen Sie die Tür zu«, wiederholte Halders.

Winter warf einen Blick um den Türpfosten in Husseins Wohnung. Dort drinnen rührte sich immer noch nichts.

Er hob seine Waffe und ging ein paar Schritte hinein. Hinter ihm atmete Halders. Im Flur war es dunkel und warm, als verberge sich die Sonne hinter den Schatten. Es roch muffig, ungelüftet. Ein süßlicher Geruch. In einem Sonnenstrahl, der von irgendwoher kam, tanzten Staubteilchen. Er war wie der Strahl einer Taschenlampe und wies auf das Zimmer rechter Hand. So sah es jedenfalls aus.

»Keiner der beiden Husseins ist heute zu Hause«, sagte Halders. »Und das ist vielleicht gar nicht verwunderlich.«

Winter antwortete nicht. Sie waren durch die Wohnung gegangen.

Wenig Besitz, wenig Inventar, fast keine Möbel. Auf dem Wohnzimmerfußboden vier nackte Matratzen. Im Schlafzimmer ein Einzelbett. Manchmal war das Wohnzimmer beliebter als das Schlafzimmer.

Vor ihnen war schon jemand anders hier gewesen, jemand, der vielleicht etwas gesucht hatte. Oder Hussein Hussein ging besonders schlampig mit seinem Besitz, seiner Möblierung um. Oder die anderen, die hier gewohnt hatten. Hier mussten andere gehaust haben.

»Vielleicht hatte er es eilig, wegzukommen«, sagte Halders. »Konnte seinen Tennisschläger nicht finden und da hat er das Chaos angerichtet.«

»Die Tür war offen«, sagte Winter.

»Mit einem Schlüssel geöffnet, soweit ich erkennen konnte.«

»Warum ist das Bett aufgeschlitzt?«

»Hat er sein Geld in der Matratze versteckt?«

»Nein.«

»Hat er da was anderes versteckt?«

»Ja.«

»Rauschgift?«

»Vielleicht.«

»Oder noch woanders«, sagte Halders. »Sie haben hier drinnen an anderen Stellen gesucht.«

Winter hörte Schritte und Stimmen aus dem Treppenhaus. Die Kollegen waren da.

»Winter?«, rief jemand von draußen. »Hallo? Winter?«

»Zähl ich denn gar nicht?«, fragte Halders.

Winter bemerkte zwei Teetassen auf einem kleinen Tisch im Wohnzimmer. Sie waren nicht aus Glas und enthielten immer noch Spuren von Flüssigkeit.

»Er hat Besuch gehabt«, sagte Winter.

»Mhm, vielleicht. Das ist was für Öberg.«

»Der Wasserkocher in der Küche ist noch nicht kalt.«

»Es ist warm in der Wohnung«, sagte Halders.

»Wir müssen uns mal mit den Nachbarn unterhalten«, sagte Winter.

»Da wird sich der Junge aber freuen«, sagte Halders.

Der Junge hüpfte auf der Stelle, als sie vor der Tür standen. Er traute sich nicht näher, aber dies war das bisher aufregendste Erlebnis seines Lebens. Winter sah ihm an, dass er wünschte, sie würden wieder ihre Waffen ziehen. Außerdem hatte der Kleine die Uniformierten im Treppenhaus bemerkt, als die Tür geöffnet wurde. Für ihn war es ein ganz besonderer Tag. Für uns ist er auch nicht ohne, dachte Winter. Dabei hat er kaum angefangen.

Mutter und Sohn waren allein in der Wohnung. Sie hieß Ester Okumus und der Junge hieß Mats.

Nein, Hussein hatte sie an diesem Tag noch nicht gesehen. Sie konnte sich gar nicht erinnern, wann sie ihn zuletzt gesehen hatte. Oder einen von den anderen. In der Wohnung hatte ein Kommen und Gehen geherrscht.

»Ich kenne ihn nicht besonders gut.«

»Gut? Wie gut kennen Sie ihn denn?«

»Wir haben uns nur gegrüßt. Wir grüßen uns nur.«

»Hussein!«, sagte der Junge.

»Kennst du Hussein, Mats?«, fragte Winter.

Der Junge nickte.

»Das stimmt nicht«, sagte Ester Okumus. »Er sagt es nur, weil Sie ihn gefragt haben.«

Winter kauerte sich hin. Der Junge machte einen Schritt rückwärts.

»Spielst du manchmal mit Hussein?«, fragte er.

»Das hat er noch nie getan!«, antwortete seine Mutter.

»Draußen auf dem Hof?« Jetzt fragte Winter sie. »Vielleicht hat er Ihren Sohn mal geschaukelt.«

»Nein.« Sie sah ihren Sohn an. »Er hat ihn gegrüßt, genau wie ich.« Sie schaute Winter an. »Was wollen Sie von ihm? Hat er was getan?«

»Das wissen wir nicht«, sagte Winter. Er richtete sich wieder auf. Sein linkes Knie schmerzte. Immerhin bekam er keinen Schwindelanfall. »Haben Sie in den letzten Tagen Besucher bei Hussein bemerkt?«

»Nein, nicht soweit ich mich erinnere.«

»Würden Sie sich vielleicht versuchen zu erinnern?«

»Wie meinen Sie das?«

»Wenn Sie ein bisschen nachdenken würden.«

»Nein ... ich glaube nicht.«

Sie will nichts mit uns zu tun haben, dachte Winter. Sie findet die Angelegenheit nicht so aufregend wie ihr Sohn. Jedenfalls nicht auf die gleiche Art.

»Haben Sie heute etwas gehört, aus dem Treppenhaus?«

»Nein, nichts.«

»Haben Sie die Wohnung heute schon mal verlassen?«

»Nein.«

»Wissen Sie, ob Hussein mit anderen Nachbarn verkehrt?«

»Nein.«

Winter und Halders und die beiden anderen Polizisten aus dem Streifenwagen führten eine Befragung im Schnelldurchgang an den Türen des Hauses durch. Aber nur eine einzige wurde geöffnet, und der Mann wusste nichts und hatte nichts gehört. Er war erst kürzlich eingezogen und würde auch bald wieder ausziehen.

»Ein freies Leben«, kommentierte Halders, als sie das Haus verließen.

Auf dem ganzen Weg zum Rymdtorget lachten die Möwen sie aus. Wieder hatte Winter den Eindruck, sich in einer surrealistischen Landschaft zu bewegen, Storm Thorgersens Landschaft auf dem Plattencover von Pink Floyd. Es war schon eine Weile her, seit er sich das angehört hatte. Pink Floyd waren ein Teil seiner Jugend. *Remember when you were young*. Du bist einmal jung gewesen. *Ummagumma*, seinen Lieblingssong, hatte er für sich behalten. *Careful With That Axe, Eugene*. Sei vorsichtig mit der Axt.

Winter drückte auf die Fernbedienung und die Schlösser seines Mercedes öffneten sich mit einem scharfen, unnötig lauten Geräusch. Winter hatte Schweiß im Nacken. Halders hatte Schweiß auf der Stirn. Er wischte ihn ab und lehnte sich gegen den Mercedes.

»Was machen wir jetzt?«, fragte er.

Winters Handy klingelte. Er hatte die Lautstärke verstellt, als sie das Haus verließen, und auch dieses Geräusch klang unnötig laut.

»In unserer Kartei hab ich nichts über Hussein gefunden«, sagte Möllerström.

»Bist du sicher?«

»Die Jungs in Foros Wohnung haben ein Formular mit seiner Personenkennzahl gefunden und uns sofort angerufen.«

»Okay.«

»Von dieser Gang haben wir bis jetzt also nur Foros Geschichte, die wir direkt verfolgen können«, sagte Möllerström. »Aber die ist ja nicht besonders lang.«

»Falls wir nicht mit Husseins Abgang rechnen müssen«, sagte Winter.

»Na, bis dann«, sagte Möllerström und legte auf.

»Vielleicht ist er nur mal eben einkaufen gegangen«, sagte Halders. »Hussein Hussein Hussein.« Er schirmte die Augen mit der Hand ab und schaute zum Gebäude des Bezirksamtes. »Haben die Araber nicht eigentlich drei Namen?«

Winter nahm die Corpsschachtel hervor und zündete sich einen der dünnen Zigarillos an.

»Wie viele Namen hast du, Fredrik?«

»Äh ... wie meinst du das?«

»Wie heißt du noch außer Fredrik Halders?«

»Äh ... Göran. Fredrik Göran Halders.«

»Wie viele Namen sind das?«

»Ha, ha. Ich verstehe, was du meinst. Wie heißt du denn noch außer Erik Winter?«

»Sven.«

»Sven? Das glaub ich nicht.«

»Nein, es war nur ein Spaß.«

Der Rauch von Winters Zigarillo schwebte durch die Luft. Auch er wirkte fremd und unpassend an diesem Ort, genau wie eben die Geräusche.

»Wie viele rauchst du am Tag?«, fragte Halders.

»Fast keine«, sagte Winter. »Meistens rauche ich abends.«

»Ja, es ist ein herrlicher Abend.«

»Ich nehme keine Lungenzüge«, sagte Winter.

»Was soll das Ganze dann?«

»Das ist eine lange Geschichte, Fredrik.«

»Und unsere Geschichte, wird die lang?«

»Möglicherweise hängt das von uns ab.«

»Es hängt davon ab, wie gut wir diese Gang unter Kontrolle haben.«

»Ziemlich gut. Sagt der Bezirkskommandant von Angered.«

»Wenn es einer von denen war, dann erfahren wir es, meinst du? Jemand von der Gang?«

»Ich meine gar nichts.«

»Es beunruhigt mich, dass weder Hiwa noch Said noch Hussein der Zweite eine verbrecherische Vergangenheit haben.«

»Ja.« Winter blies wieder Rauch aus. »Manchmal müssen wir uns auch aus dem Grund Sorgen machen.«

»Du weißt, was ich meine.«

»Das muss aber nicht bedeuten, dass sie sauber sind«, sagte Winter.

»Weiß wie Schnee«, sagte Halders. »Sauber wie weißes Pulver.«

»Oder unsauber.«

»Die Opfer könnten Ungeklärtes von zu Hause mitgebracht haben«, sagte Halders.

Winter nickte.

»Eine Sauarbeit, so was rausfinden zu müssen.«

»Ja.«

»Vielleicht müssen wir nach Kurdistan fahren, das heißt in den Iran, den Irak, nach Syrien, in die Türkei und auf die Malediven«, sagte Halders.

»Die Malediven?«

»Ich glaube, wir müssen auch ein paar Wochen auf die Malediven. Sicherheitshalber.«

»Du und ich?«

»Ich hab dran gedacht, Aneta mitzunehmen. Sie stammt ja aus der Gegend.«

»Die Malediven liegen an der Südküste Indiens, Fredrik.«

»Sehr gut«, sagte Halders.

Winter rauchte wieder und beobachtete eine Familie auf dem Parkplatz, die in ein Auto stieg, Vater, Mutter, Schwester, Bruder. Sie sahen aus, als kämen sie aus irgendeinem Teil Nordeuropas. Das Auto war ein Volvo.

»Sollte es sich um eine Abrechnung im Rauschgiftgeschäft handeln, dann wissen wir es bald«, sagte Winter.

»Da bin ich nicht so sicher.«

»Wessen bist du dir nicht sicher? Dass es sich um eine Abrechnung handelt oder dass wir bald erfahren, um welche?«

»Rauschgift. Das ... passt irgendwie nicht zusammen. Du hast ja selbst mit Sivertsson gesprochen. Ihm ist das alles neu.«

»Die Zeiten ändern sich und damit die Methoden.«

»Schrotkugeln ins Gesicht? Das ist nichts Neues. Aber das ist nicht der Stil der Jugend.«

»Wer hat denn gesagt, dass wir es hier mit Jugendlichen zu tun haben?«

»Im Augenblick betätigen sich nicht viele andere in dieser Branche«, sagte Halders.

»Ich glaub, da täuschst du dich«, sagte Winter.

»Das hab nicht ich behauptet.«

»Aber du sagst, dass du in diesem Fall nicht recht an Rauschgift glaubst?«

Halders zuckte mit den Schultern, eine steife Bewegung. Er fühlte sich steif. Vielleicht sollte er heute Abend zehn Kilometer laufen. Aber dann wurde er noch steifer. Weicher wurde er, wenn er mit Aneta kuschelte. Vielleicht würde er das heute Abend tun. Und sich Pink Floyd anhören. Ich wünschte, du wärst hier. Wenn es überhaupt so einen Abend geben würde. Vielleicht würde er den ganzen Abend an Winter gefesselt sein. Vielleicht noch länger.

»Wir müssen Hussein finden«, sagte Winter und drückte seinen Corps im Aschenbecher aus.

»Der ist weg für immer«, sagte Halders.

»Wie das?«

»Unter der Erde, entweder freiwillig oder unfreiwillig.«

»Dann müssen wir ihn wieder ausbuddeln.«

»Ha, ha.«

»So witzig ist das gar nicht.«

Halders ging zu seinem Auto.

»Alles hängt vom Motiv ab«, sagte Winter. »Das Motiv ist entscheidend.«

»Rauschgift oder Blutrache.« Halders blieb stehen.

»Oder was anderes.«

»Was könnte es sein?«

»Wir müssen unsere Fantasie mobilisieren«, sagte Winter.

»Darauf läuft der Job wohl raus«, sagte Halders.

Winter fuhr nach Hjällbo. Halders fuhr zum Polizeipräsidium. Winter hörte sich im Auto das Lars Jansson Trio an. *Witnessing*. Hier hing alles von Zeugen ab, aber es gab keine Zeugen. Immer hing es von Zeugen ab. Von Zeugen und der Uhrzeit. Er vermisste die Zeugen, die es in diesem Fall nicht gab. Es war wie immer, es galt, sie zu finden. Es zu schaffen. *Success*. Oder einen Misserfolg zu erleben. *Failure*. Der erste Song auf der Scheibe war *Success-Failure*. Der zweite hieß *Get It*. Nimm es, pack es. Was nehmen? Was packen? Nicht das Glück, diesmal nicht, bei Gott. Es war auch nicht das Unglück. War es das Böse? Natürlich, aber es zeigte sich mit so vielen Gesichtern. Oder ganz ohne Gesichter. Er dachte an die Opfer in Jimmys merkwürdigem kleinen Laden. In vielerlei Hinsicht merkwürdig. Der Standort. Die Isolation. Die Einsamkeit. Ein Laden, der rund um die Uhr geöffnet war, ein Lebensmittelladen, der abgeschieden lag. Das war ein Widerspruch. Der Standort hatte die Morde begünstigt.

Der Weg war genauso verlassen wie immer, als Winter ihn vom Laden zur Wohnsiedlung abschritt. Er hatte ein Gefühl der Einsamkeit, Wehmut, wie ein nachklingender Mollakkord von Lars Janssons Klavier. Er dachte an den Jungen, den Rad fahrenden Jungen. Zeigt er sich, wenn ich hier auftauche? Wenn ich warte? Wartet er auf mich? Winter schaute an den Fenstern hinauf. Sie glänzten wie Silber im Sonnenlicht. Wer hinter einem dieser Fenster stand, war unsichtbar. Sieht er mich jetzt? Ich bin nicht unsichtbar. Soll ich winken?

Er ging weiter auf die Häuser zu. Es war windstill und in den Büschen links am Weg rührte sich kein Blatt. Winter überquerte das Feld. Ich weiß, dass alles von diesem Jungen abhängt.

# 12

Hier hatte es begonnen. Nein, es hatte weit weg an einem ganz anderen Ort angefangen. Und dann war es hierher gekommen. Vielleicht war es aber auch immer hier gewesen. Hatte gewartet. Winter schaute sich um. Diese Häuser. Dieser Teil der Stadt: felsig, hügelig. Die Felder. Die seltsamen Viertel, wie Steinbrocken, mit Präzision und berechnetem Abstand hingeschleudert. Dort. Dort. Dort und dort. Jetzt verbunden durch Schnellstraßen, die die Stadtteile einschlossen. Dazwischen gab es fast nichts. Keinen Fluchtweg … oder: einen Fluchtweg in alle Richtungen.

Winter hatte das ganze Gebäude umrundet, fünfzig Meter, siebzig Meter. Hörte er da ein Fahrrad? Er drehte sich rasch um, aber es war nur ein Geräusch gewesen, entdecken konnte er niemanden. Er begann zu laufen. Jetzt sah er ihn. Der Rücken des Jungen bewegte sich über einen anderen Gehweg, auf ein anderes Haus zu. Er trat so kräftig in die Pedale, dass sein ganzer magerer Körper auf und ab hüpfte, auf und ab, als wäre er mit einer Maschine verbunden.

»Warte!«, rief Winter. »Warte! Hallo! Warte! Hallo!«

Er lief weiter, spürte wieder seine Brust. Er war keine Maschine. Es war eine Sache, die Runde um Ruddalen in einer Geschwindigkeit zu laufen, die einem Spaziergang gleichkam, aber eine andere, aus dem Stand loszusprinten. Das tat er nun zum zweiten Mal. Die Leute an den Fenstern mussten sich ernsthaft fragen, wer der Verrückte da unten war. Winter zweifelte nicht daran, dass er beobachtet wurde. Warum läuft der? Wohin will der? Woher kommt der?

Beobachtete ihn der Junge, der jetzt weg war? Wieder war er verschwunden wie ein Wesen, das sich mit einer bestimmten Absicht zeigte, die man nicht verstand. Aber es steckte eine Absicht dahinter, und er verstand sie vielleicht. Deswegen wollte er mit dem Jungen reden. Wenn er wieder Luft bekam, wenn er den Arm des Jungen greifen konnte, mit einem leichten Griff, beschützend. Wenn es in seiner Macht stand, ihn zu beschützen. Im Augenblick schien der Junge sich frei bewegen zu können, aber das musste nicht bedeuten, dass es ein Dauerzustand war.

Winter blieb heftig atmend stehen, strich sich über die Stirn, erwog einen Corps zu rauchen, was im Augenblick die dämlichste Art gewesen wäre, seinen Körper zu behandeln. Nächstes Mal komme ich im Trainingsanzug und lauf mich beim Laden warm.

Langsam ging er zurück, blieb stehen und zündete sich einen Corps an. Ein Taxi fuhr Richtung Süden vorbei. Er erkannte es.

»Fährt der da oben rum?«

Ringmar und Winter gingen durch den Park, der vor dem Polizeipräsidium lag. Sie näherten sich dem Ausgang zum Ullevi-Stadion und kehrten wieder um. Es dauerte nur wenige Minuten. Zwischen den Häusern zu wandern, einmal um die Ecke. Das war ihnen zur Gewohnheit geworden.

»Du hättest nicht zu kommen brauchen«, sagte Winter. »Wir hätten auch telefonieren können.«

»Ich hab doch gesagt, dass ich auftauchen würde. Was kann man sich Schöneres wünschen, als an einem schönen Sommertag mit einem guten Freund durch einen schönen Park zu spazieren?«

»Ziemlich viel«, sagte Winter.

»Reinholz«, sagte Ringmar, »der Taxifahrer. Er scheint viele Fuhren in der Gegend zu haben. Er hatte wohl gerade wieder eine.«

»Mhm.«

»Du hattest einen anderen Eindruck?«

»Ja.«

»Aber er war es?«

»Er war ein Stück entfernt, aber ich habe das Profil erkannt.«

»Von dem Fahrer?«

»Vom Auto. Und auch vom Fahrer. Ich hab die Nummer erkannt.«

»Das ist ja ein Ding.«

»Ich hatte den Feldstecher dabei.«

»Na klar.«

Ringmar dachte über die Lüge nach. Er sah ein Taxi auf dem Weg zum Ullevi vorbeifahren.

»Willst du ihn einbestellen?«, fragte Ringmar.

»Vielleicht ist er nur neugierig.«

»Das hab ich doch gesagt.«

»Oder er hatte da was zu erledigen in der Nacht, als die Morde begangen wurden.«

»Wusste er, was er vorfinden würde?«

»Nein.«

»Aber er wusste, wer dort sein würde?«

»Ja.«

»Alle?«

»Nein.«

Sie praktizierten ihre Methode. Gedanken auf der Flucht, alle Möglichkeiten und alle Einbahnstraßen. Lockere Vermutungen, die manchmal handfester waren, als sie zunächst glaubten.

»Jimmy Foro?«

»Ja.«

»Wie heißt er noch ... Hiwa?«

»Vielleicht.«

»Hussein?«

»Nein.«

»Warum nein?«

»Ich sehe Hussein nicht dort. Nicht in dem Moment.«

»Wie meinst du das?«

»Er ... ich weiß es nicht. Den lassen wir mal außen vor.«

»Vielleicht ist er dort gewesen«, sagte Ringmar, »früher.«

»Wir lassen ihn mal eine Sekunde außen vor«, wiederholte Winter. »Über Hussein reden wir später.«

»Und Said? Wusste Reinholz, dass Said dort sein würde?«

»Vielleicht.«

»Die Mörder?«

»Vielleicht.«

»Er hat erwartet, die Mörder anzutreffen?«

»Vielleicht.«

»Aber nicht, dass sie Mörder sein würden.«

»Nein.«

»Irgendwas ist schiefgegangen.«

»Vielleicht. Für Reinholz ist es schiefgegangen, nicht für die anderen.«

»Es war von Anfang an geplant? Der Mord war geplant? Sie wussten, was passieren würde, nur er nicht?«

»Kommt ganz darauf an, was du mit Anfang meinst.«

Ringmar antwortete nicht. Das war eine schwere Frage. Es konnte sich um Stunden handeln, Wochen, Jahre.

Sie waren bis zur Shell-Tankstelle gegangen und kehrten bei der Autowaschanlage um. Das Gebäude erinnerte an Jimmys Laden, ungefähr die gleichen Proportionen, aber zusammengewachsen mit dem größeren Tankstellenkomplex.

»Und was war der Grund für Reinholz' Besuch?«

»Kurier«, antwortete Winter.

»Etwas abholen oder abgeben?«

»Abholen.«

»Noch was anderes abholen als Waren?«

»Vielleicht.«

»Die Mörder? Die Mörder abholen?«

»Mhm.«

Am Parkplatz kehrten sie wieder um und gingen in westliche Richtung.

»Sie waren verabredet?«, fragte Ringmar.

»Sie mussten ja irgendwie weg, oder?«

»Eigenes Auto.«

»Nein, kein eigenes Auto.«

»Woher weißt du das so genau?«

Winter antwortete nicht.

»Okay, sagen wir mal, sie sind weggelaufen, über die Felder, über den Weg zur Siedlung.«

Winter nickte.

»Mit leichten Schritten«, sagte Ringmar.

»Nein.«

»Hat es überhaupt leichte Schritte gegeben?«

»Doch, schon.«

»Das hat der Taxifahrer behauptet.«

»Ich glaube, er sagt die Wahrheit.«

»Warum?«

»Warum nicht?«

»Falls er nicht mehr weiß, als er sagt …«

»Er war nicht auf den Anblick vorbereitet, der ihn erwartete«, sagte Winter. »Als ich mit ihm gesprochen habe, war er erleichtert, dass er etwas aussagen konnte, das richtig war.«

»Inwiefern richtig?«

»Etwas, das jedenfalls wahrheitsgemäß dem entsprach, was er wirklich gehört hatte.«

»Wahrheitsgemäß«, wiederholte Ringmar. »Das ist ein seltsames Wort. Gemäß der Wahrheit. Was bedeutet das?«

»Bist du nicht dahintergekommen nach all diesen Jahren im Verhörraum?«

»Ich bin kein guter Verhörleiter«, sagte Ringmar.

»Du bist besser, als du glaubst.«

»Woher weißt du das?«

»Dieser Fall wird es beweisen.«

»Der Fall? Du sprichst im Singular, Erik.«

»Dann eben die Fälle. Aber alles hängt zusammen.«

»Wann tut es das nicht?«

»Ich hab nicht philosophiert, Bertil.«

»Wann wollen wir den Kerl einbestellen?«

Winter sah auf seine Armbanduhr und warf dann einen Blick in den Himmel hinauf.

»Wollte Angela heute Nachmittag nicht ans Meer fahren?«, fragte Ringmar.

»Das wollen wir alle«, sagte Winter. »Aber der Tag ist noch lang. Heute wird es nicht Abend.«

»Reinholz verschwindet nicht. Der taucht nicht ab. Wenn er das wollte, hätte er es schon längst getan.« Ringmar betrachtete den Himmel. »Es kann ein langer Abend werden, eine lange Nacht.« Er drehte sich zu Winter um. »Im Augenblick ist es ruhig. Vielleicht ist es gar nicht verkehrt, ein paar Stunden freizunehmen. Wer weiß, wann wir die nächste Gelegenheit haben.«

»Wir bestellen Reinholz sofort ein«, sagte Winter.

»Komm nach Hause, dann fahren wir für ein paar Stunden weg«, sagte Angela am Telefon. »Die Kinder brauchen das und du auch. Du bist heute Morgen um vier losgefahren. Wenn du jemanden verhören musst, kannst du das auch noch am Abend machen.«

Er antwortete nicht. Ringmar hatte das Verhör noch nicht arrangiert. Es hatte den Anschein, als warte er auf eine Nachricht, und zwar nicht von Winter.

»Abends ist besser als nachmittags«, sagte Angela. »Dann schüttelst du sie alle ordentlich durch. Abends ist es sogar noch besser als morgens.«

»Okay«, sagte er.

Und das Meer war besser als alles andere. Er schnitt Baguette auf und griff nach dem Sardellenöl. Eine eigene Kreation.

»Hoffentlich brauche ich kein schlechtes Gewissen zu haben«, sagte Angela.

Er hielt die Flasche gegen das Sonnenlicht, zog dann den Korken heraus und roch an dem Öl. Es war gut.

»Jetzt gebe ich ein bisschen auf das Brot«, kündigte er an.

»Hast du gehört, was ich gesagt habe?«

»Nein.«

»Gut.«

»Reich mir bitte mal die Petersilie und den Behälter mit dem Thymian.«

Sie reckte sich über die Decke und reichte ihm die frischen Kräuter.

Winter hörte die Kinder im Wasser hinter sich. Möwen schrien, hier lachte niemand ein hohles, unheimliches Lachen. Der Sand war warm. Es war sein Sand, wenn man Sand besitzen konnte, wie jemand Bäume besaß. Es war ihr Grundstück, das Grundstück der Familie Hoffmann-Winter. Angela hieß jetzt Hoffmann-Winter. Das klingt nach einer preußische Promenade, hatte er gesagt. Gut, dass du nicht preußischer Marsch gesagt hast, hatte sie zurückgegeben.

»Übrigens klingt es nach einem deutschen Biathlonläufer«, hatte er gesagt.

Hinter ihm kreischten Elsa und Lilly Winter. Sturzwellen. Er hatte den Schärendampfer gehört, ihn gesehen. Weiß und hübsch. Hier draußen war alles hübsch: er und sie und die Kinder, das Wasser, der Himmel, die Klippen und der Sand. Es war ein schwedisches Paradies. Sie selber waren ein schwedisches Paradies. Wir sind das Paradies, dachte er. Dieses Land.

Der Junge fuhr auf seinem Fahrrad durch seine Welt. Er versuchte sich zu erinnern, was er gesehen hatte. Es war wie ein Film gewesen.

Und noch etwas anderes. Es war wie eine Erinnerung, von der er nicht wusste, dass er sie besaß. Vielleicht hatte ihm jemand davon erzählt, aber das glaubte er nicht. Kann man sich an etwas erinnern, was es gar nicht gegeben hat?, dachte er.

Er wollte sich nicht erinnern.

Er wollte es nicht wissen.

Er wollte erzählen.

Hama Ali Mohammad lebte in zwei Welten. Die eine Welt war der Tag, die andere die Nacht.

Er gehörte nicht zu denen, die sich auf Diskussionen einließen. Das hatte er schon frühzeitig für sich entschieden. Als er alt genug war, selbst zu entscheiden. Niemand sollte sich mit ihm anlegen können. Er würde alles auf der Stelle durchschauen. Es bedeutete nichts. Das Einzige von Bedeutung war Geld. Ohne Geld gab es keine Welt, so sah Hama Ali es jedenfalls. Geld, das man stehlen konnte. Es war ja genügend vorhanden.

Und so war er bei der Polizei gelandet, ganz brüderlich, sozusagen. Er hatte einem Polizisten vom Revier Angered »*lack, shoo*!« zugerufen, als er den Platz überquerte, und der Polizist hatte auf Arabisch geantwortet: »Du bist auch hässlich.« Und daraufhin hatte Hama Ali noch was gesagt. Und so hatte es angefangen. Er fand es aufregend.

Und jetzt hatte er etwas erfahren, von dem er nicht wusste,

was er damit anfangen sollte. Das war allerdings mehr Aufregung, als ihm lieb war. Das war Psychose. Etwas zu viel Psychose.

Er wollte es nicht wissen.

Er wollte es nicht erzählen.

Er hatte große Angst.

Er flog.

Vor dem Treffen mit dem Taxifahrer Reinholz sollte noch ein anderes Gespräch stattfinden. Er betrachtete es nicht als Verhör. Er bezeichnete Verhöre fast nie als Verhör. Selten ging es um starkes Licht im Gesicht, das war ein Klischee, das kaum noch im Kino vorkam.

Mozaffar Kerim erschien pünktlich im Entree des Polizeipräsidiums.

Winter nahm ihn unten in Empfang und fuhr mit ihm in die Räume des Fahndungsdezernats hinauf.

Kerim fragte ihn im Fahrstuhl, um was es eigentlich gehe.

»Nur einige Details«, sagte Winter. »Es dauert nicht lange, hoffe ich.«

»Bitte, nehmen Sie Platz«, sagte Winter in seinem Büro. Er setzte sich Kerim gegenüber.

Kerim saß auf der äußersten Stuhlkante, als wollte er jede Sekunde davon stürmen. Es war ganz offensichtlich, dass er sich weit weg wünschte.

»Warum haben Sie gesagt, dass Sie die Familie Aziz kaum kennen?«, fragte Winter.

Kerim zuckte zusammen. »Wie bitte?«

Winter wiederholte seine Frage.

»Ich verstehe nicht ... was Sie meinen.«

»Soll ich die Frage noch einmal wiederholen?«

»Ich kenne sie nicht«, sagte Kerim.

»Denken Sie noch einmal nach«, sagte Winter.

»Ich kenne sie nicht näher.«

»Wie nicht näher?«

»Ich habe nicht mit ihnen zusammengearbeitet.«

»Was bedeutet das?«

»Ich habe nicht für sie gedolmetscht.«

»Auf welche andere Art kannten Sie die Familie Aziz?«

Kerim antwortete nicht.

»Lassen Sie mich die Frage anders formulieren. Haben Sie irgendein Mitglied der Familie Aziz früher schon einmal getroffen? Einmal oder öfter?«

»Ich kenne keinen von ihnen.«

»Danach habe ich nicht gefragt.«

»Warum stellen Sie mir all diese Fragen?«

»Ich stelle nur eine einzige, auf die ich eine Antwort haben möchte.«

Kerim schien nachzudenken und sah aus dem Fenster. Vielleicht war es nichts anderes als Sehnsucht nach der Welt da draußen, weg von der Frage, weg von Winter.

»Wo liegt das Problem, Kerim? Warum wollen Sie mir nicht antworten?«

»Ich habe nur Hiwa getroffen«, sagte Kerim leise.

»Warum haben Sie das nicht gleich gesagt?«

Kerim bewegte kaum merklich die Schultern.

»Wo haben Sie ihn getroffen?«

»In einem Café.«

»In welchem Café?«

»Limonell.«

»Wo ist das?«

»Es gibt mehrere.«

»Zum Teufel, Kerim, von welchem Café reden Sie?«

»Limonell am Kaneltorget. Das hat inzwischen zugemacht.«

»In Gårdsten?« Winter sah auf den Stadtplan, den er in seinem Büro an die Wand gehängt hatte. Die nördlichen Stadtteile. »Dort hat Jimmy Foro gewohnt.«

Mozaffar Kerim schwieg.

»Warum haben Sie sich dort getroffen?«

»Es ... hat sich so ergeben.«

Der entkommt mir nicht, dachte Winter. Er möchte etwas erzählen, indem er es nicht erzählt.

»Warum haben Sie sich getroffen?«

»Reiner ... Zufall, wie man so sagt.«

»Inwiefern?«

»Ich war dort, und wir haben uns ein bisschen unterhalten.«

»Warum waren Sie dort?«

»Ich wohne ja in der Nähe und war oft im Limonell.«

»Warum war Hiwa dort?«

»Ich weiß es nicht. Das hat er nicht gesagt, und ich habe ihn nicht gefragt.«

»Worüber haben Sie gesprochen?«

»Nichts Besonderes.«

Darauf muss ich zurückkommen, dachte Winter. Er sah den kleinen Platz vor sich. Kanelgatan. Ein Lebensmittelladen. Für Jimmy ein Katzensprung.

»Warum haben Sie mir das nicht gleich erzählt?«, fragte er.

»Ich dachte, das sei nicht wichtig.«

»Sie sind doch nicht dumm, Kerim. Sie wissen genau, dass wir alles über diese Personen wissen wollen.«

»Entschuldigung.« Mozaffar Kerim sagte es sehr leise. Er sah fast aus, als meinte er es ehrlich. Vielleicht meinte er es so.

»Kannten Sie Jimmy Foro?«, fragte Winter.

»Nein.«

»Er wohnte auch in der Nähe.«

Kerim zuckte wieder kaum merklich mit der Schulter.

»Also beginnen wir noch mal von vorn«, sagte Winter.

Um halb acht rief Ringmar an.

»Ist der Dolmetscher noch da?«

»Vor einer halben Stunde gegangen.«

»Und?«

»Er hat Angst.«

»Wovor?«

»Das wollte er mir nicht sagen.«

»Hast du ihn gefragt?«

»Nein. Noch nicht. Er muss erst noch ein bisschen mehr von sich aus erzählen.«

»Macht er das?«

»Er muss noch eine Weile darüber nachdenken.«

»Was gibt es da denn nachzudenken?«, fragte Ringmar. »Worüber soll er nachdenken?«

»Ich weiß es nicht, Bertil. Aber mit dem Mann ist was … ich hab so ein Gefühl. Wahrscheinlich ist es die alte Intuition.«

»Mhm.«

»Ich hab keine logische Erklärung, jedenfalls noch nicht.«

»Erklärung wofür?«

»Dafür, wer er ist. Was er ist.«

»Er ist Dolmetscher. Das haben wir doch überprüft.«

»Was er in diesem ... was für eine Rolle er spielt.«

»Siehst du den Fall als Rollenspiel?«

»Manchmal.«

»Hauptrollen, Nebenrollen«, sagte Ringmar.

»Er hat Hiwa gekannt.«

»Auf welche Art?«

Winter antwortete nicht.

»Erik?«

»Ja, ich hab's gehört.« Winter machte eine Pause. »Ich hab den Eindruck, dass sie ... ein Liebespaar waren.«

# 13

Jerker Reinholz sah aus, als fühlte er sich ohne Taxi nur wie ein halber Mensch. Es gibt Leute, die verbringen ihr ganzes Leben in ihrem Auto, dachte Winter. Die Stadt wird zu etwas, das immer nur vorbeizieht.

Aber dann bleibt plötzlich alles stehen.

»Warum haben Sie vor dem Laden angehalten?«, fragte Winter. Diesmal nicht in seinem Büro. In einem der Verhörräume. Das kleine Fenster stand offen. Er hörte das Brausen des Abendverkehrs von Heden bis zum Vergnügungspark Liseberg. Beim letzten Mal ist mir in der »Teetasse« schlecht geworden. Nein, es war was anderes. Das Karussell gibt's nicht mehr. Irgendwas noch Harmloseres. »Opas Auto«? Nein, nicht ganz so harmlos.

»Angehalten? Das hab ich doch erzählt«, sagte Reinholz. »Was soll das?«

»Welche Zigarettenmarke rauchen Sie?«

»Äh ... was?«

Winter warf einen Blick auf das Tonbandgerät. Das Band drehte sich. Er wiederholte seine Frage.

»Marlboro.«

»Mit oder ohne Filter?«

»Äh ... wie bitte?«

»Mit oder ohne Filter?«

»Gibt's die auch ohne Filter?«, fragte Reinholz.

»Nicht in Jimmy Foros Laden.«

Darauf ging Reinholz nicht ein. Er schien gar nicht zuzuhören, sondern an etwas anderes zu denken. Vielleicht an das, was er eben gesagt hatte, oder worum es hier eigentlich ging.

»Es gab überhaupt keine Marlboro in Jimmy Foros Laden«, sagte Winter.

»Ach so, dann waren sie wohl ausgegangen.«

»Normalerweise gab es sie?«

»Ich glaub ja. Ich hab doch früher schon dort eingekauft, nur wegen der Fluppen hab ich angehalten.«

Winter schwieg.

Vor dem Fenster sang ein Vogel. Er hörte auf, fing aber schnell wieder an, als würde er sich in kurzen Intervallen ausruhen.

»Ich hab gedacht, die hätten Marlboro«, sagte Reinholz. »Warum hätte ich sonst anhalten sollen?«

»Erzählen Sie«, sagte Winter.

»Was? Warum ich sonst hätte anhalten sollen?«

Winter sagte nichts. Manchmal war es eine gute Verhörmethode: keine Fragen zu stellen und vor allen Dingen nicht zu antworten.

»Nur deswegen«, sagte Reinholz, »warum sonst?«

»Erzählen Sie noch mal von Anfang an«, sagte Winter. »Von dem Moment an, als Sie zum Laden abbogen.«

»Das hab ich doch schon alles erzählt!«

»Es ist reine Routine«, sagte Winter.

»Routine, aha.«

»Von dem Moment an, als Sie auf den Parkplatz einbogen«, sagte Winter.

Dort draußen, da hatte es nichts gegeben. Bald würde es dämmern. Autobahnen zwischen Süden und Norden, Scheinwerferlicht auf dem Asphalt. Ein sinnloses Licht, das rasch von der Dämmerung aufgelöst wurde. Der Wind kam von Westen, ein Zug heulte mit dem Wind. Sein Auto stand vor dem Laden, diesem für sich gelegenen Gebäude. Er brauchte die Zigaretten. Der Laden bestand überwiegend aus Glas, nichts rührte sich, alles war still.

Er überquerte den Parkplatz. Er war über den Parkplatz gegangen. Er ging über den Platz. Das Geräusch seiner Absätze war weit durch die Nacht geflogen, die keine war. In einer anderen Jahreszeit wäre es wirklich Nacht gewesen und noch weit bis zur Morgendämmerung. Von irgendwo ertönte ein Echo.

»Woher kam es?«, fragte Winter.

»Ich weiß es nicht ... irgendwo von der anderen Seite der Bude.«

»Wie klang es?«

»Wie ein ... Schrei.«

»Was für eine Art Schrei?«

»Schrei ... ich weiß es nicht ... Schrei.«

»Könnte es ein Vogel gewesen sein? Eine Möwe?«

»Möwen ... nein. So früh waren noch keine Vögel wach.«

»Sind Sie sicher?«

»Ich bin es gewohnt, früh auf zu sein ... oder spät, wie man es nimmt. Nachts zu arbeiten. Ich weiß nicht, wann die Möwen im Sommer aufwachen.«

Winter nickte.

»Vielleicht war ich es«, sagte Reinholz.

»Würden Sie das bitte noch mal wiederholen?«

»Vielleicht habe ich geschrien«, sagte Reinholz.

»Während Sie den Platz überquerten?«

»Nein, nein. Hinterher. Oder ... kurz davor. Als ich ... als ich in der Tür stand.«

»Aber den Schrei haben Sie doch vorher gehört?«

»Ich bin nicht mehr ganz sicher. Vielleicht ... war ich es. Mein eigenes Echo.«

»Haben Sie jemandem etwas zugerufen? Haben Sie geschrien, als Sie den Platz überquerten?«

»Nein, nein. Warum hätte ich das tun sollen?«

»Weil Sie etwas gehört haben.«

»Nein.«

»Haben Sie vielleicht etwas gesehen?«

»Nein. Was hätte ich sehen sollen?«

»Haben sie jemanden aus dem Laden laufen sehen?«

»Nein, nein. Das hätte ich gleich gesagt. Warum hätte ich es nicht sagen sollen?«

»Vielleicht war es Ihnen entfallen.«

»So was würde ich nicht vergessen.«

»Sie können sich nicht erinnern, ob oder wann Sie geschrien haben?«

Reinholz murmelte etwas, was Winter nicht verstand.

»Würden Sie das bitte wiederholen?«

»Sie waren nicht dort, oder?«, sagte Reinholz.

»Nein.«

»Dann können Sie auch nicht wissen, wie es war.«

»Ich bin nur wenige Minuten später gekommen«, sagte Winter.

»Sie waren nicht allein.«

»Nein.«

»Es war entsetzlich. Ich hatte das Gefühl, ganz allein auf der Welt zu sein.«

»Warum hatten Sie das Gefühl?«

»Es war einfach so.«

»Warum hatten Sie das Gefühl?«

»Weil ... alles, was ich da gesehen habe. Dieses Rot ... wie ein ... wie ein verdammtes Meer. Wie ein riesiges verdammtes Meer.«

»Haben Sie es schon von draußen gesehen?«

»Ich glaube ja. Ich ... vielleicht habe ich deswegen geschrien, vielleicht sogar schon draußen.«

»Ist es Ihnen jetzt wieder eingefallen? Dass Sie schon draußen geschrien haben?«

»So muss es gewesen sein.«

»Und dann?«

»Was dann?«

»Was haben Sie dann gehört?«

»Da waren diese Schritte.«

Winter schwieg. Er nickte Reinholz zu: Bitte sprechen Sie weiter.

»Ich hab gedacht, da ist jemand«, sagte Reinholz. »Es war verdammt unheimlich. Als ob jemand *was wusste*. Verstehen Sie? Als ob es jemand gesehen hätte. Es *gesehen*. Verstehen Sie?«

Winter nickte. Er verstand. Ihm fiel auf, dass Reinholz rote Augäpfel hatte. Der Mann sah nicht gesund aus. Vielleicht trank er zu viel. Oder saß zu viel im Auto. Schlief zu wenig. Grübelte zu viel. Sagte die falschen Sachen. Machte die falschen Sachen. Kannte die falschen Menschen.

»Jemand ist weggelaufen«, sagte Reinholz.

»War es ein Kind?«

»Das weiß ich nicht.«

»Sie haben gesagt, es waren leichte Schritte.«

»So hat es geklungen.«

»Aber Sie sind nicht sicher?«

Reinholz antwortete nicht.

Winter wiederholte seine Frage.

»Vielleicht wurden die Schritte durch etwas gedämpft«, sagte Reinholz.

»Durch was?«

»Tja ... Gras vielleicht.«

»Darum klangen sie so leicht?«

»Wäre doch möglich.«

»Wir können es ja mal testen.«

»Wie?«

»Hören, wie es klingt.«

»Wollen Sie da laufen?«

»Warum nicht?«

»Und hinterher mit Kinderschritten vergleichen?«

»Kein Problem für uns.«

»Ja, da oben gibt es viele Kinder.«

»Wie meinen Sie das, Herr Reinholz?«

»Was? So wie ich es sage. Da oben gibt es viele Kinder.«

»Haben Sie an jenem Morgen ein Kind gesehen?«

»Es war ja kaum Morgen. Es war noch viel zu früh für Kinder.«

»Haben Sie Kinder gesehen?«, fragte Winter.

»Nein, nein.«

»Kannten Sie jemanden aus dem Laden?«

»Wie meinen Sie das jetzt?«

»Kannten Sie einen von den Toten?«

»Darauf hab ich doch schon geantwortet.«

»Ist Ihnen einer von denen vorher schon mal begegnet?«

»Das muss er ja wohl, oder? Schließlich hab ich früher Zigaretten in dem Laden gekauft.«

»Wer hat sie Ihnen verkauft?«

»Wie soll ich mich daran erinnern?«

»Ist es nicht normal, sich an so was zu erinnern?«

»Normal? Die sehen doch alle gl...« Reinholz brach mitten im Satz ab.

»Was wollten Sie gerade sagen?«

»Nichts.«

»Dass sie alle gleich aussehen? Wollten Sie das sagen?«

»Nein, nein.«

»Wie meinen Sie es dann?«

»Ich meine nur, dass ich ... sie nicht wiedererkennen würde, egal, ob ich bei einem Zigaretten gekauft habe oder nicht ... Ich weiß es nicht.«

Er schien noch etwas sagen zu wollen, und Winter wartete.

»Außerdem ... die da drinnen waren doch gar nicht mehr zu erkennen.«

Winter schwieg.

»Herr im Himmel«, sagte Reinholz.

»Ist einer von denen mal bei Ihnen im Taxi mitgefahren?«

»Nicht soweit ich mich erinnere.«

»Würden Sie bitte versuchen, sich zu erinnern?«

»Wie ... was meinen Sie denn nun schon wieder?«

»Denken Sie noch ein Weilchen nach.«

»Das würde nichts helfen. Wenn mir nicht einfällt, wer von denen mich bedient hat, dann werde ich mich auch kaum erinnern, ob ich einen von ihnen gefahren habe.«

»Sie scheinen Ihrer Sache sicher zu sein.«

Reinholz zuckte mit den Schultern.

»Sie werden verstehen, dass wir alle Hilfe brauchen, die wir bekommen können«, sagte Winter.

»Natürlich.«

»In meinem Job gehört es zu den wichtigsten Dingen, die Leute dazu zu bringen, dass sie sich erinnern. Das kleinste Detail kann wichtig sein. Verstehen Sie das?«

»Ja.«

»Haben Sie Angst?«

»Äh ... wie bitte?« Reinholz war zusammengezuckt, nicht sehr, aber es genügte. »Angst?«

»Haben Sie vor jemandem Angst?«

»Was ... ist das für eine Frage?«

»Hat jemand versucht, Ihnen Angst zu machen? Im Zusammenhang mit dem, was Sie gesehen haben?«

»Nein ... warum auch?«

»Oder weil Sie etwas wissen.«

»Ich weiß nichts. Was sollte ich wissen?«

Er sah Winter an, als erwartete er tatsächlich eine Antwort von dem Kommissar. So, als würde er gern mit ihm zusammenarbeiten, wenn er nur wüsste, wie. An sich bedeutete das nichts. Es gab so viele verschiedene Arten von Zusammenarbeit. Es gab so viele Absichten.

»Ich weiß nichts«, wiederholte Reinholz.

»Wohin waren Sie unterwegs, als Sie anhielten, um Zigaretten bei Jimmy zu kaufen?«

»Äh ... unterwegs? Ich war auf dem Weg in die Stadt. Ich wollte einpacken.«

»Einpacken?«

»Genau, aufhören. Nach Hause fahren.«

Winter nickte.

»Kann ich jetzt nach Hause fahren?«

»Hat jemand Angst vor *Ihnen*, Herr Reinholz?«

»Hoffentlich bist du nicht zu weit gegangen«, sagte Ringmar.

»Bei dem nicht.«

»Wie meinst du das?«

»Ich hatte den Eindruck, er hat jede einzelne Frage vorausgesehen.«

Ringmar nickte. »Solche Leute sind mir früher auch schon untergekommen«, sagte er.

»Mit dem stimmt was nicht. Bei dem Kerl dürfen wir nicht locker lassen.«

»Das tun wir auch nicht.«

»Wir müssen versuchen, alle seine Fahrten zu überprüfen. Für wen fährt er? Taxi Göteborg? Kurier? Und die Kunden müssen wir auch überprüfen.«

»Einige bezahlen wohl noch nicht mit Karte«, sagte Ringmar.

»Wenn überhaupt«, sagte Winter.

»Oder schwarz, ohne Rechnung«, sagte Ringmar. »Aber bei den großen Taxigesellschaften funktioniert das wahrscheinlich nicht.«

»Apropos schwarz«, sagte Winter. »Darf ich dich zu einer Tasse starkem Kaffee bei uns zu Hause einladen?«

»Wenn es noch was Stärkeres dazu gibt«, sagte Ringmar.

Ringmar durfte selbst entscheiden und wählte nach Winters diskretem Zureden einen fünfzehn Jahre alten Glenfarclas.

»Der Fünfzehnjährige ist richtig gut«, sagte Winter. »Kräftig und gut. Besser ausbalanciert als der Einundzwanzigjährige, finde ich.«

»Was für ein Glück, dass du den auf Lager hast«, sagte Ringmar, »also den Fünfzehnjährigen.«

»Die anderen Jahrgänge hätten dir auch geschmeckt«, sagte Winter. »Ich hab auch noch einen Fünfundzwanzigjährigen.«

»Fast doppelt so alt.«

»Nicht das Alter ist entscheidend«, sagte Winter.

Ringmar hielt die robuste Flasche hoch. Auf dem Etikett war ein Turm abgebildet, Scheunendächer, Felder, Himmel und im Hintergrund sanft ansteigende Hügel.

»Hast du sie an diesem Ort gekauft?«

»Natürlich.«

»Natürlich? Mensch, Erik.«

»Das ist eine sehr nette Destille, groß und modern. Ein Familienunternehmen. Gehört zu keinem Konzern. Speyside natürlich. Das Hochland. Liegt in der Nähe von einem kleinen Dorf, das Marypark heißt, wenn ich mich recht erinnere. Auch das nett.«

»Am Jaegerdorffsplatsen gibt es einen sehr netten staatlichen Schnapsladen.«

»Findest du?«

»Eigentlich nicht. Aber man braucht nicht unbedingt nach Schottland zu fahren.«

»Das ist keine Strafe, Bertil. Und Jaegerdorff hat keinen Glenfarclas.«

»Darf man mal probieren?«, fragte Ringmar. »Oder muss man ein besonderes Gefühl abwarten?«

Angela begann zu lachen. Sie beugte sich vor und tätschelte Ringmar die Wange. Sie saßen am Küchentisch. Unten ging jemand mit energischen Schritten über den Hof. Das Echo schraubte sich zwischen den Hauswänden hinauf, an ihnen vorbei und stieg weiter in den Himmel. Der würde heute Nacht nicht schwarz werden. In zwei Tagen war Mittsommer. Dann würde von Norden langsam wieder die Dunkelheit heran kriechen. In einem halben Jahr war Weihnachten. Aber dann wurde es bald heller. Und so weiter und so weiter. Auf diese Weise verging ein Jahr sehr schnell.

»Vielleicht sollte man das Gesöff nur einatmen«, sagte Ringmar.

»Nimm einen Schluck, Bertil«, ermunterte Angela ihn.

Ringmar hob sein Glas, Winter hob sein Glas und Angela hob ihr Weinglas. Sie tranken.

Ringmar zog ein Gesicht wie ein Tester.

»Mhhmm«, sagte er und stellte das Glas ab, das dünn war und an einen hohen schmalen Cognacschwenker erinnerte. »Ziemlich ... kräftig.« Er hielt es wieder hoch und schwenkte es vorsichtig, um die Aromen freizusetzen.

»Auch ziemlich sämig.«

Winter lächelte. »Erkennst du irgendeinen Geschmack?«

»Rauch«, sagte Ringmar. »Aber nicht viel.«

»Gut.«

»Fast ein wenig süß ... nicht direkt süß, aber irgendwie ... ich weiß nicht.«

»Das kommt von den Sherryfässern«, sagte Winter.

»Natürlich«, sagte Ringmar.

Angela lachte wieder.

»Du scheinst Humor zu haben«, sagte Ringmar.

»Wenn man sich in netter Gesellschaft befindet«, sagte sie.

»Besten Dank.«

»In deiner und in Eriks.« Sie warf ihm einen Blick zu.

Sie nahm wieder einen Schluck von ihrem Wein. Er war rot, ein Cahors, der in der hellen Nacht schwarz wirkte. Er war in fast jedem Licht schwarz.

»Ihr ermittelt wegen schrecklicher Verbrechen«, sagte sie nach einem kurzen Schweigen.

»Im Augenblick haben wir nicht das Bedürfnis, darüber zu reden«, sagte Winter.

»Ich aber«, sagte Angela.

»Wir suchen ihn überall«, sagte Ringmar. »Das ist im Moment vielleicht das Wichtigste.«

»Was könnte passiert sein?«, fragte sie.

»Wie meinst du das?«

»Mit ihm? Was kann Hussein ... so hieß er doch? ... zugestoßen sein?«

»Alles Mögliche«, sagte Ringmar.

»Hat er keine Familie? Ich meine, in der Stadt?«

»Das wissen wir noch nicht.«

»Woher stammt er? Oder ist er hier geboren?«

»Nein, vermutlich nicht.«

»Ist er ein Flüchtling?«

»Wahrscheinlich. Das überprüfen wir gerade.«

Angela sah Winter an. Er hielt sein Glas in der Hand, ohne zu trinken. Sein Blick war abwesend, irgendwo in der Nacht. Dann kehrte er zurück.

»In diesen Fall sind viele Personen verwickelt.« Er stellte das Glas ab. »Viel zu viele.«

»Wie meinst du das, Erik?«

»Es gibt so viele Hypothesen.« Er sah Ringmar an. »Das findest du auch.«

»Aber das ist doch gut, oder?«, sagte Angela.

»Da bin ich nicht so sicher.«

»Wie dieser Dolmetscher«, sagte Ringmar.

»Was ist mit dem Dolmetscher?«, fragte Angela.

»Wir werden nicht richtig schlau aus ihm. Oder wie man das ausdrücken soll.«

»Ist das ungewöhnlich? Dass ihr nicht schlau werdet aus einem Zeugen oder einem Verdächtigen? Ist das nicht eher die Regel?«

»Doch schon«, sagte Ringmar.

»Aber warum sollte ich über einen Dolmetscher ins Grübeln geraten?«, sagte Winter. »Oder einen Taxifahrer?«

»Weil es dein Job ist«, sagte Angela. »Musst du nicht gegen alle misstrauisch sein?«

Ringmar lächelte.

»Das klingt nicht gerade angenehm«, sagte Winter.

»Früher hat dir das geholfen, Erik«, sagte Ringmar.

»Mhm.«

»Dass du misstrauisch bist.«

»Und wie ist es mit dir, Bertil? Hast du ein bestimmtes Gefühl?«

»Bei dem Dolmetscher?«

»Ja?«

»Vielleicht ... mal sehen. Aber ich weiß ja nicht, wie das mit dieser Liebe steht.«

»Was ist mit der Liebe?«, fragte Angela.

»Erik glaubt, der Dolmetscher hatte was mit einem der Ermordeten«, sagte Ringmar.

»Bis jetzt ist das nur so eine Idee«, sagte Winter.

»Mit der Frau von einem?«, fragte Angela.

»Nein, mit einem der Männer«, sagte Ringmar.

»Kann so was Anlass für die Morde sein?«

»Genau die Frage stellen wir uns auch.«

Angela beugte sich über den Tisch. »Und was sagt der Dolmetscher?«

»Wir haben ihn noch nicht gefragt«, antwortete Winter.

## 14

Die Schreie wurden vom Wind herübergetragen. Sie mochten eine Meile entfernt sein. Sie hatten eine Bezeichnung dafür: die Rufe von der anderen Seite. Von der anderen Seite der Welt. Oder von dieser. Die dennoch eine andere Welt war. Reste einer Erinnerung, die aber nur noch bei den ganz Alten und ganz Jungen vorhanden war. In jener Welt war es die Sonne, die sich mehr bewegte als die Menschen. Hier war es genau umgekehrt. Wenn die Sonne brannte, dann schien sie doppelt so viele Stunden, und sie ging nur für eine kurze Weile unter. Dann färbte sich der Sand rot. Die Wüste war ein Meer. Sie hatte keine Segel. Das rote Meer rührte sich nicht. Es war ganz windstill. Es gab nichts, worauf einer von ihnen hoffen konnte. Sie waren schon tot.

Ich war nicht tot, nicht wie Onkel Ali. Er lag unter dem weißen Laken. Am Morgen war er noch aufgestanden, ich hatte ihn gesehen, wie er zu den Büschen ging. Als er zurückkam, konnte ich sein Gesicht nicht erkennen, denn in dem Augenblick ging die Sonne auf, sie schien mir genau in die Augen und machte mich blind.

Was ist schlimmer? Blind zu sein oder tot? Ich weiß es nicht, jetzt weiß ich es nicht. Ich will nicht sehen, was ich jetzt sehe. Aber wenn ich tot bin, sehe ich überhaupt nichts mehr und kann mich auch an nichts erinnern. Dann bin ich nichts mehr. Oder ich bin bei Gott. Dann kann ich vielleicht auf die Erde hinabschauen. Würde ich in diesem Moment sterben, könnte ich auf die Erde schauen, meine Schwester, meinen Bruder und meine Mutter sehen. Aber ich würde ihnen nicht helfen können. Wenn das so wäre, hätte Vater uns längst geholfen. Wenn er da oben säße und auf mich herabschaute. Das musste noch schlimmer sein, als nichts zu wissen. Sehen, aber nicht helfen zu können.

Niemand hilft uns jetzt.

Niemand hat uns damals geholfen.

Wo die Menschen aus den anderen Dörfern geblieben sind, weiß ich nicht. Mutter hat gesagt, jemand habe im Westen Soldaten gesehen. Im Westen geht die Sonne unter. Die Sonne geht unter und die Soldaten kommen. Mein Bruder und ich glaubten, dass die Soldaten unter dem Sand lebten. In der Erde. Sie hassen das Licht. Sie hassen uns. Sie hassen alles.

Einige Tage lang waren wir in die falsche Richtung gegangen, westwärts. Aber das war nicht deswegen falsch, weil dort die Soldaten waren, sondern weil die Grenze nicht im Westen verlief.

Wir waren unterwegs zur Grenze. Das hatte ich vermutlich nicht verstanden. Die Grenze. Welche Grenze? Man hatte mir immer gesagt, es gebe viele Grenzen. Im Dorf hatte man gesagt, dort ist die Grenze, und dann hatte sich jemand mit ausgestreckter Hand einmal um sich selbst gedreht und alle hatten gelacht. Es war, als bräuchten wir keine Grenzen.

Aber jetzt lachte niemand mehr. Jetzt brauchten wir die Grenze. Was wir tun würden, wenn wir sie erreichten, wussten wir nicht. Ich weiß nicht, wie weit es bis zur Grenze war. Morgen, sagte jemand. Das konnte auch nächstes Jahr bedeuten, das wusste ich. Es war noch lang bis zum nächsten Jahr.

# 15

Jimmy Foros Wohnung wirkte größer als beim letzten Mal. Das Gefühl war Winter nicht neu. Es hing mit der Zeit zusammen. Nur wenige Tage nach einem Verbrechen bekamen die Dinge gewissermaßen eine andere Form, die Proportionen veränderten sich. Alles legte sich zur Ruhe. Die Zimmer – wie das, in dem er gerade stand – weiteten sich.

Aus der Küche hörte Winter das kühle Brummen des Kühlschranks. Alles war wie immer, alles funktionierte.

Sein Handy klingelte. Auch dieses Geräusch klang hier drinnen irgendwie größer als anderswo.

»Erik Winter.«

»Ja, hallo. Hier ist Lars Palm, Chef der Wohnungsverwaltung Hjällbo. Sie haben nach mir gefragt.«

»Gut, dass Sie anrufen.«

Winter erklärte sein Anliegen. Während er redete, sah er den Jungen auf dem Fahrrad, seinen Rücken. So, wie er immer verschwand.

»Wir haben hier 2 200 Wohnungen«, sagte Palm.

»Mhm.«

»Wenn da jemand eine bestimmte Person finden kann, dann ist es unser Putzpersonal«, sagte Palm.

»Putzpersonal?«

»Unsere Putzfrauen wissen hier alles über alle«, fuhr Palm fort. »Viele sind schon von Anfang an dabei, seit es das Viertel gibt.«

»Hochinteressant.«

»Sie sind der Boden, auf dem wir hier oben stehen, könnte man sagen. Diese Frauen halten alles zusammen.« Winter meinte Palm lachen zu hören. »Sie dämpfen die Gefühle. Halten Ordnung. Und sie wissen, wie gesagt, alles über alle. Wer wo wohnt. Wie sie aussehen. Und warum jemand sein Auto plötzlich woanders abstellt. Falls der Betreffende ein Auto hat. Sie wissen, warum jemand plötzlich anfängt, einen anderen zu besuchen.«

»Gut.«

»Finnen, soweit sie noch da sind. Es gibt nicht mehr viele Finnen in diesen Stadtteilen.«

Finnen. Winter war gerade an einem Haus vorbeigegangen, in dem Finnen wohnten. Akaciagården 18. Nur finnische Namen auf den Schildern.

»Finnen und Schweden«, fuhr Palm fort. »Veteranen.«

»Gut«, wiederholte Winter.

»Ich kann mich umhören.«

»Dafür wäre ich Ihnen dankbar. Lassen Sie bitte so schnell wie möglich von sich hören. Das kleinste Detail kann wichtig sein.«

»Ein Junge also, der allein auf einem Fahrrad herumfährt?«

Winter hatte das Aussehen und ungefähre Alter beschrieben. »Er scheint mehr oder weniger mit diesem Fahrrad zusammengewachsen zu sein. Und er hatte einen Tennisball, jedenfalls das erste Mal, als ich ihn sah.«

»Könnte er in Gefahr sein?«

»Ich weiß nicht, möglich ist es.«

»Er könnte zu Hause erzählt haben … was er gesehen oder gehört hat.«

»Schon möglich«, sagte Winter.

»Wenn das so ist, ist die Familie längst weg.«

»So überstürzt?«, fragte Winter.

»Wenn der Junge in Gefahr ist, sind alle in Gefahr. Falls er zu Hause was erzählt hat, besteht das Risiko, dass sie sofort abgehauen sind.«

»Sie können es ja überprüfen.«

»Ob jemand in den letzten Tagen ausgezogen ist? Klar.«

»Damit sollten wir vielleicht anfangen«, sagte Winter, »und mit den Finnen weitermachen.«

»Ich melde mich«, sagte Palm.

Auf einem schweren Schrank stand in einem Meter Höhe ein gerahmtes Foto von Jimmy. Während er mit Palm telefonierte, hatte Winter sich davor gestellt. Der Rahmen war vergoldet. Auch in Jimmys Lächeln war Gold.

Dieses Lächeln wurde auf Bestellung allen Studiofotografen der Welt geliefert. Was bedeutete es? Warum war es da? Wer brauchte es?

Winter beugte sich vor. Jimmys Blick war auf etwas hinter Winter gerichtet. Er drehte sich um. Dort gab es nur ein Fenster in einer nackten Wand. Winter sah die Straße unten, einen Parkplatz, Gebäude. Er trat ans Fenster. Ein Mann überquerte den offenen Platz. Winter erkannte ihn.

Mozaffar Kerim schaute von seiner Tasse Kaffee auf.

»Darf ich mich setzen?«

Der Dolmetscher zeigte auf den leeren Stuhl gegenüber. Aber jetzt war er kein Dolmetscher, nur ein einsamer Mann vor einer leeren Tasse in einer leeren kleinen Spelunke auf dem Kaneltorget.

Winter setzte sich.

Eine Frau kam an den Tisch.

»Eine Tasse Kaffee bitte.«

»Nichts dazu?«, fragte sie.

Winter warf einen Blick auf den leeren Teller neben Kerims Tasse.

»Ich nehm das gleiche wie er.«

»Einen Zimtwecken«, sagte die Frau.

»Die Spezialität des Cafés«, sagte Mozaffar Kerim. »Die haben sie vom Limonell übernommen.« Er wies mit dem Kopf zur Tür. »Dem Lokal Limonell nebenan. Mein früheres Lieblingslokal.« Er lächelte andeutungsweise. »Sie haben sich zusammengetan.«

»In Hjällbo gibt es auch ein Limonell«, sagte Winter.

»Früher gab es zwei«, sagte Kerim. »Aber es rentierte sich offenbar nicht.«

»Zimtwecken und Pizza«, sagte Winter. »Warum nicht?«

Sie saßen in der Pizzeria Souverän.

Die Frau war weggegangen, auch sie lächelte andeutungsweise. Aus Kerims Gesicht war das Lächeln verschwunden.

»Sind Sie jeden Tag hier?«, fragte Winter.

»Wenn ich Zeit habe.«

Winter schaute sich um. »Nettes Lokal.«

Mozaffar Kerim hob langsam seinen Arm und sah lange auf seine Armbanduhr, wie um sich und Winter an das Vergehen der Zeit zu erinnern.

»Haben Sie einen Termin?«, fragte Winter.

Kerim schüttelte den Kopf.

»Heute kein Job?«

»Noch nicht.«

»Werden die kurzfristig angekündigt?«

Der Mann antwortete nicht.

»Im Allgemeinen meine ich.« Winter dachte an Kerims Job bei der Familie Aziz. Ihm war klar, dass der Dolmetscher denselben Gedanken hatte.

»Manchmal.«

»Denken Sie an Hiwa?«

Mozaffar Kerim zuckte wie unter Elektroschock zusammen.

»Was … meinen Sie?«

»Was ich gefragt habe, nach Hiwa.«

»Nein, ich habe nicht an ihn gedacht.«

»An was haben Sie dann gedacht?«

»Sie haben ja wohl kein Recht, mich zu fragen, woran ich gedacht habe. Oder hat die Polizei neuerdings auch dazu das Recht? So eine Art Gedankenspitzelei?«

»Das nicht«, sagte Winter.

Die Frau brachte Kaffee und Zimtwecken auf einem hölzernen Tablett, stellte Teller und Kaffee vor Winter auf den Tisch und ging wieder.

»Ungewöhnlich, dass es hier noch Tischbedienung gibt.« Winter sah der Frau nach. Die Sonne schien zur offenen Tür herein und verlieh der Pizzeria Souverän einen goldenen Glanz.

»Okay, ich hab an ihn gedacht«, sagte Kerim.

Winter nickte und biss in den Zimtwecken.

»Er war mein Freund«, sagte Mozaffar Kerim.

Aneta Djanali und Halders parkten vor dem Supermarkt. Als sie aus dem Auto stiegen, schlug ihnen die Hitze entgegen.

»Dreißig Grad«, sagte Aneta Djanali.

»Das hab ich gesehen.«

»So soll es übers Wochenende bleiben.«

»Dann können wir den Hering im Garten essen«, sagte Halders.

»Nein, besten Dank.«

»Du willst nicht draußen sitzen?«

»Du weißt, was ich meine, Fredrik.«

»Du musst lernen, Hering zu essen. Irgendwann musst du Schwedin werden, Aneta.«

»Ich könnte mir vorstellen, dass die Hälfte der schwedischen Bevölkerung nein danke sagt.«

»Unmöglich.«

»Aber neue Kartoffeln mag ich.«

»Und flüssige Kartoffeln«, sagte Halders.

»Ein Schnaps reicht.«

»Das ist kein Schnaps. Ein Schnaps ist kein Schnaps.«

»Hast du übrigens was besorgt?«

»Den Schnaps? Was meinst du?«

»Kommt Bertil auch?«

»Ja, Bertil, Birgitta, Erik und Angela.«

»Gut.«

»Warum sollte der Kerntrupp des Fahndungsdezernats sich trennen, nur weil Mittsommer ist?«

»Ja, warum?«

Ein sehr kleiner Hund lief über den Parkplatz, ein Mischling mit schwerem Körper und kurzen Beinen. Er wirkte nicht besonders gefährlich. Der Hund sah sich in alle Richtungen um, als hielte er Ausschau nach einem Halsband, einem Herrchen oder einem Hundefänger. Dann verschwand er hinter der nächsten Hausecke.

»Nimm dich vor dem Wolf in acht«, sagte Halders.

»Das ist verboten«, sagte Djanali. »Hunde nicht angeleint rumlaufen zu lassen.«

»Sag das mal dem kleinen Köter.«

»Da kommt der Besitzer.«

Ein Mann kam über den Parkplatz gelaufen, ein Mann mit schwerem Körper und kurzen Beinen. Er rief ihnen zu:

»Haben Sie eben einen Hund gesehen?«

»Meinen Sie den Rottweiler?«

»Was? Nee, einen kleinen ... ich weiß nicht, was für eine Rasse.« Er schien über seine eigenen Worte erstaunt zu sein und war langsamer geworden, blieb jedoch nicht stehen. Es sah aus, als würde er auf einem Laufband joggen.

»Der Köter ist in die Richtung verschwunden.« Halders zeigte auf die Hausecke.

»Danke«, sagte der Mann und verschwand ebenfalls hinter der Hausecke.

»Ein Alltagsdrama. Dauernd ereignen sich Alltagsdramen«, sagte Halders.

»Der Grund, aus dem wir hier sind, ist etwas gewichtiger«, sagte Aneta Djanali.

»Dann also los.«

Sie gingen auf das Haus zu. Es wirkte farblos im grellen Sonnenlicht, als hätte die Sonne einen Teil der ursprünglichen Farbe des Putzes weggeätzt. Es ist wie im Süden, dachte Halders. Wenn die Sonne lange genug scheint, verblasst alles.

»Hier bin ich zum ersten Mal«, sagte Aneta Djanali.

»In Rannebergen? Das soll wohl ein Witz sein?«

»Nein. Ich bin zwar schon mal dran vorbeigefahren, aber ich hatte noch nie einen Grund anzuhalten.«

»Den hast du jetzt, Aneta.«

Sie standen vor der Tür. Halders nahm die Schlüssel hervor.

Aneta Djanali holte tief Luft.

»In der Wohnung ist nicht viel zu sehen«, sagte Halders.

»Spielt keine Rolle für mich, das weißt du, Fredrik.«

»Du hättest nicht mitzukommen brauchen.«

»Hör auf.«

Sie stiegen die Treppen hinauf.

Ein Musikfetzen glitt durchs Treppenhaus. Etwas Orientalisches, dachte Halders. Der Orient ist groß. Die halbe Welt.

Er schloss die Wohnungstür auf. In der Wohnung war es kühl, aber in der Luft hing ein besonderer Geruch. Vielleicht war es nur Einbildung. Er schaute Aneta an. Sie nahm den Geruch auch wahr.

Am Küchenfenster lagen Fliegen. Sie waren fett und reglos und bewegten sich auch nicht, als Halders und Djanali näher kamen.

Draußen spielten Kinder. Aneta hatte sie gesehen, als sie das Haus betraten.

»Es ist in den frühen Morgenstunden passiert«, sagte Fredrik hinter ihr.

»Als niemand draußen war.« Aneta Djanali beobachtete die Kinder auf dem Spielplatz. Ein Junge schaukelte, ein Mädchen grub ein tiefes Loch in der Sandkiste, nach China. Gelangte man nach China, wenn man immer weiter grub? Vermutlich, China bedeckte einen großen Teil der nördlichen Erdhalbkugel. Von Rannebergen nach China. Oder in den Iran. Das war auch kein kleines Land. Viele Wüsten, viel Sand. Das Ehepaar Rezai stammte aus dem Iran. Vielleicht lag der Ort genau gegenüber der Stelle, wo das Kind einen Tunnel grub. Das Kind könnte auch von dort stammen oder seine Eltern; schwarze Haare, ein blasses Gesicht, große dunkle Augen, eine Nase, die sich abhob. Aneta sah alles sehr deutlich. Das Fenster war sehr sauber.

Winter hatte den Zimtwecken auf den Teller gelegt. Er schmeckte gut, war aber zu groß. Die Bedienung war an den Tisch gekommen und hatte ihm Kaffee nachgeschenkt, wie es in schwedischen Cafés üblich ist.

Sie saßen am Fenster. Der Platz lag verlassen in der Sonne. Es waren auch keine Kinder zu sehen.

»Haben Sie Kinder?«, fragte Mozaffar Kerim.

»Zwei kleine Mädchen.«

»Gratuliere.«

»Danke, und Sie?«

»Ob ich Kinder habe? Nein.«

Kerims Blick glitt über den Platz, als halte er Ausschau nach Kindern.

»Da draußen gibt es viele Kinder«, sagte er und sah Winter wieder an.

»Wie meinen Sie das?«

»Die sich nicht zeigen. Sie halten sich versteckt. Oder werden versteckt gehalten.«

Winter nickte.

»Wie lange soll das so weitergehen?«

»Ich weiß es nicht.«

»Erst hat die Regierung diese Gesetze geschaffen, die dafür sorgten, dass alle, die sich versteckt hielten, hervorkommen und ihr Gesuch noch einmal überprüfen lassen konnten, und dann hat sie das Gesetz erneut verschärft, und die Leute mussten sich wieder verstecken.«

»Ich weiß.«

»Warum haben die Machthaber das getan?«

»Fragen Sie mich nicht, Kerim. Ehrlich gesagt bin ich genauso erstaunt wie Sie.«

»Haben Sie das auch ausgesprochen?«

»Ja. Ich hab sogar gesagt, dass ich wütend bin.«

»Zu wem haben Sie das gesagt?«

»Zu allen, die es hören wollten.«

»Hilft das?«

»Nein.«

»Wird es einmal ein Ende nehmen?«

»Ja.«

»Wann?«

»Ich weiß es nicht.«

»Wann werden diese Behörden endlich Verständnis haben für leidende Menschen?«

»Auch das weiß ich nicht.«

»Was wissen Sie eigentlich?«

Hoppla, wer stellt hier denn die Fragen?, dachte Winter. Wer hat die Oberhand? Wer von uns beiden?

»Ich hab also keine Kinder«, sagte Kerim, »nicht hier.«

»Ist Ihre Familie woanders?«

»Nein. Und so hab ich es auch nicht gemeint.«

Der Junge hatte sich nicht getraut, etwas zu erzählen. Er wusste, was dann passieren würde. Oder er meinte es zu wissen. Und das wollte er nicht.

Aber er wusste, dass er sich in Gefahr befand. Am besten war es zu vergessen, Rad zu fahren und zu vergessen. Er hatte Sommerferien und er hatte Zeit; wenn er nur müde genug wurde, würde er es vielleicht vergessen.

Der Mann, der ihn verfolgt hatte, war auch nicht wieder aufgetaucht.

Hama Ali Mohammad hatte sein Moped verloren. Ohne Moped fühlte er sich nackt.

Die Leute tratschten über den, der verschwunden war. Hussein, den sie wie eine Stecknadel im Heuhaufen suchten, wie die Schweden sagten. Es war wie einen Mohammed in Arabien zu suchen. Oder einen Mister Singh in Indien.

War das der, der bei dem Nigerianer gearbeitet hat?, hatte jemand gefragt. Die Gerüchte verbreiteten sich wie üblich.

Diesmal war es kein *jidder*. Hama Ali kannte zwar nicht alle Details, aber es war unheimlich. Dies war wirklich kein Blabla.

Hama Ali wartete. Ohne Moped zu warten, war schwerer. Nichts zu tun. Wenigstens war es kühl hier drinnen. Draußen war es heiß wie in einer Hölle. Das passte gut.

Jetzt entdeckte er ihn. Er hob die Hand. Ey.

»Sie haben gesagt, Hiwa war Ihr Freund.«

»Ja.«

»Auf welche Art war er Ihr Freund?«

»Gibt es mehrere Arten von Freundschaft?«

»Ich weiß es nicht.«

»Jetzt sind Sie also wieder am selben Punkt angelangt. Sie wissen es nicht.«

»Auf welche Art waren Sie Freunde?«, wiederholte Winter.

»Wir ... haben uns zum Beispiel hier getroffen. Oder im Café, als es noch existierte. Aber das habe ich doch schon gesagt.«

»Warum haben Sie es nicht eher erzählt?«

»Sie haben mich nicht gefragt.«

»Nach dem Café hab ich nicht gefragt.«

»Ich fand, das ging niemanden etwas an.«

»Hiwa ist ermordet worden«, sagte Winter. »Erschossen.«

Kerim antwortete nicht.

»Sie hätten als einer der Ersten zu mir kommen und mir alles erzählen müssen, was Sie über ihn wissen.«

»Jetzt sitzen wir ja hier«, antwortete Kerim.

»Warum wollen Sie nichts sagen? Haben Sie Angst?«

»Jeder hat doch wohl Angst vor irgendwas?« Kerim sah Winter nicht in die Augen. »Hier haben alle Angst.«

»Ich glaube, Sie verstecken sich nur hinter der Angst.«

Kerim schwieg.

»Hatte Hiwa vor etwas Angst?«, fragte Winter. »Wusste er etwas?«

»Was hätte er wissen sollen?«

»Etwas, das er nicht hätte wissen dürfen.«

Kerim schwieg.

»Was wusste er?«, fragte Winter.

Die Frau hinter dem Tresen beobachtete sie. Der Abstand war groß genug, dass sie nichts verstehen konnte, aber Winter hatte gesehen, wie Kerim mehrere Male zu ihr hingeschielt hatte.

»Möchten Sie, dass wir woanders hingehen?«

»Nein, nein.« Kerim schüttelte den Kopf und begann still zu weinen.

Winter konnte nicht erkennen, ob die Frau es bemerkt hatte, da sie ihnen den Rücken zukehrte.

Mozaffar Kerim nahm ein Taschentuch hervor und putzte sich diskret die Nase. Er schaute auf.

»Mehr Tränen«, sagte er.

»Es können noch viele Tränen fließen«, sagte Winter.

»Was wissen Sie denn davon?«

»Ich bin auch ein Mensch.«

»Sie wollen sich wohl bei mir einschleimen.«

»Das ist eine übliche Verhörmethode.«

»Und jetzt versuchen Sie einen Witz zu machen.«

»Meistens bleibt es beim Versuch. Sie lachen nicht, wie ich sehe.«

Mozaffar Kerim schaute aus dem Fenster. Ein Auto fuhr vorbei. Ein Auto wurde gestartet und fuhr davon. Winter hatte niemanden einsteigen sehen.

»Hiwa hatte Angst vor etwas«, sagte Kerim, ohne den Blick abzuwenden.

Winter schwieg, wartete, folgte Kerims Blick zu der weißen Leere dort draußen.

»Ich weiß nicht, wovor.«

»Was hat er Ihnen erzählt?«

»Er hat nicht darüber gesprochen.«

»Woher wissen Sie es dann?«

»Er hatte sich verändert.«

»Inwiefern?«

»Das kann ich nicht genau sagen.«

Jetzt sah Kerim Winter in die Augen.

»Wann hat er sich verändert?«, fragte Winter.

»Vor ... ungefähr einem Monat. Ich weiß nicht, vielleicht ein bisschen eher, vielleicht ein bisschen später.«

»Auf welche Art hat er sich verändert?«

»Er ... wirkte nervös.«

»Wie äußerte sich das?«

»Ich ... weiß es nicht. Da war etwas ... das kannte ich nicht. Er war eben ... anders.«

»Wie war er denn vorher?«

»Fröhlich. Er war immer fröhlich.«

»Und das war er nicht mehr?«

»Schon, aber irgendwie anders.«

»Worin bestand der Unterschied?«

»Er machte keine Witze mehr wie früher.« Winter meinte ein Lächeln in Kerims Gesicht zu entdecken, aber vielleicht war es auch nur ein schmaler Sonnenstrahl, der über seinen Mund huschte. »Er machte häufig Witze.«

»Worüber?«

»Über alles, Politik zum Beispiel. Über Flüchtlinge. Über Saddam. Über die Amerikaner, die Türken, die Schweden, die Somalier, über alles.«

»Und dann machte er plötzlich keine Witze mehr?«

»Genau.«

»Er hatte Angst.«

»Ja ...«

»Hat er Ihnen erzählt, dass er Angst hatte?«

»Nein.«

»Vielleicht war es gar nicht so.«

Kerim sah Winter an. »Wie meinen Sie das?«

»Vielleicht haben Sie sich das nur eingebildet?«

»Nein ... dann würde ich es jetzt nicht sagen.«

»Aber als er tot war, wollten Sie überhaupt nichts sagen.«

Kerim zuckte wieder zusammen.

»Sie haben auch Angst, Kerim.«

»Nein.«

»Sie haben vor derselben Sache Angst wie Hiwa.«

»Nein. Wovor denn? Ich weiß ja nicht, was es war.«

»Was ihn umgebracht hat.«

Kerim schwieg.

»Mir ist unbegreiflich, dass Sie uns nicht davon erzählt haben.« Winter beugte sich über den Tisch. »Mir.«

Kerim antwortete nicht.

»Vielleicht haben Sie es versucht«, sagte Winter.

Kerim hatte den Bodensatz seiner leeren Tasse studiert. Jetzt schaute er auf.

»Vielleicht haben Sie es versucht, aber wir haben es nicht begriffen.«

»Ich ... weiß nicht, was ich sagen soll.«

Winter bemerkte, dass die Frau sie verstohlen beobachtete. Vielleicht waren sich ihre und Mozaffars Blicke begegnet.

Hier hatten Mozaffar Kerim und Hiwa gesessen. Einer von den beiden war jetzt tot. Aber hier hatten sie gesessen. Für dieses Café hatten sie sich entschieden, hier hatten sie sich nicht bedroht gefühlt. Kerim hatte nicht ängstlich ausgesehen, als Winter zur Tür hereingekommen war. Auch jetzt wirkte er nicht ängstlich, eher erleichtert. Oder doch ängstlich? Vielleicht hatte er Angst, konnte es aber nicht zeigen. Wem zeigen? Der Frau. Sie hatte ihnen wieder den Rücken zugekehrt und schien etwas auf dem Platz zu beobachten. Dort draußen rührte sich nichts. Nirgendwo rührte sich etwas. Es war still. Totenstill.

»Was hat Hiwa getan?«, fragte Winter.

»Ich verstehe nicht.«

»Hat er mit Rauschgift gehandelt? Lebensmittel verschoben? Diebstahl?«

Kerim schüttelte den Kopf.

»Er hat sich mit nichts von dem abgegeben, was Sie aufgezählt haben. Das glaub ich nicht. Das ist unmöglich.«

»Wirklich nichts von dem?«

»Wenn Sie etwas Strafbares meinen, dann weiß ich nichts davon.«

Das war eine Antwort, die mehrere Bedeutungen haben konnte.

»Hätte Hiwa sich mit irgendwas Strafbarem abgeben können?«, fragte Winter.

»Wie gesagt, ich glaube es nicht.«
»Warum nicht?«
»Er war ... nicht so einer.«
»Vielleicht hatte er keine andere Wahl.«
Kerim antwortete nicht.
»Vielleicht hat ihn jemand gezwungen.«
»Ich weiß es nicht.«
»Und deswegen könnte er Angst gehabt haben.«
»Ich weiß es nicht.«
»Ich möchte, dass Sie mir helfen, seine anderen Freunde zu finden.«
»Ich ... ich kenne sie nicht.«
»Das glaube ich Ihnen nicht.«
»Es stimmt aber.«
»Wie gut kannten Sie Jimmy und Said?«
Kerim zuckte wieder zusammen. »Wen?«
»Sie wissen, von wem ich rede.«
»Es ... kam so plötzlich.« Er fingerte an seiner Tasse. »Deswegen bin ich zusammengezuckt. Aber ich habe die beiden nicht gekannt.«
»Genauso, wie Sie Hiwa zunächst auch nicht gekannt haben?«, fragte Winter.

# 16

Angst, er dachte über Angst nach. Angst ist international. Eine Handelsware, die immer lohnender wird. Angst als Erfolg. Erfolg aufgebaut auf Angst. Winter fuhr wieder in nördliche Richtung. Er fuhr mit heruntergelassenen Scheiben und nahm blaue und gelbe Düfte aus dem Grün wahr. Die uralten Gerüche. Angst. Sich an der Angst der Menschen vorbeischleichen. Sie packen. Sie von hinten angreifen oder von welcher Seite auch immer. Von vorn war es schwierig. Von vorn war die Angst offen. Häufig wartete sie auf einen Frontalangriff, das war die falsche Form, ihr zu begegnen. Ein Frontalangriff war voraussehbar. Das liegt daran, dass Angst nicht natürlich ist, dachte er, während er durch einen Kreisverkehr fuhr. Angst wird einem aufgezwungen. Angst kommt von außen. Sie geht von jemand anderem aus. Von wem? Angst gibt es überall. Sie ist universell. Sie gehört zur Globalisierung. Sie hielten halbautomatische Schrotflinten in den Händen, als sie töteten. Angst hielt die Waffen. Angst erschreckt. Vielleicht zu Tode. Sie kommt wieder. Angst baut auf Wiederholung. Sie kann jederzeit zurückkehren, nachts, morgens, im Sommer, im Herbst. Jetzt ist es Sommer, aber eigentlich hat der Sommer kaum begonnen. Die Angst vielleicht auch nicht. Morgen ist Mittsommerabend. Dann sind alle fröhlich.

Der Hammarkulletorget lag grau im Vormittagslicht. Ein Mann mit einem Rollkoffer kam vorbei. Er nickte Winter wie einem Fremden zu. Winter nickte zurück.

Nasrin Aziz wartete vor Marias Pizzeria und Café. Sie zündete sich eine Zigarette an, blies den Rauch in Richtung Zugang zur Straßenbahn und musste husten.

»Das ist starker Tobak.« Winter zeigte auf die Zigarettenschachtel, die sie noch in der Hand hielt.

»Das sagen ausgerechnet Sie.«

»Wie bitte?«

»Sie rauchen doch Zigarillos.«

»Woher wissen Sie das?«

»Ich hab's vom Fenster aus gesehen. Als Sie von uns weggingen.«

Nasrin nahm noch einen Zug und blies den Rauch aus, der wie ein Nebelstreifen durch die Luft davonglitt. Der Platz wirkte plötzlich herbstlich. Einige Leute hockten bei den Rolltreppen zur Straßenbahnhaltestelle. Eine Frau, die um die fünfzig sein mochte, ging herum und schien um Geld zu betteln. Sie sah schwedisch aus.

»Weiß Ihre Mutter, dass Sie rauchen?«, fragte Winter.

»Wollen Sie es ihr erzählen?«

Nasrin sah Winter mit einer Art Trotz in den Augen an.

»Nein, nein, das geht mich nichts an.«

»Warum fragen Sie dann?«

»Ich weiß es nicht.«

»Meine Mutter weiß nichts davon.« Nasrin nahm noch einen tiefen Zug, ließ die halb gerauchte Zigarette fallen und trat sie mit dem Absatz auf dem Beton aus. Ihre dünnen Lederschuhe hatten niedrige Absätze. »Sie weiß es nicht.«

»Was?«

»Gar nichts«, sagte Nasrin. »Sie hat von nichts eine Ahnung.«

»Wer hat schon eine Ahnung?«

Sie antwortete nicht.

Winter verstand, wovon Nasrin sprach. In vielen Einwandererfamilien hatten die Eltern null Ahnung. Sie hatten keinen Kontakt zur Umwelt. Sie hatten keine Sprache. Sie hatten gar nichts außerhalb ihrer Wohnung. Sie hatten Angst. Da draußen in der fremden, erschreckenden Welt bewegten sich die Kinder. Die Kinder gingen ein und aus, passierten die Grenze hundert Mal am Tag. Manchmal kehrten sie nicht zurück.

»Wer in Ihrer Familie hat eine Ahnung?«, fragte Winter.

»Hatte«, sagte Nasrin und sah ihn an. »Hiwa hatte die Kontrolle. Wollen wir hier Wurzeln schlagen?«

Nasrin wollte nicht zu Maria gehen. Sie überquerten den Platz. Die Bettlerin war verschwunden.

»Also Hiwa hatte die Kontrolle in der Familie?«

Sie antwortete nicht, starrte vor sich hin und fingerte an ihrer Umhängetasche, ohne sie zu öffnen, um zum Beispiel eine neue Zigarette hervorzuholen. Winter hatte kein Bedürfnis, sich einen Corps anzuzünden. Das wäre nicht in Ordnung. Dieses Mädchen sollte nicht rauchen, ihre Haut war zu schön, zu jung und ihre Lungen und all das. Sie war zu jung, es war zu früh, es war nicht richtig, es gehörte verboten.

»Was hatte er unter Kontrolle?«

Sie antwortete immer noch nicht. Sie näherten sich der Schule und begegneten Kindern, die Nasrin etwas zuriefen. Sie antwortete jedoch nicht.

»Geht Azad in die Schule?« Winter wies mit dem Kopf auf das Schulgebäude, das langsam in Sonnenlicht getaucht wurde.

»Manchmal«, antwortete sie.

»Schwänzt er?«

»Manchmal«, wiederholte sie. »Wollen Sie das anzeigen oder wie man das nennt? Ihn wegen Schwänzens anzeigen? Aber im Augenblick sind Sommerferien.«

»Das nehmen ja wohl seine Lehrer in die Hand, oder? Ihn melden?«

»Wem denn?«

»Ihrer Mutter natürlich.«

»Sie weiß nichts. Hab ich das nicht gesagt?«

»Wie lange hat er geschwänzt?«, fragte Winter.

»Warum fragen Sie danach?«

Nasrin war stehengeblieben. Sie hatten die Schule und die Pizzeria Gloria passiert. Links lagen die Räume des Mietervereins und etwas, das sich Rosa Laden nannte. Im Schaufenster waren Kleidung und Spielzeug ausgestellt, vielleicht gebraucht. Für Kinder schien das ein anziehender Ort zu sein. Winter sah einige den Laden betreten. Ein kleines Mädchen drehte sich um und schaute sie an. Einige Meter entfernt entdeckte Winter ein Schild mit der Aufschrift »Arzt«.

»Was sagt Azad?«, fragte Winter.

»Wozu?«

Offene Fragen. Manchmal funktionierte es, manchmal nicht. Die Antwort kam fast wie ein Echo. Auf die Art konnte es sehr viel länger dauern, aber es konnte sich lohnen.

»Dass Hiwa erschossen wurde.«

»Was soll er dazu sagen?«

Winter antwortete nicht.

»Spielt das für einen von uns eine Rolle?«, fragte sie.

»Warum wurde Hiwa erschossen?«

Sie standen immer noch am selben Fleck. Plötzlich drehte sie sich um und begann, über den Platz zurückzugehen.

»Was hat Hiwa gewusst?«, fragte Winter. »Worüber hatte er die Kontrolle?«

Sie fing an zu weinen.

Die Kirche wirkte kalt. Die Umgebung wirkte warm, aber die Kirche nicht, auch der Turm nicht. Vielleicht war er dem Himmel zu nah.

»Was hätte er wissen sollen?«, fragte Nasrin.

»Etwas, das er nicht hätte wissen dürfen.«

»Was denn? Was hätte das sein sollen?«

»Was hat er Ihnen erzählt?«

»Mir? Von so was hat er mir nichts erzählt.«

»Nichts? Nichts ... das ihn erregt hat? Irgendwas, das ihn nervös gemacht hat?«

»Nein.«

»Etwas, das ihn verändert hat? Hat er seine Gewohnheiten irgendwie geändert? Oder ... ist er ein anderer geworden?«

Sie antwortete nicht.

»Es ist sehr wichtig«, sagte Winter.

»Was soll denn das sein, dass es ihn getötet hat? Was so wichtig war, dass sie so etwas getan haben?«

»Sie?«

»Was?«

»Sie haben sie gesagt.«

»Oder jemand. Sie. Oder der. Ich weiß es nicht. Ich meine … wer kann das wissen?« Sie machte eine Pause. »Um was geht es?«

»Ich weiß es nicht, Nasrin. Vielleicht um Rauschgift. Vielleicht um etwas anderes. Verbrechen. Etwas, wovon er gewusst hat. Das er nicht hätte wissen dürfen.«

»Und ich sollte das wissen? Dann hätte ich es doch verstanden.«

Sie hatten die Kirche hinter sich gelassen. Irgendwo starteten Autos. Vor ihnen lag ein großer Parkplatz.

»Wie soll ich das wissen?«, sagte Nasrin.

»Manchmal gibt es Geheimnisse, die man nicht kennt«, sagte Winter.

»Deswegen heißen sie wahrscheinlich Geheimnisse«, sagte sie. »Aber jemand anders hätte vielleicht was gesagt. Jemand anders hätte es nicht für sich behalten können.«

»Wer?«

»Keiner von seinen Freunden hat was mit Verbrechen zu tun gehabt. Sie haben doch bestimmt mit ihnen gesprochen.«

»Wir sind dabei.«

»Dann wissen Sie es. Darunter sind keine Verbrecher.«

»Das stimmt nicht ganz«, sagte Winter.

»Wie meinen Sie das?«

»Mehrere von ihnen sind früher schon mal von der Polizei verhört worden.«

»Von der Polizei verhört worden? Was hat das schon zu bedeuten? Das bedeutet doch gar nichts. Die Leute, die hier oben wohnen, sind alle schon mal von der Polizei verhört worden!«

»Nicht alle Freunde von Hiwa waren unschuldig«, sagte Winter.

»Ich will das nicht hören.«

»Sie haben Angst«, sagte Winter.

»Wovor?«

»Vor dem, was Hiwa umgebracht hat.«

Winter begleitete Nasrin zurück nach Hause. Über dem Platz hing ein Geruch von Zement. In der östlichen Ecke wurde gemauert. Die Arbeiter machten gerade eine Pause. Winter sah die aufgestapelten Betonplatten vor einem stillstehenden Zementmischer. An einem Balkon im zweiten Stock hing schlaff eine schwedische Fahne.

Azad kam zusammen mit zwei Freunden über den Platz geradelt. Als er Winter sah, bremste er sein Rad wie ein scheuendes Pony. Seine Freunde fuhren an Winter und Nasrin vorbei. Azad sah aus, als wäre er am liebsten umgekehrt. Nasrin sah auch aus, als wollte sie umkehren. Was ist mit dieser Familie los? Sie hat Angst. Und Angst haben sie nicht vor mir. Angst haben sie schon länger, und zwar nicht davor, ausgewiesen zu werden. Nicht im Moment, nicht in diesen Tagen. Oder diesem Monat. Da muss sich schon vorher etwas ereignet haben. Hiwa ist in eine Situation geraten, aus der er nicht mehr heraus konnte. Warum zum Teufel kommen wir nicht dahinter? Haben hier alle Angst? Ist das der Auslöser für alles? Eine Stadt, erbaut aus Angst. Wir haben sie gebaut. Wir, die Grütze-und-Milch-Schweden. Die Fleischklößchen-und-Kartoffel-Schweden.

»Azad!«

Er hörte Nasrins Stimme. Der Junge war schon wieder in dieselbe Richtung unterwegs, aus der er gekommen war. Er hielt an und drehte sich um. Seine Haare klebten an seiner schweißnassen Stirn. Nasrin ging mit schnellen Schritten auf ihn zu.

»Was machst du in der Sonne! Du bist ja ganz durchgeschwitzt.«

Azad antwortete nicht. Er schielte unter seinen klebenden Haarsträhnen zu Winter hinauf.

»Und was machst du?« Sein Blick wanderte zur Schwester. »Du bist ja auch draußen in der Sonne.«

»Ich musste einige Fragen beantworten.«

Wieder sah der Junge Winter an mit einem Blick, der besagte, dass er keinesfalls die Absicht hatte, irgendwelche Fragen eines *akash*, eines Bullen, zu beantworten.

»An dich hab ich auch ein paar Fragen, Azad«, sagte Winter.

Azad wollte keine Pizza, er wollte gar nichts.

»Ich nehm Kebab«, sagte Winter. »Ich hab Hunger.«

Nasrin begnügte sich mit einer Tasse Kaffee. »Mittags esse ich nichts.«

»Warum nicht?«

»Weil ich nicht noch dicker werden will.«

Azad verdrehte die Augen. Winter verstand, warum. Nasrin war schlank, fast dünn. Mithilfe der Zigaretten und durch den Verzicht auf das Mittagessen hielt sie ihr Gewicht.

Winter sah Azads Blick, der an dem rotierenden Kebabspieß hing. Später würde er an Winters Teller hängen, wenn der auf dem Tisch stand. Das wäre eine subtile Form von Folter, aber daran war Winter nicht gelegen.

»Ich verspreche, dass ich keine Fragen stelle, während wir essen«, sagte er und nickte Azad zu. »Hinterher übrigens auch nicht.«

»Warum sitzen wir dann hier?«, fragte der Junge.

»Weil ich Hunger habe, das hab ich doch gesagt.«

Azad warf dem wunderbaren Spieß wieder sehnsuchtsvolle Blicke zu. Ein Mann schnitt schöne braune Stücke davon ab. Winter hatte Kebab mit allem Drum und Dran bestellt und setzte voraus, dass das Brot warm war.

»Hast du nicht wenigstens ein bisschen Hunger, Azad?«

Winter kam es so vor, als lachte Nasrin kurz auf, aber vielleicht hatte sie nur gehustet oder geniest. Sie hielt sich die Hand vor den Mund.

»Nasrin?«

»Was ist?« Sie nahm die Hand fort.

»Möchten Sie etwas essen?«

»Ich esse um diese Zeit nichts, das habe ich doch schon gesagt.«

Winter wurde klar, dass sie ihre Meinung nicht ändern würde. Während der Mahlzeit würde sie aus dem Fenster schauen oder weggehen, wenn es ihr zu schwerfiel.

»Azad?«

Der Junge antwortete nicht. Das war auch eine Antwort.

Während der Autofahrt lauschte er Lars Janssons Klavierspiel. Die Töne waren wie der sanfte Regen draußen. Er hatte sich mit Nasrin ein wenig über Musik unterhalten. Sie hatte einen kurdischen Sänger erwähnt, der in Schweden gelebt hatte, jetzt aber wieder in die Heimat zurückgekehrt war, nach Kurdistan, in den irakischen Teil, aber sie wusste nicht genau, wohin. Er hieß Zakaria, war einer der jüngeren. Er sang Liebeslieder. Sie nannte auch Niyan Ebdulla und Alan Omer. Winter erwähnte lieber nicht, welche Musik am Tatort, dem Ort von Hiwas Tod, gelaufen war. Es war eine andere kurdische Sängerin gewesen, Sehin Talebani. In dem Laden Oriental Music in der Stampgatan hatte der Mann hinter dem Tresen ihre Stimme fast sofort erkannt. Er hatte die Scheibe hervorgeholt: *Bo to Kurdistan.* Für dich, Kurdistan. Auf dem Cover war eine Stadt abgebildet. Im Vordergrund eine Fontäne, im Hintergrund Berge. Winter fühlte sich so ruhig wie lange nicht mehr. Es konnte am Kebab mit allem Drum und Dran liegen, aber das glaubte er nicht. Es war die Musik.

# 17

In der Peppargatan verfuhr er sich. Es hatte eine Zeit gegeben, da war alles mit Roséпfeffer gewürzt worden, obwohl das ja eigentlich kein Pfeffer war. Damals war ich jung. Ich mochte keinen Roséпfeffer, aber vielleicht sollte ich ihn mal wieder probieren. Kalbskarree in Milch eingelegt vielleicht.

Die Pizzeria war genauso leer wie am Tag zuvor. Aber es war auch keine Mittagszeit.

Die Frau war allein. Sie stellte sich als Maia vor. Winter fragte nicht nach ihrem Nachnamen.

»Erkennen Sie mich?«

»Ja. Sie waren gestern hier.«

»Ich war nicht allein. Kennen Sie den Mann, der bei mir war?«

»Ja. Er ist einer unserer Stammgäste.« Sie lächelte. Ihre Zähne leuchteten weiß im Gegenlicht. »Einer der wenigen.«

»Wie heißt er?«

»Das … weiß ich nicht.«

Winter holte ein Foto hervor. »Kennen Sie den?«

Sie studierte Hiwa Azizs Gesicht. Das Foto hatte in der Wohnung an einer Wand gehangen, dort hing es auch nach wie vor. Hiwa schien seinen Blick auf etwas weit entfernt gerichtet zu haben. Es war das letzte Foto von ihm, nur ein halbes Jahr alt. Es war in einem Fotostudio aufgenommen worden.

»Nein, den kenne ich nicht.« Die Frau sah ihn an.

»Sind Sie sicher?«

»Ganz sicher.« Sie warf noch einen Blick auf das Foto und gab es dann Winter zurück. »Wer ist das?«

Vielleicht las sie keine Zeitung und verfolgte die Verbrechen im Fernsehen nicht. Oder sie redete nicht mit den Nachbarn.

»Er hat bei Jimmy Foro gearbeitet«, sagte Winter.

»Wer ist das?«

»Er ist erschossen worden.«

»Ach so, der!«

»Erschossen zusammen mit dem Jungen auf diesem Foto.«

»Der war das?«

»Er war manchmal hier.«

»Ach?« Sie nahm das Foto erneut entgegen, als Winter es ihr hinhielt, studierte wieder das Gesicht und reichte ihm das Bild zurück. »Ich erkenne ihn trotzdem nicht.«

»Vielleicht haben Sie nicht gearbeitet, als er hier war.«

»Ich arbeite immer.«

»Ist es nicht etwas merkwürdig, dass Sie ihn dann nicht erkennen?«

»Vielleicht trug er einen Bart.«

»Schauen Sie noch mal genau hin.«

Sie schaute noch einmal genau hin.

»Er könnte es sein, aber er hatte einen Bart.«

»Hat er mit dem Mann zusammen gesessen, mit dem Sie mich gestern gesehen haben?«

»Ich glaube ... ja.«

»Sind Sie sicher?«

»Ich glaube, dass er es war.«

»Wie oft war er hier?«

»Einige Male vielleicht. Wie oft, daran kann ich mich nicht erinnern. Zwei-, dreimal.«

Winter nickte.

»Und wie war es mit Jimmy Foro?«, fragte er.

»Er war schwarz. An sein Gesicht erinnere ich mich. Der ist nie hier gewesen.«

»Warum nicht?«

»Wie soll ich das wissen?«

»Haben Sie ihn mal gesehen?«

»Ja ... ich wusste zwar nicht, wie er hieß, aber er ist mal

draußen vorbeigegangen. Ich glaube, ich habe ihn auf den Bildern in der Zeitung wiedererkannt. Auf denen konnte man nicht sehen, dass er so groß war.«

»Ungewöhnlich groß?«

»Wenn er es war, dann war er sehr groß. Größer als Sie.«

»War er allein?«

»Als ich ihn gesehen habe, meinen Sie?«

»Ja.«

»Ich ... glaub schon. Ich hab ihn ja nur selten gesehen, und da war er allein.«

»Haben Sie miteinander gesprochen?«

»Nie.«

Shirin Waberi behauptete, sie sei siebzehn, Winter konnte nicht beurteilen, ob es stimmte. Sie sah aus wie vierzehn, fünfzehn. Aber im Augenblick fragte er sie nicht nach ihrem Alter.

Shirin war eine Freundin von Nasrin Aziz. Sie gingen in dieselbe Klasse, das Alter konnte also stimmen.

Sie hatte Hiwa gekannt.

Und seinen Freund Alan Darwish.

»Alan und Hiwa haben aufgehört, sich zu treffen«, sagte sie leise. Winter hatte sie danach gefragt.

Sie saßen auf einer Bank vor der Kirche von Hjällbo, im Schatten unter einem großen Baum, dessen Namen Winter nicht kannte.

»Warum?«

»Das weiß ich nicht.«

»Was ist passiert?«

»Ich weiß es nicht, das sag ich doch.«

»Haben Sie Nasrin gefragt?«

»Nein.«

»Haben Sie mit ihr über irgendwas anderes geredet?«

»Was denn?«

»Irgendwas.«

»Ich hab sie nicht getroffen, seit ... seit das passiert ist.«

Shirin strich sich die Haare, die in der Sonne glänzten, von der Wange.

»Wann haben Sie sich das letzte Mal getroffen?«

»Beim ... Schulabschluss vor den Sommerferien.«

»Was ist passiert?«

Sie sah ihn zum ersten Mal an. Seit dem Schulabschluss. Winter glaubte ihr nicht. Er wusste nicht, warum er ihr nicht glaubte. Vielleicht, weil sie ihn anschaute, während sie das sagte.

»Wie meinen Sie das? Es ist nichts passiert.«

»Sind Sie nicht Freundinnen, die sich jeden Tag treffen?«

Sie antwortete nicht.

»Waren Alan und Hiwa Freunde, die sich jeden Tag trafen?«

»Das weiß ich nicht.«

»Hat keiner von den beiden erzählt, warum sie sich nicht mehr getroffen haben?«

»Nie.«

Nie war ein starkes Wort. Winter stand mitten in Jimmy Foros Wohnung. Nie wie niemals mehr. Draußen schrie ein Seevogel. Das war ein ewiger Laut, der niemals aufhören würde, solange die Erde sich drehte. Alles kann geschehen, solange die Erde sich dreht.

Wie weit hatten Jimmy und seine Kumpel es gebracht mit einer eventuellen Amateurtätigkeit? Die es allerdings nicht wert gewesen war, dafür zu sterben. Nichts war es wert, dafür zu sterben, gewisse Dinge waren es noch weniger wert als andere. Auf einer Kommode an der hinteren Wand stand eine blaugelbe schwedische Fahne. War sie es wert, für sie zu sterben? Oder für andere Farben? Für sein Land zu sterben? Was ist ein Land? Wem gehörte ein Land? Was war ein Volk? Das schwedische Volk? Was war das? Der Tod im Norden hatte nichts mit Farben zu tun gehabt. Es ging um Geld, und Geld war farblos, und wer für Geld tötete, war farbenblind. Ihm mangelte es an Gefühl. Das war die Voraussetzung. Habe ich Recht? Rache ist das Territorium der Gefühle. Vergeltung. Kann Rache gefühllos ausgeübt werden? Vielleicht. Wie ein höheres Gesetz. Wer schafft das? Ist es der Tod selber? Er lauschte nach etwas in Foros Wohnung, hörte aber nichts. Alle Geräusche hatten diesen Ort verlassen. Er musste woanders suchen.

Sein Handy klingelte.

Er hörte Ringmar niesen, bevor er etwas sagte.

»Gesundheit«, sagte Winter.

»Danke, mein Freund. Wo bist du?«

»In Foros Wohnung.«

»Neue Erkenntnisse?«

»Die Wohnung ist genauso tot wie ihr ehemaliger Bewohner.«

»Torsten hat nichts Neues gefunden.«

»Ich hab auch nichts erwartet.«

»Vielleicht haben wir eine Spur von Hussein Hussein.«

»Lass hören.«

»Aber vielleicht nennt er sich Ibrahim.«

»Klar.«

»Oder Hassan.«

»Im Augenblick ist mir das scheißegal, und wenn er sich Jokkmokks-Jokke nennt, Bertil. Erzähl, was du weißt.«

»Die Info stammt von Bror Malmers Informant. Du kennst ihn doch, den alten Haudegen in Angered. Er hat etwas aufgeschnappt, das interessant für uns sein könnte, meint er.«

»Warum meint er das?«

»Äh ... das weiß ich nicht. Das musst du mit Bror besprechen.«

»Okay, okay, was sagt der Informant?«

»Ein Mann, der sich Ibrahim, Hassan oder möglicherweise Hussein nennt, hält sich in der Gegend versteckt und ...«

»Es könnten zwei verschiedene Personen sein«, unterbrach Winter ihn, »oder drei.«

»Ja ... aber der springende Punkt ist der, dass der Junge rumläuft, derselbe Junge, und sich verschiedenen Leuten mit verschiedenen Namen vorstellt.«

»Er läuft also herum? Ich dachte, er hält sich versteckt.«

»Sagen wir, er scheint sich versteckt zu halten, okay? Sprich mit Bror, der muss dann mit dem Jungen sprechen. Wir sollten es auf alle Fälle überprüfen.«

»Du hast gesagt Gegend. Gibt es keine nähere geografische Bestimmung?«

»Nicht soweit ich weiß.«

»Wie viele halten sich nicht ... versteckt da oben? Oder in der ganzen Stadt? Im Land?«

»Ich weiß, Erik, ich weiß ja.«

»Näher können wir nicht kommen?«

»Ich hab Bror gefragt. Er sagt, der Junge scheint Schiss zu haben.«

»Alle haben Schiss.«

»Bror hat versucht, ihn unter Druck zu setzen, hat aber nicht mehr rausgekriegt.«

»Warum hat er denn überhaupt was gesagt?«

»Das hast du mich schon mal gefragt, Erik.«

Winter fragte Bror. Er sah den Himmel hinter seinem kahlen Schädel. Der Schädel sah aus wie ein Planet ohne Leben in einem unbegreiflich blauen Universum. Der Planet rotierte, als Bror sich umdrehte, um festzustellen, wohin Winter schaute. Und er sah, was Winter sah: Angereds Marktplatz. Viele Menschen. Das Zentrum des nördlichen Göteborg. Man musste nicht in den Süden ziehen.

Sie saßen in Jerkstrands Konditorei. Bror hatte den Treffpunkt vorgeschlagen.

»Pflegst du dich hier mit deinen Informanten zu verabreden?«, hatte Winter gefragt.

»Nie sollst du mich befragen«, hatte Bror geantwortet.

»Kannst du dafür sorgen, dass ich ihn treffe?«

»Nie sollst du mich befragen.«

»Vielleicht krieg ich mehr raus. Ich bin ein neues Gesicht für ihn.«

»Während ich gleichzeitig meins verliere. Willst du, dass meine Quellen versiegen?«

»Wo ist da der Sinn, sie zu pflegen, wenn sie nichts ausspucken?«

»Jetzt bist du ungerecht, Winter.«

»Aber er gibt doch nichts preis.«

Bror antwortete nicht. Er schaute geradewegs durch zwei Männer hindurch, die hereingekommen waren und sich an einen Tisch nahe dem Ausgang setzten. Sie waren außer Hörweite. Winter begriff, dass Bror sie erkannt hatte oder sie sogar kannte. Sie trugen kurze schwarze Bärte und waren relativ gut gekleidet. Ihr Desinteresse für die beiden Polizisten in Zivil war verräterisch. Einer der Männer erhob sich und ging zum Tresen, um etwas zu bestellen. Er musste an ihrem Tisch vorbei und warf Winter einen gleichgültigen Blick zu.

»Ist das einer von den beiden?«, fragte Winter, als der Mann den Tresen erreicht hatte.

»So bescheuert ist er nicht.«

»Wer sind sie?«

»Relativ kleine Fische. Ein bisschen Rauschgift, ein bisschen Diebstahl, ein bisschen Körperverletzung, ein bisschen von allem, was reizvoll ist.«

»Klingt nach ziemlich viel.«

Bror zuckte mit den Schultern.

Der Mann ging mit zwei Tellern mit Kopenhagenern wieder an Winter vorbei, setzte sich an den Tisch und sagte etwas zu dem anderen kleinen Fisch.

»Die sind hier, um dich in Augenschein zu nehmen.«

»Na, vielen Dank für die Hilfe«, sagte Winter. »Du hast doch dieses Lokal vorgeschlagen.«

»Bedanken kannst du dich später.«

»Warum sollte ausgerechnet dieser Hussein Hussein unser Mann sein?«

»Du musst verstehen, dass mein Mann überhaupt keinen Pieps sagen würde, wenn die Behauptung keine Substanz hätte«, sagte Bror.

»Warum macht er das überhaupt?«

»Lass es uns so ausdrücken, er ist es mir schuldig.« Bror lächelte möglicherweise, das war nicht leicht zu erkennen, da sein Mund nur ein dünner Strich war. »Er ist mir ordentlich was schuldig.«

»Aber er hat Angst.«

Bror nickte.

»Wovor?«

»Vor diesem Ding, vermute ich. Was passiert ist. Vor denen, die das getan haben. Es hat ihn Überwindung gekostet, etwas über den Mann zu sagen, der sich versteckt hält. Und dass er ihn im Zusammenhang mit deinem Fall erwähnt hat, bedeutet wahrscheinlich, dass etwas Wahres dran ist.« Bror lächelte vielleicht wieder. »Er weiß, dass er mir was richtig Gutes liefern muss ... weil ... na ja, damit es ihm richtig gut geht.«

»Aber wo ist Hussein?«

»Das wusste er nicht.«

»Glaubst du ihm das?«

»Nein. Der weiß mehr, als er sagt.«

»Und dieser Hussein soll sich vielleicht hier in der Gegend aufhalten? In den nördlichen Stadtteilen?«

»Mhm.«

»Ist das vernünftig?«

»Vielleicht hat er keine andere Wahl. Hier ist er zu Hause. Da draußen hat er keinen Schutz.«

»Was bietet ihm denn hier Schutz?«

»Ich weiß es nicht. Es kann auch genau umgekehrt sein. Jemand sucht ihn, und das sind nicht wir. Wenn er sich aus seinem Versteck entfernt, ist er geliefert. Am besten stillhalten, bis sich der Staub gelegt hat.«

»Der legt sich nicht«, sagte Winter.

»Ich meine es relativ.«

»Du musst deine Quelle kräftiger melken, Bror. Droh noch ein bisschen mehr mit dem, womit du ihn in der Hand hast.«

»Dann verliere ich ihn.«

»So ist das Leben.«

»Du bist im ganzen Polizeikorps als Philosoph bekannt, Erik.«

Die beiden Männer an dem Tisch bei der Tür standen auf und verließen Jerkstrands. Einer von ihnen warf Winter noch einen Blick zu, der nicht gleichgültig war. Gut, dachte Winter. Vielleicht sehen wir uns wieder. Vielleicht schon bald.

»Was machen die beiden jetzt?«, fragte er Bror, der ihnen nachschaute. Sie gingen über den Platz, an Johans Fischladen vorbei.

»Rapport erstatten.«

»Wem?«

»Dem großen Fisch.«

»Wer ist das?«

»Es gibt mehrere. Bei den beiden bin ich mir nicht ganz sicher, sie sind Neuankömmlinge. Ich bezweifle, dass sie für uns von Nutzen sein können. Für dich.«

Winter ließ die kleinen Fische aus den Augen und wandte sich wieder zu Bror um.

»Wann bist du mit ihm verabredet?«

Bror warf einen Blick auf die Uhr. »Etwa in einer Stunde.«

»Ruf mich sofort danach an.«

Zwei Stunden später klingelte das Telefon. Winter stand auf und stellte Michael Brecker mitten in einem Solo ab.

»Ja?«

»Er ist nicht aufgetaucht.«

»Ist das normal?«

»Das ist mir mit ihm noch nie passiert.«

Das Wort nie tauchte auf, das starke Wort. Brors Stimme klang erstaunt oder sogar mehr als das. Besorgt.

»Ich hab dich nicht sofort angerufen, weil ich erst nachforschen wollte, wo er geblieben ist.«

»Und?«

»Seit gestern Abend hat ihn niemand mehr gesehen.«

»Ach?«

»Ich hab gestern am späten Nachmittag mit ihm gesprochen, oder gegen Abend. Er ist noch eine Weile zu Hause geblieben, aber später ausgegangen. Und er ist nicht zurückgekehrt.«

»Ist das normal?«

»Dass er nachts nicht nach Hause kommt?«

»Ja.«

»Das ist nicht ungewöhnlich. Daran ist seine Familie gewöhnt. Die rufen mich nicht an, wenn das passiert.«

Bror machte eine Pause. Winter hörte ihn atmen. Es klang angestrengt, als wäre er zum Telefon gerannt oder mit dem Telefon herumgelaufen, während er seinen Informanten suchte. Vielleicht suchte er nach einer Art Freund. Vielleicht war der Verlust größer, als Winter verstand.

»Aber er hat noch nie eine Verabredung mit mir platzen lassen. Noch nie.«

Noch nie. Jetzt war das Wort stärker denn je.

»Dann suchen wir also nach zwei Personen«, sagte Winter.

»Das muss ein verdammt großes Ding sein, wenn mein Mann es vorzieht, abzuspringen.«

»Es ist groß.«

»Herr im Himmel, er riskiert alles.«

»Vielleicht riskiert er sein Leben«, sagte Winter.

Bror antwortete nicht. Winter wusste, was er dachte.

»Ich muss weiter bohren«, sagte Bror. »Ich werde einen Riesenaufstand machen. Da sind noch mehr, die ich fragen kann. Noch mehr, die mir was schuldig sind.«

»Pass auf, dass nicht noch mehr verschwinden.«

»Soll das ein Witz sein, Winter?«

»Wie kann ich dir helfen?«, fragte Winter ausweichend.

»Im Augenblick brauch ich keine Hilfe. Ich lass von mir hören.« Und damit beendete er die Verbindung.

Winter drückte auf die Fernbedienung und Brecker blies weiter *African Skies*. Er ging zurück zum Schreibtisch und nahm ein Blatt von dem Stapel Akten. Er wählte eine interne Nummer und stellte die Musik leiser.

»Öberg.«

»Hallo, Torsten. Wie geht es voran mit Hussein?«

»Wir haben noch nicht herausgefunden, ob er in Rezais Wohnung war. Aber wir ackern weiter.«

»Da war der nie«, sagte Winter. »Falls er sie nicht jetzt als Versteck wählt.«

»Das solltet ihr doch wohl merken, oder?«

»Ich denke über was anderes nach. Ich möchte wissen, wie viele Leute in letzter Zeit in Husseins Wohnung gewesen sein könnten.«

»Das überprüfen wir, Erik.«

»Okay. Hast du noch was von den Männern aus Borås gehört?«

»Nein. Die Proben sind jetzt im Kriminaltechnischen Labor.«

»Was glaubst du?«

»Könnte was sein. Die sind geschickt. Lundin ist ein alter Fuchs.«

»Gut.«

»Und was denkst du über Husseins Wohnung?«

»Bror Malmer hat eine Quelle verloren. Der Junge ist verschwunden.«

»Wer ist das?«

»Der Name ist für alle geheim, nur Bror kennt ihn. Aber falls er verschwunden bleibt, werden wir es ja erfahren.«

»Und diese Quelle könnte Hussein gekannt haben?«

»Er wusste anscheinend, wer es ist und dass er sich versteckt hält.«

»Wo?«

»Wir wissen es nicht. Bror wollte es nicht sagen.«

»Bergsjön?«

»Irgendwo.«

»Kaum im heimischen Stadtviertel, was?«

»Ich weiß es nicht.«

»Okay, wir arbeiten weiter.«

Brecker war bei *Naked Soul* angekommen, nackte Seele. Winter stellte den Ton wieder lauter und ging zum Fenster. Er schaute über den sogenannten Park, die Ullevigatan, den Fluss und die Stampgatan auf der anderen Seite. Eine Straßenbahn fuhr in östlicher Richtung vorbei, ein blauer, sehr langsamer Blitz gegen all das Gelb. Fast alles da draußen war halb blau, halb gelb. Das Gras war eher gelb denn grün. Und morgen würde der Himmel auch blau werden, mittsommerblau.

Sie fuhren nach Järkholmen, um ein Abendbad zu nehmen. Wie ein Kamel trug Winter beide Mädchen vom Parkplatz zu dem kleinen Strand zwischen den Häuschen und ging voll bekleidet geradewegs ins Wasser. Elsa und Lilly schrien vor Schrecken und Entzücken. Und viel Kleidung trugen sie alle nicht. Er schmeckte das Salz auf den Lippen, als ihm Wasser ins Gesicht schlug. Ein Segelboot glitt vorbei auf dem Weg ins offene Meer, zum Fest. Zwei Mädchen an Bord winkten seinen Mädchen zu, vielleicht auch ihm.

Bror Malmer rief an, als sie nach Hause fuhren.

»Spurlos verschwunden.«

Winter warf Angela einen Blick zu.

»Wir müssen eine Suchmeldung rausgeben«, sagte er.

»Ich möchte, dass du noch eine Nacht abwartest.«

»Warum?«

»Im Augenblick würde das mehr schaden als nützen.«

»Warum?«

»Du hast es schon selber gesagt. Wir wollen nicht, dass alle verschwinden, oder?«

»Kannst du weiter daran arbeiten?«

»Ja. Ich hab Leute. Kortedala hilft auch und die Leute hier oben.«

»Wirbelt ihr damit nicht auch eine Menge Staub auf?«

»Ich hab einige Spuren. Wenn wir die Suchmeldung jetzt raus lassen, geht alles zum Teufel. Dann gebe ich die Quelle preis und alles ist im Eimer.«

»Eine Suchmeldung rettet ihn vielleicht«, sagte Winter.

»Nein.«

»Wie heißt er?«

»Warum nicht Marko? Aber das musst du für dich behalten.«

»Natürlich.«

»Ich ruf später wieder an.« Bror beendete die Verbindung.

»Was war das denn?«, fragte Angela.

»Eine Quelle, die vom Erdboden verschwunden ist.«

»Ist das was Ungewöhnliches?«

»Allerdings.«

»Was wirst du tun?«

»Heute Abend mit dem Whisky vorsichtig sein.«

»Daran werd ich dich Mittsommerabend erinnern.«

Winter war vorsichtig mit dem Whisky. Er rührte die Flasche nicht an. Sie leuchtete sehr einladend, wie von einer Glückshaube eingeschlossen, als die Sonne darauf und auf die danebenstehenden Flaschen fiel. Es war wie der Trick eines Künstlers, der Speisen und Getränke fotografiert.

Die Kinder waren auf dem Rücksitz eingeschlafen, ehe sie den Vasaplatsen erreicht hatten. Er hatte vorm Haus geparkt und sie wieder wie ein Kamel hineingetragen und mit dem Fahrstuhl in die Wohnung hinaufgebracht. Er trank eine Flasche Mineralwasser am Küchentisch. Seit einigen Tagen hatte er kein Schwindelgefühl mehr empfunden. Angela hatte er nichts davon erzählt, und das war gut so. Unten an einer Ecke, die er nicht sehen konnte, sang jemand Seemannslieder. Die Wärme stand noch zwischen den Häusern. Es war windstill, es war immer windstill. Die Sonne hatte ihn von Marbella hierher begleitet. Sie würde nicht verschwinden, solange er blieb. Er wusste nicht, wie lange er bleiben würde. Angela war eine feste Anstellung in der Sonne angeboten worden, als Chefärztin. Die Entscheidung war ihnen schwergefallen. Sein Leben war hier, hier waren seine Unterwelt, seine Verbrecher, seine eigenen Informanten. Sein eigener Abgrund. Seine Stadtteile.

Das Telefonklingeln im Flur zerriss die Stille.

Angela hob nach dem ersten Signal ab. Sie war gerade auf dem Weg aus dem Zimmer der Mädchen am Telefontisch vorbeigekommen. Elsa wollte das Zimmer immer noch mit Lilly teilen, und Lilly hatte nichts dagegen. Manchmal konnte Winter ihre Gespräche mit anhören. Wie Elsa etwas erklärte. Lillys Wortschatz war noch nicht besonders groß, aber er reichte.

Angela kam in die Küche und gab ihm das Telefon.

»Es ist Bertil.«

Winter nahm den Hörer.

»Wir glauben, wir haben das Auto gefunden, Erik.«

»Das Auto?«

Vielleicht lag es an der Sonne, dem Sand und dem Meer. Im ersten Moment verstand er nicht, wovon Bertil redete.

»Das Fluchtauto.«

# 18

Die Wachen oder Soldaten oder was sie nun waren begannen zu schießen, als wir uns der Grenze näherten. Sie kamen in Autos, die so voller Sand waren, dass sie aussahen wie Sandhaufen, die sich durch all den anderen Sand bewegten. Als würde sich die Wüste in Wolken speienden Hügeln aus Sand bewegen.

Wir schrien. Ich hörte es rund um mich herum schreien, und dann warfen sich alle auf den Boden.

Ich lag fast auf meiner Schwester und spürte plötzlich etwas Warmes an der Schulter. Es tat nicht weh, es war nur warm.

Ich hörte Mutter schreien. Ich sah sie. Ich weiß nicht, ob sie mir oder meiner Schwester etwas zuschrie oder ob sie nur schrie. Alle schrien.

Ein Soldat stieg aus dem Auto oder Panzer oder wie sie das nannten. Ich roch Benzin und andere Gerüche, die das Atmen erschwerten. Die Wachen trugen blaue, grüne oder braune Uniformen, das war im Sonnenuntergang nicht genau zu erkennen.

Ich sah Flaggen, die sich in einiger Entfernung in einer leichten Brise bewegten. Sie waren rot und vielleicht weiß, drei oder vier Stück. Dort war die Grenze. Was auf der anderen Seite war, konnte man nicht sehen, aber dort musste es anders sein. Dort konnte es nicht wie hier sein. Sonst würden wir ja nicht versuchen, hinüberzugelangen.

Von welcher Seite der Grenze die Soldaten kamen, konnte ich nicht erkennen. Sie konnten von der anderen Seite herübergekommen sein.

Einer der älteren Männer hatte sich mit erhobenen Armen aufgerichtet. Er rief etwas, oder war es eine Wache, die rief? Ich lag immer noch, versuchte aber zu verfolgen, was geschah. Ich glaube, ich habe durch die Finger gespäht.

Der Soldat erschoss den Mann. Er stand nur einige Schritte entfernt, hob das Gewehr und schoss. Nur aus wenigen Schritten Entfernung. Der Alte fiel zusammen, er warf nicht die Arme in die Luft und wurde nicht rückwärts geschleudert. Er sackte einfach zusammen.

Eine der alten Frauen schrie. Ich sah ihre Hand, wenn es denn ihre Hand war.

Jetzt schienen überall Soldaten zu sein. Wieder hörte ich einen Schuss. Ich drückte mein Gesicht in den kratzenden Sand. Meine Schulter war nicht mehr warm. Ich wagte nicht mehr zu schauen, in keine Richtung. Meine Schwester sagte nichts. Ich glaubte nicht, dass sie noch atmete. Ich glaubte, sie sei tot. Ich glaubte, ich würde auch bald tot sein. Wir sind alle tot, dachte ich.

# 19

Das Auto hatte schon bessere Tage gesehen. Und Nächte. Es würde nie mehr fahren. Es würde nicht einmal mehr rollen. Es hatte keine Reifen mehr, das Chassis war verbrannt, alles war verbrannt. Das Auto war zurückgekehrt in eine prähistorische Zeit oder mitten im Untergang der Erde gelandet, Mad Max, offene Wüsten, Sand, Hitze. Heiß war es auf dem Parkplatz, aber Sand gab es nicht. Die Sonne war untergegangen, die Wärme blieb. Die Dunkelheit stieg. Allgemein sagt man, die Dunkelheit senke sich, aber für Winter war sie immer gestiegen. Sie kroch aus der Erde und verdunkelte alles Stück für Stück, erreichte im Sommer jedoch nie richtig den Himmel. Im Westen hing immer ein Lichtschein, der auch den Wald im zentralen Bergsjön erhellte. Der Weg war ein Pfad geworden, der schließlich endete, und dort, neben zwei Tannen, die aussahen wie Zwillinge, stand das ausgebrannte Auto. Es war so weit gefahren worden, bis der Pfad endete.

Winter war zweimal um das Auto herumgegangen. Ringmar hatte absperren lassen. Es sah absurd aus, als wollte man Elche oder Rehe aussperren. Aber einige Leute waren hier gewesen, sie waren gekommen und wieder gegangen. Zum Zentrum von Bergsjön war es vielleicht ein Kilometer, nicht mehr. Aber es hätte auch eine Meile sein können. Die Stille reichte meilenweit, wenn man sich eine derartige Stille vorstellen konnte. Die Vögel waren für einen Moment eingeschlummert, bevor sie ihr Morgenkonzert anstimmen würden. Ihr Mittsommerlied.

Winter beobachtete die Leute von der Spurensicherung bei der

Arbeit. Torsten Öberg war selbst gekommen. Manchmal hing alles von ihrer Arbeit ab, und manchmal hatte sie weniger Bedeutung, als man glauben sollte. Manchmal hing es von ihm ab, Winter. Ein lustiger Ausdruck: abhängen. Als wäre ihnen die Verantwortung umgehängt worden, wie ein schwerer Mantel, den man von sich werfen könnte.

Einen Meter innerhalb der Absperrung und einige Meter vom Auto entfernt lagen die Einmalüberziehschuhe. Das blaue Plastik reflektierte ein Licht, das nicht hierher gehörte. Es gehörte nicht in den Wald. Es sah bösartig aus.

»Jemand hat etwas verloren«, sagte Ringmar.

»Das hätte er aber merken müssen.« Winter schaute auf. »Wie ist es mit Abdrücken?«

»Einige weiche, feine, sagt Torsten.«

»Gut.«

»Aber leider etwas zu viele.«

»Du hast gesagt einige.«

Ringmar zeigte auf den Pfad und den Wald, der sie umgab. Zwischen den Stämmen konnte man hindurchsehen wie durch die Lamellen einer Jalousie.

»In den letzten vierundzwanzig Stunden sind hier Leute entlanggewandert. Es ist ein Spazierweg.«

»Wer hat Alarm gegeben?«

»Anonym. Von einer Telefonzelle aus.«

»Wo?«

»Angereds Zentrum.«

»Das ist ein Stück entfernt. Mann oder Frau?«

»Ein Junge, hatte eine junge Stimme, sagen sie in Angered.«

»Dort hat er angerufen? Im Revier von Angered?«

»Offenbar hat er die Zentrale gebeten, zum Revier in Angered durchgestellt zu werden. Mit diesen Worten.«

»Mhm. Die wollte er haben. Bei denen fühlt er sich sicher. Er wollte die Anzeige bei einem Bekannten erstatten.«

»Warum?«, fragte Ringmar.

»Warum überhaupt melden?« Winter wies mit dem Kopf auf die Einmalüberziehschuhe. Er musste noch außerhalb der Absperrung bleiben. Noch konnte er zu viel zerstören.

»Mir scheint, als wäre Blut an dem da«, sagte er.

Es war Blut, und es war nur eine Frage der Zeit, bis sie erfuhren, woher es kam. Winter wollte einen schnellen Bescheid vom Kriminaltechnischen Labor in Linköping.

»Morgen ist Mittsommer«, sagte Torsten Öberg. Er sah auf seine Armbanduhr. »Eigentlich schon bald heute.«

»Mach noch einen Versuch«, sagte Winter. »Hast du was im Auto gefunden?«

»Nein, nichts.«

»Sie waren es. Sie müssen es gewesen sein.«

Öberg antwortete nicht.

»Was meinst du?«

»Scheint so.«

»Warum lassen sie den Scheiß zurück?«

»Warum sollten sie den mitnehmen?«, sagte Öberg. »Der sollte verbrennen, das gehörte zu ihrem Plan.«

Winter betrachtete wieder das ausgebrannte Wrack. Ein Japaner. Das Auto sah aus wie ein kleiner Panzer, der in das falsche Feuergefecht geraten war. Wenn das meiste verbrannt war, sahen alle Fahrzeuge auf vier Rädern ungefähr gleich aus. So war es mit allem, auch mit Menschen.

»Warum haben die den entsorgt?«, fragte er.

»Herr Hussein Hussein hat ja in dieser Gegend gewohnt.«

»Würdest du ein Fluchtauto auf deinem eigenen Hinterhof entsorgen?«

»Vermutlich nicht.«

»Ich glaube auch nicht, dass Hussein das gewollt hat.«

»Wenn er sowieso abhauen wollte, spielte das vielleicht keine Rolle mehr«, sagte Ringmar, der während des Gesprächs neben Winter gestanden hatte. »Vielleicht war das nicht mehr sein Hinterhof.«

»Aber warum sich die Umstände machen und hierher fahren?«, sagte Winter. »In den Wald? Die Karre verbrennen und zurückwandern.«

»Gute Frage.«

»Er war es nicht«, sagte Winter.

»Er ist direkt nach den Morden aus dem Laden abgehauen?«

»Vielleicht war er nicht mal dort«, sagte Winter.

Winter und Ringmar saßen in Winters Mercedes auf dem Parkplatz vor dem Bezirksamt von Bergsjön. Mitternacht war vorüber. Mittsommer war angebrochen. Winter vermutete, dass sich die meisten Menschen in diesem Stadtteil über die Mittsommerfeierei der Schweden wunderten. Es war ein heidnisches Fest, das nichts mit einem Gott zu tun hatte, allenfalls mit Bacchus und Dionysos, aber das war nicht der Kern gewesen, nicht am Anfang. Da war es um das Licht gegangen. Es ging immer noch um das Licht. Noch war es in der Erde, unter dem Asphalt, doch nun stieg es wieder empor, wie Dunst. Die Nacht war warm und der Tag würde heiß werden. Lang und heiß, dachte er, und jetzt fängt er an.

»Zusammenfassung«, sagte Ringmar. »Etwas, das wir überschlafen müssen.«

»Willst du etwa schlafen?«

»Wenn wir Fredriks Mittsommerfest durchstehen wollen, sollten wir ein bisschen schlafen.«

»Mensch, das ist ja morgen.«

»Heute, Erik, heute.«

Winter beobachtete einen Mann, der draußen vorbeiging. Er blieb vor der Glasfassade der Verwaltung stehen und spähte hinein, als wollte er feststellen, ob die Feier schon angefangen hatte. Aber heute Abend würde die Kneipe von Bergsjön geschlossen bleiben wie die meisten Kneipen. Mittsommer wurde privat gefeiert, es war ein Familienfest, das man am liebsten in der Natur feierte. Winter empfand keine Festtagslaune. Er hatte wieder Kopfschmerzen, einen deutlichen Schmerz über dem Auge. Angela hatte er nichts erzählt. Er wusste, was sie sagen würde.

Der Mann ging weiter in Richtung Rymdtorget. Auf einmal drehte er sich zu Winters Auto um und entdeckte Winters und Ringmars Silhouetten. Wie vor Schreck beschleunigte er den Schritt, fing fast an zu laufen und verschwand. Winter fiel der Junge in Hjällbo ein. Morgen würde er sich mit den Putzfrauen der Wohnungsverwaltung unterhalten. Nein, heute. Morgen war immer noch heute.

»Okay, fassen wir zusammen.«

Winter erwog, das Fenster herunterzulassen, sich einen Corps anzuzünden und den Rauch in die Nacht zu blasen, aber das würde im Auto riechen, und er musste an seine Kinder denken. Morgen würde er mit ihnen um die Mittsommerstange tanzen und die Mädchen würden Blumenkränze auf dem Kopf tragen, Angela und er vielleicht sogar auch. Hoffentlich hat Fredrik für eine Mittsommerstange gesorgt. Ich will tanzen, coole Jungs tanzen, wenigstens mit ihren Kindern.

»Wir wissen nicht, worum es hier geht«, sagte Ringmar. »Oder so: Wir wissen, dass es sich um Mord handelt, aber wir wissen nicht, warum gemordet wurde.«

»Ungewöhnlich oft diesmal«, sagte Winter.

»Ungewöhnlich viele Morde.«

Winter ließ das Autofenster herunter und zündete sich keinen Corps an. Sie waren allein. Manchmal fühlte man sich ungewöhnlich einsam zwischen den stillen Häusern.

»Hörst du?« Er wandte sich zu Ringmar.

»Was soll ich hören?«

Winter antwortete nicht. Er lauschte auf etwas, das nicht da war.

»Was soll ich hören?«, wiederholte Ringmar.

»Die Stille«, sagte Winter. »Es ist vollkommen still, und genau darum geht es.«

»Die Stille?«

»Ja, die Stille. Hast du jemals eine Ermittlung durchgeführt, bei der es so still war?«

Ringmar antwortete nicht. Das Schweigen war auch eine Antwort.

»Da sitzen wir mitten in den nördlichen Stadtteilen mit ihrer aufregenden ethnischen Mischung, ihren achtundsechzig Nationalitäten, ihren kunterbunten kriminellen Organisationen und gut etablierten Gangs mit gut funktionierenden Informationsnetzen, wir mit unseren genauen Planspielen und besten Kontakten zu allen, die möglicherweise etwas wissen – und mittendrin geschehen die spektakulärsten Morde in der Kriminalgeschichte der Stadt. Morde, die die größte Aufmerksamkeit erregt haben, jedenfalls in den Medien. Vermutlich wird darüber in jeder Familie von Gårdsten über Bergsjön bis nach Rannebergen geredet.« Winter machte eine Pause. Vielleicht hatte er einen Windhauch über einem Dach, ein sanftes Säuseln gehört. »Und wozu hat das bisher geführt, Bertil?«

»Schweigen.«

Winter nickte. Er öffnete die Tür, stieg aus, zündete sich einen Corps an, nahm einen Zug, blies den Rauch aus und sah zu, wie er in den Himmel stieg. Der erste Zug des Tages, lieblich, sauber und unschuldig. Wie der Morgenfurz, lieblich wie die Morgenbrise.

»Und das Schweigen hängt mit dem zusammen, womit diese Männer sich befasst haben«, sagte Winter. »Das war eine private Schweinerei, und deswegen ist auch das Schweigen privat. Verstehst du, was ich meine, Bertil?«

»Ich glaube ja.«

Ringmar war ebenfalls ausgestiegen. Er stand neben dem Auto und streckte die Arme über den Kopf.

»In diesen Fall ist keine etablierte Organisation verwickelt, jedenfalls nicht direkt, jedenfalls nicht von Anfang an.«

»Vielleicht gar nicht.«

»Ich weiß es nicht, Bertil. Ich verstehe nicht, wie das mit Brors Informant zusammenhängen könnte. Warum ist er verschwunden?«

»Wenn er verschwunden ist. Und wenn es in die Zusammenhänge gehört.«

»Ich glaube, dass jemand Bescheid weiß, außer den Mördern und außer diesem Jungen, falls er ein Zeuge ist. Ich glaube, er ist einer.«

»Ich weiß, dass du das glaubst, Erik.«

»Vielleicht verschwindet er auch bald, wenn er nicht schon verschwunden ist.«

»Nennt man das etwa positives Denken?«

Winter antwortete nicht. Er hörte nicht zu. Er dachte an das Schweigen.

»Ich hab mich selten so von der Sicherung von Spuren abhängig gefühlt«, sagte er. »Und trotzdem kann es uns wieder auf Null zurückwerfen.«

»Komm schon, Erik. Hast du nicht gesagt, man muss immer bereit sein, zurück auf Los zu gehen? Dass das der Normalzustand eines Fahnders ist?«

Winter nahm noch einen Zug. Er schmeckte mild, es war ein lieblicher Zigarillo. Der Rauch löste sich rasch auf, als ob die Luft wärmer geworden wäre. Es waren bestimmt über zwanzig Grad.

»Ich hab schon lange nicht mehr Monopoly gespielt«, sagte er.

»Jetzt tust du es«, sagte Ringmar.

»Dann hoffe ich, dass ich mir ein Hotel am Strandvägen und eins am Norrmalmstorg in Stockholm bauen kann und keinen Mitspieler an mir vorbeilassen muss.«

»Warum nicht am Rymdtorget?«, fragte Ringmar.

»Hier kommt ja sowieso niemand vorbei«, antwortete Winter. Aber in derselben Sekunde, als er das sagte, wusste er, dass er sich täuschte.

Winter bog statt nach rechts nach links auf den Bergsjövägen ein.

»Ich dachte, wir wollten nach Hause«, sagte Ringmar.

»Wir nehmen einen anderen Weg«, sagte Winter.

»Den nördlichen, wie ich sehe.«

Winter antwortete nicht. Jetzt waren sie auf dem Gråbovägen. Er fuhr durch das stille Nachtlicht. Sie begegneten keinen anderen Autos. Als würden wir ganz allein auf der Welt herumfahren, dachte er. Um diese Zeit ist es passiert, vor gerade mal drei Tagen, gegen eins in der Nacht, bevor die Dämmerung kam. Überall still. Dann kamen die Wölfe. Vielleicht haben sie den Weg genommen, den ich jetzt fahre, sahen, was ich jetzt sehe, hörten das gleiche Nichts, das ich höre. Bogen dort ein, wo ich jetzt einbiege, hielten an, wo ich jetzt anhalte, betrachteten das kleine auffallende Gebäude, wie ich es jetzt betrachte. Stiegen aus, wie wir jetzt aussteigen. Setzten sich in Bewegung, wie wir es jetzt tun.

Er sah sie über den Asphalt gehen. Er hatte schon viele Abstecher hierher gemacht, aber diesmal war es anders. Er wollte nicht mehr herkommen, nur dies eine Mal noch, um zu sehen ... ob alles war wie vorher. Aber das war es nicht. Nichts war mehr wie früher. Er hatte sich in der Nacht hinausgeschlichen, wie er es immer getan hatte, aber es war nicht wie früher gewesen. Wie früher wachten Mama und Papa nicht auf, aber das bedeutete nicht mehr so viel.

Er wünschte, sie wären aufgewacht. Ich wünschte, ich hätte es nie getan. Dass ich überhaupt nicht dort gewesen wäre. Und dass ich nicht zurückgekommen wäre. Aber ich wollte wieder hierher. Weil ich nicht glaubte, was ich gesehen hatte. Und dann bin ich gelaufen. Ich vergaß, dass ich das Fahrrad hatte! Und dann bin ich mit dem Fahrrad gefahren. Niemand hat mich gesehen, das glaube ich jedenfalls nicht, nicht all die Male, die ich von hier weggelaufen oder weggefahren bin. Ich sollte nicht hier sein, ich weiß nicht, warum ich wieder hier bin. Früher war es still, vielleicht möchte ich, dass alles wieder still und ruhig ist wie früher, wie es auch war, als der Laden offen war, als sie dort waren, als alle dort waren, als es hell war. Und jetzt kommen die anderen. Ich kann sie nicht erkennen. Es sind zwei. Ich muss hier weg.

»Was war das?«

»Was?«

»Hinter dem Haus war ein Geräusch«, sagte Winter.

»Ich hab ni...«

»Still!«

Jetzt hörte Ringmar es auch. Etwas bewegte sich.

Winter war schon losgelaufen.

Ringmar folgte ihm, in sechs Sekunden von null auf hundert. Sie waren hinter dem Gebäude. Ringmar sah immer noch Winters Rücken, aber auch etwas anderes, etwas wie einen fliehenden hellen Fleck gegen den dunklen Streifen Asphalt und das dunkle Gras zu beiden Seiten.

»Das ist er!«, sagte Winter. Ringmar hörte ihn atmen. Er sah den Fleck hinter einer Hecke verschwinden. Bis dorthin waren es fünfzig Meter, siebzig vielleicht.

Sie blieben gleichzeitig stehen. Winter schlug mit der Hand in die Luft, als wollte er einen unsichtbaren Gegner treffen. Heftig wandte er sich zu Ringmar um.

»Glaubst du mir jetzt, Bertil?«

»Warum schleicht er hier herum?«

Sie waren wieder auf dem offenen Platz vor dem Laden.

»Ich weiß es nicht. Etwas zieht ihn immer wieder hierher zurück.«

»Was kann das sein?«

»Angst vielleicht. Ich weiß es nicht. Ich werde ihn fragen, wenn ich ihn treffe.«

»Mhm.«

»Er ist noch hier, oder? Das muss der Junge sein. Die Familie ist nicht Hals über Kopf abgehauen. Ich werde ihn finden. Möglichst heute.«

»Das wird ein langer Tag, Erik.«

»Was für ein Glück, dass ich hergefahren bin, um bestätigt zu kriegen, dass der Junge noch hier ist, oder?«

Ringmar antwortete nicht.

»Und sag jetzt nicht, es war ein anderer.«

»Das würde ich nie wagen, Erik.«

»Ich kann den Morgen kaum erwarten«, sagte Winter.

»Wollen wir nicht versuchen, ein bisschen zu schlafen?«, sagte Ringmar.

Er träumte natürlich von Fahrrädern, von einem ganzen Tour-de-France-Feld. Alle Radfahrer hatten dasselbe Gesicht und keiner war älter als elf Jahre. Sie verschwanden alle um eine Hausecke und keiner kam auf der anderen Seite wieder zum Vorschein. In diesem Traum passierte noch mehr, was er jedoch beim Aufwachen vergessen hatte.

Als er die Wohnung verließ, schliefen die anderen noch. Ihm mussten vier Stunden Schlaf reichen. Er war nicht müde. Vielleicht heute Nachmittag, aber das machte nichts. Er würde die Müdigkeit wegtanzen.

Die Kopfschmerzen hatten ihn nach Hause begleitet, sie verschwanden, als die Schmerztablette zu wirken begann. Angela hatte etwas gemurmelt und war gar nicht richtig wach geworden. Eine Mutter mittleren Alters mit kleinen Kindern brauchte den Schlaf. Winter war nicht mehr ganz so jung. Aber er würde immer noch im arbeitsfähigen Alter sein, wenn Elsa das Abitur machte, vielleicht immer noch, wenn sie ihr Doktorexamen machte. Falls sie studieren wollte. Vielleicht wollte sie lieber singen. Oder tanzen. Lilly konnte gut Twist tanzen. Angela legte Chubby Checker für die Mädchen auf, *Let's twist again*, wieder und wieder.

Die Straßen waren sauber und still. Alle Spuren der Dunkelheit waren verschwunden. Der Himmel war wie blank geschrubbt, genau wie die Erde. Bereit für den Tag. Er öffnete das Fenster und ließ die Sommerdüfte sanft und diskret hereingleiten, nur nicht übertreiben. Sie waren hier im Norden.

Er stellte das Radio an. Nirgends wurden Verkehrsstaus gemeldet, weil nirgends Verkehr war. Wer die Stadt verlassen konnte, hatte es bereits getan. Mittsommer war ein heiliger Tag. Das Wetter würde schön werden, teilte eine fröhliche Frauenstimme im Radio mit. Ihre Stimme klang verdammt fröhlich, halb so fröhlich hätte auch genügt. Fröhliche Stimmen sind mir schon immer auf den Geist gegangen, nicht zuletzt im Radio und im Fernsehen, dachte er. Wer neutral ist, schmeichelt sich nicht ein, ganz zu schweigen von dem, der sauer ist. Es ist ein besseres Gefühl, einem sauren Typen zuzuhören, sicherer. Heute müssen alle fröhlich sein. Er legte eine CD ein und fuhr mit Bobo Stensons Musik an Gamlestaden vorbei. Das war Morgenmusik, wie ein indischer Morgenraga. *Oleo de mujer con sombrero*, das war Spanisch. Er verstand die Worte, aber der beste Jazz war seine eigene Sprache. Das schwarzweiße Cover lag auf dem Beifahrersitz: eine Ebene, ein Strand, eine Wüste, eine große, leere Landschaft. *War Orphans*, die Scheibe hatte er vor etwa zehn Jahren gekauft. Waisen des Krieges. Er war auf dem Weg zu ihnen, und er hatte das Gefühl, dass es ein langer Vormittag werden würde, vielleicht der längste.

Lars Palm, Chef der Wohnungsverwaltung, wartete vor dem Büro. Er wirkte munter, als hätte er genügend Zeit gehabt, sich auf den Tag vorzubereiten. Auf dem Marktplatz von Hjällbo, der hinter der Kirche lag, sah Winter keine anderen Menschen. Es war immer noch sehr früh.

»Entschuldigen Sie bitte, dass ich Sie aus dem Bett geholt habe«, sagte Winter.

»Das haben schon andere vor Ihnen geschafft.« Palm lächelte.

»Wohnen Sie hier?«

»Fast. Oben am Hjällbovallen. Und Sie?«

»Fast in Heden«, sagte Winter.

»Aha. Ich hab ein bisschen Probleme mit dem Verkehr im Zentrum.«

»Wer hat das nicht«, sagte Winter.

»Wir leben hier fast wie auf dem Lande«, sagte Palm. »Jedenfalls an einigen Stellen.«

»Ich habe Riita erwischt«, sagte Palm. »Sie arbeitet im Augenblick.«

»Sie arbeitet Mittsommer?«

»Nur einige Stunden. Unten auf der Sandspåret. Wir können gleich hingehen.«

Auf dem Weg dorthin kamen sie am Limonell Café vorbei. Es würde in einer Stunde öffnen.

»Oben in Gårdsten haben sie dichtgemacht«, sagte Winter.

»Das wusste ich nicht.«

»Falls es derselbe Besitzer ist.«

»Ich glaube schon. Die Gäste sind jetzt überwiegend Somalier.«

»Ach?«

»Die haben die meiste Zeit.«

»Aha.«

»Sie stehen ganz unten in der Rangordnung, früher waren es die Zigeuner. Jetzt sind es die Somalier.«

Winter nickte.

Sie gingen in Richtung Süden, einige Treppenstufen hinunter. Die Häuser verteilten sich in geraden Kolonnen über die Wiesen.

»Jetzt kenne ich mich aus«, sagte Winter.

»Inzwischen waren Sie ja auch einige Male hier oben.«

»So habe ich das nicht gemeint. Genau *hier* kenne ich mich aus.«

## 20

Riita Peltonen sah jünger aus, als Winter erwartet hatte. Er hatte keine Ahnung, was er sich vorgestellt hatte, vielleicht jemanden, der geradewegs dem östlichen Karelien entstiegen war, spätes neunzehntes Jahrhundert. Vorurteile stellten sich leicht ein, besonders hier, in diesen Stadtteilen, wo die Vorstellung von Menschen nie mit Wissen über sie einherging, und wenn doch, dann war es das Wissen anderer, und in den meisten Fällen war es falsch.

Er wollte Riita Peltonen selbst treffen, selbst mit ihr reden.

Sie sprach ein singendes Schwedisch. Wenigstens das entsprach seiner Erwartung. Das war kein Vorurteil, es handelte sich einfach um eine schöne Sprache. Sie erinnerte an Mittsommer, bevor der Hochsommer die Oberhand gewann.

Riita Peltonen sagte: »Hier gibt es viele Jungen auf Fahrrädern.«

»Das verstehe ich.«

»Wie sieht er aus?«

Winter versuchte, den Jungen zu beschreiben.

»So sehen viele aus.« Sie lächelte.

»Er scheint nachts unterwegs zu sein. Ist das üblich?«

»Tja ... das hängt von ihrem Zuhause ab. Ob die Eltern Kontrolle über sie haben, oder wie man das nennen soll. Manche Eltern haben kaum Kontrolle.« Sie sah Palm an und dann wieder Winter. »Und manche üben viel zu viel Kontrolle aus.« Sie zuckte leicht mit den Schultern. »Nichts von beidem ist gut.«

Möglicherweise lächelte sie wieder. »Alles in Maßen, dann ist es richtig.«

»Aber dieser Junge darf offensichtlich machen, was er will«, sagte Winter. »Er fährt auf seinem Fahrrad herum. Ich hab ihn hier gesehen.«

»Hier?« Sie sah sich um. »Hier, auf diesem Hof?«

»Ja, zwischen den Häusern hier und dann weiter da oben.« Er zeigte in die Richtung, aus der er und Palm gekommen waren. »Er ist den Abhang neben den Treppen raufgefahren.«

»Ich muss meine Kolleginnen fragen«, sagte sie. »Nach Ihrer Beschreibung weiß ich nicht, wer es ist.«

»Das verstehe ich.«

»Es gibt so viele Jungen ... jetzt in den Sommerferien wimmelt es von Jungen. Warten Sie noch eine Stunde oder so, dann kommen sie raus.«

»Er hatte einen Tennisball«, sagte Winter.

»Warum wollen Sie mit ihm reden?«, fragte sie. »Ich weiß wohl, dass es mit diesen schrecklichen ... Schüssen zu tun hat. Aber was hat der Junge damit zu tun?«

»Das wissen wir noch nicht. Mehr kann ich nicht sagen.«

»Hat er was gesehen?«

»Ich weiß es nicht«, sagte Winter. »Ich hoffe es.« Er breitete die Arme aus. »Aber andererseits hoffe ich es natürlich nicht.«

»Könnte er in Gefahr sein?«, fragte sie. »Sucht ihn auch noch jemand anders?«

Riita Peltonen dachte wie ein Fahnder. Sie strich sich über die ergrauenden blonden Haare. Sie sah nicht älter als fünfundfünfzig aus. »Ist es so wichtig?«

»Ich glaube ja«, sagte Winter.

»Ich werde tun, was ich kann.«

»Vielleicht ist er auch schon umgezogen.« Winter sah Palm an. »Die Familie könnte umgezogen sein, ohne es Ihnen mitzuteilen. Das ist doch möglich, oder?«

»So was ist schon vorgekommen«, sagte Palm.

»Wann?«, fragte Riita Peltonen.

»In den letzten Tagen, seit die Morde passiert sind.« Winter sah eine schwarz verschleierte Frau aus einer Haustür treten. Sie warf ihm einen Blick zu und sah dann weg, über die Wiesen und Felder. »Oder heute Nacht.«

Hiwa Aziz' Freunde wohnten über die nördlichen Stadtteile verstreut. Aber es waren nicht viele. Man braucht nicht viele Freunde, dachte Winter, wenn es nur die richtigen sind.

Vor ihm saß Alan Darwish. Die Pizzeria Gloria hatte wenige Minuten zuvor geöffnet. Auf dem Weg zu ihr hatte Winter den Besitzer die Tür aufschließen und Alan aus der anderen Richtung über den Sportplatz der Schule kommen sehen. Am hinteren Ende spielte eine kleine Gruppe Fußball.

Alan wollte keinen Kaffee, Winter bestellte sich eine Tasse. Sie hatten einen Tisch am Fenster gewählt. Es war immer noch früher Morgen. Hammarkullen erwachte erst langsam.

Alan war in Hiwas Alter, etwas über zwanzig. Sein Blick war unstet und noch keinmal an Winter hängengeblieben. Er war irgendwo dort draußen.

»Wie gut kannten Sie Hiwa?«, fragte Winter.

»Woher wissen Sie, dass ich ihn kannte?«, fragte Alan zurück, immer noch, ohne Winter direkt anzusehen.

»War das ein Geheimnis?«

»Wa… nein.«

»Wie gut kannten Sie einander?«, wiederholte Winter.

»Wir … seit der Schule. Wir sind in dieselbe Klasse gegangen.«

Winter nickte. Das wusste er natürlich schon.

»Und dann haben Sie sich weiter getroffen?«

Alan nickte schweigend.

»Wo waren Sie, als er ermordet wurde?«

Der Mann oder Junge oder Jüngling zuckte zusammen. Er wirkte älter als zwanzig plus, älter als Hiwa, aber nicht viel.

Das war eine sehr direkte Frage.

»In der … Nacht … war ich zu Hause.«

Winter nickte.

»Warum fragen Sie?«

Winter bekam seinen Kaffee. Draußen gingen einige Kinder vorbei. Winter meinte, den kleinen Jungen mit der allzu großen Brille zu erkennen. Der Junge spähte zu Winter herein, als würde er den hellhäutigen Mann ebenfalls erkennen, der einem Schwarzhaarigen gegenüber saß.

»Wann haben Sie Hiwa das letzte Mal getroffen?«, fragte Winter, ohne Alans Frage zu beantworten.

»Das war ... ich kann mich nicht erinnern.«

»Einen Tag vor dem Mord? Eine Woche vorher? Zwei Wochen?«

»Eine ... das war vielleicht eine Woche vorher. Vielleicht auch mehr. Irgendwie so ... ich weiß es nicht.«

»Was sagen Sie dazu, wenn ich behaupte zwei Monate?«

Alan antwortete nicht.

»Dass Sie sich zwei Monate lang nicht mehr gesehen haben?«

»Wer sagt das?«

»Stimmt das?«, fragte Winter. »Ist es so lange her, seit Sie sich zuletzt getroffen haben?«

»Ich kann mich nicht erinnern.«

»Sie können sich nicht erinnern, ob es zwei Wochen oder zwei Monate waren?«

»Nein.«

»Haben Sie Gedächtnisprobleme, Alan?«

»So was sollten Sie nicht sagen.«

»Ich frage ja nur. Zwischen zwei Wochen und zwei Monaten besteht ein Unterschied.«

»Es ... waren keine zwei Monate. Vielleicht war es ... einer.«

»Das ist trotzdem eine lange Zeit«, sagte Winter, »wenn sich Freunde einen Monat lang nicht sehen.«

Alan zuckte mit den Schultern.

»Ich möchte wissen, warum es so eine lange Zeit war. Was ist passiert?«

»Was ... ich verstehe nicht.«

»Was ist passiert, das dazu geführt hat, dass Sie sich nicht mehr getroffen haben?«

»Woher wissen Sie das? Wer hat all das behauptet?«

»Kümmern Sie sich nicht darum, Alan. Sagen Sie mir nur, ob ich Recht habe oder ob ich mich täusche.«

Alan antwortete nicht. Er schaute wieder aus dem Fenster. Die kleine Kindergruppe war vorbeigegangen, der Junge mit der Brille und die anderen. Winter folgte Alans Blick. Hinter einem hohen Zaun flog ein Ball durch die Luft. Wer ihn getreten hatte, war nicht zu sehen. Da kam er wieder. Er flog hoch hinauf in den Himmel. Alan sah aus, als wollte er hinterherfliegen, dort bleiben.

Das hier ist wichtig, dachte Winter, verdammt wichtig ist es. Da ist was, das hängt mit dem anderen zusammen. Ich war nicht sicher, wovon Shirin Waberi redete, und ich war nicht sicher, ob sie es wusste. Und Nasrin hat gar nichts davon gesagt. Sie hat auch Shirin nicht erwähnt, das war jemand anders, im Augenblick erinnerte sich Winter nicht daran, wer. Es waren so viele Namen und viele, die Fragen stellten, an den Türen klingelten, Telefongespräche führten, Namenslisten überprüften, Adressen, Schulfotos.

Da war etwas, das hatte nicht gestimmt zwischen Alan und Hiwa.

Etwas war passiert.

Sie hatten aufgehört sich zu treffen.

Alan wollte nicht sagen, warum.

Er wollte überhaupt nichts sagen.

Er hatte Angst.

Hiwa hatte etwas getan. Allein. Oder zusammen mit anderen.

Wenn Winter herausbekäme, was es war, dann wüsste er viel.

Alan hatte solche Angst, dass er verstummt war. Das, wovor er sich fürchtete, hatte ihn verstummen lassen.

Er sah ängstlich aus.

Was hatte Hiwa getan?

Es musste etwas sehr Ernstes gewesen sein.

Es hatte ihn das Leben gekostet.

Alan dachte an sein Leben. Winter sah es ihm an, las es in seinem Gesicht.

Hiwa hatte kein Gesicht mehr. Warum hatte er es verloren?

»Warum waren Sie keine Freunde mehr, Alan?«

»Wir waren Freunde.«

»Warum haben Sie sich nicht mehr getroffen?«

»Das ... ergibt sich manchmal so.«

»Was hat er getan, Alan? Was hat Hiwa getan?«

Alan antwortete nicht.

»Erzählen Sie mir, was er getan hat.«

»Ich weiß es nicht.«

Das klang nicht überzeugend. Alan suchte draußen Hilfe, dauernd glitt sein Blick hinaus. Der Ball war nicht mehr am Himmel. Er konnte nicht mehr fliegen.

»Wovor haben Sie Angst, Alan?«

»Ich habe keine Angst.«

»Erzählen Sie es mir.«

»Es gibt nichts zu erzählen.«

Die Brillenschlange war wieder da. Der kleine Junge starrte Winter an wie einen Promi. Winter war gewissermaßen ein Promi, aber wohl kaum für den Jungen. Für den war er nur ein fremder Weißer.

Winter heftete seinen Blick wieder auf Alan, der auf die schwarz-weiß karierte Tischdecke starrte. Das ganze Lokal war in Schwarz-Weiß gehalten. Winter meinte, in einer Ecke einen Juventuswimpel entdecken zu können, sonst gab es überhaupt keinen Wandschmuck. Vielleicht waren dies die Farben eines arabischen Clubs, Bagdad BK, IFK Amman. Aus einem unsichtbaren Lautsprecher ertönte Musik, vielleicht arabische, vielleicht kurdische oder persische. In ihrem Mordfall hatten sie es auch mit Musik zu tun. Die Mörder hatten die Musik in Jimmys Laden nicht abgestellt, die kurdische Musik, Musik für Kurdistan. Für dich, Kurdistan. Warum für dich? Waren die Morde für dich? Wurden die Morde von Kurdistans Besten ausgeführt? Hatten die Opfer Kurdistan geschändet? Aber nichts deutete darauf hin, dass die Mörder die CD mitgebracht hatten. Derartige Spuren gab es nicht auf der Anlage, auf der Scheibe, dem Cover. War es ein Zufall? Hatten sie die Musik überhaupt gehört? Vor den Schüssen, nach den Schüssen? Hatten sie sich darum gekümmert? Niemand hatte bisher bestätigt, ja, wenn Hiwa im Laden arbeitete, lief ständig Musik. Aber es war Hiwas Musik, wenn man so wollte, und Saids. Und die der Kunden. Es war nicht Jimmys Musik, bei ihm zu Hause hatten sie keine kurdischen Platten gefunden. In Saids Wohnung gab es Scheiben von kurdischen Sängern und Sängerinnen. Aber vielleicht hatten sie Shahnaz gehört. Und diese Musik war jetzt verstummt. Winter erinnerte sich an einen Namen, Naser

Razzazi, offenbar einer der Größten. Er hatte eine Platte mit dem Namen einer Stadt herausgebracht, der Winter entfallen war. Die Platte hatte er in der Wohnung des Paares Rezai gefunden.

Und dann hörte er Alans Stimme:

»Ich weiß nicht, was sie gemacht haben.«

»Was haben Sie gesagt?«

»Ich ... weiß nicht, was sie gemacht haben.«

»Was sie gemacht haben? Sie haben also etwas gemacht?«

Alan antwortete nicht.

»Wer sind *sie*? Wen meinen Sie mit *sie*?«

»Ich ... weiß es nicht.«

»Nun kommen Sie schon, Alan! Sie müssen doch etwas damit gemeint haben.«

»Ich ... schwöre. Ich weiß nicht, was ich gemeint habe. Es ... waren mehr als einer.«

»Wer hat gesagt, dass sie etwas gemacht haben?«

Alan schwieg.

»Alan!«

Der Mann hinter dem Tresen zuckte zusammen, als Winter die Stimme erhob. Winter hatte den Eindruck, als würde der Mann Alan kennen. Winter hatte diesen Ort als Treffpunkt vorgeschlagen.

»Niemand ... aber was war ... ich weiß nicht, was es war.«

»Wie meinen Sie das?«

»Er schien mit irgendwas beschäftigt zu sein, irgendeine Art Business. Aber ich bin nicht dahintergekommen.«

»Ich glaube Ihnen nicht, Alan. Ich glaube, Sie wissen es.«

Alan schüttelte den Kopf.

»Ging es um Jimmy, Hiwa und Said?«

»Ich weiß es nicht. Die anderen kenne ich nicht.«

»Haben Sie sie mal gesehen?«

»Gelegentlich ... ich war ja mal im Laden. Said vielleicht. Wenn er es war.«

»Jimmy?«

»Auch gelegentlich.«

»Hussein?«

»Wer?«

»Hussein Hussein. Er hat ebenfalls im Laden gearbeitet.«

»Den kenne ich nicht.«

»Er war Teilzeit-Angestellter, wie Hiwa. Vermutlich auch schwarz.«

»Aber er … aber er …«, sagte Alan, ohne den Satz zu beenden.

»Aber er war nicht dort, nein.« Winter beugte sich ein wenig vor. »Er war nicht dort, als die Mörder kamen.«

Plötzlich sah Alan Winter gerade in die Augen.

»Wie … hieß er … Hussein? Hat er es … getan?«

»Wir wissen es nicht, Alan.«

Alan schien über den Namen nachzudenken.

»Deswegen sitze ich unter anderem hier und unterhalte mich mit Ihnen, statt zu Hause mit meinen Kindern Blumen zu pflücken und die Mittsommerstange zu schmücken«, sagte Winter.

Es sah aus, als würde etwas in Alans Augen aufblitzen.

»Sind Sie ihm mal begegnet?«, fragte Winter.

»Nicht … soviel ich weiß.«

»Könnte er etwas mit Hiwas Business zu tun gehabt haben?«

»Ich weiß es nicht.«

»Hat Hiwa mal seinen Namen erwähnt?«

»Nein.«

»Sind Sie sicher?«

»Ich kann mich nicht erinnern, aber ich glaube nein.«

»Was hat Hiwa getrieben?«

»Ich weiß es nicht.«

»Ich weiß, dass Sie es wissen, Alan. Das war der Grund, warum Sie ihn nicht mehr treffen wollten. Was war es? Was hat er getan?«

Alan antwortete nicht.

»Deswegen ist er ermordet worden, Alan! Es muss so verdammt schlimm gewesen sein, dass es für einen Mord reichte. Haben Sie denn keine Angst? Weil Sie wissen, wer es getan hat? Weil die Sie jagen werden, wenn sie erfahren, dass Sie etwas erzählt haben?«

Alan wich Winters Blick aus, als wüsste er, dass draußen jemand stand und sie beobachtete, jemand, der wiederum wusste, dass er hier saß, und der glaubte, er werde etwas erzählen. Alan sah aus, als wollte er signalisieren: nein, ich sage nichts.

»Weiß Nasrin es?«

Alan zuckte heftig zusammen. Es war mehr als Überraschung. Was es war, wusste Winter nicht, aber der Mann war plötzlich noch angespannter, wirkte noch versteinerter. Winter hatte weiteres vermintes Terrain betreten. Noch ein Gebiet des Schweigens.

»Weiß ... was denn? Was sollte Nasrin wissen?«

»Davon reden wir doch, Alan. Was Hiwa und seine Mittäter getrieben haben. Das, was Sie wissen, was Sie mir aber nicht erzählen wollen.«

»Mehr weiß ich nicht. Ich möchte jetzt gehen.« Alan schaute zu dem Mann am Tresen, der den Blick erwiderte und auf Winters Kaffeetasse schaute. Winter hatte überhaupt noch nichts getrunken, er hatte es einfach vergessen. »Kann ich jetzt gehen?«

»Ich könnte Sie mit ins Präsidium nehmen«, sagte Winter. »Dort können wir das Gespräch fortsetzen.«

»Nennt man das nicht Verhör?«

»Das nennt man Verhör.«

»Und wie lange? Wie lange können Sie mich dort festhalten?«

»Zwölf Stunden.«

»Dann ... verpasse ich ja das Mittsommerfest«, sagte Alan, und Winter sah ihm an, dass er nicht scherzte, dass er nicht lächelte. »Die Blumen und alles.«

Winter nickte.

»Ich möchte mich nicht zwölf Stunden im Polizeipräsidium aufhalten«, sagte Alan.

»Gut.«

»Wenn ich muss, dann muss ich. Aber ich hab nichts mehr zu sagen.«

Winter erhob sich. Alan zuckte wieder zusammen. Er schien nicht für zwölf Stunden bereit zu sein, sechs plus sechs.

»Denken Sie noch einmal über unser Gespräch nach«, sagte Winter. Er holte die Brieftasche heraus und entnahm ihr eine Visitenkarte, die er Alan gab. »Da steht meine Handynummer drauf. Sie können mich jederzeit anrufen.« Winter versuchte zu lächeln. »Auch heute, am Mittsommerabend.«

Alan schien sich auch um ein Lächeln zu bemühen. Er nahm die Karte entgegen und stand auf.

»Ich wüsste nicht, weswegen ich Sie anrufen sollte.« Aber die Karte nahm er mit.

Auf dem Weg nach Süden ging Winter das Gespräch noch einmal in Gedanken durch. Er hatte den Eindruck, dass Alan etwas zu erzählen hatte, etwas Großes, und dass er jemanden brauchte, dem er es erzählen konnte. Er hatte die Karte angenommen. Winter erinnerte sich an die Miene, mit der er es getan hatte. Alan würde nachdenken. Er würde anrufen. Vielleicht heute. Also heute Nachmittag nicht so viele Schnäpse bei Fredrik. Und fast keinen Whisky.

Hama Ali Mohammad saß am Rande des Parks im Gras. Dort fühlte er sich sicher. Die Kinder hüpften um diese begrünte Stange, das fand er ziemlich komisch. Er konnte keinen Bekannten entdecken, und das war gut. Er bevorzugte die Orte, wo er niemanden kannte, wie hier unten im Land der Schweden. Sie nahmen ihn zwar wahr, aber sie schienen sich nicht um ihn zu kümmern. Guck mal, wie hässlich der ist. Er wusste, dass sie so dachten, aber es war ihm egal.

Hama erhob sich und ging weg.

Er wollte sich nicht in einer Höhle verstecken.

Er nahm den Bus, spazierte durch die Straßen. Das Einkaufszentrum Nordstan war jetzt eine öde Wüstenei.

Die Straßen waren leer. Allenthalben hatten die Schweden angefangen, ihr Mittsommerfest zu feiern. Das war ihm nur recht. Er würde sich etwas unter den Nagel reißen können. Die Welt war voller Geld. Er war allein.

Er stieg in eine Straßenbahn.

Hier oben war es genauso leer.

Er entdeckte eine Gang, die er kannte, aber nicht kennen wollte, und verzog sich hinter das Haus.

Die Sonne brannte heiß vom Himmel, wie um die alten idiotischen Wunschträume seiner Mutter zu erfüllen, ihre kranke Sehnsucht nach dem alten Land. Die Wüstensonne, Kamelsonne. Es gibt eine gute und eine schlechte Neuigkeit. Die schlechte zuerst: Es gibt nur Kamelscheiße zu essen. Und was ist dann die gute? Kamelscheiße gibt es reichlich.

Und dann sah er ihn im Schatten der Hauswand herankommen. Er hob die Hand. Hej, *Homie*.

Hama verzog sich in den Schatten.

# 21

Das Polizeipräsidium war genauso verlassen wie in diesem Augenblick ganz Schweden. Winter hörte seine eigenen Schritte in den Korridoren widerhallen. Das geschah nicht zum ersten Mal, aber selten war es so deutlich wie während der großen Festtage. Es war auch nicht das erste Mal, dass er sich hier bewegte, während alle anderen anständigen Leute mit den Ihren zusammen feierten. Aber auch er war jetzt mit den Seinen zusammen, der großen Familie, im Verbrechen vereint, beiderseits der Grenze. Heutzutage war es schwerer, die Grenze zu erkennen. Seit er seinen Job angetreten hatte, war sie um viele Meilen verschoben worden. Gab es sie überhaupt noch? Wo verlief die Grenze? Vielleicht bildeten sie jetzt eine grenzenlose Gesellschaft. Grenzenlose Liebe, grenzenloser Hass.

Zwischen den geklinkerten Wänden des Korridors vernahm Winter ein Echo, das nicht von seinen Schritten hervorgerufen wurde. In einem der Zimmer räusperte sich jemand bei offener Tür. Winter erkannte das Räuspern.

»Du bist also noch hier?«, fragte er durch die Türöffnung.

»Besser gesagt, ich bin gerade gekommen«, antwortete Ringmar von seinem Stuhl hinter dem Schreibtisch.

»Ich dachte, du seist zu Hause und machst dich fein.«

»Ehrlich?«

»Nein.«

»Es sind noch einige Stunden, bis ich mich fein machen muss«, sagte Ringmar.

Winter sah auf die Uhr. »Zweieinhalb.«

»Bis dahin können wir noch eine ganze Menge schaffen«, sagte Ringmar.

»Was zum Beispiel?«

Ringmar zeigte auf die Dokumente und Fotos, die vor ihm auf dem Schreibtisch lagen.

»Dieses Puzzle.«

»Ist das ein Puzzle?«

»Wie sollte man es sonst nennen?«

»Ich weiß es nicht, Bertil, einen Massenmord.«

»Plus einen weiteren. Die Frau in Rannebergen.«

»Werden es noch mehr?«

»Wenn man all die unbekannten Faktoren berücksichtigt ... möglich ist es.«

»Warum?«

»Weil wir in diesem Fall keine Informationen bekommen.«

»Und warum bekommen wir keine?«

»Alle, die in irgendeiner Form in die Sache verwickelt sind, haben Angst.«

»Warum haben sie Angst?«

»Weil sie etwas wissen.«

»Was wissen sie?«

»Das wüssten wir auch gern.«

»Vielleicht ist es genau umgekehrt«, sagte Winter.

»Wie meinst du das?«

»Sie haben Angst, weil sie nichts wissen.«

Ringmar antwortete nicht. Sie hatten viele Jahre zusammengearbeitet, und wenn sie ihren Gedanken freien Lauf ließen, pflegten sie auf die eine oder andere Weise zu Resultaten zu kommen. Irgendwo zwischen diesen schnell ausgetauschten Wörtern und Gedanken gab es Antworten auf größere Fragen, vielleicht zu Beginn der Geschichte oder mittendrin, oder am Schluss. Etwas kam hoch, kam heraus, und das führte sie dann weiter. Gemäß alter überholter Polizeitradition wurden diese sprühenden Gespräche nicht schriftlich dokumentiert, das wäre unmöglich, aber was von Wert war, blieb in der Erinnerung hängen, und vielleicht würden sie auch heute etwas finden. Es konnte aber auch nur eine sinnlose Zeitverschwendung sein, denn sie hatten genügend anderes, an das sie denken mussten, zum Beispiel an das Mittsommerfest.

»Das Ereignis hat die Nachbarschaft offensichtlich erschüttert«, sagte Ringmar.

»Es handelt sich um eine große Nachbarschaft.«

»Die ist jedenfalls erschüttert.«

»Alle?«

»Mehr oder minder, wenn man den Bezirkspolizisten glauben darf. Ich hab übrigens eben mit Sivertsson gesprochen.« Ringmar deutete mit dem Kopf aufs Telefon, als wollte er zeigen, wie er mit dem Chef der Bezirkspolizei von Angered kommuniziert hatte.

»Was hat er gesagt?«

»Dass die Leute da oben erschüttert sind. Die Gangs sind beunruhigt. Die sind daran gewöhnt, etwas zu wissen, und jetzt wissen sie nicht besonders viel, wenn sie überhaupt was wissen. Wenn wir Glück haben, löst das einen Bürgerkrieg aus, wie er sich ausdrückte.«

»Wirklich?«

»Holger hat Humor. Ich glaube, er meinte so was im Stil von *survival of the fittest.* Dann bleiben nicht mehr viele übrig, die wir einbuchten können.«

»Aber es werden die stärksten sein.«

»Das stimmt.«

»An Darwin kommen wir wohl nicht vorbei«, sagte Winter.

»Läuft nicht alles darauf hinaus, Erik?«

»Hat er was von Brors Informanten gesagt?«

»Er wusste nichts und verwies auf Bror. Auf die Weise arbeiten sie ja.«

»Bror wollte mich anrufen, er hätte längst von sich hören lassen müssen.«

»Wahrscheinlich bedeutet es, dass seine Quelle immer noch verschwunden ist.«

»Wir haben einen verschwundenen Mörder und wir haben einen verschwundenen Informanten.«

»Und wenn es sich um dieselbe Person handelt?«

»Nein. So voller Geheimnisse kann nicht mal Bror sein.«

»Vielleicht weiß er es nicht? Womöglich weiß er gar nicht alles über diese Quelle. Ausschlaggebend ist doch wohl, was der Betreffende zu sagen hatte.« Ringmar erhob sich.

»Hast du ihn das gefragt?«

»Kann er genauso gut denken wie wir?«

»Wie du, Bertil. Genauso gut wie du.«

Winter lächelte. Es war ein gutes Gefühl, zu lächeln. Seine Gesichtshaut straffte sich, als wäre sie nicht bereit zu einem Lächeln. Die vergangenen Tage waren angespannt gewesen. Er hatte das Gefühl, als hätte er in dieser Woche überhaupt nicht geschlafen. Wochenlang ein Arbeitstag von siebzehn, achtzehn Stunden, so war das nun mal in diesem Job. Wer etwas anderes behauptete, wer behauptete, Polizisten legten ihren Job ab, sobald sie das Büro verließen, der sollte zum Teufel gehen. Herr im Himmel, er war so selten im Büro! Sein Büro war auf der Straße, in den Wohnungen Unschuldiger und in den Wohnungen Schuldiger, im Leichenschauhaus, im Obduktionssaal, auf Feldern und in Seen, in den Gräben und Wäldern, in Mietshäusern und Villen und auf den Schnellstraßen, am Meer und auf dem Gipfel des Berges. Sein Büro war überall.

»Ich hab mit Sivertsson noch über etwas anderes gesprochen«, sagte Ringmar. »Oder er mit mir.«

»Das ist okay, solange du weißt, dass ihr miteinander gesprochen habt. Worum ging es?«

»Prostitution.«

»Prostitution?«

»Ja, oder Menschenhandel. Prostitution, Menschenhandel sind ja über die ganze Stadt verbreitet. Und es ist verdammt schwer, da ranzukommen, wie du weißt.«

»Da oben im Norden soll es Menschenhandel geben?«

»Sie haben versucht, einen Ring hochgehen zu lassen, aber das ist schwer. Die Mädchen werden von Wohnung zu Wohnung gebracht, die wechseln dauernd.«

»Wissen sie, wer hinter diesem Ring steckt?«

»Sie meinen, es zu wissen.«

»Was soll das bedeuten?«

»Offenbar hat es das auch andernorts gegeben oder an mehreren anderen Orten. Er konnte noch nicht viel sagen, aber einer aus einer Jugendgruppe hatte etwas aufgeschnappt über Mädchen, die ausgenutzt werden. Sehr junge Mädchen. Schulmädchen.«

»Schulmädchen? Wie alt?«

»Das wusste er nicht.«

»Von draußen? Werden die von außerhalb eingeschmuggelt?«

»Auch das wusste er nicht.«

»Was wusste er überhaupt?«

»Bisher ist es wohl mehr ein Gerücht. Solche Gerüchte tauchen ständig auf, wie er sagte. Nicht zuletzt, wenn es um Prostitution geht. Der Unterschied besteht jetzt darin, dass sie dieser Sache kein Gesicht geben können.«

»Hat er sich so ausgedrückt? Hat er diese Worte benutzt? Der Sache ein Gesicht geben?«

»Ja …«

Winter schüttelte den Kopf. »Wie gehen sie weiter vor?«

»Darüber wollte er nachdenken und versuchen, mehr rauszukriegen.«

»Aber hier handelt es sich um etwas anderes als diesen Zuhälterring, nach dem sie gefahndet haben?«

»Offenbar.«

»Nationalität?«

»Der Ring? Ich glaube, er hat Albaner gesagt. Und Balten.«

»Albaner und Balten? Das sind zwei weit auseinanderliegende Pole in Europa. Was für ein Zusammenschluss! Der ist ja größer als der der EU.«

»Kriminelle sind häufig einen kleinen Schritt voraus«, sagte Ringmar.

»Haben wir es also mit etwas anderem als dem bekannten Pöbel zu tun?«

»Vielleicht.«

»Woher hat er den Tipp?«

»Von einer Quelle, glaube ich.«

»Diese verdammten Quellen. Ich will Genaueres als dauernd diese *vielleicht* von lauter Unsichtbaren.«

»Mhm.«

»Aber wir müssen uns das ansehen. Wir müssen nachhaken.«

»Ja.«

»Was meinst du, wen sollen wir fragen?«

»Ich würde mir gern Hussein Hussein vorknöpfen«, antwortete Ringmar. »Es gibt eine Menge, was ich ihn gern fragen würde.«

In seinem Büro roch es ungelüftet, wie es nun einmal riecht, wenn ein Raum selten benutzt wird. Vor einigen Jahren hatte er beschlossen, so wenig Zeit wie möglich darin zu verbringen, um den deprimierenden Ausblick auf den Fluss zu vermeiden. Er war nicht gezwungen, sich hier aufzuhalten. Die Menschen, mit denen er reden musste, waren woanders, dort, wo sie hingehörten, wo sie sich sicher fühlten, oder unsicher. Manchmal führte er ein Verhör in diesem Raum oder ein Gespräch, wenn man es so nennen wollte, aber in den meisten Fällen konnte er irgendwo arbeiten. Auf diese Weise führte er ein Leben wie ein Freiberufler. Zu Hause konnte er konzentrierter lesen als im Büro, jedenfalls nachts, wenn es still war. Er hatte auch eine Außenstelle in einer Bar am Kungstorget eingerichtet, dort konnte er gut denken. Auch in den Bars an der Costa del Sol hatte er gut denken können, aber das waren andere Gedanken gewesen als die, die er hier oben im Norden denken musste. Im Augenblick war ihm entfallen, woran er in der Sonne gedacht hatte, aber es waren gute Gedanken gewesen, heilende, lindernde Gedanken. An dem, worüber er jetzt nachdenken musste, war nichts Linderndes, außer möglicherweise für Angehörige, auf lange Sicht, jene, die weiterlebten, wenn er die Täter gefasst hatte. Ihm war bewusst, dass er ihnen nie viel Trost bringen konnte, wie scharf er auch dachte.

Winter öffnete das Fenster und atmete die gute Luft ein. Die Aussicht war scheiße, aber die Luft war gut. Hier im Schatten war sie mild und sanft, es war ein perfekter Tag. Auf der anderen Seite des Flusses ratterte eine Straßenbahn auf dem Weg nach Norden vorbei. Winter sah niemanden im Wageninnern. Alle, die in die nördlichen Stadtteile wollten, waren schon dort.

Er stellte den CD-Player an, ohne eine Ahnung zu haben, an welcher Stelle er ihn beim letzten Mal ausgeschaltet hatte. Es musste eine Woche her sein, vielleicht auch ein halbes Jahr. Es war John Coltrane, was für eine Überraschung, eine seltene Aufnahme mit einem Sänger, Johnny Hartmann, einem der besten und am meisten unterschätzten. *They say falling in love is wonderful*, sang Hartmann, sie sagen, es ist wunderbar, sich zu verlieben, da klingelte Winters Telefon auf dem Schreibtisch.

»Ja?«

»Ein Gespräch für Erik Winter«, sagte die Stimme einer Frau aus der Zentrale. Sie war neu, vielleicht eine Mittsommervertretung, er wusste nicht, wie sie hieß, aber er hatte ihr zugenickt, als er an ihr vorbeigegangen war, und sie hatte den Gruß mitten in einem Gespräch erwidert.

»Hier ist Winter. Wer ist dran?«

»Er sagt, er heiße Bror Malmer. Er ruft aus Angered an. Wollen Sie das Gespräch annehmen?«

»Ja.« Winter wartete auf Brors donnernde Stimme. Er hatte sie schon öfter am Telefon gehört. Es war, als verließe sich Bror nicht darauf, dass die Telefonleitung das Gespräch die ganze Strecke von Angered in die Skånegatan übertragen würde.

»Winter? Bist du da?«, grölte Bror.

»Ich bin hier, Bror.« Winter musste den Telefonhörer zehn Zentimeter vom Ohr weghalten, während er zuhörte, und den Hörer wieder näher führen, wenn er selbst etwas sagte.

»Ich hab's zuerst im Büro versucht. Hab mir schon gedacht, dass du da bist, Mittsommer hin oder her.«

»Wie geht es mit Marko?«

»Marko? Wer ist das?«

»Marko, deine Quelle. Du hast doch gesagt, wir wollen ihn Marko nennen.«

»Ja, genau, Marko. Seinetwegen ruf ich an. Er ist immer noch spurlos verschwunden.«

»Erstaunt dich das?«

»Was? Ja, sehr.«

»Gibt's was Neues?«

»Nein. Seine Freundin ist nicht gerade froh. Sie gibt mir die Schuld. Dabei dürfte sie nicht einmal von mir wissen.«

»Was kann passiert sein?«

»Entweder ist er tot oder schon zu Hause in Kirkuk.«
»Kirkuk?«
»Oder irgendwo anders in Kurdistan. Es handelt sich um eine Stadt in Kurdistan, soweit ich weiß.«
»Ist Marko Kurde?«
»Ja.«
»Hiwa Aziz war auch Kurde.«
»Es gibt viele Kurden, Winter, nicht zuletzt in Göteborg.«
»Warum sollte Marko tot sein?«
»Weil er sich nicht gemeldet hat.«
»Ist die Lage so ernst?«
»Ich glaube, das hab ich dir schon erklärt. Und ich glaube auch, dass es sich vielleicht nur um einen unglücklichen Zufall handelt, wenn man das so nennen will. Das Verschwinden meiner Quelle hat vielleicht gar nichts mit deinem Fall zu tun.«
»Ich schließe nichts aus, Bror.«
»Aus der Richtung hab ich jedenfalls nichts gehört. Nicht das Geringste.«
»In diesem Fall hören wir gar nichts, Bror.«
»Und was machen wir jetzt?«

Auf dem Weg hinaus machte Winter einen Abstecher zur Spurensicherung. Er wusste, dass Öberg da sein würde. Er verließ Johnny Hartmann und seine *Autumn Serenade*. Bis zum Herbst war es noch weit.
»Wir sind offenbar allein im Haus«, sagte Öberg, nachdem er Winter in das Allerheiligste eingelassen hatte.
»Ja, Bertil ist vor einer Viertelstunde gegangen.«
»Willst du nicht nach Hause und Mittsommer feiern?«
»Doch, bei Fredrik und Aneta.«
»Halders? Seid ihr so vertraut?«
»Er mag mich lieber denn je. Das kommt wahrscheinlich daher, dass ich ein halbes Jahr abwesend war.«
»Stell dir mal vor, wie er dich mögen würde, wenn du ein ganzes Jahr wegbliebest.«
»Ja, oder noch länger.«
»Ich geh in fünf Jahren in Pension«, sagte Öberg. »Fünf Jahre

vergehen wie im Flug. Was ist eigentlich mit Birgersson? Ist der nicht auch bald dran?«

»In einem Monat«, sagte Winter. In gut einem Monat war es an Dezernatschef Sture Birgersson, das Dezernat für immer zu verlassen und in der mystischen Welt zu verschwinden, in der er sein privates Leben verbrachte. Niemand wusste, wo sich diese Welt befand, wie sie aussah, nicht einmal Winter, der Birgersson am nächsten stand. Besonders nah war er Birgerssons privater Welt im letzten Jahr gekommen, als Birgersson in seinem Büro geweint und die Tränen dann zusammen mit Winter in einer Bar getrocknet hatte. Das war ein besonderes Ereignis gewesen. Birgersson hatte eine Form von Schwäche gezeigt. Winter hatte nur gewünscht, es wäre achtzehn Jahre eher passiert, es hätte ihm als jungem Fahnder sehr geholfen.

Öberg deutete mit dem Kopf auf einige vergrößerte Fotos von einem ausgebrannten Wrack. »Das Auto ist interessant.«

»Darauf hab ich gebaut.«

»Wir haben noch ein Stück Schuhschutz gefunden, das nicht verbrannt ist.«

»Gut.«

»Aber über die Fußspuren rund herum kann ich nicht viel sagen.«

»Ist klar.«

»Das Kriminaltechnische Labor meldet sich nach den Feiertagen.«

»Wir warten auch auf Nachricht aus Borås«, sagte Winter.

»Wer nicht?«

»Ich hoffe, sie bringt was.«

»Ich hoffe nie«, sagte Öberg.

»Darf ich dich was fragen, Torsten?«

»Du darfst mich nach allem fragen, was mit der Arbeit zu tun hat, Erik.«

»Wie viele Personen sind in diesen Fall verwickelt? Mit wie vielen Mördern haben wir es eigentlich zu tun?«

»Du hast die schwerste Frage zuerst gestellt.«

»Ich weiß.«

»Die Täter haben es darauf angelegt, uns die Ermittlung zu erschweren. Guck dir die Munition und die Waffen an. Den Schuhschutz. Die Toten. Die Frau in Rannebergen.«

»Wir müssen den Zusammenhang zwischen Hjällbo und Ranebergen herausfinden«, sagte Winter.

»Den haben wir doch schon, das Paar Rezai.«

»Reicht das? Dann müssen wir den Zusammenhang verstehen. Wir müssen Spuren finden, sonst verstehen wir es nie.«

»Wir tun unser Bestes.«

»Aber warum das Ding mit dem Auto?«

»Ich weiß es nicht, Erik.«

»Die Vorgehensweisen passen nicht zusammen. Das mit dem Auto war viel zu plump. Das andere war verdammt gewalttätig, brutal, eine Form von Hinrichtung, aber es war nicht plump.«

»Trotzdem. Vielleicht ist etwas passiert und sie sind in Panik geraten.«

»Lange danach?«

»Vielleicht ist auf der Flucht vom Tatort etwas im Auto passiert. Plötzlich waren sie gezwungen, das Auto zu entsorgen.«

»Ich glaube, sie wussten, was sie taten«, sagte Winter. »Es war ein Teil ihres Plans.«

»Du meinst also, es ist sinnlos, sich mit den Spuren von dort auseinanderzusetzen?«

»Absolut nicht.«

»Wie meinst du es dann?«

»Vielleicht ist denen klar, dass wir Spuren finden, aber sie wissen nicht, wie wir sie deuten.«

»Ich hoffe, du weißt es, Erik.«

»Wenn ich sie in der Hand habe, weiß ich es.«

»Die Sachen in Jimmy Foros Wohnung haben uns auch nicht schlauer gemacht«, sagte Öberg. »Dieser Knopf zum Beispiel.«

»Den hätte ich fast vergessen.«

»Wo wir gerade von vergessen reden, du hast die Frage gestellt, wie viele Mörder es waren.«

Winter nickte. Jede Kopfbewegung tat weh. Der Schmerz über dem Auge war zurückgekehrt, innerhalb von zwei Sekunden. Die Sonnenreflexe, die in Öbergs Labor zwischen den blanken Stahltischen blitzten, machten die Sache nicht besser. Plötzlich wollte er hier weg, in den Schatten, hinein in einen Tanz.

Plötzlich hatte er alles, was mit Tod zusammenhing, furchtbar satt.

»Zwei«, sagte Öberg.

Es klang wie ein Schlag, zwei Schläge, schwer, etwas, das Winter erwartet hatte zu hören.

»Wie bist du zu dem Ergebnis gekommen?«

»Es sind immer noch Spekulationen, klar?«

»Natürlich.«

»Mehrere Faktoren«, sagte Öberg. »Die Spuren im Blut, diese Schleifspuren von den Überziehern. Guck mal, hier.«

Er bückte sich und nahm ein paar Fotos aus einem Regal unter dem Tisch, die er auf einem anderen Tisch ausbreitete. Winter war ihm gefolgt. Er sah das rote Meer und Öbergs weiße Linien, die er durch das Rot gezogen hatte, sie sahen aus wie Brandung, verliefen kreuz und quer ohne erkennbare Richtung.

»Ich bin nicht sicher, wie groß die Füße waren«, sagte Öberg. »Das kann man bei solchem Schuhzeug ja nicht erkennen. Aber es scheint sich um eine etwas größere und um eine kleinere Person gehandelt zu haben.«

»Und was bedeutet das?«

»Genau das, was ich sage. Einer war größer und einer kleiner.«

Herr im Himmel, was für ein absurder Dialog. Und die Kopfschmerzen hatten auch nicht nachgelassen. Winter hatte das Gefühl, als wäre sein Kopf größer geworden. Früher war er kleiner gewesen.

»Wie viel größer?«, fragte er. »Oder kleiner?«

»Ich weiß es nicht, jedenfalls noch nicht.«

»Aber es waren zwei?«

»So sieht es aus.« Öberg wies mit dem Kopf auf die makabren Bilder. »Du erkennst das Bewegungsmuster ja selber. Es stammt von zwei Paar Füßen, soweit wir sehen können. Es sieht verdammt noch mal so aus, als wären sie Wasserski im Kreis gefahren.«

»Und die Opfer?«

»Sie trugen Schuhe. Ihre Spuren konnten wir verfolgen. Viele Schritte gab es nicht.«

»Mhm.«

»Außerdem geht es um die Schüsse, die Schusswinkel. Sie scheinen dem Schuhschutz zu folgen. Zwei haben geschossen.«

»Hast du noch andere Fußspuren gefunden?«, fragte Winter. »Ich weiß, dass du es schon gesagt hättest, aber ... da nun die Spuren von Opfern und Mördern feststehen ... gibt es noch weitere Fuß- oder Schuhspuren?«

»Du denkst an Hussein Hussein?«

»Zum Beispiel.«

»Nein, mehr haben wir nicht gefunden.«

Winter betrachtete wieder die Bilder. Dieses Muster konnte wer weiß was darstellen und nichts gab Anstoß zu guten Assoziationen.

»Hast du noch mehr, was darauf hindeutet, dass es sich um zwei gehandelt hat?« Winter wies mit dem Kopf auf die Fotos. »Dieses Muster sieht wahrhaftig seltsam aus. Mussten die sich wirklich so viel bewegen? Wäre es nicht ... ökonomischer gewesen, wenn sie einfach still gestanden und geschossen hätten?«

»Mehr, was darauf hindeutet, dass es zwei waren? Ja ... wie die Opfer lagen ... Wir wissen ja nicht genau, wer zuerst umgebracht wurde, aber ich glaube, sie liegen in der Reihenfolge, wie sie gestorben sind.« Öberg schaute Winter an. »Es ist schnell gegangen.«

»Hatten die Mörder abgesprochen, wer wen erschießen sollte? Ich denke gerade laut nach.«

Öberg antwortete nicht. Er betrachtete die Bilder, plötzlich wie vertieft in das, was er sah. Als hätte er sie noch nie gesehen.

Er blickte auf.

»Du hast von diesem ... seltsamen Muster gesprochen, wie du es nanntest. Und wie die Opfer liegen ... daran habe ich vorher gar nicht gedacht, nicht richtig. Überprüf das ruhig noch einmal.« Er sah wieder auf die Bilder. »Darüber können wir uns später noch mal unterhalten.«

»Worüber genau?«

»Wie sie sich im Raum bewegt haben, diese Leute mit Schuhschutz.« Öberg tippte mit einem langen Zeigefinger auf ein Foto. »Hier. Hier. Und hier. Am Tresen, wo Aziz liegt. Siehst du es? Da ist etwas wie ein Kreuz.«

»Ja, ich sehe es. Daran hab ich auch schon gedacht. Was mag das bedeuten?«

»Die Mörder scheinen sich gegenseitig in die Quere gekommen zu sein.«

# 22

Und dann überschritten wir die Grenze. Jedenfalls sagten sie, wir hätten sie überquert. Es war irgendwo bei Zaxo, aber der Name sagt Ihnen nichts. Ich könnte auch von Bagifa, Amedi, Sersink, Kanimasi reden, irgendwelchen Städten, die es dort gibt, aber auch sie würden Ihnen nichts bedeuten. Es gibt unser Land, das es nicht gibt. Das werden Sie niemals verstehen. Das kann niemand, der ein eigenes Land hat, in das er gehen kann.

Die Landschaft bedeutet mir nichts. Ich könnte beschreiben, wie sie aussieht, aber was spielt das für eine Rolle. Möchten Sie, dass ich es erzähle? Sie ist nicht damit zu vergleichen, wie es hier aussieht. Hier gibt es auch Steine, ja, aber nicht solche Steine. Hier gibt es auch Sand, doch nur an den Stränden. Dort gibt es keine Strände. Wir denken nicht an Strände, nicht auf die Art. Nicht ans Meer, nicht so. Hier ist das Meer ganz in der Nähe.

Wir sind manchmal hingefahren, als wir in diesem Land, dieser Stadt angekommen waren, wir sind einmal an einem Nachmittag hinausgefahren, zuerst mit der Straßenbahn und dann mit dem Bus, und dann sind wir ein Stück zu Fuß gegangen, und dann waren wir am Meer. Das ist lange her, wie ein anderes Leben. Aber nun bin ich schon bei diesem anderen Leben, als wir hierherkamen, angelangt und habe den Bogen zu schnell geschlagen. Dazwischen ist mehr passiert. Ich habe ja gesagt, dass wir gerade die Grenze überschritten hatten, ohne Papiere. Die hatten wir weggeworfen. Jemand hatte uns geraten, sie wegzuwerfen, sonst würde man sie stehlen und sie wieder benutzen, jemand anderes würde unseren Namen annehmen, und dann wird man jemand anders, wir würden dauernd über die Grenze hin und her wechseln, unsere Namen würden das tun, und auf die Weise würden wir nie von dort wegkommen. Verstehen Sie? Und als wir ohne Papiere hier ankamen, waren wir namenlos. Wir waren niemand. Keiner glaubte uns. Alle glaubten, wir hätten unsere Papiere weggeworfen, wir seien andere, die nur zum Geldverdienen hergekommen waren oder weil das Essen hier besser ist oder das Wetter oder weil die Betten weicher sind. Und nicht, weil wir gezwungen waren, aus unserem Land zu fliehen, das nicht unser Land war. Keiner glaubte, dass wir zur Flucht gezwungen worden waren. Flieh! Dass wir sonst schon tot gewesen wären. Dass viele von uns gestorben waren.

Dann kamen viele Tage und Nächte, in denen wir nicht wussten, wo wir waren. Neue Grenzen, alte Grenzen. Meine Mutter wurde krank, und eines Nachts sagte sie, sie könne nicht mehr. Es war in einem Zug, einem Güterwaggon, vielleicht auch auf einem Laster. In einem Zelt. Ich weiß es nicht mehr. Vielleicht wussten die Schmuggler auch nicht, was passieren würde. Wir hörten Schüsse in der Nacht. Wir hörten, dass Leute verschwanden. Wir hatten große Angst. Ständig hatten wir Angst.

# 23

Auf dem Tisch standen frische Blumen aus dem Wald, das war Anetas Werk genau wie die eingedeckte Tafel, die überwiegend in blau mit etwas gelb darin gehalten war. Winter und Angela kamen den Hügel herauf, die Töchter auf den Schultern. Winter stellte fest, dass Elsa allmählich zu schwer wurde. Himmel, bald würde sie groß genug sein, um in die Schule zu gehen.

»Seid ihr den ganzen Weg zu Fuß gekommen?«, fragte Halders, der sie an der Gartenpforte erwartete.

»So fühlt es sich an«, sagte Angela und setzte Lilly ab.

»Hej, Lilly!«

Sie versteckte sich hinter Angelas Bein. Das hätte ich auch getan, dachte Winter.

»Hej, Elsa.« Halders streckte eine Hand aus.

»Hej, Onkel Fredrik!« Elsa schüttelte ihm die Hand.

»So gehört sich das«, sagte Halders. »Das musst du deiner kleinen Schwester beibringen.«

»Mach ich.«

Halders warf einen Blick auf seine Armbanduhr.

»In einer Stunde muss sie es können. Dann treffen wir uns an dieser Stelle wieder.«

Elsa nickte lächelnd. Sie war an Fredrik Halders' Art gewöhnt.

»Wo sind Magda und Hannes?«, fragte sie.

»Die sind mit der Mittsommerstange beschäftigt. Wir wollen sie jetzt schmücken und haben nur noch auf dich und Lilly gewartet.«

In all dem Grün, mit dem die Stange umwickelt war, gab es mindestens sieben Arten von Blumen.

Gemeinsam hatten sie die Stange aufgerichtet und in dem Loch aufgestellt, das Halders und seine Kinder am Vormittag in den Rasen gegraben hatten.

Sie tanzten mindestens sieben Tänze um die Stange, hüpften wie Frösche, säten die Saat, wuschen ihre Kleider und fidelten wie der Spielmann. Was wir machen, was wir machen, wenn wir unsere Kleider waschen. Für Lilly war alles ganz neu. Winter half ihr beim Waschen und Säen. Sie lachte das Lachen, das Eisberge zum Schmelzen bringen kann.

Zum Hering schenkte Halders Aquavit ein, Ödåkra Taffel und Bröndums Kummenakvavit, die beiden schwedischen Aquavite, die von allen auf der Welt am besten gewürzt waren. Die Erwachsenen saßen um den großen Tisch im Garten, und die Kinder kamen und gingen. Aneta hatte Cocktailwürstchen gebraten und Magda hatte Fleischklößchen gemacht. Halders stellte ungeschlagene Sahne für den Hering auf den Tisch, die sich angenehm mit geschmolzener Butter und Heringslake mischte. Das schmeckte besser als saure Sahne, dazu neue Kartoffeln mit Schnittlauch. »Ein Rezept von meiner Großmutter aus Småland«, sagte Halders. »Prost!«

Sie prosteten sich zu, und der Aquavit brannte wie glühendes Eis in Winters Kehle. Die Flaschen hatten wer weiß wie viele Stunden im Tiefkühlschrank gelegen und dampften vor Frost. Es schien fast lebensgefährlich, das erste Glas in einem Schluck zu kippen, wenn die Flasche gerade erst aus dem Eisfach genommen worden war. Der Schnaps würde wie ein Bleigewicht durch sämtliche Magenhäute stürzen. Ein schwedisches Heringsessen konnte im Prinzip genauso gefährlich sein wie ein japanisches Kugelfischessen. Man setzte sich auf eigenes Risiko zu Tisch.

»Wie ist der Hering?«, erkundigte sich Halders besorgt, als sie angefangen hatten zu essen.

»Perfekt«, antwortete Ringmar mit erhobener Gabel. Seine Frau Birgitta, die ihm gegenüber saß, nickte zustimmend. Winter hatte sie in die Arme genommen, als sie sich vor einer Weile begrüßt hatten. Ringmar und Birgitta waren spät gekommen. Birgitta hatte müde ausgesehen, aber jetzt war sie schon fröhlicher. Vielleicht kam das vom Schnaps. Aneta hatte auch Weißwein auf den Tisch gestellt, aber alle nahmen als Erstes einen Schnaps. Das war eher ein Ritual denn eine Tradition.

»Es ist gar nicht so einfach, guten Hering zu ergattern«, sagte Halders. »Das ist wie eine Lotterie. Was in einem Jahr gut war, kann im nächsten Mist sein.«

»Hering ist immer Mist«, sagte Magda, und Elsa lachte.

»Still, du Fratz.« Halders lächelte. »Wenn du groß bist, wirst du Hering lieben.«

»Nie im Leben!«

»Nee, igitt«, sagte Elsa.

»Ich war genau wie ihr, als ich klein war. Aber guckt mich jetzt an!« Halders hielt ein Stück Hering in die Sommerluft.

»Bist du damals auch ein Mädchen gewesen?«, fragte Magda mit Unschuldsmiene und alle brachen in Gelächter aus.

»Darauf singen wir einen«, sagte Halders und stimmte das bekannteste schwedische Trinklied an: »Helan går, sjung hopp faderallan lallan lej! – Prost!«

»Davon gibt's auch eine englische Übersetzung«, sagte Winter, als sie die Gläser abgesetzt hatten und Halders sich nach den Flaschen streckte, um nachzuschenken.

»Hört zu!«, sagte Winter und sang: »Hell and Gore, Chung Hop Father Allan Lallan Ley.«

»Da gibt's ja gar keinen Unterschied«, sagte Hannes.

»Schreib's auf«, sagte Ringmar.

»Prost!«, sagte Halders.

»Wie geht es Moa beim Gericht?«, fragte Aneta.

»Gut«, sagte Birgitta Ringmar. »Es gefällt ihr.«

»Da unten im Süden sind die Leute anders«, sagte ihr Mann.

»Vermutlich sprechen sie anders«, sagte Winter.

»Ist sie nicht in Eksjö?«, fragte Angela.

»Ja.«

»Wie lange macht sie die Vertretung noch?«

»Bis Jahresende, glaube ich. Dann müssen sie wohl weitersehen, Moa und das Gericht.«

»Sollten die Gerichte in den kleineren Orten nicht geschlossen werden?«, fragte Winter. »Ich meine, kürzlich so etwas gelesen zu haben.«

»Sie scheinen wieder zur Vernunft gekommen zu sein«, sagte Ringmar.

»Die Sozis?«, fragte Halders. »Die nie.«

»Wie wohnt sie?«, fragte Aneta.

»In einer gemütlichen alten Wohnung im Zentrum, was immer das für so eine kleine Stadt bedeuten mag. Wir werden sie in einigen Wochen besuchen. Es ist eine hübsche alte Stadt mit Holzhäusern.«

»Die einzige, die die Sozis in diesem Land nicht kaputt gemacht haben«, sagte Halders.

»Haben sie es denn in anderen Ländern geschafft?«, fragte Aneta.

»Wieso?«

»Du hast gesagt in diesem Land. In welchen anderen Ländern haben sie es denn geschafft, Städte kaputt zu machen?«

»Obervolta«, sagte Halders.

»Dann habt ihr nun also eine Juristin in der Familie«, sagte Winter.

»Wer weiß, wozu das mal gut sein kann«, sagte Ringmar.

»Ich hab gehört, dass Martin in Sydney arbeitet?«

»Ja ... aber er ist für eine Weile nach Singapur gezogen. Oder besser, er pendelt zwischen Kuala Lumpur, Singapur und Bangkok. Er arbeitet für eine Hotelkette ... heißt die Shangri-La?« Ringmar sah Birgitta an. »Arbeitet er für Shangri-La-Hotels?«

»Ich glaube ja.«

»Ihr müsst wohl hinfahren und euch überzeugen«, sagte Winter.

»Das haben wir tatsächlich vor«, sagte Ringmar. »Vielleicht zu Weihnachten.«

»Ist er immer noch Küchenchef?«

»Ja, so was in der Art. Aber er steht vermutlich nicht mehr so häufig an den Kochtöpfen.«

»Wie aufregend«, sagte Aneta Djanali.

»Dass er nicht mehr an den Kochtöpfen steht?«, fragte Halders.

»Könnten wir nicht auch mal nach Kuala Lumpur fahren?«, fragte Aneta.

»Zuerst will ich nach Eksjö«, sagte Halders. »Ich will die Stadt mit eigenen Augen sehen, die es geschafft hat, dem Wahnsinn der Sozis zu entkommen. Das wird ein Erlebnis, als würden wir eine erhaltene Stadt aus der Antike besuchen. Oder etwas, das Dschingis Khan überlebt hat.« Er hob sein Glas. »Nächstes Jahr in Eksjö.«

»Nächstes Jahr in Eksjö!«, riefen alle und prosteten sich zu. Das Sonderbare ist, dass Schnaps, den man zu Hering trinkt, nie zu Kopf steigt. Vielleicht hängt das mit der Konsistenz des Herings zusammen oder mit der Lake. Wer seine Schnäpse abwechselnd mit einem guten, nicht allzu starken Bier trinkt, wird auch nicht betrunken. Das ist sonderbar, aber wahr.

Der *shoo* Mann. Darf ich das nicht sagen? Na gut, dann eben nicht. Alle reden dauernd Schwedisch, und dies ist meine Art. Ich denke so, verstehst du. Ich rede nicht nur so. Ich will nicht so verdammt schwedisch fein sein. Aber okay. Ich hab übrigens nicht geglaubt, dass du kommen würdest. Warum ich das nicht geglaubt habe? Ich wusste erst nicht, dass ich hier sein würde! Heute Morgen wusste ich es jedenfalls noch nicht. Was ich getan habe? Mich zurückgehalten. Verdammt leer überall. Mit jemandem geredet? Nein, hab mit keiner Menschenseele geredet! Ich hab auf dein *flus* gewartet. Mein *flus*! Mein Geld! Es gehört mir, das hast du versprochen. Ich hab dichtgehalten, oder? Hab ich was gesagt? Ich will es jetzt haben. Hast du es dabei? Was hast du gesagt? Nicht hier, wo denn? Da oben? Okay, okay. Ich muss dich auch noch nach dem anderen fragen. Nein, verstehe, nicht hier. Hab ich doch kapiert! Aber jetzt ist *akash* überall, die glauben, dass es ... Mich wollen sie auch fragen. Verstehst du? Die fragen alle, alle! Die Gerüchte schwirren nur so. Ja, ja, ich komme. Ich komme, hab ich gesagt.

Lilly machte ein Schläfchen. Winter blieb auf der Bettkante sitzen, nachdem er sich langsam aufgerichtet hatte. Er hatte eine Weile neben ihr gelegen, bis sie eingeschlafen war. Im Zimmer roch es nach Blumen und Sonne. Er vermutete, dass es Magdas

Zimmer war, es sah aus wie ein Mädchenzimmer. An der Wand über dem Bett hing ein Pferdeposter. In einigen Jahren würde er seine Töchter vielleicht auch nach Alleby karren müssen. Die Reitschule in Säve gab es schon ewig. War Lotta nicht dort draußen geritten? Heute Vormittag hatte er seine Schwester angerufen, und sie hatte ihn und seine Familie für nächstes Wochenende zum Essen eingeladen. Es war eine ganze Weile her, seit sie sich zuletzt gesehen hatten, und er war schon eine Ewigkeit nicht mehr in Hagen gewesen. In diesen Tagen fuhr er nicht in Richtung Westen, immer nur nordwärts. Zuerst war er eine lange Zeit nach Süden gefahren, jetzt nur noch nach Norden.

Lilly murmelte etwas, vielleicht »was wir machen, wenn wir zur Kirche gehen«. Arm in Arm, so geht man in die Kirche. Auch das war schon eine Weile her, dass er zuletzt in einer Kirche gewesen war. Er vermisste sie, und zwar nicht nur den Kirchenraum. Dort ist es still, selbst wenn wir singen. Bald ist es der einzige Ort, wo man noch Würde findet. Das braucht nichts mit Gott zu tun zu haben. Ich habe Gott noch nie dort drinnen gesehen, nicht einmal auf einem Bild. Es gibt keine Zeugen: Beschreibe, wie er aussah. Wie war er gekleidet? Sprach er einen Dialekt? Welchen Dialekt sprach Gott? Welche Sprache? Konnte er auch Schwedisch? Schwedisch ist eine sehr kleine Sprache, aber der Pfarrer in der Vasakirche sprach Schwedisch mit Gott. Erhöre mich, Herr, denn deine Güte ist tröstlich. Wende dich zu mir. In der Kirche gab es Gott für den, der es wollte, einen Er oder eine Sie, immer unsichtbar, es war nicht gut, Bilder von Göttern zu zeichnen, das wusste die ganze Welt.

Lilly rollte sich auf den Rücken und begann zu schnarchen. Sie würde dieselben Probleme mit den Polypen bekommen wie Elsa, vielleicht würden sie es ohne Operation schaffen, vielleicht auch nicht. Plötzlich sah er einen Operationstisch vor sich, das Allerletzte, woran er denken wollte, einen Tisch, Messer, nein, zum Teufel, grelles Licht, das den Chirurgen und den Patienten blendete. Die Bilder, die er sich absolut nicht vorstellen wollte, ließen seine Kopfschmerzen wiederkehren, nicht jäh, aber schleichend, ein kleiner hämmernder Keil über dem Auge, und er wusste, dass der Schnaps die Sache nicht besser gemacht hatte, auch wenn er nur zwei Gläschen getrunken hatte, oder vielleicht drei und eine Flasche Leichtbier. Also nur noch einen Whisky, später, während Halders den Grill vorbereitete. Whisky hilft gegen das meiste. Ich leg mich wieder hin. Wenn ich die Augen schließe, gehen die Schmerzen bestimmt vorüber. Wenn sie sich nicht bald legen, werde ich es Angela erzählen, vielleicht nächsten Monat. Oder in der Apotheke nach einem Mittel gegen Migräne fragen. Kann man die Wände damit besprühen? Es sitzt in den Wänden und hinter ihnen. Von außen kann man sie besprühen, das ist besser als Pistolen. Besser als eine Schrotflinte. Ich will nicht an Schrotflinten denken. Er wollte nicht daran denken, was man mit solchen Waffen anrichten kann, aber er konnte die Gedanken nicht aufhalten. Er dachte daran, wie die Opfer gelegen hatten und an das seltsame Schrittmuster auf Öbergs Fotos. Waren sich die Mörder uneins gewesen, wer erschossen werden sollte, oder war es um die Reihenfolge der Hinrichtungen gegangen oder um die Art, wie es geschehen sollte? Er dachte an Said Rezais Frau, Shahnaz. Sie hatte vermutlich in den frühen Morgenstunden jemanden in die Wohnung gelassen, den sie kannte. Oder sie hatte niemanden hereingelassen, der Mörder hatte sich bereits in der Wohnung aufgehalten, ihr Mann. Sie war schon tot gewesen. Winter wusste nicht mit Sicherheit, ob der Mord an Shahnaz vor den Morden in Hjällbo geschehen war oder danach. Vielleicht würde er das nie erfahren, aber das hieß nicht, dass er nicht herausbekommen würde, wer die Täter waren. Und er wusste schon jetzt, dass er überrascht sein würde. Eine gründliche, logische Vorgehensweise würde zu einer Überraschung führen. Er war jedes Mal überrascht, manchmal plötzlich, manchmal allmählich. Menschen und ihre Taten konnten ihn immer wieder überraschen. Bosheit? Nur wenn man von Menschen sprach. Das hatte nichts mit Gott zu tun. Aber mit dem Teufel hatte es vermutlich auch nichts zu tun.

Lilly schmatzte, als würde sie immer noch an dem großen Gartentisch sitzen und Baisers essen, und Winters Kopfschmerzen ließen nach. Von draußen hörte er ein Frauenlachen, es klang nach Angela. Ein Kind schrie und lachte. Er hörte einen Seevogel kreischen. Die Stimmung auf dem Land und in der Luft war gut. Er schaute auf seine Armbanduhr. Es dauerte noch einige Stunden, bis die Sonne für kurze Zeit hinter dem Horizont verschwinden würde, so wie sich jemand für eine Stunde ins Bett legt und dann wieder aufsteht und zur Arbeit geht. Solche Tage hatte er erlebt, Wochen. Genau so eine Woche hatte er hinter sich. Deswegen schlief er jetzt ein. Die Schnäpse trugen das ihre dazu bei. Er träumte, er läge in einem Bett in einem fremden Haus und neben ihm schlafe seine Tochter. Er wachte auf und erinnerte sich an den Traum. Vermutlich hatte er nur wenige Minuten geschlafen. Nichts hatte sich verändert. Zum ersten Mal hatte er die Realität geträumt. Es musste etwas zu bedeuten haben, wenn Träume weder Leben noch Zeit verändern. Dann entkam man nicht. Der Traum war kein Zufluchtsort mehr. Es gab Leute, die fanden sogar Trost in ihren Alpträumen. Er war ihnen begegnet, und er würde ihnen weiterhin begegnen. Es tat ihm nicht gut, so zu denken, und auch nicht, darüber nachzudenken. Jetzt lachte wieder jemand im Garten. Das war ein gutes Gefühl. Er stellte ein Bein auf den Fußboden und richtete sich vorsichtig auf. Lilly bewegte sich, wurde jedoch nicht wach. Das Tanzen hatte sie Kraft gekostet. Und die Baisers. Plötzlich hatte er ungeheuren Appetit auf etwas richtig Süßes, sein Blut forderte das. Er hätte ein Kilo Baisers in sich hineinstopfen können. Einen Teller Baklava oder das, was man Kunafa nannte. Entsetzlich süß.

Was ist das für ein Ort? Wie dunkel es hier ist. Dürfen wir uns nicht zeigen? Oder da hinten? Dort ist doch niemand! Sie sind alle weg und der große weiße Mann und sein Bror sitzen irgendwo und singen Sauflieders. Sauflieder? Ja, ja, spielt doch keine Rolle, wie das heißt. Ob mit oder ohne s. Hat es dir etwa geholfen, eine ruhige Kugel zu schieben? Eine ruhige Kugel schieben, ha! Das war fast witzig. Genauso witzig wie *flus*. Ich werde langsam ungeduldig. Ich hab meinen Job erledigt und will dafür bezahlt werden. Wenn du das *flus* versteckt hast, musst du es jetzt wiederfinden. Ich verstehe, ja, ja. Sie könnten auch bei dir zu Hause suchen, das versteh ich ja. Was war da... hast du das gehört?! Ist noch jemand hier? Ich hab was gehört! Ein Vogel? Ach so. Ja, ich höre. Jetzt hat er wieder geschrien. Da hat was geknackt, aber das war wohl der Wald. Oder ein Elefant oder ein Kamel! Ich kenne Leute, die haben Kamele besessen, du auch?

Was? Was? Ich hab dich nicht verstanden. Scheiße, jetzt hat es wieder geknackt! Hast du das gehört? Da ist jemand! Wer ist das? Hallo! Hallo! Nein, ich muss nachsehen. Ich muss ... ich meine, jemanden gesehen zu haben ... da ist jemand!

Halders steckte den Grill mit einem elektrischen Anzünder an.

»Die Zeiten, in denen man mit Brennspiritus nachgeholfen hat, sind vorbei. Keine vergiftete Atmosphäre mehr.«

»Ganz zu schweigen von vergiftetem Essen«, sagte Aneta Djanali.

»Die Frage stellen wir uns später«, sagte Halders und schaute zu, wie der Rauch aus den Briketts aufstieg.

Sie saßen auf Stühlen, die verstreut auf dem Rasen standen. Die Sonne schien immer noch stark und warm, aber das Licht hatte sich verändert. Aus dem Haus kamen Kinderstimmen. Die Mädchen kümmerten sich um Lilly, die inzwischen wieder wach geworden war.

»Wenn Martin das nächste Mal in Schweden ist, muss er herkommen und uns eine Lektion im Grillen erteilen«, sagte Halders.

»Ich werd's ihm sagen.« Ringmar schmunzelte.

Niemand fragte, wann Martin zuletzt zu Hause gewesen war. Darüber wollten sie nicht reden. Winter betrachtete Ringmars Profil. Vor fünf, sechs Jahren war es zwischen Bertil und seinem Sohn zu einem Konflikt gekommen, der zwar jetzt aus der Welt war, aber Bertil hatte ihn nicht vergessen und auch sonst niemand in der Familie. Danach war Bertil nicht mehr derselbe gewesen, wenn man so einen blöden Ausdruck in diesem Zusammenhang benutzen wollte.

»Einmal, als er so um die zwanzig war, hat er einen Weihnachtsschinken gegrillt«, sagte Ringmar jetzt.

»Nee, also wirklich«, sagte Aneta Djanali.

»Doch, es ist wahr. Am Tag vor Heiligabend stellte er den Grill auf die Veranda, legte Briketts auf und einen fünf Kilo schweren Weihnachtsschinken obendrauf.«

»Hat es funktioniert?«, fragte Winter.

»Der beste Weihnachtsschinken, den ich je gegessen habe!«, sagte Ringmar.

»Ehrlich?«

»Wirklich. Es war der Rauchgeschmack. Und der Schinken war sehr saftig.«

Ringmar erhob sich, ging zu Halders' neuem Grill und studierte ihn. Jetzt stieg mehr Rauch auf, bald würden die Briketts ordentlich glühen. Es war das erste Mal, dass der Grill benutzt wurde. Halders sah stolz aus. Er hielt sich für einen Grillmeister und Martin Ringmar konnte ihn nicht übertreffen.

»Danke für den Tipp«, sagte Halders. »Silvester will ich Rinderfilet grillen.«

»Gut, Fredrik.«

»Ich bin fast Vegetarierin«, sagte Aneta Djanali.

»Ich bin ein Fleisch essender Vegetarier.« Halders lächelte Ringmar an. »Fühl dich zu Silvester eingeladen.« Er hob den Kopf und warf einen Blick in die Runde. »Ihr seid alle eingeladen.«

Sie hoben ihre Weingläser zum Dank, nur Winter nicht, der hob ein kleines Glas Whisky. Er hatte sich einen Corps angezündet, und der Rauch trieb zu Halders' Grill, als suche er Gesellschaft.

»Vielleicht sind wir über Neujahr in Asien«, sagte Ringmar.

»Ja, ja, Kuala Lumpur, Singapur, behalt's für dich, Bertil«, sagte Halders.

»Vielleicht grillt er auch in Kuala Lumpur Weihnachtsschinken?«, sagte Aneta Djanali. »Frag ihn doch mal.«

»Das werd ich machen.«

»Jetzt gibt's ein bisschen Fingerfood«, sagte Halders. »Die Kinder lieben Fingerfood.«

Auf dem Grill lagen verschiedene Fleischsorten, aber überwiegend Lamm. Das war gut. Winter stand neben Halders und nippte ein wenig am Whisky. Bald würde er einen Teil des Fleisches glasieren. Halders nippte an seinem Whisky. Die Sonne war hinter einigen Hügeln verschwunden, aber es war immer noch sehr warm und der Himmel fantastisch blau, das schönste Blau, das man sich vorstellen konnte.

»Ist das eine Art Ruhe vor dem Sturm?«, sagte Halders.

»An welche Art Sturm denkst du?«

»Vermutlich an denselben wie du.«

»Wir haben den ganzen Nachmittag vermieden, darüber zu sprechen, Fredrik. Vielleicht sollten wir es weiter so halten.«

»Ja, du hast Recht.«

»Eine Pause tut uns gut. Es ist sowieso intensiv genug.«

»Hast du wirklich aufgehört, daran zu denken?«

»Nein.«

»Wo ist da nun der Unterschied?«

»Der Unterschied besteht darin, dass wir es nicht hören müssen.«

»Soviel ich weiß, kann man auch seine eigenen Gedanken hören. In seinem Innern. Manchmal hilft es, über Sachen zu sprechen.«

»Und manchmal nicht.«

»Und heute ist Mittsommer, da wird nicht über den Job gesprochen, das können wir Birgitta und Angela nicht antun.«

Winter antwortete nicht. Er stellte sein Glas auf ein Tischchen und nahm die Schüssel mit der Glasur. Sie roch nach Kräutern und Knoblauch und schwach süßlich. Er mochte nichts Süßes mehr. Vom Baiser war etwas übrig geblieben.

»Und den Kindern auch nicht«, fuhr Halders fort.

Winter bestrich die Lammscheiben mit der Glasur. Halders legte zwei marinierte Lammkoteletts auf den Grill. Er schaute Winter an.

»Es ist zu still«, sagte er, »viel zu still. Es ist zu schön. Deshalb habe ich ein ungutes Gefühl.«

# 24

Sie warteten auf Mitternacht. Der Himmel war immer noch fantastisch blau, nur etwas dunkler. Diese blaue Farbe hatte sicher auch einen Namen. Die Bäume umgaben den Garten wie große geheimnisvolle Schatten. Alles war perfekt. Die Kinder schliefen im Haus, und Angela sah auch aus, als wäre sie kurz vorm Einschlafen. Winter erwog, sie vom Gartenstuhl zu heben, in dem sie in einer unbequemen Haltung lehnte, sie ins Haus zu tragen und in ein leeres Bett zu legen. Kleine Kinder kosteten Kraft. In der letzten Woche hatte Angela die Hauptlast getragen, er im vergangenen halben Jahr, er wusste, wie es war. Man schlief vor Mitternacht ein, und erst recht nach einigen Gläsern Wein.

Halders ließ den Blick über Lundens Abhänge schweifen. Dort unten lag das Stadtzentrum. Die Straßenbeleuchtung flimmerte sinnlos, einige Autos glitten am Ullevi-Stadion vorbei.

»Die Leute in anderen Ländern können sich vermutlich gar nicht vorstellen, dass der Norden so schön sein kann«, sagte Halders.

»Wir haben alles, oder?«, sagte Winter.

»Das haben wir wirklich.«

»Wir wissen gar nicht, wie gut wir es haben.« Winter zog die Corpsschachtel aus der Brusttasche.

»Ich weiß es«, sagte Aneta Djanali.

»Es ist noch mehr Wein da.« Halders streckte sich nach einer Flasche auf dem Tisch. »Die Nacht ist noch jung.«

»Wann wird sie alt?«, fragte Aneta Djanali. »Wo ist die Grenze zum Alter oder Mittelalter?«

»Meinst du das jetzt ernst?«

»Na klar. In Burkina Faso gibt es solche Ausdrücke nicht, wie dass die Nacht noch jung ist. Dort bricht die Dunkelheit jeden Abend zur gleichen Zeit früh herein, und die Nacht ist das ganze Jahr über etwa gleich lang. Zwölf Stunden Licht und zwölf Stunden Dunkelheit.«

»Wie in Kuala Lumpur«, sagte Halders, »oder was meinst du, Bertil?« Er bekam keine Antwort. »Bertil?«

Aus dem Liegestuhl, in dem Ringmar gelandet war, ertönte Gemurmel.

»Er muss erst richtig wach werden.« Birgitta Ringmar lächelte.

»Schläft er schon? Es gibt noch so viele Abenteuer zu erleben.«

Das hätte Fredrik nicht sagen sollen, dachte Winter, und in der nächsten Sekunde klingelte sein Handy, das neben der Corpsschachtel in der Brusttasche steckte.

Alle zuckten zusammen. Wer konnte das sein?

Es war der Bereitschaftsdienst der Kripo. Jemand hatte einen Notruf abgegeben. Die Zentrale der Landeskriminalpolizei hatte einen Streifenwagen losgeschickt, der dem Bereitschaftsdienst Bericht erstattet hatte. Inzwischen waren zwei Männer von der Spurensicherung unterwegs.

»Man hat einen Toten in Bergsjön gefunden«, sagte Kommissar Johan Västerlid.

»Wo dort?«

Västerlid beschrieb die Lage des Fundortes.

»Die von der Spurensicherung müssen gleich da sein«, sagte er.

»Mann oder Frau?«

»Weiß ich nicht.«

»Ruf mich an, sobald ihr mehr wisst.« Winter drückte auf Aus. »Ein Toter in Bergsjön«, sagte er.

»Das hab ich schon begriffen«, sagte Halders. »Kann irgendwer sein.«

»Könnte Brors Quelle sein«, sagte Winter.

»Ist er schon benachrichtigt?«, fragte Ringmar, der wieder munter geworden war.

»Noch nicht, soviel ich weiß.«

»Was passiert jetzt?«, fragte Angela.

»Ich warte auf den Anruf von der Spurensicherung«, sagte Winter.

Lars Östensson rief an, einer der Veteranen der Spurensicherung.

»Ein relativ junger Mann«, sagte er.

»Wie?«, fragte Winter.

»Sieht aus wie Messerstiche oder Schnittwunden.«

»Steht die Identität schon fest?«

»Nein.«

»Wo genau ist es? Dort, wo wir das Auto gefunden haben?«

»Nein, weiter nördlich.«

»Hast du es Öberg schon mitgeteilt?«

»Ja, er ist auf dem Weg hierher.«

»Beschreib mir das Aussehen des Opfers«, sagte Winter. Er hörte zu, bedankte sich bei Östensson, drückte auf Aus und wählte sofort eine neue Nummer.

Bror Malmer meldete sich nach kurzem Klingeln.

Winter beschrieb ihm das Aussehen des Opfers.

»Scheiße, das könnte er sein«, sagte Bror. »Ich fahr hin.«

»Ich komme auch«, sagte Winter. »Wir kommen.«

»Bist du nüchtern?«

»Warum fragst du?«

»Es ist Mittsommernacht.«

»Jetzt nicht mehr«, sagte Winter und schaute auf seine Armbanduhr.

Sie brauchten einen Wagen, aber Winter wusste, dass es unmöglich war, in der Mittsommernacht auf die Schnelle einen Streifenwagen zu bekommen.

»Ich ruf Lars an«, sagte er. »Er trinkt nicht.«

Lars Bergenhem, seine Frau Martina und die Tochter Ada waren auch bei Halders eingeladen gewesen, aber Ada hatte zwei Tage zuvor die Windpocken bekommen, und unter diesen Umständen war es unmöglich, einen Babysitter zu finden, Ada war ein bisschen zu quengelig.

Zwanzig Minuten später war Bergenhem da. Halders, Ringmar und Winter stiegen in das Auto. Während der Wartezeit hatten sie sich einen starken Kaffee gekocht, keiner von ihnen war betrunken, aber auch keiner ganz nüchtern. Ringmar war am müdesten von allen.

Auf dem Weg nach Norden blinzelte Winter einige Male. Er war nicht müde und hatte immer noch Kraft. Ein Toter, ein Mann. Wer? Wenn sie ihn gesehen hatten, waren sie vielleicht genauso schlau wie vorher. Winter spürte einen Schauder über seinen Schädel laufen. Eine weitere Nacht im Dienst. Wem würden sie begegnen? Um wie viel würden sie der Lösung des Rätsels näherkommen? Oder würde diese Nacht sie noch weiter davon wegführen? So etwas hatte er schon erlebt. Fälle schienen zu schrumpfen, sich zu reduzieren, aber das war eine Illusion, sie schrumpften nach innen und erweiterten sich nach außen, immer weiter, weit über die Grenzen hinaus, die er meinte gefunden zu haben. Die Grenzen wurden versetzt.

»Wo sind wir denn jetzt?«, fragte Ringmar plötzlich.

Winter schaute hinaus. Ein lang gestrecktes Fabrikgebäude tauchte auf.

»Gamlestaden«, antwortete Bergenhem etwas verwundert. Bertil musste doch Gamlestaden erkennen.

»Fahr über Kortedala«, sagte Ringmar. Er zog die Vokale lang und zwischen den Buchstaben blieb eine Lücke.

»Ich bin schon dabei«, sagte Bergenhem.

Sie bogen in eine Kreuzung ein, die ohne Autoverkehr seltsam verlassen wirkte.

Hier draußen gab es einige dunkle Häuser, doch der Wald überwog. Es hätte irgendwo in Schweden sein können, aber in keinem anderen Land.

Sie begegneten einem Auto ohne Licht.

»So ein Idiot.« Halders' Stimme klang verdrossen. »Verdammter Idiot.«

Die anderen sagten nichts.

»Warum tun wir uns das an?«, fragte Halders. »Der da oben liegt hat vielleicht gar nichts mit unseren Fällen zu tun.«

Niemand antwortete.

»Oder? Warum sollten wir so ein Glück haben, dass es sich um unsere Leiche handelt?«

Ja, warum? Es konnte wer weiß wer sein. Es konnte mit irgendwelchen anderen Tragödien zusammenhängen. Winter starrte geradeaus auf die Straße. Bergenhem fuhr schnell und ruhig. Bald würden sie am Ziel sein.

»Ich hab das Gefühl, es hängt mit den anderen Morden zusammen«, sagte Ringmar. »Das Gefühl haben wir alle. Sonst würden wir uns das nicht antun.«

»Wie weit müssen wir von der Straße aus zum Fundort laufen?«, fragte Halders.

»Einige hundert Meter«, sagte Winter. »Dies hier ist eine Abkürzung.«

»Wie meinst du das?«

»Es führt noch ein Pfad von der anderen Seite zu der Stelle, vom Rymdtorget. Aber mit dem Auto ist es von dieser Seite aus näher.«

»Woher weißt du das alles?«

»Ich bin schon mal dort gewesen«, sagte Winter. »Aber das ist lange her.«

Er war durch diesen Wald gegangen, vor langer Zeit. Er war in ein Handgemenge auf dem Marktplatz verwickelt gewesen. Damals war er vollkommen nüchtern gewesen. Heute Nacht müssen wir uns die Reporter vom Leib halten, obwohl für uns mildernde Umstände gelten. Bertil muss sich im Hintergrund halten. Er scheint etwas mehr getrunken zu haben. Vielleicht schläft er im Auto ein. Lars kann auf ihn aufpassen, bis wir zurück sind.

»Da ist es«, sagte Lars. Sie sahen das Blaulicht in der Mittsommernacht blitzen. Dieses aggressive Licht in der milden Nacht wirkte gespenstisch, aber ein Traum war es nicht. Winter musste an seinen Traum denken, der die Wirklichkeit nicht verzerrt, sondern sie wahrhaftig wiedergegeben hatte. Ein Mittsommernachtstraum.

Die Streife, die als Erste am Fundort eingetroffen war, hatte in ausreichendem Abstand Absperrbänder gezogen. Dahinter entdeckte Winter Öberg, zusammen mit einem Rücken, den er zunächst nicht erkannte. Öberg schaute auf und winkte sie hinter die Absperrung.

Der Tote im Wald war fast noch ein Junge. Er hatte eine schreckliche Wunde und starrte mit einem verwunderten Gesichtsausdruck in den Himmel. Er gehörte nicht hierher.

»Wissen wir, wer es ist?«, fragte Halders.

Öberg schüttelte den Kopf.

»Er hat keine Papiere bei sich«, sagte er. »Gar nichts, keine Brieftasche.«

»Jedenfalls ist das nicht Hussein Hussein«, sagte Ringmar. »Der ist uns anders beschrieben worden.«

»Dieser ist sehr viel jünger«, sagte Winter.

»Sieht trotzdem aus wie ein Araber«, sagte Halders.

Öberg warf ihm einen Blick zu, als hätte Halders sich rassistisch geäußert, abwertend wie »verdammter Stockholmer« oder »Scheiß-Schone«.

»Ist das da die Todesursache?« Halders wies mit dem Kopf auf den Hals des Mannes.

»Soweit ich das im Augenblick erkennen kann, ja«, antwortete Öberg. »Wenn die Gerichtsmedizinerin kommt, erfahren wir mehr.«

Die Stelle war taghell erleuchtet. Dafür waren nicht viele Scheinwerfer nötig. Öberg und seine Leute durchkämmten das Gelände. Im Moos fanden sie Fußspuren, aber es waren zu viele. Dies war kein unbekannter Ort. Die ganze Zeit hörte Winter Stimmen aus der Ferne. Während sie sich dort aufhielten, erwachte der Wald immer mehr zum Leben, und die Vögel begannen zu singen, es klang wie im Dschungel.

»Wer hat den Mord gemeldet?«, fragte Halders.

»Ein nächtlicher Orientierungsläufer«, sagte Winter, der sich informiert hatte, unter anderem bei der Zentrale des Landeskriminalamtes.

»Ein was?«

»Ein junger Mann, der heute Nacht einen Orientierungslauf unternommen hat. Eine Stirnlampe hat er vermutlich nicht gebraucht.«

»Orientierungslauf in der Mittsommernacht. Das ist pervers«, sagte Halders.

»Er ist nach Hause gelaufen und hat von dort aus angerufen.

Ich hab ihn gebeten, auf mich zu warten. Ich will später mit ihm reden.«

»Und wen haben wir jetzt hier?« Halders sah auf die Leiche hinunter. Der Gesichtsausdruck war immer noch genauso verwundert, und wer wäre nicht verwundert gewesen. Niemand wusste, wie die drei Toten in dem Laden im Augenblick ihres Todes ausgesehen hatten, nach dem Willen der Mörder sollte das nicht zu erkennen sein. Vielleicht waren Jimmy, Hiwa und Said nicht erstaunt gewesen?

»Ich kenne jemanden, der etwas wissen könnte«, sagte Winter. Er hörte ein Geräusch aus dem Wald, jemand war auf dem Weg zu ihnen. Da war ein kleines Echo, das nicht weit reichte. »Ich glaube, er kommt gerade.«

Bror brauchte nicht viele Sekunden, nicht mal eine. Der Polizist von der Bezirkspolizei mit den geheimen Kontakten murmelte etwas Unverständliches, Mürrisches. Er roch schwach nach Alkohol, und damit war er nicht allein am Fundort, der vermutlich auch der Tatort war.

»Dieser verdammte dumme kleine Scheißer«, sagte Bror ohne Respekt vor dem Toten. »Ich habe ihn gewarnt.« Er drehte sich zu Winter um. »Das hab ich wirklich getan.«

»Wovor? Und wer ist das?«

»Er heißt Hama. Hama Ali Mohammad.«

»Ist das Marko?«

Bror nickte schweigend.

»Wer ist er eigentlich?«

»Ein ganz kleiner Fisch. Dieb, Rauschgift in sehr geringem Umfang. Zuhälter. Rumtreiber. Oder arbeitslos, wie das heutzutage heißt.«

»Zuhälter?«

»Er bildete sich jedenfalls ein, einer zu sein. Wirkte eher am Rande des Ganzen. Versuchte reinzukommen, das ist ihm wohl nicht besonders gut gelungen. Jedenfalls wusste er ein bisschen was.«

»Das er dir dann erzählt hat?«

Bror betrachtete Hama Alis erstauntes Gesicht. Dabei schien er zu denken, guck du nur erstaunt, aber ich hab dich gewarnt.

»Er hat bei dir gesungen?«, fragte Halders.

»Ja«, antwortete Bror, ohne den Blick von Hamas Gesicht zu nehmen. »Aber das spielt jetzt ja wohl keine Rolle mehr, oder?«

»Wovor hast du ihn gewarnt?«, fragte Winter.

»Dass er nicht mit dem Feuer spielen soll, wie man so sagt.«

»Dem Feuer?« Winter hatte für eine Sekunde das Bild einer brennenden Waldlichtung vor Augen. »Läuft es darauf hinaus? Dass die Quellen dem Feuer so nah wie möglich kommen sollen?«

Bror antwortete nicht.

»Bror?«

»Er hat auch mit Waffenhandel zu tun gehabt. War vermutlich Laufbursche, Zwischenhändler, ich weiß es nicht genau. Da mussten wir puzzeln. Ich hab Hama gesagt, er soll die Finger davon lassen.«

»Huren, aber keine Pistolen?«, sagte Halders.

»Wir haben andere Quellen, die besseren Einblick in den Waffenhandel haben als dieser arme Hund.« Bror wies mit dem Kopf auf den Körper. Hama war nun am Rande von allem gelandet, selbst wenn er noch für eine Weile im Mittelpunkt der Aufmerksamkeit bleiben würde.

»Wir wüssten jedenfalls ein paar Informationen von denen durchaus zu schätzen«, sagte Halders.

Bror zuckte zusammen. »Was hast du gesagt?«

»Wir suchen immer noch nach Schrotflinten und möchten wissen, auf welchem Weg sie sich aus Jimmys Laden entfernt haben.«

»Glaubst du nicht, dass ich alles tue, was ich kann? Dass wir alles tun, was wir können?«

Halders antwortete nicht.

Bror schien noch etwas hinzufügen zu wollen, schluckte es aber hinunter.

»Auf welche Weise ist Hama in unseren Fall verwickelt?«, sagte Winter wie zu sich selbst.

»Für den Mord an ihm gibt es einen Grund«, antwortete Bror. »Häufig ist nicht viel nötig, aber es gibt immer einen kleinen Grund.«

»Er wusste zu viel?«

»Ja.«

»Über Waffen?«

»Das weiß ich nicht, Winter. Ich muss die Sache wieder aufnehmen, wenn ich sie überhaupt je hab fallen lassen.«

»Kannte Hama einen der Ermordeten?«

»Nicht soviel ich weiß. Aber danach musst du nun wohl weiter forschen, oder? Frag die Angehörigen.«

»Wo hat er gewohnt?«

»In Gårdsten.«

»Westlich oder östlich?«

»Östlich von westlich, falls du das meinst. Salviagatan, nein, Muskotgatan. Kennst du die Gegend?«

»Ja, aber nicht den Teil. Ich weiß mehr über die Zimtgegend.«

»Äh ... ja, genau. Dort gibt es reichlich viele exotische Gewürze. Als die Siedlung gebaut wurde, wussten sie anscheinend, was dreißig, vierzig Jahre später kommen würde.«

»Was hatte er hier zu suchen?« Winter machte eine Armbewegung. »Ausgerechnet hier.«

»Wahrscheinlich hat ihn jemand herbestellt. Oder umgekehrt.«

»War er oft in Bergsjön?«

Bror zuckte mit den Schultern. »Er war ein bisschen zu oft überall.«

»Kannte er Hussein Hussein?«, fragte Winter in die Luft, die warm und drückend war.

»Möglich ist alles«, sagte Bror.

Öberg stand über ein Stück Waldboden gebeugt. »Hier ist der Mord passiert.« Er schaute auf. »Hier ist zu viel Blut, als dass es woanders passiert sein könnte.«

»Mhm.«

»Mit viel Gewalt.«

»Trotzdem«, sagte Winter. »Hama Ali war jung, aber kein kleiner Junge mehr. Er hätte doch irgendeine Form von Widerstand leisten können. Ich seh aber keine Kratzspuren an Händen, Armen oder Schultern.«

»Nein.«

»Wie war es möglich, ihn so zu überrumpeln?«

»Vielleicht hat er dem Täter den Rücken zugewandt«, sagte Öberg. »Die Verletzung scheint ihm von hinten zugefügt worden zu sein.«

Winter antwortete nicht.

Bald würde man Hama Ali zu einem wartenden Leichenwagen tragen. Die Frage, was hier passiert war, würden vielleicht die Spuren an seinem Körper beantworten, vielleicht aber auch nicht. Es roch nach Erde, oder war es das Blut? Ein Geruch nach Eisen.

»Hier sind in den letzten vierundzwanzig Stunden viele herumgetrampelt«, sagte Öberg.

»Dann wird es nicht leicht, ein Muster der Schritte zu finden«, sagte Winter.

»Nein ... Vielleicht war der Mörder auch nicht allein und davon ist der Junge überrascht worden. Es könnten zwei oder mehr gewesen sein.«

»Der Gedanke ist mir auch schon gekommen«, sagte Winter. »Aber es gibt nur eine Verletzung.«

»Jemand hat ihn abgelenkt?«, sagte Öberg.

»Vielleicht wurden beide überrascht?«

»So überrascht, dass er nicht zuschlug, war der Mörder nicht.«

»Allerdings«, sagte Winter.

»Keine halben Sachen, o nein.«

»Man hat Hama in den Wald gelockt, um ihn zu töten.«

»Das sagst du, Erik.«

»Er muss dem Mörder vertraut haben.«

»Vielleicht hatte er keine andere Wahl. Er war verzweifelt.«

»Weshalb, Torsten?«

»Vielleicht wegen Geld. Ich weiß es nicht. Das musst du mit deinen Mitarbeitern herausfinden. Habt ihr nicht eine besondere Methode, Bertil und du? Ich hab euch mal zugehört. *Brain storming*.«

Im Augenblick war Bertil allerdings nicht fähig für irgendeine Art von *storming*. Er war nach Hause gefahren. Sein Gesicht hatte grau gewirkt im jungen Licht. Ich bin zu alt für das hier, hatte er gesagt, aber Winter wusste nicht genau, was er damit meinte.

Er entfernte sich vom Fundort. Öberg folgte ihm.

»Warum hier?« Winter blieb stehen und sah sich um. »Es ist ein Stück abseits vom Pfad, aber die entlegendste Ecke der Gegend ist es auch wieder nicht.«

»Vielleicht beabsichtigten sie das auch gar nicht«, sagte Öberg.

»Wie meinst du das?«

»Sie wollten nicht, dass es an einem abgelegenen Ort passierte. Es sollte ... sichtbar sein.«

Winter schwieg.

»Jemand will uns was erzählen«, sagte Öberg.

»Oder jemand anderem«, sagte Winter. »Das Signal gilt einer anderen Person.«

Vor einer Weile war die Gerichtsmedizinerin gekommen und hatte ihre Arbeit aufgenommen. Es war eine Frau, die Winter noch nie gesehen hatte. Sie wirkte nicht viel älter als der Jüngling, neben dem sie kniete. Sie richtete sich auf und kam auf Winter und Öberg zu.

»Ich weiß, dass es schwierig ist, aber können Sie mir schon jetzt etwas über den Zeitpunkt des Mordes sagen?«, fragte Winter.

»Nein«, antwortete sie, »eigentlich nicht.«

»Liegt er hier schon länger als vierundzwanzig Stunden? Ist er schon länger als vierundzwanzig Stunden tot?«

Sie warf einen Blick auf den Körper, der aussah, als hätte er sich nur zum Ausruhen im Moos ausgestreckt.

»Nach meinem ersten Eindruck«, sagte sie zögernd, »kaum länger als vierundzwanzig Stunden. Aber um das festzustellen, sind natürlich genauere Untersuchungen nötig.«

# 25

Winter hatte von Bergsjön aus angerufen. Angela und die Mädchen hatten ein Taxi nach Hause genommen. Bergenhem ließ ihn vor der Haustür am Vasaplatsen aussteigen. Alle schliefen, als er ins Bett ging. Angela murmelte etwas, und er murmelte zurück, auf dem Weg in den Schlaf, bevor sein Kopf das Kissen überhaupt berührte.

Er wurde wach wie im freien Fall. Er war gefallen, in einem Traum, der sich aufgelöst hatte. Er richtete sich auf, zog Shorts an und tappte vorsichtig durchs Schlafzimmer, schob die Tür hinter sich zu, goss sich in der Küche ein Glas kaltes Wasser ein und trank.

Im Wohnzimmer öffnete er die Balkontür zur Straße hin und trat auf den Balkon. Die Fliesen unter seinen nackten Füßen waren warm. Es war ein Gefühl, als stünde er in dem kleinen Patio, der zu ihrer Mietwohnung im Zentrum von Marbella, einige hundert Meter nördlich vom Apfelsinenmarkt, gehört hatte. Dort hatte er nachts manchmal gestanden, einfach so, um an nichts und gleichzeitig an alles zu denken. In gewissen Kreisen lief das unter der Bezeichnung »das Leben«. In sich selbst zu ruhen. Das ist nicht leicht. Davor fliehen die meisten, und ich war vermutlich derjenige, der allen voran gelaufen ist.

Zum Ende des Halbjahres hatte er angefangen, die Rätsel zu vermissen. Das Leben war zwar ein Mysterium an sich, doch er war all die Teilmysterien gewöhnt, die von der Menschheit geschaffen wurden, häufig mit der Waffe in der Hand, und diese

Szene vermisste er. Er war noch nicht bereit, die Unterwelt zu verlassen. Er war wie ein Schwergewichtsboxer, der in den Ring zurückkehrte, um erneut eins auf die Schnauze zu kriegen. Manchmal auch anderen eins auf die Schnauze zu geben. Manchmal den nächsten Zug auszudenken. Manchmal ein Teil des Gegners zu werden, hinabzusteigen in seine Abgründe. Sich in die Abgründe hineinzudenken, ein Teil von ihnen zu werden. Um sie dann zu verlassen, bevor es zu spät war. Deshalb hatte er die Unterwelt im vergangenen Jahr verlassen, weil er befürchtet hatte, es sei zu spät. Aber es ist nie zu spät. Das ist eine gute Redensart, die tröstet. Es ist nie zu spät, solange man nicht tot ist, und dann fängt es vielleicht nur wieder von vorn an. Auch das ist für Millionen auf der Erde ein Trost. Im nächsten Leben wird alles besser. Manche versuchen den Zustand schon in diesem Leben zu erreichen. Geben alles auf und fangen wieder bei null an. Fangen in Göteborgs nördlichen Vororten von vorn an. Dabei handelt es sich nicht um die Mehrheit. Ich habe mit der Minderheit zu tun. Sie sind meine Rätsel. Ich soll sie lösen, sie auflösen, könnte man vielleicht sagen.

Unten fuhr ein Auto über den Vasaplatsen in nördlicher Richtung. Das war das einzige Lebenszeichen, wenn denn ein Auto ein Zeichen von Leben ist. Er sah, wie sich die Sonne über den Hausdächern von Angered emporstemmte. Es hatte den Anschein, als ginge sie über den Bergen nördlich von Angered auf. Rannebergen. Said und Shahnaz Rezai. Iraner aus der Gegend von Tabriz, Said war vor dem Militärdienst geflohen, er hatte nicht mit achtzehn Jahren sterben wollen. Allen, die im Krieg gegen den Irak an die Front mussten, war klar gewesen, dass sie sterben würden. Winter wusste nicht, ob Said es so ausgedrückt hatte, aber er hatte es von anderen gehört. Er wusste auch nicht, ob es stimmte, dass Said geflohen war oder auf welchem Weg genau er das Land verlassen hatte und warum, aber er war hierhergekommen, hatte als Fensterputzer und eine kurze Zeit lang in einer Werkstatt gearbeitet und sich noch kürzere Zeit mit Gelegenheitsjobs durchgeschlagen. Häufig hatte er gar nicht gearbeitet, denn für Menschen wie Said gab es fast keine Arbeit. Vor einigen Jahren hatte Winter eine Untersuchung von der Sozialhochschule oder einer anderen Institution gelesen, und in der Untersuchung war festgestellt worden, dass es für junge Männer aus dem Iran am schwersten war, in dem neuen Land Boden unter die Füße zu bekommen. Kein Mieter wollte sie als Nachbarn haben, auch die sogenannten gemeinnützigen Wohnungsgesellschaften wollten sie nicht. Kein sogenannter seriöser Arbeitgeber wollte einen jungen Schwarzkopf aus dem Iran einstellen und auch über einen alten würde er nicht in Jubel ausbrechen. Die Araber hatten es nicht leicht, aber aus irgendeinem Grund war es für die Perser besonders schwierig. Vielleicht, weil sie damals in der Mehrzahl gewesen waren. Sie waren in Bataillonen vor dem Krieg geflohen. Winter wusste nicht genau, wie viele. Aber er wusste, dass Said Rezai mit dem Gesetz in Konflikt geraten war, ohne im Gefängnis zu landen, und dass er sich eine Braut aus seinem Heimatland gesucht hatte, die sich zu diesem Zeitpunkt jedoch schon in Schweden aufgehalten hatte. Eigentlich war es üblich, dass sich die Männer ihre Bräute aus dem Iran holten, sofern das möglich war, aber Shahnaz hatte bei ihren Eltern in Schweden gelebt, die einige Jahre später in den Iran zurückgekehrt waren, vielleicht aus zu starkem Heimweh wie vor langer Zeit Anetas Eltern.

Die Tochter der iranischen Eltern war nun in einer Wohnung ermordet worden, die sich in gemeinnützigem Besitz befand. Dort hatte Said schließlich eine Bleibe gefunden, vielleicht weil er kein einsamer junger Mann mehr war, er war nicht mehr jung gewesen, nur eben Iraner.

Shahnaz war zu Hause gewesen. Sie hatten keine Kinder. Warum zum Teufel war ihr der Hals durchgeschnitten worden? Was hatte sie getan? Hatte sie zu viel gewusst? Inwiefern war sie in diese Sache verwickelt? Wer hatte sie darin verwickelt? Said? Eine andere Person? Unten fuhr ein Auto vorbei. Bald würde die Stadt erwachen, aber sehr langsam. Der Mittsommertag war der langsamste Tag, zusammen mit dem ersten Weihnachtstag, Neujahr und Karfreitag. Wenn Said in ein Verbrechen verwickelt gewesen war, galt das dann auch für seine Frau? Hatte noch mehr als das Risiko, etwas verraten zu können, zu ihrem Tod geführt? War ihr Tod Bestandteil einer Rache?

»Willst du nicht wieder ins Bett kommen, Erik?«

Angela legte ihm eine Hand auf seine nackte Schulter. Er hatte kein Hemd übergezogen und saß auf einem der Balkonstühle.

»Friert dich nicht?«, fragte sie. »Ich finde, es ist ein bisschen kühl.«

»Daran hab ich gar nicht gedacht.«

»An was hast du denn gedacht?«

»Tja ... ich weiß es nicht. An alles und nichts.«

»Das ist nicht gut, wenn man eigentlich schlafen sollte.«

»Vielleicht sollte ich nicht schlafen.«

»Das ist aber nötig, mein Lieber.«

»Ich kann nicht. Vielleicht nächste Woche oder übernächste. Oder in einem Monat.«

»Also wenn ihr den Fall gelöst habt?«

»Wenn man es so ausdrücken will.«

»Wie sollte man es sonst ausdrücken?«

»Das weiß ich auch nicht.«

»Ihr tut euer Bestes. Die ganze Belegschaft in der Mittsommernacht im Einsatz.«

»Mhm.«

»War es sinnvoll, Bertil mitzuschleppen? Er war müde.«

»Er wollte doch dabei sein. Was hätte ich sagen sollen? Du darfst nicht, Bertil?«

»Nicht gerade mit den Worten.«

»Okay, das war vielleicht nicht so gut. Er hat jedenfalls keinen Schaden angerichtet.«

»Und inwieweit wart ihr von Nutzen, Fredrik und du?«

»Überhaupt nicht, würde ich sagen, praktisch gar nicht.« Er stand auf. »Aber es ist gut, dass ich hingefahren bin. Ich habe sofort erfahren, wer es war. Das kann uns noch weiterhelfen. Möglicherweise schon morgen. Heute, meine ich.«

Sie antwortete nicht. Diesen Satz hatte sie schon öfter gehört. Alles konnte hilfreich sein. Das sagte er in seinen Verhören. Das bleute er sich selbst ein. Nur die Fantasie setzte Grenzen, aber Grenzen gab es nicht. Niemand wusste, wo sie verliefen oder wer sie gezogen hatte.

»Komm, wir legen uns wieder hin, Erik. Bald wird Lilly wach.«

Er wachte auf, weil jemand auf seinem Bauch saß und etwas sagte, das er nicht verstand.

»Jetzt kümmert ihr euch um das Kind, ich muss schlafen.«

Elsa setzte das Kind bei den Eltern ab. Lilly krabbelte über Winters Brustkorb.

Angela schlief weiter.

Er hob Lilly hoch in die Luft und sie lachte. Angela drehte sich auf die andere Seite.

Er kochte Brei. Der roch gar nicht so übel. Er hatte ein dumpfes Gefühl im Kopf, aber keine Kopfschmerzen. Seine Zunge war nicht trocken. Drei Schnäpse und zwei kleine Whisky sowie eine Flasche Bier und ein einziges Glas Wein an einem ganzen Mittsommerabend. Auch heute schien die Sonne, ohne Schaden anzurichten. Er würde seine Hafergrütze mit Lilly essen und sich mit ihr an den gestrigen Nachmittag erinnern. Angela würde aufstehen und ihn ablösen und Lilly Geschichten vorlesen, und dann, wenn die Sonne höher am Himmel stand und er noch ein Stündchen geschlafen hatte, würde er nach Norden fahren.

»Was wir machen, wenn wir um den Wacholderabusch gehen!«, rief Lilly.

Es war schon fast perfekt ausgesprochen. Sie war über Nacht gewachsen. Geben Sie der Dame eine Zigarre.

Hama Ali Mohammads Schwester Bahar starrte Winter mit Augen an, die Zweifel an dem ausdrückten, was er ihr mitgeteilt hatte. Es konnte sich unmöglich um ihren Hama handeln. Sie fingerte auf dem Tisch herum, an dem sie saßen, ihre Finger und Hände bewegten sich vor und zurück. Auf dem Tisch stand ein Telefon, daneben lag ein Telefonbuch. Es war, als wollte sie das Telefonbuch zu sich heranziehen und alle Ali Mohammads nachschlagen, um sie Winter zu zeigen: Schauen Sie, wie viele es gibt!

»Ich fasse es nicht«, sagte sie. »Das ist er nicht.«

Winter machte eine Handbewegung, die andeutete, dass auch das hilfreich sein konnte, denn dann könnten sie einen anderen Namen suchen oder eine andere Person mit dem gleichen Namen.

Es gab ein weiteres Mitglied der Familie, die Mutter, Amina. Sie saß mit abwesendem Blick auf dem Sofa neben Bahar, als ginge sie das Gespräch zwischen ihrer Tochter und dem Mann überhaupt nichts an. Der hatte zwar ihre Wohnung betreten, sollte aber nicht in ihr Leben eindringen.

Und es war noch eine Person anwesend, Mozaffar Kerim, der Dolmetscher, der Winters Fragen ins Kurdische übersetzte. Bei Bahar war das nicht nötig, sie sprach Schwedisch wie Nasrin Aziz und war auch ungefähr im gleichen Alter, aber die Mutter schien kein einziges Wort der neuen Sprache zu beherrschen.

»Es geht schnell«, sagte Winter. »Wir sind bald zurück.«

Sie kamen bald zurück. Bahar wollte sich nicht mehr im selben Raum mit Winter oder Mozaffar aufhalten. Später würde Winter Nasrin fragen, ob sie Bahar kenne. Sie würde es verneinen und erklären, dass Bahar auf Kurdisch »Frühling« bedeutet.

Winter und Bahar hatten auf dem Hin- und Rückweg im Auto geredet, am meisten auf dem Hinweg.

Nein, sie kannte keine der Personen, die er ihr nannte. Sie wusste, dass Hama nicht ganz saubere Geschäfte machte, wie sie es nannte, aber sie wusste nicht, worum es ging, und wollte es auch nicht wissen. Sie hatte versucht, ihm ins Gewissen zu reden, aber er wollte nichts hören. Er konnte nicht still sitzen. Er war ständig unterwegs in der Stadt oder andernorts. Er sagte, er kenne alle, aber sie hatte ihm nicht geglaubt. Was waren das für unsaubere Geschäfte? Sie wusste es nicht. Waffen? Sie wusste es nicht. Rauschgift? Sie wusste es nicht. Prostitution? Nein! Winter fragte sie noch einmal. Sie wusste nichts, sah ihm nicht ein einziges Mal in die Augen. Sie schaute hinaus in die Siedlung, in der sie wohnte, durch die sie zweimal hindurchgefahren waren auf dem Weg zum und vom Leichenschauhaus. Sie hatte eine furchtbare Trauer zu verarbeiten. Für Amina, die ältere Frau, die auf die endgültige Nachricht wartete, war es die gleiche Trauer. Oder eine andere, aber genauso entsetzlich.

Sie saßen in dem einfachen Wohnzimmer. Auf dem Tisch standen Gläser mit Tee und süße Kekse, Nüsse und Sesam, Herr im Himmel, eine Art zwanghafte Gastfreundschaft auch für den, der eine Todesbotschaft überbrachte. Winter fragte nicht nach dem Vater, er wusste, dass der Mann im alten Land verschwunden war und es die Familie dann hierher verschlagen hatte. Es war ein bekanntes Szenario. Auch das weitere Schicksal dieser Familie war ungewiss. Offenbar waren sie auf dem Weg zurück nach Deutschland, wo sie zunächst gelandet waren, eingeschmuggelt in einem Viehwaggon. Die Deutschen kannten sich aus mit Viehwaggons. Nein, zum Teufel, hör auf, Winter, du bist schließlich mit einer Deutschen verheiratet. Schickt die Sachbearbeiter der Einwanderungsbehörde in Viehwaggons einmal Levante tour und retour, obwohl – warum eigentlich zurück? Zum Teufel mit den Bürokraten, denen es an Einfühlungsvermögen und Fantasie mangelte. Vielleicht würden die Leute in dieser Siedlung dann mit einer Torte und Champagner feiern, so wie Angestellte der Einwanderungsbehörde in irgendeinem Teil von Schweden gefeiert hatten, nachdem ihnen die Abschiebung einer Familie geglückt war. Nein, das ist unwürdig, ganz gleich, wer das macht. Und dies sind würdevolle Menschen. Amina zeigt jetzt auf mein Teeglas. Ich nehme einen Schluck und stelle das Glas wieder ab. Wir können gehen. Sie weiß nichts von dem, was vor dem Fenster passiert. Ich sehe die Häuser auf der anderen Seite der Straße. Sie wirken tatsächlich riesig. Ich möchte den Menschen, die hier wohnen, nicht ihre Würde nehmen. Es ist ihr Zuhause. Hier leben sie ihre Leben, wie diese Amina oder wie Frau Ediba Aziz in Hammarkullen, leben hier, solange es ihnen erlaubt wird, sie verlassen ihre Wohnung selten.

# 26

Ich habe etwas vergessen. Als wir die Grenze überquerten, die erste Grenze, ist mein Bruder umgekehrt, um etwas zu holen. Ich weiß nicht, was es war. Er hat es nie erzählt. Zunächst ist uns gar nicht aufgefallen, dass er weg war, erst als er zurückkam, merkten wir es. Meine Mutter war sehr böse, sie hatte immer noch Kraft, böse zu werden! Meine Schwester sagte nichts, sie sagte nie etwas.

Mein Bruder redete damals nicht viel und auch später nicht. Wir versuchten, die Familie zusammenzuhalten. Es war, als würde von allen Seiten an uns gezerrt, als würden wir gleichzeitig in verschiedene Richtungen gezogen. Ich hab einmal gelesen, wie man früher Leute hinrichtete, in Frankreich vielleicht oder auch in Schweden: Man band Arme und Beine des Verurteilten jeweils an einem Pferd fest und peitschte die Pferde in verschiedene Richtungen, sodass der Körper zerrissen wurde. Ich weiß nicht, wo ich das gelesen habe. In einem Buch aus der Bibliothek vielleicht. Oder in einer Zeitung, vielleicht in einer Horrorzeitschrift. Gibt es so was? Es gibt Horrorbücher, ach nein, die heißen Gruselbücher. Ich habe meiner kleinen Schwester eins vorgelesen, aber sie bekam solche Angst, dass sie nichts mehr hören wollte. Das war, als wir hier angekommen waren. Als wir glaubten, dass wir keine Angst mehr zu haben brauchten, nicht die Art Angst, dass uns jemand entdecken, auf den Boden oder in einen anderen Wagen oder so was werfen würde.

Wo wir damals waren? Wo wir gewohnt haben? Hier, in diesem Stadtteil, nur in einer anderen Wohnung. Damals gab es hier noch mehr Wald. Ich konnte durch den Wald zur Schule gehen. Es war fast ein Gefühl, als wäre man weit entfernt von allem. Weit weg von allem.

Und danach ... da wollte ich weit weg von allem sein.

Als wir in diesen schrecklichen Autos rumgefahren wurden.

Dieser Geruch.

Die Männer.

Ich wollte ihre Gesichter nicht sehen. Ich wollte sie nie mehr sehen. Ich versuchte, nie in die Gesichter zu schauen. Ich schloss die Augen, aber manchmal schlugen sie mich, und dann war ich gezwungen, sie anzusehen.

Die Gesichter.

Die Ges...

Ich muss weinen.

Ich wollte es nicht erzählen. Ich habe ja von diesem Wald erzählt, durch den ich als Kind gegangen bin. Damals war ich so klein, dabei ist es noch gar nicht so viele Jahre her. Dann wollte ich nur noch sterben. Wir waren so weit gefahren, um nicht sterben zu müssen, und dann kamen wir hierher, und ich wünschte mir den Tod. Den wünsche ich mir auch jetzt. Verstehen Sie das?

# 27

Winter brachte Mozaffar Kerim nach Hause, in den westlichen Teil von Gårdsten. Es war nicht weit, einige gewundene Wege über die Berge und Schluchten und sie waren in der Kanelgatan. Hier war es noch stiller, und alles war viel übersichtlicher als im Schwestervorort im Osten, die Häuser waren niedriger, die Straßen schmaler, alles miteinander wirkte wie eine Kleinstadt, an der die Zeit vorübergegangen war. Es gab noch einen Lebensmittelladen, einen Schlüsseldienst, den Salon La Nouvelle und die leeren Fenster des Cafés Limonell.

Und die Pizzeria Souverän. Sie saßen wieder am selben Tisch, dieselbe Frau brachte ihnen den Kaffee. Sie nickte. Winter war hier jetzt Stammgast. Vielleicht war es sogar dieselbe Tasse. Er und Kerim waren die einzigen Gäste.

»Sie brauchten nicht viel zu übersetzen«, sagte Winter. »Die arme Frau war ja fast verstummt.«

»So ist es manchmal, sogar ziemlich oft.«

»Kannten Sie die Leute?«

»Nein.«

»Sie sind Ihnen nie durch eine der kurdischen Organisationen begegnet?«

»Nein, trotzdem könnten sie irgendwo organisiert gewesen sein.«

»Sie waren nirgends organisiert, soweit wir wissen«, sagte Winter. »Nirgends.«

»Aha.«

Kerim hatte leicht mit den Schultern gezuckt. Es stand jedem frei, irgendwo dabei zu sein oder auch nicht. Sie lebten in einem freien Land.

»Haben Sie schon mal mit der Polizei hier oben zusammengearbeitet?«

»Warum wollen Sie das wissen?«

»Ist das eine abwegige Frage?«

»Nein, nein. Ich hatte einige Aufträge von der Bezirkspolizei.«

»Rufen die die Dolmetscherzentrale an?«

»Ja ... so wird es wohl sein. Ich weiß es nicht genau. Da müssen Sie die fragen, wenn Sie wissen wollen, wie das genau funktioniert. Ich bekomme einen Auftrag und dann fahre ich zu der angegebenen Adresse.«

Winter nickte. Er sah eine kleine Dame mit einem kleinen Hund den Platz überqueren. Die Frau ließ den Hund an einen der dünnen Bäume am Parkplatz pinkeln. Die Sonne strahlte durch das dünne Laubwerk. Die Luft wirkte staubig, wie voller Sand. Sie war gelb, golden. Das verstärkte Winters Gefühl, sich in einer vergangenen Zeit zu befinden. Der Sommer rief immer dieses Gefühl bei Winter hervor. Eine Art Wehmut. Vielleicht war das ethnisch bedingt. Schwedisch. Der flüchtige nordische Sommer bot nicht genügend Zeit, um ihn richtig zu genießen, das freie Spiel der Gedanken wurde blockiert von Reflexionen über seine lächerlich kurze Dauer. Der Sommer ging, wenn er kam. Wie erlebte Mozaffar Kerim den schwedischen Sommer? Nasrin? Sirwa, Azad und Ediba? Alan, Shirin und Bahar? Sie trug den Namen des Frühlings. Wie war der Frühling im Nahen Osten? Vielleicht war es bei dieser Ermittlung auch wichtig, über Derartiges nachzudenken. Für alles offen zu sein, wirklich offen. Nicht der Neigung nachzugeben, fremde Kulturen nach der eigenen zu beurteilen. Sogenannten Ethnozentrismus zu betreiben.

»Was halten Sie vom schwedischen Sommer?«, fragte er.

Mozaffar Kerim lächelte wehmütig.

»Er ist zu kurz.«

»Haben Sie schon einmal an einem Verhör von Verdächtigen teilgenommen? Bei der Polizei?«

»Wo?«

»Irgendwo.«

»Nein, nicht so richtig ... Ich bin mal dabei gewesen, wenn sie einen Jugendlichen gefasst haben oder eine kleine Gang, aber da ist ja eigentlich kein Dolmetscher nötig.«

»Die Jungs können Schwedisch?«

»Wenn sie wollen ja.«

»Die Sprache klingt manchmal richtig hybrid«, sagte Winter.

»Sie ist ja auch ein Zwitter, zusammengestückelt aus allem, was irgendwie anwendbar ist«, sagte Kerim und lächelte andeutungsweise.

»Waren Sie mal im Polizeipräsidium? In der Skånegatan?«

»Nein.«

»Noch nie?«

»Nein. Sie können ja nachfragen. Sie arbeiten doch selber dort.«

»Ich glaube Ihnen«, sagte Winter. »Es wäre ja auch dumm, in so einer Sache zu lügen.«

»Warum sagen Sie das? Lügen? Warum benutzen Sie dieses Wort?«

»Ist Ihnen etwas über Prostitution in dieser Gegend bekannt?«

Das war vermutlich eine überraschende Frage. Kerim zuckte zusammen. Es konnte aber auch Einbildung gewesen sein. Jedenfalls war er nicht vorbereitet, was aber nichts zu bedeuten brauchte.

»Ja ... ich hab davon gehört. Aber die ist doch in der ganzen Stadt verbreitet. Weiter weiß ich nichts.«

Winter nickte.

»Warum fragen Sie?«

»Oder sogar Menschenhandel?«, fuhr Winter fort. »Junge Mädchen werden zur Zwangsprostitution ins Land geschmuggelt.«

»Davon hab ich noch nie was gehört.«

Winter nickte wieder.

»Warum fragen Sie mich?«

»Wir fragen alle.«

»Gibt es das denn?«

»Ja, jedenfalls Prostitution. Uns fehlen die Beweise. Das nachzuweisen, fällt uns sehr schwer. Die Polizei arbeitet daran, aber bis jetzt haben wir noch nicht einen einzigen verdammten Zuhälter geschnappt.«

»Dann gibt es sie vielleicht auch nicht.«

»Es gibt sie. In verschiedenen Varianten. Wir kommen nur nicht an sie ran.«

Kerim schaute aus dem Fenster. Winter folgte seinem Blick. Die Dame mit dem Hund war verschwunden. Nichts Lebendiges war zu sehen, abgesehen von einem Streifen Gras und den dünnen Bäumen, die aussahen, als würden sie im Sonnenschein frieren, als wären sie nackt. Winter wusste nicht, was für Bäume es waren, bei Bäumen kannte er sich nicht aus. Birken waren es nicht. Vielleicht Eschen?

In Hjällbo spielten Kinder. Sie wussten wahrscheinlich nichts Genaues über den Mittsommertag. Winter ging die Sandspåret entlang und hielt Ausschau nach dem Jungen. An ihn hatte er in den letzten vierundzwanzig Stunden eher flüchtig gedacht. Aber der Junge war unverändert wichtig, vielleicht mehr denn je. Die »leichten Schritte« des Taxifahrers hatten ihn skeptisch werden lassen, aber Öbergs Leute hatten die Spuren in dem taufeuchten Gras gefunden. Es gab sie. Den Jungen gab es, oder vielleicht das Mädchen. Nein, ein Junge. Winter hatte ihn gesehen. Er war es gewesen. Vielleicht hatte der Junge gar nichts gesehen, aber Winter wollte ihn fragen. Hast du etwas gesehen? Was hast du gesehen? Wen hast du gesehen?

Als der Taxifahrer Reinholz angekommen war, waren die Mörder weg gewesen, nur die Opfer hatte er vorgefunden. Ein Zeuge. Ahnungslos war er auf den Laden zugegangen. Jetzt war Winter auf dem Weg dorthin. Der Fuß- und Fahrradweg wirkte wie schwarze Lava im hellen Sonnenlicht. Inzwischen war es sehr warm, das Thermometer im Auto hatte siebenunddreißig Grad angezeigt, aber ganz so heiß war es wohl doch nicht, nicht so heiß wie der Körper eines lebendigen Menschen. Winter trug ein weißes Leinenhemd, eine blaue Lee-Jeans und weiche italienische Lederschuhe ohne Strümpfe. Durch die schwarze Sonnenbrille erschienen ihm alle Konturen schärfer, Schwarzes noch schwärzer.

Reinholz hatte Zigaretten kaufen wollen. Die Marke, die er rauchte, gab es nicht in den Regalen des Ladens. Es war unmöglich herauszufinden, ob es sie sonst gegeben hatte, da Jimmy

Zigaretten nicht auf legalem Weg eingekauft hatte, der Tabak, den er verkaufte, war geschmuggelt. Jimmy, oh, Jimmy. Die anderen Lebensmittel stammten von hier und von da, das war eine Kultur, die Jimmy mit anderen, größeren Läden der Umgebung teilte. ICA hatte keine große Chance. Der Umsatz von Waren war in diesen Läden auch größer als bei ICA. Die Leute in dieser Gegend kauften nicht nur eine jämmerliche Aubergine, eine halbe Gurke, fünfzig Gramm Oliven, hundert Gramm Schafskäse.

Reinholz hatte Alarm geschlagen. Er hatte vor einem entsetzlichen Anblick gestanden, allein. Der Notruf war etwa Viertel nach drei eingegangen, vielleicht etwas später. Winter erinnerte sich nicht an den genauen Zeitpunkt. Vielleicht wäre es wichtig, er musste sich die Information beschaffen.

Reinholz schlug Alarm. Er war allein. Er stand unter Schock, stand dort, an der Schwelle. Er ging nicht hinein. Von ihm hatten sie keine Spuren im Laden gefunden. Er hatte Boots mit geriffelten Sohlen getragen. Hätte er sich an jenem Morgen dort drinnen bewegt, hätten sie die Spuren sicher entdeckt, auch außerhalb des roten Meeres. Im Meer hatten sie Muster von schlurfenden Schritten gefunden, Öbergs Bewegungsschema. Draußen gab es fünfzig Jahre Schritte, Lage auf Lage, deren Spuren unmöglich gesichert werden konnten.

Reinholz war offenbar sehr mitgenommen, als Winter mit ihm sprach. Als hätte er das Drama unmittelbar miterlebt. Winter war kein Meister darin, einen Schock nach einem derartigen Erlebnis zu beurteilen. Es war sein Beruf, selbst mit solchen Anblicken konfrontiert zu werden und sie dann zu bearbeiten. Er war lange im Training. Er hasste es, aber er fiel nicht beim ersten Anblick des Entsetzlichen in Ohnmacht und er durfte das Verhalten anderer nicht nach seinem eigenen beurteilen. Reinholz hatte nach der Begegnung mit dem Entsetzlichen getan, was er tun musste, aber Winter glaubte, dass er darüber hinaus noch etwas getan hatte, was er nicht erzählt hatte.

Der Junge stand hinter der Ecke. Von dem Mann, der dort unten in einem weißen Hemd und Sonnenbrille entlangging, trennten ihn eine Treppe, Gebüsch und ein Teil des Fahrradweges. Die

Sonnenbrille veränderte das Aussehen des Mannes kaum. Es war derselbe.

Der Junge wusste, warum der Große hier war.

Jetzt ging er auf den Laden zu.

Der Junge beschloss, ihm nicht zu folgen. Stattdessen fuhr er denselben Weg zurück, den er gekommen war, radelte um die Schulhöfe herum, zum Freizeitheim hinauf, hinunter zum Marktplatz und über die Parkplätze.

Zu Hause hatte er nichts erzählt.

Niemand hatte nach ihm gefragt.

Er glaubte, dass er es vergessen können würde. Bald würde niemand mehr wissen wollen, was er wusste. Der Mann in dem weißen Hemd mit der schwarzen Brille suchte nach anderen. Es ging ja nicht um ihn.

Sie waren herausgestürmt gekommen.

Er hatte gezittert und nicht gewagt, sich zu bewegen. Er hatte sich gar nicht bewegen *können*. Sie waren davongefahren.

Dann war der andere gekommen.

Er hatte dagestanden und sich umgeschaut. Er hatte lange dort gestanden.

Winter stand an der Schwelle. Alle Konturen waren noch sichtbar, alle Waren befanden sich noch in den Regalen, geschmuggelt oder auch nicht.

Die Musik. Sie war verstummt. Hätte sie noch im Raum geschwebt, wäre das wohl doch etwas stark gewesen. Die Sängerin, die für ihr Kurdistan sang, Lieder für dich, Kurdistan. Das Bild auf dem Cover von der kurdischen Stadt. Die Fontäne, die Berge, Autos, die wie aus einem Land im Osten wirkten. Winter hatte sich die Texte erklären lassen, sie waren schön und wehmütig, aber er wusste nicht, wie sie ihm hätten weiterhelfen können. Das war Volksmusik, die in verschiedenen Teilen der Erde gesungen werden konnte. Sie handelte von Verlust und von der Zeit, die allzu schnell verging. Von Liebe. Liebe gab es überall auf der Welt. Das durfte man nicht vergessen.

Sein Handy klingelte. Es klang sehr laut hier drinnen.

»Hallo, Erik.«

»Bertil, wie geht's?«

»Gar nicht schlecht, aber auch nicht besonders gut. Ich war gestern ein bisschen müde.«

»Das waren wir alle.«

»Wo bist du?«

»In Jimmys Laden.«

»Ich bin unterwegs zu Husseins Wohnung.«

»Warum?«

»Aus dem selben Grund, aus dem du in Hjällbo bist, nehme ich an.«

# 28

Der Rymdtorget hätte an diesem Mittsommertag auf dem Mars liegen können, so leer war er. Winter fühlte sich wie der erste Besucher, ein Astronaut. Er ging die Aniaragatan in Richtung Westen entlang. Das Kulturhaus war genau wie die Bibliothek geschlossen. Er kehrte um und ging am Lebensmittelladen Fresh Livs vorbei, einem Loch in der Wand, das mit einer robusten Tür gesichert war. Er begegnete keinem Menschen, bis er vor der Kneipe von Bergsjön mit Ringmar zusammenstieß. Ringmar trug eine dunkle Brille, in deren Gläsern Winter sich spiegelte. Der Platz hinter ihm wirkte in diesen Spiegeln wie eine entlegene Wüste. In der Ferne verlor sich die Aniaragatan.

»Die machen erst in zwei Stunden auf.« Ringmar wies mit dem Kopf auf die Kneipentür. »Ob sich das überhaupt lohnt an so einem Tag?«

»Ich hab Lust auf was zu trinken«, sagte Winter.

Ringmar sah sich um. Sie waren immer noch allein auf dem Planeten. »Wenn wir dann noch hier sind.«

»Ich hab eine große Flasche Mineralwasser im Auto«, sagte Winter.

»Her damit.«

Sie zerrissen die Absperrbänder und öffneten die Tür. Im Vorraum roch es trocken und ungelüftet. Es war sehr warm in der Wohnung. Die großen Wohnzimmerfenster gingen nach Westen, und es gab keine schützenden Vorhänge. In dieser Wohnung gab es nicht viel, was für Gemütlichkeit sorgte. Sie wirkte wie ein Durchgangslager. Durchgang wohin? Wer hatte auf den Matratzen auf dem Fußboden geschlafen? Öberg und seine Männer hatten viel Zeit darauf verwandt, nach Spuren zu suchen, die von Jimmys Laden in Husseins Wohnung führten, hatten aber noch nichts gefunden.

Wenn die Mörder nach dem Mord hier gewesen waren, dann hatten sie ganze Arbeit geleistet, die Spuren zu verwischen. Die Verhöre mit den Nachbarn hatten nichts gebracht. Niemand hatte etwas gehört in der Nacht, kein auffälliges Gerenne im Treppenhaus.

Und vorher? Auch nichts. Alles war wie immer gewesen in dem leicht geschwungenen Gebäude in der Tellusgatan.

Sie gingen durch die Wohnung. Staubkörner tanzten im Sonnenlicht. Es sah aus, als könnten sie die Lungen in null Komma nichts füllen und den Erstickungstod herbeiführen. Winter musste sich beherrschen, nicht einem Impuls nachzugeben, ein Taschentuch hervorzuholen und es vor Mund und Nase zu halten.

Ringmar drehte sich zu ihm um. »Ich glaube nicht, dass er sich noch im Land befindet.«

»Mhm.«

»Wir wissen ja nicht mal, wie er aussieht, Erik! Langsam glaub ich, dass ich ein alter naiver Kommissar bin, der die neue Welt nicht mehr versteht, oder das neue Land, muss man wohl sagen.«

»Du hast dich nur im falschen Stadtteil aufgehalten.«

»Was? Nein, warte mal, ich meine es ernst, Erik. Ich hatte wirklich keine Ahnung, dass es so leicht ist, inkognito in Schweden zu leben. Und damit meine ich nicht die armen Teufel, die sich jahrelang vor der schwedischen Barmherzigkeit versteckt haben.«

»Welcher Barmherzigkeit?«

»Wenn wir ihnen behilflich sind, in ihre Heimatländer zurückzukehren.«

»Ach so, *die* Barmherzigkeit.«

»Also, die meine ich nicht. Ich meine die Kerle, die frei durch die Gegend laufen. Wie dieser Hussein. Er wohnt, lebt, isst, scheißt, jobbt und ist außerdem schwarz, aber wir haben keinen blassen Schimmer, wer er ist.«

»Dafür gibt es häufig eine Erklärung«, sagte Winter.

»Klar, meistens sogar eine einleuchtende. Die Umstände sind entsetzlich. Aber dahinter kann man sich auch prima verstecken. Von vorn anfangen, ein anderer werden.«

Winter nickte.

»Du könntest auch ein anderer werden, Erik.«

»Ein verlockender Gedanke!«

»Wirklich?«

»Nur mal als Experiment.«

»Wo würdest du lieber Folter und Tod riskieren, in Götaland oder in Svealand?«, fragte Ringmar. »Es besteht übrigens nicht nur ein Risiko, die Lage ist einfach so. Also angenommen du wirst verfolgt. Sie haben deine Brüder und Schwestern umgebracht. Deinen Vater und deine Mutter. Du hast keine Chance. Du weißt es. Wohin wirst du gehen?«

»Nach Norrland?«

»Ich meine es ernst.«

»Ich auch, aber du hast Norrland nicht genannt.«

»Norrland haben die Russen geschlossen oder unsere ehemals so freundlichen Nachbarn, die Norweger. Du musst nach Süden, weit, sehr weit nach Süden.«

»In den Nahen Osten?«

»Ja, und noch weiter. Weit hinaus in die Wüstenhölle. Aber die Wüsten sind keine Hölle mehr. Darüber sind andere Stürme hinweggezogen. Dort herrschen Freiheit und Demokratie. Da musst du hin, in das gelobte Land.«

»Ich fliehe also.«

»Du fliehst. Du zahlst den Schmugglern aus Dalsland oder weiß der Teufel woher ein Vermögen und fährst in einem Transwaggon durch Europa und mit Trawlern über das östliche Mittelmeer. Dann reitest du auf einem Kamel durch die syrische Nacht und dann bist du an der Grenze.«

»Welcher Grenze?«

»Natürlich an der Grenze zur Freiheit.«

»Okay.« Winter schaute in den blauen Himmel vor dem Fenster. Seit Wochen hatte er keine Wolke gesehen, keine einzige, nicht mal ein Federwölkchen. Das war sicher ein Rekord für den schwedischen Himmel.

»Aber du willst auf keinen Fall das Risiko eingehen, zurückgeschickt zu werden. Du bist nicht sicher, ob du genügend gefoltert wurdest, damit die freien Menschen in dem neuen Land dir auch glauben. Vielleicht bist du nicht genügend gequält worden, um ins Paradies zu gelangen. Was machst du also?«

»Ich werde ein anderer.«

»Du bist schon so gut wie ein anderer, oder? Es ist nicht schwer.«

»Nein.«

»Du weißt selbst kaum noch, wer du früher warst. Das möchtest du so schnell wie möglich vergessen. Also wirst du ein anderer und tauchst unter in der freien Öffentlichkeit, in der Anonymität. Es gibt dich noch, aber du bist weg.«

Winter sah sich in der Wohnung um. Es gab nichts zu sehen.

»Wie Hussein Hussein«, sagte er.

Die Kneipe von Bergsjön war noch nicht geöffnet, als sie daran vorbeigingen.

»Du, ich brauch dringend eine Tasse Kaffee«, sagte Ringmar.

»Ich kenn ein Lokal«, sagte Winter.

Die Pizzeria Souverän hatte fast rund um die Uhr geöffnet, das hatte Winter sich gemerkt, aber er wusste nicht, warum. Er hatte noch nie einen Gast außer sich selber und Mozaffar Kerim in dem Lokal gesehen.

Ringmar hatte neben ihm im Mercedes gesessen und Mineralwasser getrunken. »Jetzt geht's mir besser«, hatte er gesagt und die Flasche gesenkt. »Aber einen Kater hab ich nicht.«

»Natürlich nicht«, hatte Winter gesagt und war von der Umgehungsstraße abgefahren.

»Trotzdem, man kann klarer denken, wenn man einen Kater hat«, hatte Ringmar gesagt. »Als würde man geradewegs auf den Kern zusteuern, ohne abgelenkt zu werden. Verstehst du?«

»Nein.«

»Aber so ist es.«

»Dann sollten wir vielleicht jeden Morgen einen Kater haben«, sagte Winter.

Sie hatten vor dem Salon La Nouvelle geparkt und das Souverän betreten. Es ist wirklich einzigartig, dachte Winter. Die Frau an der Kasse nickte ihm wie einem Stammkunden zu. Einen Augenblick erwog er, ob er Bertil nicht vorstellen, sich vielleicht mit ihm zusammen mit dem Oberkellner und dem Küchenchef unterhalten sollte.

»Zwei Tassen Kaffee, bitte.«

»Was dazu?«

»Einen Kopenhagener, wenn er frisch ist«, sagte Ringmar.

»Heute wurde nicht gebacken.«

»Geben Sie mir trotzdem einen.«

Winter sah die Falten auf Bertils Stirn, die scharfe Kerbe zwischen den Augen. Er war frisch rasiert und hatte eine kleine Wunde unter dem Kinn. Winter entdeckte sie, als Ringmar den Hals reckte und zur Decke hinaufschaute. Dann senkte er wieder den Kopf.

»Dies ist eine Vierundzwanzig-Stunden-Ermittlung«, sagte er. »Jeden Tag.«

»In dem Punkt geb ich dir Recht.«

»Was machen wir also in den kommenden Stunden?«

»Ich muss mir mal wieder die Akten vornehmen«, sagte Winter, »mit Torsten reden.«

»Ich hab heute keine Kraft mehr zum Lesen«, sagte Ringmar. »Ich mache Außendienst.«

»Du kannst nach dem Jungen fahnden«, sagte Winter.

»Wenn es ihn gibt, müssten wir ihn längst gefunden haben.«

»Es gibt ihn«, sagte Winter.

»Haben wir nicht jede Wohnung in Hjällbo überprüft?«

»Nicht genau genug. Und geh mal von dem aus, was wir eben in Gedanken durchgespielt haben, da ist doch klar geworden, dass wir hier durch Aktenstudium ohnehin nicht weiterkommen.«

»Und deine Putzfrau? Die Finnin?«

»Wenn sie was erfährt, meldet sie sich.«

»Wohnt sie hier oben?« Ringmar zeigte zum Kaneltorget.

»Ja, dies hier ist eine kleine finnische Kolonie.«

»Sieh einer an.«

»Möchtest du noch mal in Jimmys Wohnung?«

»Für heute hab ich genug von Wohnungen«, antwortete Ringmar.

Winter sah, wie draußen ein Auto parkte. Es war ein weißes Taxi, ein Volvo V70, Taxi Göteborg, das Unternehmen, das am häufigsten von Taxikunden benutzt wurde. Der Fahrer wandte sich gerade nach hinten um und nahm das Geld vom Fahrgast entgegen. Sein Gesicht kannte Winter nicht. Der Fahrgast stieg aus. Es war Mozaffar Kerim, der sich mit schnellen Schritten entfernte. Ringmar schaute zur Decke hinauf. Er kannte Kerim nicht. Winter beobachtete, wie das Taxi zurücksetzte, dann nach rechts einbog und zurückfuhr. Als das Auto sich schon dem Gårdstensvägen näherte, entdeckte Winter, dass eine weitere Person auf dem Rücksitz saß.

»Was zum Teufel war das denn!«

Ringmar riss den Kopf so heftig herum, dass er fast ein Schleudertrauma riskierte.

Winter war schon aufgesprungen. »Zum Auto!«, rief er und lief zur Tür.

Die Frau an der Kasse sah ihm bestürzt nach.

»Wir zahlen später!«, rief Winter. Er hatte kein Kleingeld. Bertil hatte welches, aber für das Gefummel war jetzt keine Zeit. »Nun mach schon, Bertil!«

Winter sah das Taxi weiter vor sich über den Gårdstentunnel fahren.

»Wir können den Fahrer anrufen«, sagte Ringmar.

»Nein. Ich will wissen, wohin die Fuhre geht.«

»Sitzt da einer oder sind es zwei auf dem Rücksitz?«

»Eine Person, soweit ich sehen kann.«

»Jemand, den der Dolmetscher kennt?«

»Vermutlich.«

»Kann wer weiß wer sein.« Ringmar rieb sich den Nacken. »Vielleicht jemand, für den er dolmetschen musste.«

»Ich möchte gern wissen, mit welchen Leuten er Umgang hat«, sagte Winter.

»Traust du ihm nicht?«

Winter antwortete nicht. Er wusste nicht, ob er Mozaffar Kerim traute, was immer das in diesem Zusammenhang bedeuten mochte. Er suchte Fakten und Beweise. Ihm kam es vor, als weiche Kerim irgendwie aus, als halte er etwas zurück: Informationen, Wissen, Kontakte. Wörter. Er verfügte über mehr Wörter, als er in diesem Fall aussprechen wollte. Er kam und ging, und jetzt war er gekommen, und er war nicht allein gewesen. Das konnte von Interesse oder aber vollkommen bedeutungslos sein. Doch diesmal war Winter an einem bestimmten Ort zu einer bestimmten Zeit gewesen, vielleicht am richtigen Ort zur richtigen Zeit. Es war kein Glück, das war es nie. Hätte er nicht im Souverän gesessen, hätte er nichts gesehen. Außendienst. Es war Fahndung vor Ort gewesen oder wurde jetzt dazu. Das Wiederkehrende. Zurückkehren. Eines Tages würde er ein Buch darüber schreiben, und das würde auf der Polizeihochschule eingesetzt werden.

Das Taxi bog bei der Feuerwache ab und fuhr auf der Angeredumgehung weiter in Richtung Süden. Linker Hand lag Angereds Zentrum, ein kleines Downtown oder Uptown. Die Gebäude wirkten verrußt im grellen Sonnenschein, Silhouetten vorm Himmel. Wann hatte er mit Bror in dem Café gesessen? Er hatte das Gefühl, es wäre Monate her.

Jetzt bog das Taxi nach links ab und schließlich nach rechts in einen Kreisel ein. Winter lag eine Wegkreuzung hinter ihm.

»Er fährt in den Hjällbovägen«, sagte Ringmar.

Winter ordnete sich in den Kreisverkehr ein. Zwischen ihm und dem Taxi waren jetzt zwei Autos. Jemand war vom Hammarkullens väg eingebogen. Sie kamen an Gropens Gård und der Hammarkullenschule vorbei.

»Kannst du ihn noch sehen?«, fragte Ringmar.

»Ja.«

Das Taxi bog links ab. Jetzt war Winter näher dran. Er folgte ihm und sah es wieder abbiegen und einen Halbkreis auf dem Parkplatz vor der Tomaskirche drehen. Dann parkte es. Winter fuhr an der Kreuzung vorbei und hielt ein Stück entfernt an. Er richtete den Rückspiegel aus. Ein Mann stieg aus dem Taxi und reichte dem Fahrer durch das heruntergelassene Fenster Geld. Dann ging er weg. Er war für Winter kein Unbekannter.

»Erkennst du ihn?«, fragte Ringmar, der sich langsam umdrehte, mit Schleudertrauma oder ohne.

»Ja. Er heißt Alan. Alan Darwish.«

»Darwish ... das ist einer von Hiwa Aziz' Freunden, oder?«

»Ja. Wahrscheinlich hast du das Protokoll über mein Gespräch mit ihm gelesen.«

»Nein, noch nicht, aber du hast ihn erwähnt.«

»Ich hatte gehofft, er würde mich anrufen. Er sah so aus, als hätte er die Absicht.«

Darwish ging relativ langsam, wie in Gedanken versunken. Er schaute sich nicht um. Im Taxi hatte er sich auch nicht umgedreht. Sein Kopf hatte sehr klein in dem Kombi gewirkt.

»Weshalb sollte er dich anrufen wollen?«

»Um mir zu erzählen, was wirklich passiert ist«, sagte Winter.

»Na, du hast Hoffnungen!«

»Oder wer Hiwa eigentlich war. Dieser Junge weiß, was wir wissen müssen. Etwas, das dazu geführt hat, dass sie sich nicht mehr getroffen haben.«

»Weiß die Schwester etwas, das sie zurückgehalten hat?«

»Das ist eine gute Frage, Bertil.«

»Was machen wir also jetzt?«

Winter konnte Darwish immer noch sehen, auf dem Weg zur Bredfjällsgatan, wo er wohnte.

»Was machen wir?«, wiederholte Ringmar.

»Nichts.«

»Wollen wir nicht hinterhergehen und klingeln?«

»Hältst du das für eine gute Idee?«

»Nein.«

»Diese Karte dürfen wir noch nicht ausspielen«, sagte Winter. »Nur wir wissen, dass wir sie haben.«

»Alan kennt also den Dolmetscher. Vielleicht ist das gar nichts Ungewöhnliches. Natürlich kennen sie einander. Sie sind Kurden und so weiter.«

»Mhm.«

»Sie nehmen zusammen ein Taxi.«

»Ich werde mich mal mit dem Taxifahrer unterhalten.«

»Er ist schon weg.«

»Wir sind Polizisten, Bertil. Wir finden heraus, wer es ist.«

Der Name des Taxifahrers war Peter Malmström. Winter erreichte ihn telefonisch über die Zentrale, während Malmström immer noch auf dem Weg nach Süden war. Er willigte ein, umzudrehen.

Sie trafen ihn auf dem großen Parkplatz vor dem Zentrum von Hjällbo.

Winter und Ringmar setzten sich in den Fond des Taxis. Der Fahrer sah aus, als sei er auf unangenehme Fragen gefasst. Er schien zu überlegen, in was er hineingeraten war. Ob er in etwas hineingezogen worden war. Ob er Unannehmlichkeiten bekommen würde. Zwei Gangster auf dem Rücksitz, die Polizisten waren. Hier oben war alles möglich.

»Wen haben Sie zuerst aufgelesen?«, fragte Winter.

»Den ... Älteren. In Gårdsten, Kanelgatan. Wo er ausgestiegen ist.«

»Hat er das Taxi bestellt?«

»Ja, natürlich. Da oben fahren wir nicht rum auf der Suche nach Kunden.«

»Was ist dann passiert? Erzählen Sie.«

»Ich habe ihn zum Angeredstorget gefahren und ziemlich nah beim Zentrum geparkt. Dort hat er mich gebeten zu warten und ist ausgestiegen.«

»Er hat Sie gebeten zu warten?«

»Ja. Er sagte, er würde nur einige Minuten wegbleiben und dass wir dann nach Hammarkullen fahren würden.«

»Wohin ist er gegangen?«

»Das ... weiß ich nicht.«

»In welche Richtung?«

»Äh ... zu den Wohnblocks da hinten, glaub ich. Richtung Norden. Wo das Polizeirevier ist ... und das Arbeitsamt ... und einige andere Organisa... ich weiß nicht, irgendein ausländisches Kulturzentrum oder so.«

»Das kurdische Kulturzentrum«, sagte Ringmar.

»So ähnlich«, sagte Malmström.

»Ich glaube, das heißt Kurdisches Kultur- und Bildungscenter«, sagte Ringmar. »Ist er dorthin gegangen?«

»Ich weiß es wirklich nicht. Ich hab nicht hingeschaut. Ich hab in dieser alten Zeitung gelesen.« Malmström hielt ein Blatt der *Metro* hoch.

»Wie lange war er weg?«, fragte Winter.

»Vielleicht zehn Minuten. Ich kann Ihnen die Zeit genau sagen, wenn Sie ...«

»Im Augenblick nicht nötig«, unterbrach Winter ihn. »Was ist dann passiert?«

»Wir sind runter nach Hammarkullen gefahren und haben vor der Tomaskirche geparkt und einige Minuten gewartet. Dort hab ich ihn später rausgelassen.« Malmström rieb sein Kinn. »Es war eine seltsame Fahrt.«

»Inwiefern?«

»Erst muss ich einen Typ abholen und dann einen anderen und dann den ersten aussteigen lassen und den zweiten an derselben Stelle wie vorher absetzen. Wir sind nur herumgefahren.«

»Sie sind nur herumgefahren?«

»Nach Hjällbo und um Bergsjön herum und zurück nach Hjällbo und dann nach Gårdsten. Und danach musste ich ja wieder zur Tomaskirche fahren.«

»Wer gab die Anweisungen?«

»Wohin ich fahren sollte? Der Ältere.«

»Was hat er gesagt?«

»Er hat gesagt ... fahren Sie nach Hjällbo, und als wir dort waren, sagte er, fahren Sie nach Bergsjön, und, tja, da sagte er, fahren Sie zurück nach Gårdsten, ›wo Sie mich abgeholt haben‹, wie er sagte.«

»Wie lange hat die Fahrt gedauert? Es waren ja zwei Kunden.«

»Äh ... wenn Sie die genaue Zeit brauchen, kann ich ...«

»Über den Daumen«, unterbrach ihn Ringmar.

»Ungefähr vierzig Minuten, vielleicht etwas weniger.«

»Haben Sie gefragt, warum die beiden auf die Art rumkutschiert werden wollten?«, fragte Winter.

»Nein.«

»Haben Sie darüber nachgedacht?«

»Eigentlich nicht. Es ist unser Job, die Leute ans gewünschte Ziel zu bringen.«

Fahr zur Brücke, ich will Selbstmord begehen, dachte Winter.

»Wie haben sie bezahlt?«, fragte er.

»Festpreis«, antwortete Malmström.

»Haben die beiden miteinander gesprochen?«, fragte Winter.

»Das haben sie.«

»Worüber haben sie geredet?«

»Wenn ich das wüsste.« Über Malmströms Gesicht huschte ein Lächeln. »Ich spreche deren Sprache nicht.«

»Sie haben nicht Schwedisch gesprochen?«

»Nur die Anweisungen, wie ich fahren sollte, haben sie auf Schwedisch gegeben.«

Winter nickte.

»Aber sie haben ziemlich heftig diskutiert«, fügte Malmström hinzu.

»Wie äußerte sich das?«

»Na ja, ich weiß nicht, wie solche ... ob gerade diese ... woher sie nun stammen mögen, immer auf die Art reden. Vielleicht ist das ihr ganz normaler Gesprächston, was weiß ich. Aber ich hatte doch den Eindruck, dass sie auch gestritten haben.«

»Gestritten?«

»Es klang so.«

»Wie genau?«

»Tja ... sie waren erregt.«

»Beide oder nur einer?«

»Beide, soweit ich es mitgekriegt habe. Ich hab nicht so genau aufgepasst. Man mischt sich ja nicht ein. Nur wenn es noch schlimmer geworden wäre, hätte ich natürlich etwas sagen müssen. Man will schließlich keine Schlägerei im Auto haben.«

»Stand das denn auf der Kippe?«

»Ich weiß es wirklich nicht. Wie gesagt, ich hab ja kein Wort verstanden. Vielleicht haben sie nur über den Preis für Kaffee oder Würstchen diskutiert. Mehr war es vielleicht nicht, oder Politik oder Fußball, keine Ahnung.«

»Sie sind nicht dahintergekommen, warum Sie so herumfahren mussten?«

»Wie meinen Sie das?«

»Warum Sie ausgerechnet diese Schleife fahren mussten?«

»Schleife? Ja, so kann man es auch nennen. Dahintergekommen – na ja, einige Male haben sie wohl hierhin und dahin gezeigt.«

»Gezeigt?«

»Genau.« Malmström hob instinktiv die Hand und zeigte

über den leeren Parkplatz, als wollte er ihnen vorführen, wie sie gezeigt hatten. »Wir sind irgendwo vorbeigefahren und der Ältere zeigte auf etwas, sagte etwas, ziemlich aufgeregt. Aber vielleicht war's auch der andere. Ich kann mich wirklich nicht erinnern. Beide haben einige Male auf irgendwas gezeigt.«

»Wo waren Sie in dem Augenblick?«

»Daran kann ich mich nicht erinnern, in Bergsjön, glaube ich. Das ist ja eine lange ... Schleife. Da haben sie wohl gewedelt. Und hier in Hjällbo.«

»Hjällbo ist groß«, sagte Winter. »Zeigten sie in eine bestimmte Richtung?

»Nicht, soweit ich sehen konnte, nur auf die Häuser.«

»Kennen Sie Jimmys Lebensmittelladen?«, fragte Ringmar.

»Ja ... wer kennt den nicht? Und erst recht nach dem, was da passiert ist.«

»Sie kannten den Laden also auch?«

»Klar, alle Taxifahrer kennen die Läden, die nachts geöffnet sind.«

»Sind Sie dort auch vorbeigefahren?«, fragte Winter.

»Nein.«

## 29

Sie saßen wieder in Winters Auto. Ringmar hatte sich vorgebeugt und den CD-Player eingeschaltet, eine Scheibe glitt hinein und Musik erfüllte das Wageninnere. Winter stellte mit der Fernbedienung am Lenkrad die Lautstärke leiser. Eine weit entfernte Geige. Eine weit entfernte Stimme. Eine Ballade aus einem Land, das man nicht auf allen Landkarten fand.

»Wer ist das?«

»Er heißt Naser Razzazi«, sagte Winter, »kurdischer Sänger.«

Das Lied klang gedämpft, aber stark.

»Das Cover ist im Handschuhfach«, sagte Winter.

Ringmar öffnete die Klappe und nahm es heraus. Es zeigte einen Mann mit einem schwarzen Schnurrbart und dichtem silbern schimmerndem Haar, vielleicht war es auch die Sonne, die das Haar silbern glänzen ließ. Naser Razzazi schaute am Betrachter vorbei in weite Ferne. Es wirkte wie ein Gemälde. Im Hintergrund erhoben sich die Zagrosberge.

»Kermashan«, las Ringmar. »Was ist das?«

»Eine Stadt. Liegt im iranischen Kurdistan, glaube ich.«

»Stammt der Sänger von dort?«

»Ich weiß es nicht, Bertil. Er wurde in Sinne im östlichen Kurdistan geboren. Das ist doch im Iran. Aber er lebt schon seit vielen Jahren in Schweden. Alter Guerillakrieger.«

»Woher weißt du das alles?«

»Das steht in dem Heft.«

Ringmar lächelte und zog das Beiheft aus der Hülle.

»Von dieser Scheibe gab es ein Exemplar bei Said und Shahnaz Rezai«, sagte Winter.

»Aber die waren doch keine Kurden?«

»Nein.«

»Mhm.«

Die Musik wurde lauter, mehr Geigen, ein Kontrabass, ein Cello.

»*Kurdistan, this land of blood and fire*«, las Ringmar. »Dies Land von Blut und Feuer.«

Winters Handy klingelte. Er erkannte Bror an seiner Art zu atmen, bevor er seine Stimme hörte.

»Wo bist du, Winter?«

»Im Auto.«

»Er hat vor einer Stunde angerufen«, sagte Bror.

»Wer? Wer hat angerufen?«

»Eine andere Quelle, die ich pflege. Hab ich dir nicht erzählt, dass ich Kontakt zu ihm aufnehmen wollte?«

»Nein.«

»Er ist mir was schuldig. Vielleicht kann er uns helfen. Ich hab ihm klargemacht, dass er mir was schuldig ist.«

»Wie heißt er?«

Bror antwortete nicht.

»Nenn mir irgendeinen Namen, verdammt noch mal! Wir brauchen doch einen Namen, auf den wir uns beziehen können!«

»Abdullah.«

»Danke.«

»Ich hab mich mit ihm verabredet.«

»Wann?«

»Das weiß ich noch nicht genau. Bald.«

»Ich will dabei sein«, sagte Winter.

»Nein.«

»Ich will dabei sein, Bror.«

»So funktioniert das nicht, Winter.«

»Wie funktioniert es dann? Wie oben in den Wäldern von Bergsjön? Wie bei Hama Ali, alias Marko?«

»Du brauchst ni…«

»Soll es Abdullah oder wie zum Teufel er heißt genauso ergehen?«, unterbrach ihn Winter.

»Nun reg dich nicht auf.«

»Ruf mich an, wenn das Treffen stattfindet!«, sagte Winter, drückte auf Aus und warf das Handy von sich. Es hüpfte vom Sitz auf Ringmars Arm.

»Nun mal ganz ruhig!«

»Warum? Warum soll ich ruhig bleiben?«

Er hatte keine Zeit, ruhig zu bleiben. Plötzlich hatte er ein fürchterliches Schädelbrummen, das alte Brennen über dem rechten Auge. Er hatte keine Zeit für Polizisten, die nichts kapieren wollten.

»Vielleicht bringt es uns ein Stück vorwärts, wenn Bror ihn trifft«, sagte Ringmar, der Brors Stimme genauso gut verstanden hatte wie Winter, besser. »Wart's ab. Bror kennt ihn.«

»Das ist es ja, was mir Sorgen macht, unter anderem.«

»Dieser Abdullah ist vermutlich nicht in zwei Fälle verwickelt, Erik.«

Winter antwortete nicht, er wusste, dass er es nicht erklären konnte, nicht einmal Bertil. Er wusste auch, dass er selbst besser durchblicken würde, wenn er Abdullah träfe, ihm nur einige Fragen stellen und ihn sehen könnte, ihn studieren. Derartiges konnte man nicht erklären. Es war ein Gefühl, das mit all dem zusammenhing, was er im Lauf der Jahre bei der Arbeit gelernt hatte. Sein Gefühl ließ ihn nie im Stich.

Sollte er Bror beschatten lassen?

Herr im Himmel, die Kopfschmerzen. Er rieb sich heftig die Stelle über dem Auge.

»Was ist los, Erik?«

»Nichts.« Er ließ die Hand sinken.

»Kopfschmerzen?«

»Es ist nichts, Bertil. Fahren wir zurück nach Hammarkullen.«

Vor dem Supermarkt in Hammarkullen standen Kisten mit Obst und Gemüse. Ein älterer Mann im Sakko hielt einen Apfel hoch, als würde er den Glanz bewundern.

Einige Jungen lungerten bei den Rolltreppen herum, die zu den Straßenbahnen hinunterführten. Auf dem Asphalt waren Papier und anderer Abfall verstreut. Jemand hatte einen Papierkorb umgeworfen. Der lag jetzt auf dem Rasen.

Auf dem Platz vor der Schule spielten Kinder Fußball. Die Rufe hallten zwischen den Hauswänden wider.

Die Haustür war offen.

Im Treppenhaus studierte Winter die Namen.

»Vierter Stock«, sagte er.

Sie stiegen die Treppen hinauf. Wenn es nicht unbedingt nötig war, nahm Winter keinen Fahrstuhl. Häufig, wenn sie zu zweit waren, fuhr der eine mit dem Aufzug und der andere ging zu Fuß, damit nicht jemand, der sie womöglich kommen sehen hatte, sich verdrückte. Aber diesmal war die Vorsichtsmaßnahme übertrieben.

Wenn Alan Darwish abhauen wollte, hatte das etwas zu bedeuten. Andererseits hatte Winter die Nase voll von all den Verschwundenen.

Nach dem dritten Klingeln öffnete eine Frau in Schwarz. Sie sah aus wie eine Schwester von Ediba Aziz. Familie Aziz wohnte nur einige Häuser weiter. Es war dieselbe Straße. Winter wollte sich bei Gelegenheit noch einmal mit Nasrin unterhalten, aber nicht jetzt. Vielleicht im Laufe des Tages.

Er hatte eine Tablette gegen die Kopfschmerzen genommen. Noch wirkte sie nicht. Vielleicht sollte er sich etwas Kat besorgen, wo er schon in der Gegend war. Die Somalier importierten es tonnenweise. Sivertsson von der Bezirkspolizei hatte von Razzien erzählt, bei denen sie jede Menge Kat gefunden hatten. Wenn die Razzia begann, verschwanden die Somalier blitzschnell, wie große Vögel flogen sie zu den Fenstern hinaus.

Die Frau sagte nichts. Winter und Ringmar hielten ihre Ausweise hoch. Die Frau drehte sich zur Wohnung um, als suche sie Hilfe. Winter hörte Kinder Fußball spielen. Die Fenster schienen geöffnet zu sein, aber sie ließen kaum Abkühlung herein.

»Wir suchen Alan«, sagte Winter.

Sie antwortete nicht. Er sprach eine fremde Sprache. Winter dachte an Mozaffar Kerim. Es wäre elegant gewesen, mit ihm aufzutauchen, als ob nichts passiert wäre, als ob sie nichts wüssten. Kerim noch einmal dolmetschen zu lassen.

»Alan«, wiederholte Winter. Wenigstens das musste sie doch verstehen.

»Was ist?«, ertönte eine Stimme, und Alan erschien im Flur.

Die Frau sah erschrocken aus, als hätte Alans Stimme sie überrascht. Er war vermutlich ihr Sohn.

Alan sagte etwas zu ihr. Sie antwortete und er sagte wieder etwas. Sie warf Winter und Ringmar einen raschen Blick zu und ging weg, in die Küche, von der Winter einen Teil sehen konnte.

»Sie kocht uns Tee«, sagte Alan.

Nein. Diesmal nicht. Er wollte nicht noch einmal mit einer schweigenden Mutter und ihren Kindern dasitzen und über den Tod reden. Und keinesfalls jetzt, wo sie wahrscheinlich ganz vom Gespräch ausgeschlossen sein würde.

»Danke, nicht für uns«, sagte Winter.

»Aber wir brauchen Tee.«

»Ich möchte, dass Sie eine Weile mit uns kommen, Alan.«

»Warum?«

»Das werden wir Ihnen unterwegs erzählen.«

»Mitkommen? Wohin?«

»Nur ein kleiner Ausflug mit dem Auto.«

»Warum können wir nicht hier reden?«

»Wir haben einige Fragen«, sagte Winter. »Die hängen mit der Autofahrt zusammen.«

Alan sah ängstlich aus, aber nicht wie jemand, der fürchtet, die Autofahrt könnte seine letzte sein. Die Angst galt mehr den Fragen als der Autofahrt.

Er ging in die Küche und sagte etwas zu der Frau. Die Antwort konnte Winter nicht hören. Niemand ließ sich mehr blicken. Kein Mann, kein Vater. Dies war eine Gegend der abwesenden Väter.

Alan kam zurück in den Flur. Er zog Sandalen an. Auf dem Linoleum kratzte Sand oder Schotter.

»Es dauert nicht lange«, sagte Winter.

Halders winkte das Taxi heran und setzte sich auf den Rücksitz. Das Auto rollte an, bevor er die Tür geschlossen hatte.

»Hjällbo«, sagte er.

Der Fahrer nickte.

»Und halten Sie dort an, wo Sie gestanden haben«, sagte Halders.

Das Taxi war das einzige Auto auf dem Parkplatz. Der Ort war immer noch abgesperrt. Am Mittsommertag gab es keine Neugierigen.

»Was soll das?«, wiederholte Jerker Reinholz die Frage, die er bei Halders' Anruf gestellt hatte, aber Halders hatte nur etwas von der Ermittlung gemurmelt. Es war einfacher, darauf zu verweisen, statt sich in ein Gespräch über Intuition und Vorahnungen oder gar Gefühle verwickeln zu lassen. Halders hatte mit Gefühlen nicht viel im Sinn, aber manchmal folgte er einem Gedanken, der ihn nicht loslassen wollte.

»Wir steigen aus«, sagte er.

Sie standen neben dem Auto.

»Okay, Sie haben geparkt und sind auf den Laden zugegangen. Erzählen Sie.«

»Das hab ich nun schon hundertmal getan.«

»Was meinen Sie, wie oft ich dasselbe Verhörprotokoll lesen muss?«, sagte Halders.

»Dann haben Sie das Verhör ja vorliegen«, sagte Reinholz. »Warum es dann wiederholen?«

»Dies ist kein Verhör«, sagte Halders.

»Was ist es dann?«

»Eine Rekapitulation.«

»Was bedeutet das?«

»Man geht alles erneut durch. Wir stehen also hier, und Sie setzen sich in Bewegung.« Halders wies mit dem Kopf auf das kleine Gebäude, das kreideweiß im Sonnenschein lag. »Dorthin sind Sie gegangen.«

Reinholz nickte.

»Wir gehen«, sagte Halders. Auf halbem Weg zwischen Auto und Gebäude blieb er stehen. »Von hier aus kann man den Fußweg sehen.«

»Darauf habe ich nicht geachtet«, sagte Reinholz.

»Wirklich nicht?«

»Warum hätte ich das tun sollen? Früher war es häufig dunkel oder ich hatte es eilig, wenn ich hier war. Warum sollte ich darauf achten, wie es rundherum aussieht?«

»Diesmal hat sich jemand auf dem Weg bewegt«, sagte Halders, »ist gekommen und wieder gegangen.«

»Das hab ich doch gesagt. Jemand ist von hier abgehauen.«

»Die leichten Schritte. Das Kind.«

»Vielleicht war es kein Kind«, sagte Reinholz. »Darüber hab ich nachgedacht. Vielleicht war es jemand, der ... es getan hat. Der sie erschossen hat.«

»Das haben Sie bisher noch nicht gesagt.«

»Es ist mir auch jetzt erst eingefallen.«

Sie näherten sich dem Gebäude um einige weitere Schritte.

»Was haben Sie von außen wahrgenommen?«, fragte Halders.

»Nichts.«

»Überhaupt nichts?«

»Sie sehen es doch selbst. Man kann zwar hineinschauen, aber nicht erkennen, ob jemand am Boden liegt.«

»Wann haben Sie entdeckt, dass jemand auf dem Boden lag?«

Das rote Meer war in den Konturen immer noch erkennbar, aber die Farbe war verblasst. Die großen Fenster ließen den Sonnenschein herein, und es war sehr hell.

Halders und Reinholz standen an der Türschwelle, Reinholz einen Schritt vor Halders.

»Hier«, sagte Reinholz, »hier habe ich den ersten gesehen.«

»Was haben Sie dann getan?«

»Ich ... kann mich nicht genau erinnern. Es war ... ich war schockiert und vermute, dass ich aufgeschrien habe. Oder ich habe erst geschrien, als ich einen Schritt weiter in den Raum machte und den zweiten entdeckte.«

Halders schwieg.

»Und da habe ich vermutlich den Notruf gewählt.«

»Wie viel Zeit war bis dahin vergangen?«, fragte Halders.

»Seit wann vergangen?«

»Von dem Moment an, als Sie entdeckten, was hier passiert ist.«

»Das hab ich doch schon alles erzählt. Vielleicht eine halbe Minute. Oder eine.«

»Mehr nicht?«

»Ich weiß es nicht. Ich hab die Zeit nicht gestoppt. Ich ... wusste ja kaum, wo ich anrufen sollte. Im ersten Moment war mir die Notrufnummer entfallen. Ich war ziemlich durch den Wind.«

»Als Sie auf dem Weg zum Parkplatz waren, hat Ihre Zentrale Sie angerufen«, sagte Halders.

»Äh … ja, das hab ich wohl erzählt.«

»Nein, aber das ist okay. So was überprüfen wir sowieso immer. Sie waren erregt, das darf man nicht außer acht lassen. Aber wenn wir die Zeit bis zu Ihrem kleinen Gespräch mit der Notrufzentrale stoppen, dann kommen wir auf fast zehn Minuten.«

Halders stand immer noch schräg hinter Reinholz und konnte sein Profil sehen. Der Mann blinzelte. Manchmal zog Halders es vor, neben den Leuten zu stehen, denen er Fragen stellte. Es konnte irritierend sein, all diese Blicke zu sehen, die in den Himmel hinaufflogen oder seinen Blick festnagelten, als würde der Betreffende darauf bauen, dass Blickkontakt sofort zu einer Freikarte führte.

Reinholz drehte sich um, sah aber Halders nicht in die Augen. »Zehn Minuten?«

»Fast, vielleicht einige Sekunden weniger.«

»Ach?«

»Sie haben ziemlich lange gebraucht, ehe Sie den Notruf gewählt haben.«

»Wie ich schon sagte … ich habe die Zeit nicht gestoppt.«

»Das ist eine lange Zeit, zehn Minuten oder neun oder acht.«

Reinholz antwortete nicht.

»Wir haben den Parkplatz in einer Minute überquert«, sagte Halders. »Hier drinnen hatten Sie mindestens acht Minuten Zeit.«

»Worauf … wollen Sie hinaus?«

»Ich überlege bloß«, sagte Halders.

Er hatte nachgedacht, zusammen mit Aneta, Winter und Ringmar, nachdem sie alle Telefongespräche überprüft hatten. Reinholz hatte sich Zeit gelassen, bevor er die Notrufnummer wählte. Aber es war nicht ungewöhnlich, dass Menschen, die unter einem schweren Schock standen, eine Weile handlungsunfähig waren. Die Zeit veränderte sich, manchmal verging sie sehr schnell, manchmal unendlich langsam. Die Wirklichkeit wurde eine andere, und die eigene Wahrnehmung von Zeit stimmte nicht mit der Wirklichkeit überein. Ich fahr mit ihm raus, hatte Halders gesagt. Mal sehen, was passiert.

»Ich ... bin wahrscheinlich einen Moment im Auto sitzen geblieben, bevor ich ausgestiegen bin«, sagte Reinholz.

»Warum?«

»Das weiß ich nicht. Ich war müde. Manchmal bleibt man nach einer Fahrt eine Weile sitzen. Das Aussteigen ... kann anstrengend sein.«

»Warum haben Sie überhaupt angehalten?«, fragte Halders. »Sie hätten ja nach Hause fahren können.«

»Ich wollte Zigaretten kaufen, das hab ich doch gesagt.«

»Warum haben Sie gewartet, ehe Sie die Notrufnummer gewählt haben?«

Reinholz sah Halders für einen Moment in die Augen, dann schaute er auf den Fußboden, der mit verschiedenen Schichten wie mit Schiefer bedeckt zu sein schien.

»Ich hab nicht gewartet«, sagte Reinholz. »Soweit ich mich erinnere, habe ich die Nummer gewählt, sobald meine Hände aufhörten zu zittern.«

# 30

Manchmal kamen andere aus unserem Land. In dem einen Jahr, im nächsten Jahr. Unter ihnen waren welche, die von einem entfernten Verwandten berichten konnten, aber meistens wussten sie gar nichts. Alle hatten fliehen oder mit nichts weggehen müssen, als der Tag gekommen war.

Meine Mutter blieb im Haus, sie fürchtete sich vor dem Draußen.

Vielleicht hatten wir auch Angst.

Alles war fremd. Da draußen gab es einige von unserem Volk, aber das ließ alles mitunter noch merkwürdiger erscheinen, als wäre man in einem fremden Land angekommen und von Landsleuten empfangen worden, die schon so lange hier waren, dass sie sich bereits verändert hatten. Ich bemerkte, wie sich manche verändert hatten.

Wir veränderten uns auch.

Ich kam in die Schule, aber das ging nicht besonders gut.

Ich konnte nicht stillsitzen. Ich schaute immer aus dem Fenster auf den Schulhof zu einem Ball, der ständig in der Luft zu sein schien.

In den Pausen stand ich meistens allein in einer Ecke herum. Ich spielte nicht mit. Ich hatte Freundinnen, ein oder zwei, aber wir besuchten einander nie.

Dann kam mein Bruder mit zwei Männern nach Hause, und da wurde alles anders.

Nicht sofort, aber da war etwas ... etwas, das gleichsam in der

Luft zu hängen schien, ich weiß nicht, wie ich es ausdrücken soll. Es war, als wäre ein gefährlicher Wind mit zur Tür hereingeschlüpft, als die beiden eintraten. Ein scharfer, bösartiger Wind, der sich auch durch Lüften nicht verscheuchen ließ.

Ich verstand es nicht. Anfangs verstand ich es nicht.

Die beiden kehrten nicht wieder, etwas Gefährliches schien begraben worden zu sein. Ich wollte, dass es vergraben wurde. Oder verbrannt.

Dann kamen die anderen wieder. Ich erkannte ihre Gesichter nicht.

Meine Mutter saß auf dem Sofa und sah wie blind aus.

Sie war blind.

Sie sah mein Gesicht nicht.

Sie sah nicht, wie mein Bruder aussah, nachdem sie ihn misshandelt hatten.

Du hast keine Wahl, sagten sie.

Aber wir haben alle eine Wahl. Jeder kann eine Wahl treffen. Ich glaube, man muss begreifen, dass man es kann, und wenn man es begriffen hat, kann man etwas tun, auch wenn es schrecklich ist. Aber man *hat* es begriffen, bevor es zu spät ist. Ist es erst einmal zu spät, kann man nichts mehr machen, nichts Gutes, nichts Böses, nichts Schreckliches, gar nichts. Man hat nur wenige Sekunden Zeit.

# 31

Alan, oh, Alan. Du schaust hinaus und siehst alles und nichts. Da hinten liegt Storås. Hier ist die Industrigatan. Bald biegen wir nach links in den Gråbovägen ein und dann weiter in den Bergsjövägen. Wir sind unterwegs.

»Kennen Sie sich hier aus?«, fragte Winter.

»Wie ... wie meinen Sie das?«

Bisher hatte Winter den Anlass für die Fahrt noch nicht erklärt. Er hatte nur gesagt, dass sie sich etwas anschauen wollten. Alan Darwish hatte ängstlich ausgesehen, aber er wirkte eigentlich immer ängstlich. Manche Menschen sahen eben so aus. Sie brauchten gar nichts verbrochen zu haben. Oder über eine Information zu verfügen, die sie hätten weitergeben müssen. Mal sehen.

»Sie sind heute schon einmal hier vorbeigefahren.«

»Ich ... ich verstehe nicht.«

»Wir verstehen es auch nicht, Alan. Jedenfalls noch nicht.«

Winter bog nach Bergsjön ab. Alan starrte aus dem Fenster. Er saß neben Winter auf dem Beifahrersitz, Ringmar auf dem Rücksitz. Winter fing seinen ruhigen Blick im Rückspiegel auf. Der Blick war so ruhig, dass man meinen konnte, Ringmar würde im nächsten Moment einschlafen. Vielleicht bereitete er sich aber auch nur auf das vor, was kommen würde.

»Sie haben in einem Taxi gesessen, das hier vor etwa zwei Stunden entlanggefahren ist«, fuhr Winter fort.

»Woher wissen Sie das?«

»Wir haben natürlich den Taxifahrer gefragt.«

Alan schwieg. Winter bog auf den Rymdtorget ein.

»Hat er Recht?« Winter parkte an der üblichen Stelle. Er war mittlerweile ein treuer Besucher des Platzes, hier war er jetzt zu Hause. Alles war vertraut auf die Art, wie etwas vertraut wird, wenn man einen Ort mehr als zweimal aufgesucht hat. Alles schrumpft, Häuser, Straßen, Kirchen, Ärztezentralen, Bezirksämter, Kneipen.

Winter stellte den Motor ab. Sie blieben im Auto sitzen. Eine junge Familie überquerte den Parkplatz. Der Mann schob einen Kinderwagen. Die Frau hielt ein kleines Mädchen an der Hand. Das Mädchen hüpfte bei jedem zweiten Schritt. Es trug ein rotes Kleid. Alan blickte ihnen nach. Der Mann bemerkte sie und ging schneller. Die Frau und das Mädchen blieben ein Stück zurück. Jetzt hüpfte das Kind bei jedem Schritt. Die Frau sagte etwas, das Winter nicht verstehen konnte. Der Mann winkte ihnen: beeilt euch. Er trug einen dunklen Anzug, der im Sonnenschein warm sein musste, seinen Sonntagsanzug.

»Was wollen wir hier?«, fragte Alan.

Die Familie war verschwunden.

»Hat der Taxifahrer Recht?«, wiederholte Winter.

»Womit?«

»Verdammt noch mal, stellen Sie sich nicht dumm, Alan! Beantworten Sie meine Frage. Das ist nicht schwer.«

Winters Kopfschmerzen hatten während der Autofahrt nachgelassen, aber jetzt flammten sie wieder auf. Das kam vielleicht vom Fluchen. Dem Körper tat Fluchen nicht gut, so sollte man nicht reden. Das wusste jedes Kind. Aber Alan war zusammengezuckt. Vielleicht drückten Kraftausdrücke hin und wieder Kraft aus.

»Wenn Sie ... es schon wissen, brauchen Sie doch nicht zu fragen.« Alan hielt weiter Ausschau nach der verschwundenen Familie, die kurdischer, arabischer, persischer Herkunft sein mochte. Winter konnte den Unterschied nicht erkennen.

»Warum haben Sie diese Taxifahrt unternommen?«

Alan antwortete nicht.

Winter wiederholte seine Frage. Der Schmerz über seinem Auge kam und ging. Er musste hier raus und öffnete die Tür, er brauchte Luft.

»Warum sollte ich nicht Taxi fahren?«, sagte Alan. »Ich ... kann doch fahren, wohin ich will.«

»Klar, und deswegen gibt es auch keinen Grund, ein Geheimnis daraus zu machen, oder?«

»Was ist für Sie daran interessant zu wissen, warum ich mit dem Taxi gefahren bin?«

»Ich weiß es nicht. Deswegen fragen wir ja.«

Ringmar auf dem Rücksitz räusperte sich.

»Wollen wir erst mal festhalten, dass Sie mit dem Taxi gefahren sind, Alan?«, fragte er.

»Sie wissen es ja schon. Darauf brauche ich nicht zu antworten.«

»Wir möchten, dass Sie es uns sagen«, sagte Winter.

»Ja, ja, verdammt noch mal, ich bin mit dem Taxi gefahren.«

»Warum?«

»Weil ... weil ...« Alan beendete den Satz nicht.

»Weil er Sie darum gebeten hat?«, fragte Winter.

Alan antwortete nicht.

»Weil er Sie gebeten hat mitzufahren?«

»Sie wissen ja alles, also ist es überflüssig zu antworten.«

»Warum wollte Mozaffar Kerim, dass Sie mit ihm fahren?«

Alan schien etwas sagen zu wollen, brachte aber kein Wort heraus. Es schien sinnlos, noch mehr Behauptungen in Frage zu stellen, mehr Namen.

»Er wollte ... sich ein bisschen unterhalten«, sagte er schließlich.

»Worüber?«

Alan starrte immer noch zum Ende des Platzes, zum Ende des Weges, als könnte die Familie zurückkommen und die Aufmerksamkeit von seiner Person ablenken, damit er in Ruhe gelassen wurde.

Er legte die Hand auf den Türgriff.

Stieß die Tür auf.

Sprang hinaus!

Winter hörte, wie Ringmar die hintere Tür aufriss. Alan rannte wie ein Wahnsinniger auf die Aniaragatan zu, ohne sich umzudrehen.

Winter sah Ringmars Rücken. Er selbst hatte sich noch nicht bewegt.

Jetzt war er draußen. Jetzt hatte er Bertil überholt.

Das durfte doch nicht wahr sein.

Wenn das so weitergeht, müssen wir die Polizeiausbildung ändern. Darüber muss ich auch ein Buch schreiben.

»Er ist nach rechts abgehauen!«, rief Ringmar.

Alan war hinter Häusern, Glas und Beton verschwunden. Winter blieb stehen, um auf seine Schritte zu lauschen. Sie waren zu hören, sie entfernten sich. Diesen guttrainierten Jungen einholen zu wollen, war zwecklos und unmöglich.

Ringmar blieb keuchend neben Winter stehen.

Immer noch waren laufende Schritte zu hören, das Geräusch erstarb aber innerhalb weniger Sekunden, wie die Geräusche eines Zuges, der hinter einer Kurve verschwindet.

»So eine Scheiße«, sagte Ringmar.

»Er hatte plötzlich Lust zu laufen«, sagte Winter.

Ringmar atmete heftig und stoßweise. Laufen ohne Aufwärmen, das war nicht gut.

»Ein schönes Fiasko.«

»Es braucht nichts zu bedeuten«, sagte Winter. »Manchmal gibt es eben keine Worte.«

»Und dann nimmt man die Beine in die Hand.«

»Eine Eingebung des Moments«, sagte Winter.

»Danach müssen wir ihn auch fragen«, sagte Ringmar, »wenn er mit dem Laufen fertig ist.«

»Vielleicht rennt er immer weiter.«

»Der entkommt nicht«, sagte Ringmar.

»Entkommt was nicht?«

»Uns natürlich. Aber das ist vielleicht gar nicht sein Problem?«

»Nein.«

»Wohin rennt er jetzt?«

»Im Kreis«, sagte Winter. »Ich glaube, wir rennen alle im Kreis.«

»Den müssen wir endlich durchbrechen.«

»Vielleicht haben wir das soeben getan«, sagte Winter.

In der Kanelgatan fühlte er sich jetzt auch zu Hause. Winters Parkplatz war leer. Die Pizzeria war auch leer. Sie sahen keine Menschenseele. Beim Herumfahren hatte er das Gefühl gehabt, allein in einer neuen Welt, einem neuen Land zu sein. In der Luft hing etwas Bösartiges, das durch die Hitze noch verstärkt wurde. Es hielt das Leben auf Abstand, ließ die Bewegung erstarren. Das Bewegungsmuster.

Ringmar drehte sich um, als wollte er sehen, ob Alan die letzten hundert Meter angespurtet kam. Aber Alan war vermutlich noch in den Wäldern von Bergsjön. Doch irgendwann würde er herauskommen. Wenn die Polizei ihn gefunden hatte. Er würde nicht verschwinden, nicht auch noch er.

»Hatte der Junge ein Handy?«, fragte Winter.

»Ich weiß es nicht.«

»Das müssen wir überprüfen.«

»Natürlich.«

»Er wird anrufen«, sagte Winter.

»Wo wohnt der Dolmetscher?«

Winter zeigte in die Richtung, in die sie gingen.

»Vielleicht sollten wir noch ein bisschen warten, Erik.«

»Worauf?«

»Ich ... weiß es nicht.«

»Wenn Alan ihn anruft, dann werden wir es erfahren.«

Sie standen vor dem Haus. Der Eingang war an der Giebelseite. Im Norden sah Winter hohe Felsen und tiefe Täler. Der Anblick erinnerte ihn an das Cover der kurdischen CD.

Zwei Häuser entfernt lag Jimmy Foros Wohnung. Das erste Opfer. Mozaffar Kerim und Foro hatten Kerim zufolge keinen Kontakt gehabt. Auch durch andere Zeugenaussagen hatte Winter nichts dergleichen feststellen können.

Das Treppenhaus roch frisch geputzt, ein Geruch nach Seife, der irgendwie ein Gefühl von Sicherheit hervorrief.

Die Tür, an der sie geklingelt hatten, wurde nicht geöffnet.

Ringmar klingelte ein drittes Mal.

»Wohnt er allein?«

»Ja.«

»Entweder ist er nicht zu Hause oder er will nicht öffnen.«

»Vielleicht ist er draußen und joggt.«

»Womöglich laufen sie dieselbe Strecke.«

»Das haben wir schon konstatiert.«

»Ach ja, klar.«

»Klingle noch mal.«

Sie hörten das Klingelsignal in der Wohnung. Ein vertrautes Geräusch. Fast sein ganzes erwachsenes Leben lang hatte Winter solchen Signalen in fremden Wohnungen, vor fremden Türen gelauscht.

Unten wurde die Haustür geöffnet. Sie befanden sich im zweiten Stock.

Eine Minute später hörten sie Schritte auf der Treppe.

»Was wollen Sie denn hier?« Mozaffar Kerim stand mit einem Beutel Lebensmitteln einen Treppenabsatz tiefer. Er sah erstaunt aus. »Was machen Sie da?«

»An Ihrer Tür klingeln«, sagte Winter.

Der Junge ging den Weg entlang. Das Fahrrad hatte er zu Hause abgestellt. Es war, als ob ihm jemand befohlen hätte, nicht länger Fahrrad zu fahren, nicht jetzt.

Weil es gefährlich sein könnte.

Er übte, den Ball auf dem Fuß springen zu lassen. Jetzt, da er nicht mehr so viel herumradelte, spielte er häufiger mit dem Ball. Er hatte es schon geschafft, ihn zehnmal auf dem Fuß, einmal sogar zwölfmal springen zu lassen. Er könnte Profi werden.

Das erste Mal hatte er es seinem Onkel gezeigt. Er war der Bruder seiner Mutter. Der Onkel hatte mitgezählt.

Mama wollte ihm nicht sagen, warum der Onkel sie nicht mehr besuchen kam. Er kommt bald wieder, sagte sie, und das war das Einzige.

Er blieb ein Stück entfernt vom Laden stehen, und weil er meinte zu sehen, dass sich da drinnen etwas bewegte, versteckte er sich hinter einem Gebüsch.

Dann sah er jemanden herauskommen. Es waren zwei. Der eine hatte eine Glatze, und den anderen erkannte er.

»Der Tee war mir ausgegangen«, sagte Mozaffar Kerim.

Er hatte die eingekauften Lebensmittel verstaut, Tee vorbereitet und Gläser bereitgestellt. Auf dem Tee hatte er bestanden.

»Heute Abend mache ich *kheshte sabzi*«, hatte er gesagt, als er die Einkaufstüte leerte.

»Was ist das?«, hatte Winter gefragt.

»Ein Eintopf aus dem Iran. Lamm. Viele grüne Kräuter, Limone, Zitrone.«

»Ich sehe schon«, hatte Winter gesagt. Ruhig, hatte er gedacht, jetzt die Ruhe bewahren. »Das wird eine große Mahlzeit.«

»So kochen wir immer«, hatte Kerim gesagt.

»Erwarten Sie Gäste?«

»Wieso?«

Sie saßen an dem niedrigen Tisch. Die Wohnung war hell und voller hübscher Textilien.

»Wann haben Sie Alan das letzte Mal getroffen?«, fragte Winter.

»Vorhin, heute.«

Ringmar begegnete Winters Blick.

»Und wo?«

»In einem Taxi.«

»Warum?«

»Wie meinen Sie das?«

»Warum haben Sie sich in einem Taxi getroffen?«

»Weil er Angst hatte. Er hat es so gewollt. Warum, das müssen Sie ihn schon selbst fragen.«

»Wovor hatte er Angst?«

»Das weiß ich nicht. Er wollte es mir nicht erzählen.«

»Warum sind Sie dann zusammen herumgefahren?«

»Ich habe es ihm vorgeschlagen. Ich dachte ... es würde ihm helfen, sich zu entspannen. Ich weiß es nicht.«

»Sie müssen doch eine Vorstellung davon haben, wovor er Angst hat.«

»Er kannte ... einen von den Getöteten. Hiwa.«

»Ja?«

»Das reicht doch, um Angst zu bekommen.«

»Angst um das eigene Leben?«

»Ja.«

»Aber warum sollte er darum fürchten? War er in irgendetwas verwickelt, womit Hiwa sich beschäftigte?«

»Ich weiß es nicht. Das müssen Sie Alan auch selber fragen.«

»Wir haben es versucht«, sagte Winter, »aber er ist abgehauen.«

Kerim antwortete nicht. Er betrachtete sein Teeglas, rührte es aber nicht an.

»Warum wollten Sie Alan dazu bringen, etwas zu erzählen?«, fragte Winter.

»Um ihm zu helfen, wie ich schon sagte.«

»Oder jemand anderem?«

»Wie bitte?«

»Sollte es einer anderen Person helfen?«

»Wem?«

»Ich weiß es nicht.«

»Er litt. Ich leide mit, wenn andere leiden.«

Dazu gab Winter keinen Kommentar ab. An der Wand hinter Mozaffar Kerim hing ein großer Druck, auf dem eine Landschaft abgebildet war. Das Bild kam Winter bekannt vor, als hätte er das Gemälde oder Foto schon einmal gesehen.

»Wir sind eine Familie«, fuhr Kerim fort. »In einer Familie hilft man einander.«

Winter nickte.

»Wir sind eine leidende Familie. Ein leidendes Volk. Das sind wir immer gewesen.« Er schaute zwischen Winter und Ringmar hin und her. »Im Augenblick verhandelt die schwedische Regierung mit einem Volk im nördlichen Irak, um es zu überreden, uns aufzunehmen, wenn wir abgeschoben werden.«

»Verhandelt mit Kurden?«

»Woher sollen wir wissen, ob es Kurden sind?«

»Wir haben Sie gesehen«, sagte Winter.

»Wie bitte?«

»Sie und Alan. Als Sie aus dem Taxi stiegen.«

»Wo?«

Kerims Blick schweifte ab, hinaus auf den Kaneltorget.

»Bei der Pizzeria Souverän.«

»Ach so.«

»Das ist aber eine seltsame Reaktion.«

»Ich hab nicht gelogen, oder? Ich habe nichts zu verbergen. Warum sollte ich?«

»Was glauben Sie, wo Alan jetzt ist?«

»Auf dem Weg nach Hause, wenn er es schafft. Wenn die

Polizei ihn nicht vorher schnappt. Ich nehme an, er wird gesucht.«

Winter und Ringmar antworteten nicht.

»Es ist besser, zu Hause auf ihn zu warten. Er ist nichts weiter als ein verwirrter junger Mann. Und das ist verständlich.«

# 32

Jesses, was soll man dazu sagen!« Ringmar schüttelte den Kopf. Sie waren auf dem Weg zu Winters Mercedes. Der wirkte wie ein schwarzer Ofen in der Sonne, ein glühender schwarzer Ofen.

»Er wusste, dass wir dort waren«, sagte Winter.

»Wo? In der Pizzeria?«

Ringmar deutete mit dem Kopf zu dem Lokal, dessen Tür jetzt zum Lüften offen stand. Aber es gab keinen Windhauch, der hineinziehen konnte. Es war keine gesunde Luft. In dieser Luft konnten Leute sterben.

»Er hat eine Show abgezogen«, sagte Winter. »Das Ganze war eine Show.«

»Du meinst, er hat uns gesehen, als er mit dem Taxi zurückkam?«

Winter antwortete nicht. Er drückte auf die Fernbedienung und die Autoschlösser öffneten sich wie mit einem gedämpften Schuss aus einer Pistole. Eine schwarze Katze überquerte den Parkplatz, buckelte, streckte sich wieder und lief weiter an der Häuserfront entlang, vorbei an der Pizzeria und in Richtung Jimmys Laden.

»Er wusste schon, dass wir dort saßen«, sagte Winter.

»Als er im Taxi auf dem Weg nach Hause war?«

Winter nickte und schaute zum Eingang der Pizzeria. Es war nicht zu erkennen, ob sie von drinnen beobachtet wurden.

»Aber wir wussten es ja kaum selber«, sagte Ringmar. »Du hast es vorgeschlagen, und wir sind hergefahren.«

»Und jemand hat uns gesehen«, sagte Winter.

Ringmar folgte seinem Blick zum Eingang.

»Jemand hat uns von drinnen gesehen?«

»Mhm.«

»Aber dort war doch nur ...« Ringmar verstummte.

»Wir müssen den Telefonverkehr überprüfen, ausgehende und eingehende Telefonate.«

»Sollten wir nicht mit ihr reden?«

»Nicht jetzt.«

»Du meinst also, das war alles nur Show?«

»Nein, das glaub ich nicht. Aber Kerim war vorbereitet, als wir kamen, er wusste, was wir ihn fragen würden, und hatte seine Antworten parat.«

»Oder aber er hat einfach erzählt, wie es war und warum. Vielleicht hat er doch nichts zu verbergen.«

»Glaubst du das?«

»Was sollte er zu verbergen haben, Erik?«

»Woran er Schuld hat, meinst du?«

»Woran sollte er schuld sein?«

»Das ist genau das, was wir ihn fragen müssen«, sagte Winter.

»Vielleicht hätte er auch darauf eine Antwort parat. Eine vorbereitete Antwort.«

»Dann müssen wir ihn noch einmal fragen.«

»Wann?«

»Wenn wir bereit sind.«

»Wann sind wir das?«

Winter blinzelte in die Sonne. Sie schickte sich an, unterzugehen, ohne wirklich unterzugehen, sie würde noch mehrere Stunden am Himmel entlangwandern. Der Tag würde in die Nacht übergehen und weitergehen und weitergehen. Ich krieg keinen Schlaf, bevor das hier nicht vorbei ist. Hoffentlich hält mein Schädel das durch. Im Augenblick hämmert es nicht so sehr über dem Auge. Bald ist es vorbei. Da ist etwas in Bewegung gekommen, ein neues Bewegungsmuster. Menschen werden nervös, nervöser. Wir nähern uns.

»Wenn die Sonne untergeht, sind wir bereit«, sagte Winter.
»Die geht doch gar nicht unter.«

Jerker Reinholz stieg aus seinem Taxi und streckte die Arme in den Himmel. Ein ganzer Tag im Auto, oder eine Nacht, das zog die Muskeln zusammen, und es tat gut, sie zu strecken. Er wollte nicht krumm, kein Krüppel werden. Ein armer Teufel. Es gab zu viele arme Teufel. Man brauchte nur die zu beobachten, die hier Taxi fuhren. Arme Teufel. Sie kamen nicht weiter, saßen fest. Sie trauten sich nichts. Sie nahmen kein Risiko auf sich. Herr im Himmel, er hatte was riskiert, aber es war gut gegangen. Man musste zum Risiko bereit sein. Wer das nicht war, der war ein Krüppel. Die Fragen von diesem Bullen waren nicht gerade von Pappe gewesen, aber der war nicht smart, das sah doch ein Blinder im Dunkeln. Ihn zu fragen, wie viele Minuten er im Laden gewesen war. Vielleicht bildeten sie sich ein, smart zu sein, aber das waren sie nicht. Sie hatten abgewartet, aber was brachte ihnen das? Wie hätte er darauf reinfallen sollen? Niemand hatte ihn gesehen, oder? Er hatte behauptet, er habe Schritte gehört, aber das war doch erfunden! Das hab ich doch! Das hab ich doch? Ich hatte doch gar keine Zeit, darüber nachzudenken. Schritte? Meine eigenen Schritte reichten mir. Scheiße. Aber *das* hatte nicht dabei herauskommen sollen. Das ging doch nicht? Davon haben sie mir nichts erzählt. Dass es *so* werden würde. Scheiße, Scheiße. Und hinterher auspacken war unmöglich, das versteht jeder. Der Bulle versteht es auch, aber das ist auch das Einzige, was der kapiert. Da fährt Peter. Hallo, hallo. Schon vorbei, nur ein Winken auf dem Gråbovägen. Ich hab Silhouetten auf dem Rücksitz gesehen, als wir uns begegnet sind. Ein Zeichen nur und es war klar und jeder wusste Bescheid. Wenn man nur alles unter Kontrolle behielt, gab es keine Probleme. Das ist das Schöne am Taxifahren. Niemand sieht ein Taxi, die Karren sind gewissermaßen unsichtbar.

Alan, oh, Alan, wohin bist du unterwegs? Du hast dir dein Hemd an einem dornigen Busch zerrissen. Auch in den kleinen Wäldern dieser Gegend gibt es Dornbüsche.

Du hast sie abgehängt. Die waren wirklich nicht schnell, oder sie waren nicht daran interessiert, dich einzuholen, aber vielleicht hatten sie auch keine Kraft. Der eine ist alt und der andere jünger, aber er ist auch nicht weit gelaufen.

Warum rennst du, Alan? Du weißt es nicht. Plötzlich hattest du keine Worte mehr. Dann war keine Umkehr mehr möglich. Wer erst einmal läuft, der läuft weiter. Du wünschst, du wüsstest nichts. Dass dir niemand etwas erzählt hätte. Dass du taub gewesen wärst. Dass du nicht hier wärst, in diesem Land. Niemand wünscht hier zu sein. Jetzt sind sie lebende Tote, die, die keine toten Toten sind. Das hat sie gesagt. Jetzt hast du einen nassen Fuß gekriegt, klatschnass. Ein Moor. Ein Wald fast mitten in einer Großstadt, eigentlich verrückt. Was jetzt?

Du landest in der Zelle, Alan, wenn du weiterläufst. Und stumm bleibst. Und nach Hause laufen kannst du auch nicht, also richtig nach Hause. Bis dort sind es tausend Meilen.

Der Junge warf den Ball unablässig gegen eine Wand. Es war eine glatte Wand, und der Ball kehrte auf dem gleichen Weg zurück, wie er ihn geworfen hatte. Manchmal warf er den Ball gegen unebene Wände, dann landete der Ball mal hier, mal da.

Manchmal wünschte er, dass die Sommerferien zu Ende wären. Sie hatten gerade erst angefangen, er hatte nichts zu tun, und er wollte nicht herumlaufen oder mit dem Rad durch die Gegend fahren und nichts tun. Und denken. Und spionieren. Er wollte es ja eigentlich gar nicht. Zu Hause wollte er auch nichts erzählen, er hatte verstanden, dass es unmöglich war. Dann müssten sie wegziehen. Sie waren schon so oft umgezogen, das wollte er nicht und er glaubte auch nicht, dass es nötig wurde. Alle würden es vergessen. Niemand würde suchen.

Der Ball kehrte nicht in seine Hand zurück.

»Ist das dein Ball?«

Er drehte sich um. Aber er konnte nicht erkennen, wer hinter ihm stand. Es war nur ein Schatten.

»Du scheinst den Ball zu mögen.«

»Ja …«

»Darf ich mal?«

Ein Wurf gegen die Wand, der Ball prallte zurück und der Schatten nahm ihn an. Er nannte ihn jetzt den Schatten. Der Schatten ging nicht weg.

»Ich seh dich schon seit einigen Tagen.«

Der Junge schwieg.

»Aber hier gibt es ja viele Kinder.«

»Kann ich meinen Ball wiederhaben?«

»Gleich.«

»Ich muss gehen.«

»Ich auch. Wir können zusammen gehen.«

»Ich muss nach Hause.«

»Wo ist dein Fahrrad? Du hast ja gar nicht dein Fahrrad dabei.«

»Zu Hause.«

»Ich weiß, wo du wohnst.«

Der Junge antwortete nicht.

»Möchtest du einen Fußball haben?«

Der Junge antwortete nicht. Er wollte weg hier, wie man aus einem Schatten tritt, und er wollte seinen Ball wiederhaben. Den hatte er schon lange. Der war genauso gut wie ein Fußball.

»Nein.«

»Möchtest du einen neuen Fußball haben?«

»Nein.«

»Ich hab einen, den kann ich dir schenken.«

»Ich will meinen Tennisball haben.«

»Möchtest du nicht tauschen?«

»Ich will meinen Ball haben.«

Der Junge hoffte, jemand würde vorbeikommen, aber er hatte sich für eine Hauswand zum Feld hin entschieden, hier kam niemand vorbei.

»Da hast du deinen Ball«, sagte der Schatten.

Winters Handy klingelte, als er in Richtung Süden fuhr.

»Wann kommst du nach Hause?«

»Ich bin schon unterwegs.«

»Die Mädchen sind quengelig. Sie haben Hunger.«

Er merkte, dass er auch etwas essen musste. Plötzlich hatte er großen Hunger.

»In zwanzig Minuten bin ich da.«

»Dann fang ich schon mal an«, sagte Angela.

In der Höhe von Kortedala klingelte das Handy erneut. Zur Verstärkung angeforderte Polizisten durchkämmten die Wälder um Bergsjön auf der Suche nach Alan. Es war ihr Distrikt. Winter und Ringmar erwarteten jeden Moment Nachricht. Der Junge konnte nicht weit kommen. Vermutlich wollte er das auch gar nicht. Er könnte in Gefahr sein. Alle waren in Gefahr.

»Fredrik hier.«

»Ja??«

»Reinholz konnte nicht erklären, warum es so lange gedauert hat, aber für ihn war das vielleicht gar nicht so lange. In der Situation.«

»Nein.«

»Irgendwas ist mit dem Kerl, womöglich ist er auch nur ganz allgemein ein undurchsichtiger Typ.«

»Ja.«

»Mensch, bist du mundfaul.«

»Ja.«

»Okay, dann fahr ich fort mit meinem Monolog. Das Auto war gestohlen. Heden. Wo sonst?«

»Mhm.«

»Was ist los, Erik?«

»Ich hab bloß Kopfschmerzen. Mach weiter.«

»Der nächtliche Orientierungsläufer hatte auch nichts Neues zu sagen. Er ist durch die Gegend geflitzt und in eine Leiche gerannt.«

»Gar nichts?«

»Sieh mal einer an, ein Lebenszeichen.«

»Irgendwelche Geräusche?«

»Nein.«

»Okay.«

»Aber Torsten hat eine Neuigkeit. Das Beste hab ich mir bis zum Schluss aufgehoben.«

»Ja.«

»Da draußen war Blut von noch einer anderen Person.«

»Draußen? Meinst du im Wald?«

»Ich meine den Wald. Hama Alis letzter Aufenthaltsort in seinem Leben. Es war sein Blut, aber da war auch noch Blut von jemand anderem.«

»Wo?«

»An der Stelle, wo er lag.«

»Gut. Torsten hat die Antwort so schnell gefunden, wie wir gehofft haben. Aber wenn sie etwas in der Verbrecherkartei gefunden hätten, dann hättest du es schon gesagt.«

»Nein, es gab kein Vergleichsprofil.«

»Hat sich der Mörder vielleicht geschnitten?«

»Ein weiteres Opfer«, sagte Halders. »Ein weiteres geplantes Opfer.«

»Wir brauchen nicht noch mehr Opfer.«

»Nun tu was gegen dein Schädelbrummen.«

Angela hatte Pilze zur Pasta gebraten. Er erkannte einige Trichtergelblinge des vergangenen Herbstes. Elsa schob sie an den Tellerrand.

»Können wir nicht baden fahren, Papa?«

»Wenn wir mit dem Essen fertig sind.«

Wasser und Luft waren gleich warm. Elsa und Lilly bauten eine Burg und Höhlen am Strand. Dieser Strand gehörte Familie Hoffmann-Winter, aber es gab noch kein Haus. Vielleicht im nächsten Jahr oder im übernächsten und so weiter. Winter schloss die Augen. Er sah rot und schwarz. Über dem Auge zuckte ein Stechen, aber nur für einen Moment. Wenn es bis übermorgen nicht verschwunden war, würde er die Ärztin konsultieren.

»Und wie sieht der Rest des Tages aus?«, fragte Angela.

»Ich weiß es nicht.«

»Bald wird wohl wieder das Handy klingeln.«

»Und das wird vielleicht das letzte Mal sein für diesmal«, sagte Winter mit geschlossenen Augen.

»Du siehst müde aus, Erik. Ich sag es nicht gern, ich möchte so was nicht sagen, das weißt du, aber du siehst richtig fertig aus.«

In dem Augenblick klingelte das Handy. Das war die moderne Welt.

# 33

Ich erinnere mich daran, wie alle aus dem Klassenzimmer rannten und sich auf dem Schulhof versammelten. Wir standen da wie eine Herde kleiner Ziegen, die wissen, dass etwas Schreckliches passieren wird. Daran erinnere ich mich. Es war ein besonderes Mal, ich sage besonders, weil es ein schöner Abend war und wir abends Schule hatten. Am Tag war es zu warm gewesen. Oder es hatte einen anderen Grund gegeben. Vielleicht war Krieg. Daran erinnere ich mich nicht genau. Aber ich weiß noch, wie wir da standen, alles war rot, wirklich alles, die Berge, der Himmel, die Erde, der Sand, die Häuser und wir. Wir waren auch ganz rot, das musste von der Sonne kommen.

Solche Erinnerungen haben Sie nicht, denn so was gibt es in Ihrem Land nicht. Natürlich gibt es Schulen, aber die sind paradiesisch, selbst wenn sie schlecht sind. Wenn man nichts lernt, na und? Man sagt doch na und? Was hat man schon davon, wenn man was lernt? Was soll man später damit anfangen? Sie brauchen nicht zu antworten, denn es gibt keine Antwort. Für mich jedenfalls nicht.

Kann man aufgeben? Darum geht es vermutlich nicht. Das wäre zu einfach. Es sind andere Dinge. Ich habe versucht zu erzählen, wie es war und wie es wurde, nein, nicht wie es wurde, noch nicht, aber dazu komme ich noch. Obwohl ich an dem Punkt eigentlich gar nicht ankommen möchte, und das ist ja nicht verwunderlich, oder?

Ich würde gern noch einmal auf diesem Schulhof stehen. Diesem roten Schulhof. Ist das zu viel verlangt? Ja, ich weiß, dass es unmöglich ist, trotzdem möchte ich davon träumen, träumen im Wachen. Ich will nicht wach sein. Wach und am Leben zu sein bis ans Ende des Lebens ist schlimmer als der Tod. Verstehen Sie das? Sie können Ihr Leben leben, aber von meinem ist nichts übrig. Es gibt nichts mehr. Ich kann nicht behaupten, ich hätte nicht gewusst, dass es vorbei ist, wenn ich ... wenn ich ... aber das wissen Sie ja.

Wenn ich dort geblieben wäre, wo mein Schulhof war, dann hätte ich mein Leben niemals verloren, bevor es vorbei ist. Verstehen Sie? Wenn die Zeit stehengeblieben wäre oder ein netter Mensch die Zeit angehalten hätte, genau in dem Augenblick. Warum sind nicht alle Menschen nett?, habe ich damals gedacht.

Diese schrecklichen Sachen. Sie wollen, dass ich von den schrecklichen Sachen rede, nicht wahr? Das habe ich doch schon die ganze Zeit getan!

Aber wenn alles zu spät ist, ist es leichter von allem zu sprechen. Habe ich ein einziges Mal geweint? Ich werde weinen, aber nicht an diesem Tisch, nicht in diesem Zimmer. Ich finde es gut, dass es so dunkel ist. Ich kann Sie kaum sehen, und das ist gut.

In solchen Räumen haben wir uns aufgehalten.

Das ist noch gar nicht so lange her.

Und als es vorbei war, konnte ich es nicht vergessen und ich war nicht allein. Dann entschieden wir, was wir tun wollten, aber daraus wurde nichts, es wird nie so, wie man es sich vorgestellt hat.

# 34

Dies ist die einzige Ausnahme, die ich mache und jemals machen werde, Winter.«

Winter hielt das Handy, aus dem Brors Stimme schallte, zwanzig Zentimeter vom Ohr entfernt. Angela zuckte zusammen. Lilly und Elsa schauten auf. Die Segelboote, die draußen auf Reede gelegen hatten, drehten ab. Selbst wenn Bror streng geheime Ausnahmen machte, war es doch eine Mitteilung an die ganze Welt.

»Hast du mit Abdullah gesprochen?«, fragte Winter.

»Was zum Teufel denkst du denn? Um wen geht es denn sonst?«

»Wo und wann?«, fragte Winter.

Als sie nach Hause kamen, rief Winter Öberg an. Während er darauf wartete, dass abgehoben wurde, spürte er das Salz in seinem Haar, das es struppig machte. Die Kopfschmerzen waren verschwunden. Vielleicht hatte er keinen Tumor. Vielleicht war es Migräne, die er von all dem bekam. Unter anderem von diesem Telefongespräch. Vielleicht war er allergisch geworden. Es kam und ging.

»Wie war das mit dem Blut?«

»Der Generalist sagt, dass es definitiv zwei DNA-Profile gibt.«

Generalist nannte Öberg seinen Ansprechpartner beim Kriminaltechnischen Labor in Linköping, mit dem er bei allem, was die Ermittlung berührte, Kontakt hatte. Das war einfacher so.

»Und nichts in den Karteien?«

»Nein, Hiwa auch nicht.«

»So weit hat er es in seiner Karriere noch nicht gebracht«, sagte Winter.

»Leider.«

»Es gibt also noch eine Person. Wie viel Blut war es?«

»Das weiß ich noch nicht. Es ist klar, dass es Blut ist, aber mehr nicht.«

»Am logischsten wäre, dass es vom Mörder stammt«, sagte Winter. »Vielleicht erfahre ich heute Abend etwas darüber.«

»Was passiert da?«

»Ich werde einen Informanten treffen.«

»Brors Geheimnis?«

»Ja.«

»Das ist ja ein Ding. Sei vorsichtig.«

»Ist die Sache gefährlich, Erik?«

»Nein.«

»Du hast mir versprochen, mich nicht anzulügen. Vor allen Dingen dann nicht, wenn es um deine Arbeit geht.«

»Das habe ich versprochen.«

»Also, ist es gefährlich?«

»Ich kann es mir nicht vorstellen, Angela. Wir sind nur zu dritt, Bror, ich und die Person.«

»Wo findet das Treffen statt?«

»An einem abgelegenen Ort, aber das ist gut. Wir stehen unter Aufsicht.«

»Warum nicht im Büro dieses Polizisten? Oder in deinem?«

»Dazu wäre die Person nicht bereit.«

»Entscheidet die das?«

»Nein, aber wir wissen nicht mal, wer er ist. Diesmal muss es nach seinen Bedingungen gehen.«

»Mir gefällt die Sache nicht.«

»Wem gefällt die schon?«

»Kannst du ihn nicht … Bror die Arbeit allein machen lassen? Du hast doch gesagt, es ist seine Quelle oder wie das heißt. Dann lass ihn doch mit seiner Quelle reden.«

»Ich will dabei sein.«

»Warum?«

»Weil ich überzeugt bin, dass es mit meinem Fall zusammenhängt. Diese Quelle hat Informationen, die mir helfen können. Es ist nicht sicher, dass Bror das allein herauskriegt.«

»Wenn überhaupt jemand, dann er«, sagte Angela.

»Da bin ich mir nicht so sicher.«

»Versprichst du mir, vorsichtig zu sein?«

»Es besteht keine Gefahr, Angela.«

»Habt ihr Leute dabei, Polizisten?«

»In einem größeren Umkreis ja.«

»Was bedeutet größerer Umkreis?«

»Wenn er versucht abzuhauen, entkommt er nicht.«

Ringmar und Winter trafen sich in Winters Büro. *Trane's Slo Blues* vermittelte das passende melancholische Gefühl, wenn man denn eine Schwäche dafür hatte. Das Fenster stand offen und ließ den Abend herein. Die Musik war vor fünfzig Jahren aufgenommen worden, aber die Aufnahme hätte auch aus der Gegenwart stammen können. Oder aus der Zukunft. Melancholie ist zeitlos. Und gefährlich. Eigentlich gibt es keine Zeit und keinen Ort für Schwermut.

»Wie fühlst du dich?«, fragte Winter.

»Besser.«

»Mehr von der Prostitution gehört?«

»Nein, die ist jetzt abgetaucht.«

»Sie ist mit den Schüssen auf Jimmy verschwunden.«

»Scheint so.«

»Was sagt uns das?«

»Dass unsere Opfer damit zu tun hatten.«

»Alle?«

»Das ist eine sehr gute Frage.«

»Hiwa Aziz, Jimmy Foro, Said Rezai, Shahnaz Rezai, Hama Ali Mohammad.«

»Alle oder einige oder keiner.«

»Plus die beiden Verschwundenen. Alan Darwish und Hussein Hussein.«

»Zählst du Alan Darwish zu den Verschwundenen?«

»Noch ja. Abgehauen und verschwunden.«

»Ich komme mir richtig blöd vor, Erik.«

»Hättest du ihn einholen können?«

»Nein.«

»Es war mein Fehler. Ich hab die Zentralverriegelung geöffnet. Ich hab meine Tür geöffnet.«

»Ja, okay. Aber wer hätte voraussehen können, dass der Junge türmt?«

»Nicht mal er selber.«

»Nein. Aber wir sollten ihn so bald wie möglich fangen.«

»Sonst?«

»Genau. Was sonst?«

»Ihm wird es auch schlecht ergehen.«

»Vorstellbar.«

»Wie dem jungen Hama Ali.«

»Ist da etwas, das wir verstehen sollten, Erik?«

»Alan führt uns zu einem Mörder.«

»Mozaffar Kerim?«

»Ist er ein Mörder, Bertil?«

»Das kann ich mir schwer vorstellen.«

»Dann hat er schlechte Karten.«

»Wollen wir ihn einbestellen?«

»Nein, jetzt nicht. Der Staatsanwalt hat nichts in der Hand, um ihn in Untersuchungshaft zu nehmen.«

»Das wissen wir nicht, Erik.«

»Ein Verhör würde nichts bringen. Noch nicht.«

»Du wartest den Abend ab?«

»Ja. Ein neuer Name oder ein alter.«

»Reinholz?«

»Der Verdacht wegen dieser vielen Minuten reicht nicht.«

»Wir können ihn einbestellen.«

Winter antwortete nicht. Die Musik war verstummt, und er ging in die Ecke, wo der Panasonic-Player stand, und legte eine neue Disc ein, *Like Someone In Love.*

»Warum sollte Kerim zum Mörder geworden sein?« Er drehte sich um.

»Ich weiß es nicht.«

»Was für eine Beziehung hatte er zur Familie Aziz?«

»Das weiß ich nicht.«

»Haben wir versucht, das herauszufinden?«
»Ja.«
»Vielleicht wissen wir längst das Bisschen, das es zu wissen gibt.«
»Vielleicht.«
»Warum sollte Mozaffar Kerim zum Mörder geworden sein?«, wiederholte Winter. »Warum?«
»Was gehört womit zusammen?«, sagte Ringmar.
»Nimm die Prostitution. Wir haben wirklich alles versucht, um an die etablierten Gangs heranzukommen, aber sie sind es nicht, sie können es nicht sein. Nicht dieses Mal, nicht gerade dieser Ring. Was sagt uns das?«
»Dass es eine andere Gang war. Eine Gang abseits der etablierten.«
»Jimmy, Hiwa. Sie haben ja zusammengearbeitet. Vielleicht Said. Falls er nicht nur ein Kunde war, der sich zur falschen Zeit am falschen Ort befand.«
»Wie seine Frau.«
»Warum seine Frau umbringen? Und auf die Weise?«
»War sie darin verwickelt?«, sagte Ringmar.
»Verwickelt in was? Die Prostitution?«
»Ihr Mann war ein kleiner Gauner, aber der Schritt bis ... ich weiß nicht.«
»Niemand weiß es«, sagte Winter, »aber das ist es nicht. Es ist etwas anderes. Es ist das Schweigen.«
Ringmar nickte.
»Niemand sagt was. Daran sind wir gewöhnt, das ist eigentlich die Zusammenfassung dieses verdammten Jobs. Aber jetzt ist es wirklich *still*. Herr im Himmel, Bertil, die Leute rennen lieber in den Wald, statt etwas zu sagen.«
Ringmar lachte auf, sehr kurz, ein Lachen, das die Vorhänge zum Flattern zu bringen schien.
»Es ist Angst«, fuhr Winter fort. »Wovor haben sie Angst? Warum haben alle Angst?«
»Du hast ›wovor‹ und nicht ›vor wem‹ gesagt.«
»Haben sie Angst davor, dass es ihnen selber an den Kragen geht?«, sagte Winter. »Oder ist es etwas anderes?«
»Was sollte das sein?«

»Angst davor, dass die Wahrheit herauskommt, Bertil.«

»Die Wahrheit?«

»Die Wahrheit über die Morde. Die Schüsse in Jimmys Laden. Was wirklich dahintersteckt. Die Wahrheit. Sie ist schlimmer als alles andere.«

Ein Kind zu verlieren ist schlimmer als alles andere. Einen Sohn. Ediba Aziz hatte ihren Sohn verloren. Winter fragte, wie es ihr ging. Es war Abend, eigentlich schon zu spät dafür. Die Dolmetscherin, die sich mit Parwin vorgestellt hatte, übersetzte. Möllerström hatte die Dolmetscherzentrale angerufen, und die hatte Parwin geschickt. Sie schien nicht sehr viel älter als Nasrin zu sein. Die beiden hatten sich kurz zugenickt, Parwin und Nasrin. Winter bekam den Eindruck, dass sie einander kannten, aber nicht näher, eher flüchtig: In der Begrüßung war kein freundliches Wiedererkennen gewesen. Aber vielleicht ging es auch um die Konvention, den Respekt vor der Trauer, die immer noch in dieser Wohnung kauerte wie ein schwarzer Vogel, der nicht mehr fliegen kann.

Auf dem Tisch standen Tee und Kekse. Winter nahm einen Schluck von dem süßen Tee und biss in einen knusprigen Butterteigkeks, der mit Sesam bestreut war.

»Sesamkekse«, sagte Nasrin.

In ihrem Gesicht lag etwas wie Ironie, ein bestimmter Ausdruck in den Augen. Als müsste sie das Selbstverständliche erklären. Als könnte Winter das Selbstverständliche nicht erkennen.

Sie wies mit dem Kopf zu dem Keksteller, der auf dem Tisch zwischen ihnen stand.

»Gefüllte Walnussbällchen.« Wieder zeigte sie mit dem Kopf, diesmal auf einige gefüllte Walnussbällchen, ein Bällchen, gefüllt mit einem Bällchen. Winter dachte an den Jungen und seinen Tennisball. Er war weg. Er würde sich nicht finden lassen. Vielleicht gab es ihn gar nicht, nicht auf die Art, wie Winter wünschte, dass es ihn gab.

Ganz plötzlich hatte er beschlossen, hierher zu fahren, zu der hellen, leeren Wohnung in Hammarkullen, wo der Rest der Familie Aziz lebte.

Sirwa, die kleine Schwester, war nicht da. Azad, der kleine

Bruder, ging, als Winter kam. Der Junge nickte nur kurz und war weg.

Winter legte seinen Sesamkeks auf den Teller.

Ediba Aziz sagte etwas.

»Sie fragt, ob Sie den Keks nicht mögen«, übersetzte Parwin.

»Er schmeckt sehr gut«, sagte Winter.

Nasrin lachte auf. Es klang nicht wie ein Lachen.

»Lügen Sie nicht«, sagte sie. »Polizisten dürfen nicht lügen.«

»Ich lüge nicht.« Winter nahm den Keks und steckte ihn sich ganz in den Mund.

»Haben Sie so was schon mal gegessen?«

Er kaute und schluckte den Keks hinunter.

»Ja, viele Male. Ich mag Süßes.«

»Das glaube ich Ihnen nicht.«

»Und wie ist es mit Ihnen, Nasrin?«

»Wieso?«

»Mögen Sie Süßes?«

»Nein.« Sie schüttelte den Kopf, dass die dicken Haare flogen. Sie hatte ihre Frisur verändert, seit Winter sie das letzte Mal gesehen hatte. Wann war das gewesen? Er hatte das Gefühl, als wäre es eine Woche her. »Ich mag lieber Saures.«

»Zitronen?«, fragte Winter.

»Warum sind Sie gekommen? Um mich nach Zitronen zu fragen?«

Sie stand auf und verließ das Zimmer.

Ihre Mutter sagte etwas.

»Sie ist wütend«, übersetzte Parwin. »Nasrin ist wütend.«

Winter nickte.

Ediba sagte wieder etwas: »Sie geht fast nie mehr hinaus. Sie sitzt nur noch in ihrem Zimmer.«

»Entschuldigen Sie bitte.« Winter erhob sich. »Darf ich mich dort mit ihr unterhalten?«

Ediba nickte.

Nasrin antwortete nach dem zweiten Anklopfen.

Winter öffnete die Tür.

»Lassen Sie mich in Ruhe«, sagte Nasrin.

»Ich muss mit Ihnen reden.« Er machte einige Schritte ins

Zimmer. Sie saß auf dem Bett. Darüber hing ein Plakat, auf dem ein Dorf abgebildet war. Winter erkannte die Berge.

»Sie hätten sich draußen mit mir unterhalten können.«

»Sie sind doch weggegangen.«

»Wenn Sie weiter über Kekse und Zitronen reden wollen, können Sie gleich wieder gehen.«

»Damit haben Sie angefangen.«

»Was ist das für ein kindisches Gefasel?«, sagte Nasrin.

»Darf ich mich setzen?«

»Aber nicht aufs Bett.«

Im Zimmer war Musik. Es war Musik aus der Heimat. Die Stimme des Sängers klang jünger als Naser Razzazis Stimme. Die Musik klang jünger.

»Wer ist das?«, fragte Winter.

»Sie interessieren sich wohl für alles«, sagte Nasrin. »Sind Sie immer so neugierig?«

»Ich interessiere mich für Musik.«

»Ich hab Ihnen schon mal gesagt, wer das ist. Haben Sie das vergessen?«

»Nein.«

Sie streckte sich nach etwas auf dem Bett und warf Winter plötzlich einen Gegenstand zu. Er fing ihn im Flug auf. Es pikste in seiner Handfläche.

»Bravo!«

Er las den Namen auf dem CD-Cover. »Zakaria.«

»Er ist zurückgegangen.«

»Zurückgegangen?«

»Er hat in Schweden gelebt, ist aber zurück nach Kurdistan gegangen.« Sie zeigte mit dem Kopf auf etwas hinter Winter. Er drehte sich um. An der Wand hing eine Landkarte.

»Kurdistan?«

»Was glauben Sie?«

»Ich dachte tatsächlich, es sei Kurdistan.« Er lächelte.

»Richtig! So sähe es aus. Wenn es Kurdistan gäbe. Wenn es mein Land gäbe.«

Das Land hatte eine Form wie Italien ohne Schuhspitze. Ein Italien zwischen dem Mittelmeer, dem Kaspischen Meer und dem Persischen Golf.

»Woher kommt die Familie Aziz?«, fragte Winter. »Können Sie mir das zeigen?«

»Nein.«

Das klang energisch. Sie wollte jetzt nicht auf die Landkarte schauen.

»Möchten Sie auch zurück?«

»Es ist zu spät.«

»Warum?«

»Es ist niemand mehr da. Alles ist für immer verschwunden. Und dann hat es doch keinen Sinn, wieder dorthin zu gehen, finden Sie nicht?«

»Das müssen Sie selbst entscheiden, Nasrin.«

Sie lächelte ein wehmütiges Lächeln. Oder ihre Lippen bewegten sich, als sie sich vorbeugte.

»Wovon singt er?«

»Was?«

»Wovon singt er?«, wiederholte Winter. »Zakaria.«

Sie schien das Interesse verloren zu haben, das Interesse an der Musik, daran, auf dem Bett sitzen zu bleiben, Winters Fragen anzuhören.

»Das sind nur Liebeslieder.«

Winter las den Text auf dem Cover. »*Bo Pesimani*. Was bedeutet das?«

»Ich bereue. Das singt er, ich bereue, ich bereue.«

»Ein vertrautes Thema in Liebesliedern.«

»Wirklich?«

»Ich glaube ja.«

Nasrin erhob sich. »Ich will jetzt hier weg.«

»Darf ich Sie vorher noch etwas fragen?«

Sie antwortete nicht.

»Hatte Hiwa irgendwie etwas mit Prostitution zu tun?«

Sie war auf dem Weg zur Tür, und Winter konnte ihr Gesicht nicht sehen. Sie drehte sich nicht um.

»Ging es um Prostitution, Nasrin?«

Sie drehte sich um. Ihre Miene war unverändert.

»Irgendwie? Was meinen Sie?«

»Hatte er mit Prostitution zu tun?«

»Warum sollte er?«

»Ich frage Sie.«

»Davon weiß ich nichts.«

»Ist das wirklich wahr, Nasrin?«

»Das ist wirklich wahr«, antwortete sie und verließ das Zimmer.

# 35

Winter fuhr an Vägstumparna vorbei: Fjällglimmen, Fjällgrimman, Fjällgrönan, Fjällhavren, Fjällkåpan. Er war im Fjäll. Dort unten lagen die Wiesen, in dem schönen Dämmerlicht sah er Kühe friedvoll grasen.

Der Aussichtsplatz war groß und breit. Winter parkte und ging zu den Büschen. Er entdeckte die Bank und die Person, die darauf saß. Er setzte sich daneben.

»Hier ist es schön«, sagte Bror.

»Ja, wirklich.«

»Manchmal fahr ich hier rauf, um nachzudenken.«

»Woran denkst du dann?«

»Manchmal denk ich überhaupt nicht.« Bror lächelte. »Siehst du die Kühe? Wir sind auf dem Lande.«

»Das hab ich eben auch gedacht«, sagte Winter.

»Guck mal, all das ruft diese friedliche Stimmung in uns hervor. Die Natur. Ein Moment des Nachdenkens.« Er wandte sich Winter zu. »Hast du in der letzten Zeit nachgedacht?«

»Ist das nicht unser Job?«

Bror zeigte auf das Tal hinunter. Es erstreckte sich so weit, dass man nicht einmal mit einem Fernglas bis zum Ende hätte schauen können. Die Häuser der Dörfer wirkten wie kleine Nachbildungen auf einer grünen Platte, auf der eine Modelleisenbahnstrecke errichtet worden war.

»Das Auge kann einen wirklich reinlegen«, sagte Winter. »Wo ist Abdullah?«

»Er kommt. Er wollte nur abwarten, bis es etwas dunkler wird.«

»Dann sitzen wir hier bis August.«

»Nein, nein. Aber er hat sich immer noch nicht an das Mitternachtslicht im Sommer gewöhnt. Er begreift das einfach nicht.«

»Wann ist er nach Schweden gekommen?«

»Vor fünfzehn Jahren.«

»Ich verstehe.«

»Er weiß nicht, dass du dabei bist.«

»Ist das gut überlegt?«

»Deine Anwesenheit? Nein. Jedenfalls konnte ich es ihm nicht sagen, dann würde er gar nicht erst auftauchen.«

»Wie wollen wir es also machen?«

»Ich werde zuerst mit ihm reden.« Bror wies mit dem Kopf ins Tal hinunter. Ein Auto bewegte sich in Richtung Westen. Von dort führten keine Straßen hier herauf. Es war immerhin so dämmerig, dass die Lichtkegel der Scheinwerfer im Abendlicht zu sehen waren. »Siehst du das Auto da unten? Das ist er.«

»Hat er einen Geländewagen?«

»Er hätte es ja sein können.«

Winter sah auf die Uhr. Er war bereit, auf Godot zu warten. Die absurde Unterhaltung fortzusetzen. Bror war nervös, in solchen Situationen war er immer nervös. Winter war nicht nervös, aber er spürte eine Erregung, die er mit dieser Art Konversation in Schach hielt. Sie hätten zwei Freunde sein können, die die Dämmerung vom höchsten Punkt aus bewunderten. Heller würden die Sommernächte nicht mehr werden. Die Sommersonnenwende war schon vorbei. Nach dem Mittsommerfest wurden die Tage schon wieder kürzer. Vielleicht war das ein Trost für Abdullah.

»Entschuldige bitte«, sagte Bror und stand auf.

Alan hatte an der Wegkreuzung gewartet, und das Auto war gekommen. Natürlich hatte er nicht direkt auf der Kreuzung gestanden, das wäre keine gute Idee gewesen. Aber wenn etwas passierte, wussten sie, dass er dort stehen würde. Hierher hatte er sich durchschlagen sollen, wenn es möglich war, ja, nicht nur er. Er sollte nicht anrufen, das ging natürlich nicht. Er sollte versuchen, hierherzukommen.

Einfach abzuhauen war keine gute Idee gewesen.

Manchmal setzte der Verstand aus. Man brauchte Zeit zum Nachdenken, aber in dem Moment hatte er keine Zeit gehabt.

Jetzt hatte er Zeit. Vielleicht.

Er lief zu dem Auto und sprang hinein. Die hintere Tür war schon geöffnet. Das Auto fuhr davon.

»Leg dich auf den Boden!«

Er ließ sich vom Sitz fallen, so schnell, dass er schmerzhaft auf der Gummimatte aufschlug. Er nahm den Geruch von Erde und Sand wahr.

Winter zündete sich einen Corps an und vermied es, sich umzusehen. Der Rauch schwebte durch die klare Luft, über den Abhang hinaus und wurde zu einer Wolke über dem Tal, ein kleiner Wolkenbausch, der erste seit Wochen. Er rieb sich die Stelle über dem Auge, der Schmerz war zurückgekehrt, allerdings nur wie ein Schatten des vorherigen Schmerzes. Vielleicht würde das Nikotin helfen. Er hatte gelesen, dass es gegen Alzheimer half, den bösen Prozess aufhielt, und das war eine gute Sache.

Er meinte Brors Stimme zu hören.

»Winter.«

Er drehte den Kopf. Bror stand beim Gebüsch.

»Es ist so weit.«

Winter stand auf und folgte Bror.

Am anderen Ende des Parkplatzes stand ein Opel Corsa aus dem vergangenen Jahrhundert oder dem Jahrhundert davor, weiß, verrostet. Der Opel hatte nicht dort gestanden, als Winter gekommen war.

Er konnte niemanden im Auto entdecken.

»Ist er mit dem gekommen?«, fragte er, als sie den Platz überquerten.

Bror sah sich um. Auf einer der Bänke am Rand saß ein Pärchen. Junge Leute, ihre Rücken wirkten so schmal, als könnte ein kräftiger Windstoß sie über Gunnilse davontragen.

»Kennst du die da?«, fragte Winter.

»Nein.«

»Das gefällt mir nicht.«

»Ich kann nicht hingehen und sie wegschicken, oder?«

»Hast du diesen Treffpunkt ausgesucht, Bror?«

»Ich hatte keine Wahl, und das weißt du, Winter.« Bror begegnete Winters Blick. »Du solltest ja nicht mal hier sein.« Er zeigte mit dem Kopf zum Auto. »Setz dich auf den Beifahrersitz. Die Tür ist offen.«

Winter ging um das Auto herum und setzte sich hinein.

Bror setzte sich auf den Fahrersitz.

Winter hatte die Gestalt gesehen, die im Fußraum vor dem Rücksitz kauerte, konnte jedoch nichts Genaueres erkennen.

Die Dämmerung hatte noch etwas zugenommen, als würde das Licht langsam heruntergedimmt.

Er hörte ein Geräusch von hinten, als würde sich jemand die Nase putzen oder husten.

»Dreh dich nicht um«, sagte Bror.

Jetzt hörte Winter eine Stimme. Sie klang gedämpft oder vielmehr erstickt, als ob sich jemand ein Taschentuch oder ein Stück Stoff vor den Mund hielt. Die Worte waren zu verstehen, aber es waren Wörter ohne Farbe oder Klang, fast ohne Sprache.

»Keine zweite Person, hab ich gesagt!«

»Ich nehm die Schuld auf mich.« Bror hatte den Blick auf die Aussicht gerichtet, die aus dieser Perspektive überwiegend aus Himmel bestand, und auf das junge Paar, das ihnen immer noch den Rücken zukehrte. Warum sollten die beiden alten Knacker Bror und Winter für ein junges Paar interessant sein?

»Sie haben es versprochen!«

»Das ist Kriminalkommissar Erik Winter. Er leitet die Ermittlung im Fall der Morde in Hjällbo. Er muss hier zugegen sein.«

Hinten blieb es still. Eine Sekunde lang fürchtete Winter, seine Anwesenheit könnte alles kaputt machen. Vielleicht hätte er doch lieber warten sollen.

»Er hat sich aufgedrängt«, sagte Bror. »Aber das ändert nichts.«

Vom Rücksitz kam Gemurmel.

»Er kann Sie nicht sehen, oder? Er kann Ihre Stimme nicht erkennen. Er weiß nicht, wie Sie heißen. Lassen Sie uns jetzt darüber reden, was Sie wissen, damit wir so schnell wie möglich von hier weg kommen.«

Im Zündschloss steckten keine Autoschlüssel. Das bedeutete nichts.

Er ist nicht selbst gefahren, dachte Winter.

Nicht wegen der Schlüssel. Es war nur ein Gedanke. Jemand anders hatte Abdullah hergebracht. Winter hatte das Auto nicht einmal gehört. Es musste die letzten Meter mit ausgeschaltetem Motor gerollt sein, vielleicht hundert Meter. Von Osten gab es ein leichtes Gefälle.

»Ich hab heute Abend versucht, Sie zu erreichen«, sagte Bror. »Und am Nachmittag.«

Aus dem Fond kam keine Antwort.

»Ihre Mutter wusste nicht, wo Sie sind«, sagte Bror.

Winter sah ihn an.

»Warum sind Sie abgehauen?«, fragte Bror.

»Was meinen Sie, warum?«

»Damit hören Sie augenblicklich auf«, sagte Bror. »Antworten Sie nur auf meine Fragen. Aus welchem Grund sind Sie abgehauen?«

»Ich hatte Angst.«

»Wovor?«

»Den Waffen. Gewehren.«

»Jetzt verstehe ich Sie nicht.«

»Hama ... ich wusste, dass er helfen wollte, ein paar Schrotflinten zu besorgen, und ich war dabei ... nicht richtig, aber ich wusste, dass was passieren würde. Ich hab ein Auto beschafft.«

»Von wo?«

»Heden.«

Bror sah Winter an und Winter nickte. Heden, dieser feine offene Parkplatz für Autos, die bald gestohlen werden würden.

»Hama? Meinen Sie Hama Ali Mohammad?«

»Ja.«

»Er ist umgebracht worden, das wissen Sie?«, sagte Bror.

Keine Antwort.

»Er ist ermordet worden«, wiederholte Bror. »Wussten Sie das?«

»Nein, nein, Herrgott, nein.«

»Sie wissen es vielleicht doch. Wenn Sie also vorher Angst hatten, haben Sie jetzt noch mehr Grund, Angst zu haben, oder? Haben Sie deswegen Ihre Flucht aufgegeben? Weil Sie sich noch stärker bedroht fühlen?«

»Ich hab mich nicht direkt bedroht gefühlt.«

»Direkt? Wie meinen Sie das?«

»Ich bin trotzdem geflohen.«

Bror sah Winter an.

»Wer hat die Schrotflinten geliefert?«

»Ich weiß es nicht.«

»Nun machen Sie schon.«

»Ich dachte, das X-Team, aber ich habe nichts Genaueres erfahren. Es war nicht ... ich hab nicht erfahren, ob sie es wirklich waren.«

»Wirklich? Wir haben das X-Team um- und umgedreht«, sagte Bror, »und haben keinen Hinweis darauf gefunden, dass sie es waren.«

»Das ist das Einzige, was ich gehört habe.«

»Sie waren es nicht«, wiederholte Bror. »Versuchen Sie es noch einmal.«

»Was?«

»Versuchen Sie uns zu sagen, wer die Waffen geliefert hat. Das ist nicht gerade was für die Junioren.«

»Ich hab X-Team gehört.«

»Wer hat das gesagt?«

Keine Antwort.

»Woher haben Sie die Information?«

»Von den Kurden.«

»Den Kurden? Was zum Teufel meinen Sie damit?«

»Jemand auf dem Marktplatz. Angered. Ich kann nicht sagen, wer. Das spielt keine Rolle. Er hat X-Team gesagt.«

»Wer war es?«

»Das kann ich nicht sagen.«

»Warum nicht?«

Keine Antwort.

»Ein Kurde sagt X-Team, und Sie fallen darauf rein?«

»Ich falle nicht rein. Ich sage nur, was ich gehört habe.«

»Wer hat sie gekauft?«

»Was?«

»Wer wollte die Flinten haben?«

»Das weiß ich nicht.«

»Sie wissen, wer die Waffen geliefert hat, aber Sie wissen nicht, wer sie gekauft hat?«

»Ich weiß es nicht.«

»Auf welche Weise war Hama Ali in die Sache verwickelt? Er war doch nur ein kleiner Gauner und beschäftigte sich nicht mit Waffenhandel.«

»Ich weiß nicht, was er getan hat. Ich hab das Auto besorgt. Mehr weiß ich nicht.«

»Sie haben nicht gefragt?«

»Ich frage nie. Das wissen Sie. Fragen ist gefährlich.«

»War es gefährlich, den ungefährlichen Hama Ali zu fragen?«

Keine Antwort.

»Wer hat es getan?«

»Hä?«

»Sind Sie schwerhörig? ›Hä?‹ Sie benutzen eine miese Sprache.«

»Ich weiß nicht, wer es getan hat.«

»War es der Kurde?«, fragte Winter.

Bror zuckte zusammen und warf Winter einen Blick zu.

»Wollte der Kurde die Gewehre für sich haben?«

»Ich weiß es nicht.«

»Das haben Sie doch sicher schon selbst gedacht.«

»Nein.«

»Warum haben Sie überhaupt darüber gesprochen? Sie und Ihr kurdischer Kontakt? Wie sind Sie auf das Thema gekommen?«

»Auf das Thema gekommen ... er und ich reden immer über das, was anliegt.«

»Wer? Sie und er?«

»Nein, nein. Wir ... ich meine, viele. Herr Malmers weiß das.«

»Was meinen Sie damit? ›Nein, nein‹. Hatten Sie keinen regelmäßigen Kontakt?«

»Ich ... er und ich haben früher nicht über so was geredet.«

»Aber diesmal doch?«

»Ich weiß es nicht, vielleicht hab ich es erwähnt. Ich kann mich nicht erinnern.«

»Anfangs haben Sie gesagt, Sie haben Angst vor Waffen. Was meinen Sie damit?«

»Ich ... als ich erfahren hab, was passiert ist. Wozu sie benutzt worden sind. Da kriegte ich Angst.«

»Weil Sie mit Ihrer kurdischen Kontaktperson gesprochen haben?«

»Nein.«

»Warum sollten Sie sich sonst bedroht fühlen? Sie waren doch nicht direkt in die Sache verwickelt?«

»Ich ... kannte die Gewehre. Das hat mir gereicht.«

»Wie viele kannten die Waffen?«

»Ich weiß es nicht.«

»Nennen Sie uns die Namen.«

Diese Frage hatte Bror gestellt. Er bekam keine Antwort.

»Hussein Hussein?«

»Wer ist das?«

»Er hat doch bei Jimmy Foro gearbeitet.«

»Nein. Den kenn ich nicht.«

»Wissen Sie, dass er auch in den Wald geflohen ist?«

»In den Wald? Er ... auch?«

»In dieser Geschichte sind mehrere in den Wald geflohen«, sagte Bror.

Im Fond blieb es still.

»Wussten Sie das?«

»Nein, das wusste ich nicht.«

»Warum hätte er verschwinden sollen? Hussein?«

Keine Antwort.

»Hatte er auch Angst?«

»Ich weiß es nicht.«

»Was sind Sie für ein beschissener Informant! Plötzlich wissen Sie gar nichts mehr.«

»Ich kann doch nicht sagen, was ich nicht weiß.«

»Wir müssen das Gespräch wohl an einem anderen Ort fortsetzen«, sagte Bror.

»Wo?«

»Was meinen Sie wohl, wo?«

»Ich weiß nichts mehr. Ich bin drauf eingegangen ... mit Ihnen zu reden. Mit Ihnen beiden, obwohl ich nicht wusste, dass Sie zu zweit sein würden.«

»Was wollen Sie jetzt machen?«, fragte Winter.

»Ich will nach Hause.«

»Bitte sehr«, sagte Bror.

Das junge Paar hatte sich von der Bank erhoben, der Mann, fast noch ein Junge, warf einen Blick auf das Auto, und Winter spürte, dass hier etwas nicht stimmte. Er kannte den Mann nicht, auch nicht das Profil der Frau, aber er hatte das starke Gefühl, dass sie ihn erkannten. Es war etwas an der Art, wie sie zögerten. Der rasche Blick des Mannes. Sein Rucksack. Herr im Himmel.

Winter machte eine Handbewegung unter dem Armaturenbrett. Bror hatte verstanden. Er schaute zu dem Paar, das immer noch neben der Bank stand, als wäre den beiden etwas eingefallen, was sie zurückhielt, nachdem sie schon beschlossen hatten zu gehen.

»Wir haben Ihre Kumpel bemerkt«, sagte Bror zu der Gestalt auf dem Boden des Fond. »Und sagen Sie nicht noch einmal ›hä‹.«

Sie bekamen keine Antwort.

»Was machen die hier?«, fragte Bror.

»Ich verstehe nicht. Welche Kumpel?«

»Dann müssen Sie sich schon aufrichten und selber hinschauen.«

»Ich weiß von keinen anderen.«

»Okay, dann haben wir uns wohl geirrt.«

Jetzt gingen die beiden auf das Auto zu, oder auf etwas anderes, vielleicht auf Fahrräder, die an einen Baum gelehnt waren.

»Haben wir uns geirrt?«, fragte Bror.

Und dann hörten sie, wie hinten die Autotür aufflog. Brors Quelle warf sich hinaus, stürmte hinter einen Baum und war plötzlich verschwunden. Aber Winter hatte ihn erkannt.

# 36

Bror brüllte in sein Handy. Winter stürzte aus dem Auto und lief auf das Gebüsch zu, aber er wusste, dass es zwecklos war.

»Ihr rührt euch nicht von der Stelle!«, schrie Bror hinter ihm. Das junge Paar hatte sich nicht bewegt.

Alan Darwish war auf eins der Fahrräder gesprungen, die an einem Baum lehnten. Es waren nur wenige Meter zum Fjällsippan oder Fjällsyran oder wie zum Teufel diese elenden Sackgassen hießen. Aber dorthin würde Alan nicht fahren, er würde so lange radeln, wie es ging, und dann versuchen, in ein Versteck im Wald zurückzukehren. Er hat mich erkannt. Er wusste, dass ich ihn erkennen würde. Oder er wagte es nicht, mehr zu sagen. Er hatte schon zu viel gesagt. Er wusste, dass wir ihn mitnehmen würden und dass er früher oder später mehr verraten würde. Er wollte das nicht, wagte es nicht. Nicht vor uns hat er Angst.

»Wer zum Teufel seid ihr?!«, hörte Winter Brors Stimme.

»Das wäre nicht passiert, wenn du nicht dabei gewesen wärst, Winter.«

Winter antwortete nicht. Sie hatten fast das Zentrum von Angered erreicht. Es war nicht weit entfernt.

»So etwas hab ich noch nicht erlebt«, sagte Bror.

»Ich schon.«

»Ich weiß, Winter. Daraus hätte ich lernen müssen.«

»Was lernen?«

»Nicht in einem unverschlossenen Auto zu sitzen.«

»Wir hatten keine Schlüssel.«

»Aber jetzt haben wir das Auto«, sagte Bror. »So weit hat er nicht gedacht.«

»Es war Alan Darwish«, sagte Winter.

Bror sah ihn erstaunt an. Sein Handy klingelte, und er meldete sich mit »Huh?«.

Winter hörte die Stimme am anderen Ende, konnte aber nichts verstehen. Es klang wie Schotter oder Sand unter schweren Schritten, ein knirschendes Geräusch.

»Wo zum Teufel wart ihr eigentlich?«, fragte Bror.

Er hörte wieder zu.

»Der fährt auf einem verdammten FAHRRAD in der Gegend rum! Rannebergen ist ja nur ein verdammter BERGGIPFEL! Entweder fasst ihr ihn, oder er hat da oben Kumpel, die ihm Unterschlupf gewähren. Dazwischen gibt's nichts.«

Bror drückte mit einer heftigen Bewegung auf Aus. Er war sauer auf die Person, die ihn angerufen hatte. So was nennt man Übertragung. Winter würde es auch noch treffen, schließlich war er der Hauptschuldige in Brors Augen.

»Wer weiß, ob die es überhaupt schaffen, den Schlingel aufzuhalten«, sagte Bror und drehte sich plötzlich um, wie um festzustellen, ob das junge Paar immer noch dort war, wo sie es hatten stehen lassen, zusammen mit Beamten aus einem Streifenwagen. Winter hatte gesagt, dass er sie später befragen wollte. Wann später? Das wusste er nicht. Sie sollten solange im Auto warten.

»Warum wollte Alan Darwish sich ausgerechnet hier oben treffen?«, fragte Winter.

Bror sah ihn wütend an und holte tief Luft. »Weiß ich doch nicht. Ich hab ihn gefragt, aber er hat nicht geantwortet. Er hat den Ort ausgesucht, nicht ich. Ich hatte keine Wahl, oder? Das Wichtigste war doch das Treffen, oder?«

»Du hast am Telefon gesagt, dass er hier oben Kumpel hat.«

»Ja, und?«

»Vielleicht ist das so. Vielleicht versteckt er sich in einer Wohnung.«

»Das traut der sich nicht. Die Kumpel würden es auch nicht wagen. Es könnte funktionieren, aber so verdammt smart ist Alan nicht. Dem trau ich so was nicht zu.«

»Vielleicht war das nicht seine Idee.«

Bror nickte.

»Wir haben so viele Leute vor Ort wie möglich«, sagte er, »aber wir können nicht tausend Wohnungen durchsuchen und hoffen, dass er auf uns wartet. Und wir können auch nicht das ganze Scheiß-Rannebergen absperren.«

Nein, das konnten sie nicht. Wegen eines verschwundenen und damit wertlosen Denunzianten. Am Abend des Mittsommertages war es unmöglich, die gesamten Polizeikräfte von Västra Götaland für die Suche zu mobilisieren.

Das Auto. Winter dachte an das Auto. Opel Corsa. »Sah aus wie ein Corsa.« Genauso hatte sich der Hausverwalter der Siedlung in eben jenem Rannebergen am ersten Morgen ausgedrückt, jenem Morgen, als sie dort hingefahren waren, um den Mord an Shahnaz Rezai in der Fjällblomman, am anderen Ende des Stadtteiles vom Aussichtsplatz gelegen, zu konstatieren. »Sah aus wie ein Corsa. Weiß. Ein bisschen verrostet. Vielleicht zehn Jahre alt.« Das hatte der Hausverwalter gesagt, weißer verrosteter Corsa mit einem beschädigten Kotflü... Jesus, wie hatte das Auto da oben ausgesehen? Winter war aus der anderen Richtung gekommen ... war um das Auto herumgegangen ... hatte sich hineingesetzt ... war dann hinausgesprungen ... war etwas mit dem Kotflügel gewesen? Der Hausverwalter hatte gesagt, der rechte Kotflügel vorn sei beschädigt gewesen, eingedrückt. Winter hatte auf dem Beifahrersitz gesessen, während sie mit Alan sprachen. Als er, Winter, loslief ... war da nicht was mit dem Blech gewesen? Hatte er nicht etwas gesehen?

»Ruf die Jungs beim Auto an«, sagte er zu Bror. »Ich muss was überprüfen.«

»Was?«

»Es geht um das Auto. Es könnte wichtig sein.«

»Ja, ja.« Bror gab die Kurzwahl ein, um den Funk zu vermeiden. Manchmal schien es, als höre die halbe Stadtbevölkerung den Polizeifunk ab. Das Programm war offenbar besser als das vierte im Radio, spannender.

Winter übernahm das Telefon.

»Ja, hallo, Winter hier. Würden Sie mir bitte einen Gefallen tun? Schauen Sie sich mal den Opel an, rechter Kotflü... Ach, Sie stehen daneben? Gut, gucken Sie sich den doch bitte mal an. Ist der besch... eingebeult, okay. Drückt nicht gegen das Rad ... okay. Gut, danke. Ja, ja, ich werde es ihm ausrichten. Ja, danke.«

Winter reichte das Handy zurück.

»Was hat das zu bedeuten?«, fragte Bror.

Winter erzählte es ihm.

Angereds Marktplatz wirkte düster in der Dämmerung, ganz und gar sich selbst überlassen.

Winter parkte vor dem Polizeirevier.

Brors Büro sah genauso düster aus wie der Platz da draußen.

Auf dem Weg hierher hatte Winter Torsten Öberg angerufen. Öberg hatte geseufzt.

»Möchtest du einen Kaffee?«, fragte Bror.

»Ein Kaffee ist vermutlich das Einzige, was mich noch aufrecht halten kann.«

»Tja, Whisky hab ich nicht.«

»Ich muss noch fahren.«

»Gut. Mal sehen, ob der Automat funktioniert.«

Winter warf einen Blick auf die Uhr an der Wand über Brors Schreibtisch. Zehn nach zehn.

Er hatte Möllerström aufgeschreckt, der jemanden von der Hausverwaltung aufgeschreckt hatte, der Hannu Pykönen, den Hausverwalter in der Fjällblomman, Besuchsszeiten 8-9, Mo-Fr, aufgeschreckt hatte. Aber jetzt war weder Mo noch Fr, es war Sa, Mittsommertag, der dabei war, in einen normalen So überzugehen, und Winter wollte heute noch mehr erfahren, noch heute Abend, wenn möglich. Wenn Öbergs Leute sich das Auto vornahmen, bestand zumindest eine gewisse Wahrscheinlichkeit, dass es dazu kam.

Hannu Pykönen wohnte in der Nähe, am Ramnebacken, und in einer halben Stunde würden sie sich in Rannebergen treffen und das Auto in Augenschein nehmen. Es würde immer noch weiß und verrostet sein, aber nicht mehr ganz so unansehnlich mit all dem Licht, das darauf fallen würde.

Bror kam mit zwei Plastikbechern voll Automatenkaffee zurück. Er zog eine Grimasse, der Kaffee war heiß und verbrühte ihm durch das Plastik die Finger. Er stellte die Becher auf dem Schreibtisch ab.

»Was sagst du also?« Er setzte sich auf seinen Schreibtischstuhl. »Wie sollen wir Alan interpretieren?«

»Interpretieren?«

»Ja, interpretieren. Hier oben kann man mit den Leuten nicht Klartext reden. Na, das gilt wahrscheinlich für alle Banditen, das weißt du ja. Überall. Wie also interpretieren wir den Jungen?«

»Die beste Interpretation ist wahrscheinlich die, dass er Angst hatte.«

»Ich muss sagen, ich bin erstaunt. Das ist noch viel zu milde ausgedrückt. Ich bin verdammt erstaunt. Erst verschwindet er, dann taucht er unter gewisser Heimlichtuerei wieder auf und dann verschwindet er wieder.«

»Gib mir nicht noch einmal die Schuld«, sagte Winter.

Bror schien ihm nicht zuzuhören. Er nippte an seinem Kaffee, zog eine Grimasse und sah aus, als sei er in Gedanken versunken.

»Ihm ist was eingefallen.«

»Was eingefallen?«, fragte Winter.

»Während wir mit ihm geredet haben, ist ihm was eingefallen.«

»Was?«

»Wir müssen es uns noch mal anhören.«

»Hast du das Gespräch aufgenommen?«

»Was zum Teufel denkst du denn?« Bror hielt das kleine Tonbandgerät hoch. »Alan konnte das Mikrophon vom Boden aus nicht sehen. Du hast es auch nicht gesehen. Ich hätte ein ganzes Aufnahmestudio bei mir haben können, ohne dass er was gemerkt hätte in dem Dreck auf dem Boden. Das ist der Nachteil, wenn man sich auf dem Boden im Fond eines Corsa verabredet.«

Winter nickte, rieb sich die Stelle über den Augen, massierte die Schläfe. Die Kopfschmerzen waren da, spürbar, nicht viel mehr, wie ein lauerndes Ungeheuer.

»Kannst du noch, Winter? Bist du müde? Zu viel rumgesumpft heute Nacht?«

»Nicht mehr als du, Bror.«

Bror nahm das Band aus dem Apparat und legte es in ein besseres Gerät ein.

»Er ist gebracht worden«, sagte Winter.

Bror sah auf. »Er könnte doch selbst gefahren sein.«

»Das glaub ich nicht. Die Schlüssel waren nicht da. Ich glaube nicht, dass er sie abgezogen hat.«

»Warum nicht?«

»Ich glaube es nicht«, wiederholte Winter.

»Aber du hast Recht, Junge. Alan ist nicht gefahren, falls er nicht in den letzten Tagen heimlich seinen Führerschein geschafft hat. Der Kerl könnte nicht mal ein Kamel lenken. Oder antreiben, das passt vielleicht besser.«

»Standen die Fahrräder schon da, als du gekommen bist?«, fragte Winter. »Die Fahrräder an dem Baum?«

»Ich habe sie nicht gesehen, nein. Ich bin aus der anderen Richtung gekommen.«

»Ich hab sie gesehen«, sagte Winter.

»Ach?«

»Sie lehnten am Baum.«

»Okay, und was hat das zu bedeuten?«

»In dem Moment war niemand anders da, nur wir, du und ich, aber da standen zwei Fahrräder.«

»Worauf willst du hinaus?«

»Dass die beiden Jugendlichen nicht mit den Rädern gekommen sind.«

»Okay, dann waren sie wohl zu Fuß.«

»Oder sie sind mit einem Auto gefahren. Ich werde mit ihnen reden, wenn der Hausverwalter den Wagen gesehen hat«, sagte Winter.

»Ich helf dir«, sagte Bror.

»Schalt das Band ein, damit wir es schaffen, es uns vorher noch anzuhören.«

Kratzgeräusche, Quietschen, Brors Stimme:

*»Warum sind Sie abgehauen?«*

*»Was meinen Sie, warum?«*

*»Damit hören Sie augenblicklich auf. Antworten Sie nur auf meine Fragen. Aus welchem Grund sind Sie abgehauen?«*

*»Ich hatte Angst.«*

*»Wovor?«*

*»Den Waffen. Gewehren.«*

*»Jetzt verstehe ich Sie nicht.«*

*»Hama ... ich wusste, dass er helfen wollte, ein paar Schrotflinten zu besorgen, und ich war dabei ... nicht richtig, aber ich wusste, dass was passieren würde. Ich hab ein Auto beschafft.«*

*»Von wo?«*

*»Heden.«*

*»Hama? Meinen Sie Hama Ali Mohammad?«*

*»Ja.«*

*»Er ist umgebracht worden, das wissen Sie? – Er ist ermordet worden. Wussten Sie das?«*

*»Nein, nein, Herrgott, nein.«*

*»Sie wissen es vielleicht doch. Wenn Sie also vorher Angst hatten, haben Sie jetzt noch mehr Grund, Angst zu haben, oder? Haben Sie deswegen Ihre Flucht aufgegeben? Weil Sie sich noch stärker bedroht fühlen?«*

*»Ich hab mich nicht direkt bedroht gefühlt.«*

*»Direkt? Wie meinen Sie das?«*

*»Ich bin trotzdem geflohen.«*

Winter gab ein Zeichen. Bror drückte auf Stopp.

»Ja?«

»Ich glaube, er lügt, als er sagt, dass er nichts von Hamas Tod weiß.«

»Das glaub ich auch«, sagte Bror. »Aber wer hat ihm das erzählt?«

»Der Mörder«, sagte Winter.

»Wir hören es uns noch mal an«, sagte Bror.

*»Er ist umgebracht worden, das wissen Sie? – Er ist ermordet worden. Wussten Sie das?«*

*»Nein, nein, Herrgott, nein.«*

Bror drückte auf Stopp.

»Was meinst du, Winter?«

»Er weiß es. Er sagt auch, dass er sich nicht direkt bedroht gefühlt hat. Was meint er damit?«

»Genau das habe ich ihn ja auch gefragt.« Bror deutete mit dem Kopf in Richtung Lautsprecher.

»Und dann sagt er nur, dass er trotzdem abgehauen ist. Lass es noch mal zurücklaufen.«

Bror ließ das Band zurücklaufen, und sie hörten es sich erneut an. Dann drückte er wieder auf Stopp.

»Ich hab mich nicht direkt bedroht gefühlt«, zitierte Winter. »Aber vielleicht hat er sich indirekt bedroht gefühlt.«

»Von wem?«

Winter antwortete nicht.

»Eine indirekte Bedrohung«, sagte Bror.

»Mach weiter«, sagte Winter. »Vielleicht schaffen wir noch ein Stück.«

Bror ließ das Band wieder laufen.

*»Wer hat die Schrotflinten geliefert?«*

*»Ich weiß es nicht.«*

*»Nun machen Sie schon.«*

*»Ich dachte, das X-Team, aber ich habe nichts Genaueres erfahren. Es war nicht ... ich hab nicht erfahren, ob sie es wirklich waren.«*

*»Wirklich? Wir haben das X-Team um- und umgedreht und haben keinen Hinweis darauf gefunden, dass sie es waren.«*

*»Das ist das Einzige, was ich gehört habe.«*

*»Sie waren es nicht. Versuchen Sie es noch einmal.«*

*»Was?«*

*»Versuchen Sie uns zu sagen, wer die Waffen geliefert hat. Das ist nicht gerade was für die Junioren.«*

*»Ich hab X-Team gehört.«*

*»Wer hat das gesagt? Woher haben Sie die Information?«*

*»Von den Kurden.«*

*»Den Kurden? Was zum Teufel meinen Sie damit?«*

*»Jemand auf dem Marktplatz. Angered. Ich kann nicht sagen, wer. Das spielt keine Rolle. Er hat X-Team gesagt.«*

*»Wer war es?«*

*»Das kann ich nicht sagen.«*

*»Warum nicht? Ein Kurde sagt X-Team, und Sie fallen darauf rein?«*

*»Ich falle nicht rein. Ich sage nur, was ich gehört habe.«*

*»Wer hat sie gekauft?«*

*»Was?«*

*»Wer wollte die Flinten haben?«*

*»Das weiß ich nicht.«*

*»Sie wissen, wer die Waffen geliefert hat, aber Sie wissen nicht, wer sie gekauft hat?«*

*»Ich weiß es nicht.«*

*»Auf welche Weise war Hama Ali in die Sache verwickelt? Er war doch nur ein kleiner Gauner und beschäftigte sich nicht mit Waffenhandel.«*

*»Ich weiß nicht, was er getan hat. Ich hab das Auto besorgt. Mehr weiß ich nicht.«*

*»Sie haben nicht gefragt?«*

*»Ich frage nie. Das wissen Sie. Fragen ist gefährlich.«*

Bror drückte auf Stopp.

»Ich möchte wirklich wissen«, sagte er, »wie der kleine Hama in diese Sache verwickelt war.«

»Kannst du es noch mal bis zu diesem X-Team zurücklaufen lassen«, sagte Winter. »Ein Stück weiter zurück.«

Bror ließ das Band zurücklaufen.

*»... nicht gerade was für die Junioren.«*

*»Ich hab X-Team gehört.«*

*»Wer hat das gesagt?«*

Pause.

*»Woher haben Sie die Information?«*

*»Von den Kurden.«*

Winter drückte selbst auf Stopp. »Den Kurden. Warum sagt er das. Die Kurden?«

»Im Plural.«

»Ja, später ist es nur noch einer, aber erst sind es ›die Kurden‹.«

»Ich hab's gehört.«

»Aber Alan ist doch Kurde?«

»Ich glaube ja.«

»Das muss ich wissen.«

»Er ist Kurde. Wenn er nicht Syrer ist. Er hat von seiner Heimatlosigkeit gesprochen, ein Volk ohne Land. Das sind die Kurden. Nein, er ist kein Syrer. Ich verwechsle ihn mit jemand anders. Er ist Kurde.«

»Warum nennt er sie ›die Kurden‹, als würde er nicht zu ihnen gehören?«, sagte Winter.

»Gute Frage.«

»Lass uns die Stelle noch mal anhören.«

Bror drückte auf die Taste:

*»Von den Kurden.«*

*»Den Kurden? Was zum Teufel meinen Sie damit?«*

*»Jemand auf dem Marktplatz. Angered. Ich kann nicht sagen, wer. Das spielt keine Rolle. Er hat X-Team gesagt.«*

*»Wer war es?«*

*»Das kann ich nicht sagen.«*

*»Warum nicht?«*

Winter drückte auf Stopp.

»Er sagt, es spielt keine Rolle, wer das gesagt hat, aber das klingt falsch.«

»Ich finde, das meiste klingt falsch«, sagte Bror. »Warum sollte zum Beispiel ein Kurde anfangen darüber zu faseln, dass das X-Team Schrotflinten liefert? Das können sie zwar tun, aber warum läuft ein Kurde auf dem Platz rum und verbreitet so was? Und erzählt es auch noch unserem kleinen Alan?«

»Kommt er nicht auf die Art an seine Informationen?«, fragte Winter. »Indem er rumläuft und mit den Leuten redet?«

Bror schüttelte den Kopf.

»Nein, er ist näher dran, bei Vorbereitungen oder jedenfalls an der Peripherie. Die Leute reden nicht geradeheraus.« Bror schaute wieder zum Lautsprecher. »Das hat er nur erfunden. Das mit dem X-Team. Wenn die in den Fall verwickelt wären, hätten wir es längst erfahren. Glaub mir.«

Brors Handy klingelte gleichzeitig mit dem Telefon auf dem Schreibtisch.

# 37

Hannu Pykönen wartete zusammen mit den Polizisten im Streifenwagen auf der Anhöhe. Den beiden Jugendlichen hatte man erlaubt, sich wieder auf die Bank zu setzen. Im Tal war es jetzt eher dunkel als hell. Das Licht dort unten war künstlich, lauter kleine Punkte. Winter nahm die beiden Silhouetten auf der Bank wahr. Sie rührten sich nicht.

Der Hausverwalter sah aus, als vermisse er seinen Overall, als würde er ihn für diese Aufgabe unbedingt benötigen. Als sei es Schwerstarbeit, etwas bezeugen zu müssen.

Winter begrüßte ihn. Sie gingen zu dem Opel. Der stand verlassen vor dem Baum und den Büschen. Er war gestohlen, so viel wussten sie jetzt. In Heden gestohlen. Pykönen beugte sich über den eingebeulten Kotflügel. Er machte ein paar Schritte rückwärts und schaute auf.

»Er könnte es sein. Mehr kann ich nicht sagen.«

»Gut.«

»Aber ich erinnere mich nicht an das Autokennzeichen«, fuhr Pykönen fort, wie ermuntert durch Winters »gut«.

»Haben Sie ihn mehrere Male gesehen?«

»Nicht soweit ich mich erinnere.«

»Okay, vielen Dank.«

»Ist das alles?«

»Haben Sie noch mehr zu erzählen?«

»Wollen Sie nicht nach … dieser Wohnung fragen?«

»Was sollte ich denn fragen?«

»Ich weiß nicht …«

»Was möchten Sie erzählen?«, fragte Winter milde.

»Ich kann mich jetzt etwas besser an die erinnern, die dort gewohnt haben«, sagte Hannu Pykönen.

»Woran erinnern Sie sich?«

»Nur daran … dass ich sie nicht mochte. Ich kannte sie nicht, aber da war was … das gefiel mir nicht. Ich mochte weder ihn noch sie.«

»Was hatten sie an sich, dass Sie die beiden nicht mochten?«

»Sie … haben nie gegrüßt, das war das eine. Dann … ich bin ihnen ein paar Mal mit einigen jungen Mädchen begegnet, als sie das Haus verließen. Es sah merkwürdig aus. Ich weiß nicht, wie ich es erklären soll … es sah irgendwie nicht … natürlich aus. Die Mädchen wirkten … nicht natürlich. Als würden sie … ich weiß nicht.«

»Als würden sie nicht freiwillig mitgehen?«, fragte Winter.

»Ja …«

»Warum haben Sie das nicht eher gesagt?«

Hannu Pykönen zuckte leicht mit den Schultern.

»Tja … das ist mir erst in den vergangenen Tagen wieder eingefallen. Und jetzt erzähle ich es ja.«

»Würden Sie diese Mädchen wiedererkennen?«

Pykönen zuckte noch einmal mit den Schultern. Das war kein unbekümmertes Zucken.

Die beiden Jugendlichen standen auf, als Winter sich der Bank näherte. Sie hatten seine Schritte gehört. Sie wirkten auch nicht unbekümmert, vielleicht müde, aber das konnte auch an der Mischung aus Licht und Dunkelheit liegen. Winter stellte sich vor. Sie stellten sich vor: Salim Waberi. Ronak Gamaoun.

Waberi, Waberi. Den Namen hatte er schon einmal gehört.

»Hast du eine Schwester, die heißt … heißt …« Er verstummte. War es nicht ein Mädchen? Eine Freundin von Nasrin oder Hiwa oder von beiden? Er konnte sich nicht erinnern.

»Ich habe eine Schwester«, sagte Salim.

»Wie heißt sie?«

»Shirin.«

»Ich kenne sie.«

Salim antwortete nicht. Das Mädchen, Ronak, schwieg. Sie schaute ins Tal hinunter, den Blick auf die Aussicht gerichtet, von der nicht mehr viel zu sehen war. Dort unten kroch ein Auto voran.

»Hat sie das erzählt?«, fragte Winter. »Dass ich sie getroffen habe?«

Salim nickte.

»Hast du Hiwa Aziz gekannt?«

Wieder nickte Salim.

»Und Nasrin?«

»Ein bisschen.«

»Und wie ist es mit dir, Ronak?«

»Wieso, ich kenne Nasrin ein bisschen. Was ist mit ihr? Wir wohnen in Hammarkullen.«

»Was macht ihr dann hier?«, fragte Winter.

»Sie wollten doch, dass wir bleiben. Wir kapieren gar nichts.«

»Warum seid ihr hergekommen?«

»Wie wollten nur die Aussicht genießen«, sagte Ronak. »Wir sind oft hier.«

»Seid ihr mit Fahrrädern gekommen?«

»Mit dem Fahrrad? Nein.«

»Wie seid ihr denn hergekommen?«

»Mit dem Bus.«

»Um was ... geht es eigentlich?«, fragte Salim.

»Das weißt du vielleicht besser als ich«, sagte Winter.

Und plötzlich war er müde, so todmüde, dass er sich am liebsten auf die Erde gelegt hätte. Er wollte sich durch die Erde geradewegs zum Vasaplatsen sinken lassen. Er wollte nicht mehr hier stehen. Salim und Ronak wussten vielleicht etwas, über Alan, irgendwas. Wenn sie Alan erwischten, würden sie ihn Salim und Ronak gegenüberstellen.

Er schlief wie ein Stein, traumlos, ohne Schmerzen über dem Auge. Als er wach wurde, erzählte er Angela, dass er sich wie verjüngt fühle. Er musste sie unbedingt wecken, um ihr das zu erzählen. Jedenfalls glaubte er, dass er sie geweckt hatte. Ich fühle mich wieder wie ein junger Mann.

»Genau das, was ich brauche«, sagte sie und zog ihn an sich.

»Jemand verlangt nach dir. Eine Frau.«

Sie waren immer noch nicht aufgestanden. Er nahm das Handy, das auf Angelas Nachttisch gelandet war.

»Ja, hallo?«

»Hier ist Riita Peltonen. Ich weiß nicht, ob Sie sich erin…«

»Ich erinnere mich sehr gut«, unterbrach Winter sie. Er hatte sich aufgerichtet. Plötzlich spürte er Spannungen im Kopf, als hätte er sich eine Kappe aufgesetzt. Das waren keine Kopfschmerzen. Es war ein anderes Gefühl, vertrauter, wie ein wiederkehrendes Fieber. Der Wecker auf seinem Nachttisch zeigte, dass es immer noch früh war.

»Dieser Junge. Ich weiß jetzt, wer es ist.«

Riita Peltonen erwartete Winter an einer Ecke oberhalb der Sandspåret.

Sie sah besorgt aus.

»Ihm ist doch hoffentlich nichts passiert?«

»Wo wohnt er?«, fragte Winter.

»Wenn er es ist.«

Ihr Schwedisch klang wie ein Morgenlied, vielleicht ein Morgenchoral. Es war wieder ein stiller Morgen und genauso warm, nichts hatte sich verändert, und doch kam es Winter so vor, als sei er von irgendwo zurückgekehrt, wo er um keinen Preis länger als absolut nötig bleiben wollte. Dabei hatte er sich gar nicht von der Stelle bewegt. Er hatte das Gefühl, er könnte endlos zwischen diesen Häusern herumrennen, so lange, wie die Jagd es erforderte.

»Die Adresse«, sagte er freundlich.

Winter klingelte an der Tür. Ein großes Blatt Papier hing daran, auf dem mit Kinderhandschrift BABAN stand.

Die Tür wurde nach dem dritten Klingeln geöffnet. Eine Frau schob sie etwa zwanzig Zentimeter weit auf. Sie schien um die dreißig zu sein.

Was sollte er sagen? Er zeigte seinen Ausweis.

»Ich suche einen Jungen«, sagte er.

Riita Peltonen wartete vor dem Haus.

Die Tür wurde nicht weiter geöffnet.

»Wohnt hier ein etwa zehnjähriger Junge?«

Die Frau schien ihn nicht zu verstehen, aber sie drehte den Kopf und sagte etwas, das Winter nicht verstand, und eine Stimme antwortete. Es war eine helle Stimme, die Stimme eines Zehnjährigen. Winter schob die Tür vorsichtig weitere zehn Zentimeter auf und dort stand der Junge, mitten im Flur, Winter erkannte ihn sofort, auch ohne Fahrrad.

»Ist dieser Junge in Gefahr?«

Er hatte Ringmar in der Leitung, seine Stimme kam wie vom anderen Ende der Welt.

»Ja, der Putzfrau zufolge hat jemand eine ihrer Kolleginnen angerufen und berichtet, dass jemand anders den Jungen gesehen habe. Möglicherweise zusammen mit einem Mann.«

»Einem Mann? Wer?«

»Das weiß ich noch nicht.«

»Wer hat das gesehen?«

»Das wissen wir noch nicht.«

»Wie ist sie darauf gekommen, dass es der Junge ist, den wir suchen?«

»Hat zwei und zwei zusammengezählt, wie sie es ausdrückte.«

»Was sagt er?«

»Im Augenblick nichts, Bertil. Aber es ist der Junge, den ich auf dem Fahrrad gesehen habe. Mehrere Male.«

»Vielleicht hat er gar nichts anderes gemacht, ist bloß auf seinem Fahrrad herumgefahren.«

»Wir können ihn doch fragen, oder?«

»Mhm.«

»Es wird dauern, Bertil. Er steht unter Schock.«

»Wie viel Zeit haben wir?«

Winter antwortete nicht. Er stand vor dem Haus. Er hörte Kinderstimmen. Er sah einen Ball in der Luft.

»Was machst du mit ihm?«

»Er darf zu Hause bleiben. Wir bewachen das Haus, schützen es, muss man wohl sagen. Ich werde mich hier mit ihm unterhalten. Er muss zu Hause bleiben dürfen.«

»Wann?«

»Bald.«

Sonnenlicht durchflutete das Präsidium. Die Ziegelwände waren nie so schön wie am Morgen. Über Torsten Öbergs Arbeitstisch lag ein besonderes Licht. Auch über den Köpfen auf den Bildern lag ein besonderes Licht. Die Gesichter musste man sich vorstellen.

»Aber bei Hiwa Aziz ist das nicht ganz so«, sagte Öberg. »Guck mal hier. Und hier.« Er zog ein anderes Bild heran. »Und nun vergleich mal.«

Winter setzte seine Lesebrille auf, die für diese Arbeit einen anderen Namen verdient hätte, und betrachtete die Bilder.

»Was willst du mir damit sagen, Torsten?«

»Es gibt gewisse Unterschiede, wenn man genauer und länger hinschaut.«

»Erzähl mir, was ich sehe«, bat Winter.

»Hiwa ist nicht so schwer verletzt wie die anderen beiden.«

Winter musterte Hiwas Kopf, sein Gesicht, das, was sein Gesicht gewesen war.

»Stimmt«, sagte er nach einer Weile. »Da gibt es einen Unterschied.«

»Was sagst du dazu, Erik?«

»Vielleicht war für ihn nicht dasselbe Strafmaß vorgesehen wie für die anderen beiden«, sagte Winter.

»Oder sie sind gestört worden.«

»Oder es war einfach so, dass sie Hiwas Gesicht nicht zerstören wollten.«

»Und doch ist es ihnen fast gelungen.«

»Ja.«

»Hier hat er gelegen.« Öberg zeigte auf die Skizze vom Tatort.

»Ganz hinten«, sagte Winter. »Hat das etwas zu bedeuten? Sie haben es einfach nicht geschafft, ihre Arbeit zu beenden.«

»Einer von ihnen wollte es.«

»Und der andere wollte es nicht.«

»Diese Schritte«, fuhr Öberg fort und zeigte auf das Bild.

»Als ob ihnen jemand zwischen den Füßen herumgelaufen wäre«, sagte Winter.

Winter saß in seinem Büro und hörte seine eigene Stimme.

*»War es der Kurde? Wollte der Kurde die Gewehre für sich haben?«*

*»Ich weiß es nicht.«*

*»Das haben Sie doch sicher schon selbst gedacht.«*

*»Nein.«*

*»Warum haben Sie überhaupt darüber gesprochen? Sie und Ihr kurdischer Kontakt? Wie sind Sie auf das Thema gekommen?«*

*»Auf das Thema gekommen ... er und ich reden immer über das, was anliegt.«*

*»Wer? Sie und er?«*

*»Nein, nein. Wir ... ich meine, viele. Herr Malmers weiß das.«*

*»Was meinen Sie damit? ›Nein, nein‹. Hatten Sie keinen regelmäßigen Kontakt?«*

*»Ich ... er und ich haben früher nicht über so was geredet.«*

Da war es.

Winter stoppte das Band, ließ es zurücklaufen und hörte es sich noch einmal an:

*»Ich ... er und ich haben früher nicht über so was geredet.«*

Warum hatten sie früher nicht »über so was« geredet? Waffen. Vielleicht auch darüber, wofür sie benutzt werden sollten. Für Mord sollten sie benutzt werden. Irgendwo da draußen gab es Waffen. Winter hatte sie nicht gefunden. Vielleicht hatte jemand anders sie gefunden.

Winter hörte sich den weiteren Verlauf des Verhörs an oder wie zum Teufel man es nennen sollte. Hussein Hussein. Wer war das? Gab es ihn? War er ein anderer? Hier ist jeder ein anderer, dachte Winter. Sie sind andere je nach Beleuchtung. Aber das ist jetzt schwerer zu erkennen, es ist zu hell, es ist die ganze Zeit hell.

Der Junge saß still neben seiner Mutter auf dem Sofa. Winter war wieder in Hjällbo. Er hatte den Vater getroffen, es gab einen Vater, aber er wollte nicht dabei sein. Der Junge hieß Ahmed. Winter hatte ihn untersuchen lassen, äußerlich und innerlich, so gut es ging. So eine Untersuchung dauerte eigentlich viel länger, aber sie hatten jetzt keine Zeit.

»Du musst abwarten, bis er anfängt zu reden«, hatte Berndt Löwer, der Psychologe, gesagt. »Falls er anfängt zu reden.«

»Ganz allmählich wird er anfangen zu reden«, hatte Winter geantwortet. »Ich mache einen Versuch, ich muss.«

Er hatte beschlossen, das Verhör nicht zu filmen.

Vielleicht würden sie dem Jungen in naher Zukunft einen Konfrontationsfilm vorführen. Aber noch hatten sie niemanden, mit dem sie ihn konfrontieren konnten. Mit der Zeit würden die Verdächtigen kommen, sich in einer Reihe aufstellen.

Winter beugte sich vorsichtig zu dem Jungen.

»Hallo, Ahmed.«

Die Stimme am anderen Ende war sehr laut. Ringmar hielt den Telefonhörer auf Abstand vom Ohr.

»Ich wollte mit Winter sprechen, und die haben mich mit dir verbunden.«

»Du musst dich mit mir begnügen, Bror.«

»Warum?«

»Er ist in Hjällbo und vernimmt eine Person.«

»Hmh.«

»Um was geht es?«

»Um was es geht? Das will ich dir sagen, Alan Darwish hat sich gemeldet.«

»Auf welchem Weg?«

»Er hat angerufen.«

»Von wo?«

»Das konnten wir so schnell nicht feststellen.«

»Was hat er gesagt?«

»Er hat sich für sein Abhauen entschuldigt.«

»Das ist gut.«

»Ja, nicht? Höflicher Scheißer.«

»Warum ist er abgehauen?«

»Das konnte er in der Kürze nicht erklären.«

»Hatte er was mit den beiden Jugendlichen zu tun?«

»Ich konnte ihn nicht fragen.«

»Wo ist er?«

»An einem geheimen Ort.« Es klang, als würde Bror prustend lachen. »Aber er möchte in die Wirklichkeit zurückkehren.«

»Irgendwas muss er dir doch anbieten? Seine Lage ist nicht gut.«

»Ein Taxi.«

»Wie bitte?«

»Er hatte ein Taxi anzubieten. Ein Taxi, das Huren rumgefahren hat.«

»Ahmed, erkennst du mich wieder?«

Der Junge schüttelte den Kopf, langsam, als wollte er prüfen, ob in seinem Kopf etwas klapperte und durcheinanderfiel.

»Du brauchst keine Angst zu haben, Ahmed. Ich bin Polizist. Hier.« Winter hielt seinen Ausweis hoch, sein Foto. »Das da bin ich. Ich bin hier, weil ich Banditen jage.«

Ahmed warf einen Blick auf Winters Ausweis.

»Ich jage Verbrecher, Ahmed. Das ist mein Job. Ich möchte, dass du mir hilfst.«

Der Junge sah ihn an.

»Willst du mir helfen, Ahmed?«

Der Junge schüttelte den Kopf.

»Ich weiß, dass du mir helfen kannst.« Winter hielt wieder seinen Ausweis hoch. »So einen können wir dir auch besorgen.«

Er wusste nicht, ob es half. Er hätte einen Fußball oder einen Tennisball mitbringen sollen. Ahmeds Tennisball war nirgends zu entdecken.

Die Mutter strich ihrem Sohn vorsichtig über die Hand.

Sie hatten keinen Dolmetscher dabei. Nicht beim ersten Mal. Vielleicht war gar keiner nötig.

Der Mutter zufolge sprach Ahmed besser Schwedisch als irgendjemand anders in dieser Familie.

Schwedisch war seine Sprache.

»Wo ist dein Ball, Ahmed, dein Tennisball?«

Der Junge zuckte zusammen, als hätte Winter etwas Gefährliches gesagt.

»Hast du ihn verloren, Ahmed?«

Der Junge schüttelte den Kopf.

»Hat ihn dir jemand weggenommen?«

Der Junge antwortete nicht. Er schien zu zögern.

Winter rührte sich nicht.

»Hat dir ein Onkel den Ball weggenommen?«

Der Junge antwortete nicht.

»Hast du ihn zurückbekommen?«

Der Junge nickte.
»Kanntest du den Onkel?«
Der Junge schüttelte den Kopf.
»Hast du ihn früher schon mal gesehen?«
Keine Reaktion, kein Kopfschütteln, kein Nicken. Es war, als spräche er mit einem Vier-, Fünfjährigen. Ich muss behutsam vorgehen.
»Hast du ihn früher schon mal gesehen?«, wiederholte Winter.
Der Junge sah aus, als hätte er die Frage nicht verstanden. Er schaute auf etwas hinter Winter. Winter drehte sich um. Da war nichts, nur eine leere Wand.
»Bevor er dir deinen Ball weggenommen hat?«
Der Junge nickte.
Winter spürte, wie sich die Kappe wieder um seinen Kopf legte. Die Kopfschmerzen waren weg, für die war im Moment kein Platz in seinem Schädel.
»Wo hast du ihn gesehen?«
Der Junge antwortete nicht.
»Hast du ihn bei dem Laden gesehen? In Jimmys Laden?«
Winter sah dem Jungen an, dass er wusste, von welchem Laden er sprach. »Der Laden, in dem geschossen wurde.«
Der Junge antwortete nicht, nickte nicht.
»Hast du die Schüsse gehört?«
Der Junge nickte.
»Was hast du dort gemacht, Ahmed?«
Der Junge antwortete nicht.
»Hast du gesehen, wie geschossen wurde?«
Nein. Der Junge schüttelte den Kopf.
»Hast du jemanden mit einem Gewehr in der Hand gesehen?«
Der Junge nickte.
»Hast du die Leute da drinnen gesehen?«
Der Junge nickte wieder.
»Wie hast du sie gesehen?«
Der Junge schaute zum Fenster.
»Durchs Fenster? Du hast sie durchs Fenster gesehen?«
Der Junge nickte.
»Was hast du gesehen?«
Keine Antwort.

»Hast du gesehen, wie sie rausgekommen sind?«

Der Junge nickte.

»Was haben sie gemacht?«

Der Junge antwortete nicht.

»Sind sie mit einem Auto weggefahren?«

Der Junge nickte.

»Weißt du, in welche Richtung?«

Der Junge schüttelte den Kopf.

»Was hast du dann gemacht?«

Der Junge antwortete nicht.

»Bist du weggelaufen?«

Der Junge schüttelte den Kopf.

»Du bist geblieben?«

Der Junge nickte.

»Warum bist du nicht weggelaufen?«

Der Blick des Jungen ging zum Flur.

»Warum bist du nicht mit deinem Fahrrad weggefahren?«

Der Junge antwortete nicht.

»Ist vielleicht noch jemand gekommen, nachdem die anderen weggefahren waren?«

Der Junge nickte wieder.

»War es ein Auto?«

Der Junge nickte.

»War es ein Taxi?«

Der Junge verstand die Frage nicht. Winter sah es ihm an. Seine Augen wichen ins Leere aus. Die Mutter saß daneben und versuchte dem Gespräch zu folgen. Soweit Winter verstanden hatte, hatte der Vater die Situation erfasst und war schon unterwegs auf der Suche nach einer neuen Wohnung für die Familie an einem anderen Ort.

»Der da kam ... nachdem die anderen abgefahren waren ... kanntest du den?«

Der Junge schüttelte den Kopf.

»War es ein Onkel?«

Der Junge nickte.

»Ist er in den Laden gegangen, Jimmys Laden?«

Der Junge antwortete nicht.

»Stand er an der Tür?«

Der Junge nickte.
»Was hat er da gemacht?«
»Er … stand still«, antwortete der Junge.

# 38

Wir waren nicht sehr viele. Wir wollten einander nicht kennenlernen. Es war, als hätte man kein Gesicht mehr, man war es nicht wert, ein Gesicht zu haben. Sein eigenes Gesicht. Verstehen Sie?

Ob wir geschlagen wurden? Was meinen Sie?

Kann ich bitte ein Glas Wasser haben?

Ich glaube nicht, dass er es wusste. Oder verstand. Erst als es zu spät war. Habe ich es verstanden? Ich weiß es nicht, und jetzt ist es sinnlos, darüber nachzudenken. Sinnlos, überhaupt zu denken.

Das hat nichts mit der Sprache zu tun. Es ist etwas anderes. Es hat mit keinerlei Sprache zu tun. Aber Gewalt ist auch eine Sprache, der Tod und das, was zum Tod führt, ist auch eine Sprache. Wer keine Worte mehr hat, benutzt Gewalt. Das ist die äußerste Sprache, und damit meine ich das, was am weitesten vom Leben entfernt ist, von allem, was richtig ist, was eine Ehre hat.

Als wir auf der Flucht waren, flohen wir vor der Sprachlosigkeit. Wo wir zu Hause gewesen waren, hatte es nur Gewalt anstelle von Sprache gegeben. Und unsere eigene Sprache hatten wir verloren. Ja, das wissen Sie. Das haben Sie verstanden. Hat er Ihnen das erklärt? Ich durfte ja nicht dabei sein. Hoffentlich hat er es Ihnen erklärt.

Er hat es nicht geschafft. Er … hat es nicht verhindern können. Ich war damals nichts, ich war nichts wert. Aber er war nicht allein. Das haben Sie auch verstanden. Sie verstehen viel und reimen sich das eine oder andere zusammen, trotzdem verstehen Sie nicht. Hier versteht eigentlich niemand etwas.

Wie warm ist es draußen? Ich würde gern über eine Blumenwiese gehen. Ich würde gern im Gras liegen und in den Himmel schauen. Das könnte ich jahrelang tun. Sie haben immer gesagt, es ist überall derselbe Himmel, aber das glaube ich nicht, genauso wenig wie ich glaube, dass es dieselbe Sonne ist. Wie sollte sie das sein können? Bald behaupten sie wohl auch noch, dass die Erde rund ist! Ha, ha! Dann würden wir doch nicht darauf gehen können, oder? Wir würden herunterfallen. Und das sind wir. Ich bin abgestürzt, meine Familie ist abgestürzt, unsere Verwandten, wir alle sind gestürzt. Wir sind nie zurückgekehrt. Wie soll man da an etwas glauben?

Danke, dass ich sprechen darf. Später wird mir niemand mehr zuhören. Aber später will ich auch nicht mehr reden. Gegen eine Wand reden, wie? So sagt man doch. Rede mit der Wand und du wirst sehen, ob du eine Antwort bekommst. Wie mit Ihnen zu reden, anfangs, da war es, als redete ich gegen eine Wand. Sie sehen aus wie eine Wand. Sie sind eine Wand. Alle sind Wände. Es gibt nur Wände.

Dieses Wasser ist zu warm. Kann ich nicht etwas kälteres Wasser haben?

Wasser, das aus dem Wasserhahn kommt. Das ist eine meiner ersten Erinnerungen oder Erlebnisse. Es war warmes Wasser, sofort warm! Man brauchte kein Feuer. In diesem Land ist es fast das ganze Jahr über kalt, doch nirgendwo sieht man Feuer brennen. Hier verstehen sie es nicht, ihr versteht nichts. Für uns bedeutet Feuer alles. Bevor die Zerstörer und Mörder kamen, glaubten wir an das Feuer, es war unser Gott. Wir brauchten nur das Feuer. Es sollte das ganze Jahr über brennen, es durfte nie gelöscht werden. Als es gelöscht wurde, gab es keinen Gott mehr.

# 39

Winter folgte den Spuren da draußen, der Sandspåret, Skolspåret. Es waren mehr Spuren geworden. Die Kurdenspur. Ha. Sie war in verschiedener Hinsicht eine traurige Erinnerung geworden. Die Geschichte hatte etwas Komisches, oder besser gesagt Tragikomisches, sie machte die gesamte Polizei lächerlich. Und Alan, auch eine tragikomische Figur.

Aber in diesem Augenblick war ihm nicht nach Lachen zumute. Auf den Spielplätzen rundum hörte er Kinder lachen, die Grasflächen fingen schon an zu verdorren. Es war ein Tag, der zum Lachen verlocken konnte. An solchen Tagen war es leichter zu leben. Ein blaugelber Tag, Himmel und Sonnenschein.

Der Junge war nach seinen ersten Worten wieder verstummt. Er hatte schockiert ausgesehen, als wäre er selbst überrascht gewesen, dass er sprechen konnte, als wären es die allerersten Worte gewesen, die er sprach. Danach hatte er kein einziges Wort mehr gesagt. Er hatte angefangen zu weinen, und die Mutter hatte Winter mit einem flehenden Blick angesehen.

Winter war gegangen.

Er ging zu Jimmys früherem Laden. Der wirkte nun fast antik, als ob viele Jahre zwischen jetzt und damals lägen, nicht nur eine knappe Woche.

Dort musste der Junge gestanden haben. Winter stellte sich an die Stelle, ging in die Hocke und spähte in den Laden. Ja, das könnte stimmen. Dort ist die Tür und dort die Bank, der Fußboden, das Meer, das rote Meer. Es war immer noch zu sehen, wie eine Ablagerung auf dem Meeresgrund.

Die mit Kreide gezeichneten Körperumrisse waren noch da, wie ertrunkene Schatten.

Zuerst hatte der Junge die Mörder hineingehen sehen. Dann hatte er sie herauskommen sehen. Dann war eine weitere Person erschienen. Jemand, der nur dagestanden hatte.

Im Präsidium war es endlich etwas abgekühlt. Vielleicht ging ein Wind durchs Haus, von dem niemand wusste, oder die Ventilation funktionierte zum ersten Mal, seit dieses Höllengebäude errichtet worden war. Einige Jahre zuvor war der Nachbar Gamla Ullevi umgebaut worden, aber das Bauunternehmen hatte das Präsidium übersehen. Wir hätten alle eine Chance zum Neuanfang gehabt. Vielleicht sogar die Chance, die Stadt zu verlassen und uns angenehmere Gegenden zu suchen.

Ringmar ging in Winters Büro auf und ab. Sechs Meter vor, sechs Meter zurück.

»Ich war schon auf dem Weg nach draußen«, sagte er.

»Ich hab's mir anders überlegt«, sagte Winter.

»Es kann kein anderer gewesen sein«, sagte Ringmar.

»Aber da muss noch jemand sein.«

»Das verstehe ich wohl. Reinholz wird uns schon alles erzählen, was wir wissen müssen.«

»Daran glaub ich nicht so recht.«

»Woran glaubst du nicht, Erik?«

Winter antwortete nicht. Er stand am Fenster. Am anderen Flussufer sah er eine Straßenbahn. Auf den Straßen waren Leute unterwegs, nicht viele, aber das Zentrum war nicht mehr ganz so verlassen.

»Und wenn er abhaut? Wenn uns noch einer durch die Lappen geht?«

»Wenn er abhaut, dann ist die Sache klar«, sagte Winter. »Dann müssen wir die Gegend noch einmal ordentlich durchkämmen. Übrigens hab ich die Dolmetscherzentrale angerufen.«

»Ich denk, du warst allein bei dem Jungen?«

»Schon, ich hab sie hinterher auf dem Weg hierher vom Auto aus angerufen.«

»Weswegen?«

»Mozaffar Kerim.«

Ringmar hielt jäh in seiner Wanderung inne und blieb mitten im Raum stehen.

Winter sah ein junges Pärchen den Rasen überqueren. Das war ein Vergehen.

»Ich höre«, sagte Ringmar.

»Mozaffar Kerim hat gedolmetscht, als wir mit Familie Aziz gesprochen haben. Erinnerst du dich, dass er schon auf uns wartete, als wir kamen? Oben auf dem Hammarkulletorget?«

»Ja.«

»Er hat sich entschuldigt, dass er zu früh dran war, und dann sind wir zu den Aziz' gegangen.«

»Auch daran erinnere ich mich.« Ringmar lächelte.

»Nun, ich hatte Möllerström gebeten, bei der Dolmetscherzentrale einen Dolmetscher für ein Verhör bei den Aziz' zu Hause zu bestellen. Das hat er auch getan. Die haben nach ihrem System eine Person ausgewählt, und die bekam den Job in Hammarkullen.«

»Mozaffar Kerim«, sagte Ringmar.

»Nein.«

»Nein?«

»Nein. Ich hab darüber nachgegrübelt. Warum ausgerechnet Mozaffar Kerim? Er war zu eifrig, er ist der Familie nahe. Er ist gewissermaßen ständig dabei. Deswegen habe ich überprüft, wer den Auftrag bekommen hat, das halten die fest, und er war es nicht. Es war ein Name, an den ich mich im Augenblick nicht erinnern kann, jedenfalls war es nicht Mozaffar Kerim.«

»Wie war das denn möglich?«

»Das weiß ich noch nicht. Wir müssen ... fragen, oder? Irgendwie hat er mit der beauftragten Person getauscht, und als wir in Hammarkullen ankamen, war Kerim schon da.«

»Aber warum?«

»Er wollte die Kontrolle behalten.«

»Die Kontrolle über was?«

Winter antwortete nicht. Das Pärchen hatte inzwischen den Park erreicht. Jetzt näherte sich aus westlicher Richtung eine elegant gekleidete Dame mittleren Alters mit ihrem Hund, den sie mitten auf den Rasen kacken ließ. Dann sah sich die Frau um und zog den Köter mit sich, ohne den Hundekot aufzunehmen. Definitiv ein Vergehen. Zu einem anderen Zeitpunkt hätte er die Alte zurückgepfiffen.

»Die Kontrolle über was?«, wiederholte Ringmar.

»Über alles«, sagte Winter.

Bei Mozaffar Kerim zu Hause meldete sich niemand.

In der Dolmetscherzentrale war nicht bekannt, wo er war.

Er saß der Kellnerin zufolge auch nicht in der Pizzeria Souverän. Winter hatte sie schon einmal so verschreckt, dass sie die Wahrheit gesagt hatte. Er hatte danach gefragt, ob sie jemandem erzählt habe, dass Winter und Ringmar in der Pizzeria gewesen waren, als Kerim und Alan in einem Taxi vor der Tür gehalten hatten. Sie hatte es nicht getan, und auch jetzt sagte sie die Wahrheit.

Im kurdischen Kultur- und Bildungscenter in Angered kannte man Mozaffar Kerim, wusste aber nicht, wo er sich gerade aufhielt. Winter nahm sich vor, ein ausführlicheres Gespräch mit den Leuten zu führen, doch dafür hatte er heute keine Zeit.

»Wann willst du den Jungen wieder verhören?«, fragte Ringmar.

»Morgen.«

»Hast du vorhin nicht heute gesagt?«

»Es geht nicht. Vielleicht erkennen wir die Wahrheit durch die Zeugenaussage des Jungen.«

»Ich halte es nicht mehr aus hier drinnen«, sagte Ringmar.

»Ich muss unbedingt mit Nasrin Aziz sprechen«, sagte Winter.

Winter glaubte, dass der Täter noch lebte. Hussein Hussein lebte vielleicht nicht mehr, aber vielleicht war er auch nicht tot. Vielleicht hatte es ihn überhaupt nicht gegeben. Der Gedanke kam schleichend, wie ein Kopfschmerz, der sich nicht vertreiben lässt. Alan Darwish? Ein Täter? Kaum.

Nasrin wartete unter einem Baum. Es war ein Tag, an dem alle, die er getroffen hatte, Schatten gesucht hatten. Schweden ist ein ganz anderes Land geworden, dachte Winter, es ist so heiß, seit wir wieder hier sind.

»Ich möchte mich bewegen«, sagte Nasrin. »Ich will nicht hier herumstehen.«

»In welche Richtung?«

Sie zeigte unbestimmt nach Südwesten.

Sie gingen an der Bredfjällschule vorbei, an der Nytorpschule. Zwischen den Straßen und Wegen gab es unzählige Trampelpfade, als würden die offiziellen Wege nicht reichen für die Menschen, die hier wohnten.

»Was wollen Sie von mir?«, fragte sie nach einer Weile. Winter hatte nichts gesagt, seit sie sich in Bewegung gesetzt hatten.

»Vielleicht kommen wir der Sache näher«, sagte er.

»Welcher Sache?«

»Wir nähern uns der Lösung des Rätsels.«

»Sie reden ja selbst in Rätseln«, sagte sie. »Das ist im Schwedischen eigentlich nicht üblich.«

»Ach, nein?«

»Nein. Ich bin ja nicht gerade eine Expertin, aber Schwedisch ist anscheinend nicht sehr vielschichtig.«

»Kann sein.«

»Alles ist eindeutig«, fügte sie hinzu.

»Das kann manchmal auch von Vorteil sein«, sagte Winter.

»Sodass man weiß, was richtig und was falsch ist?«

»Das ist allerdings häufig sehr schwer zu erkennen«, antwortete er.

»Stimmt.«

Sie kamen an Västerslänt vorbei. Es war immer noch ein Stück bis Hjällbo.

»Wissen Sie, dass Kurdisch an vierzigster Stelle auf der Rangliste der Weltsprachen steht?«, sagte sie, ohne ihn anzusehen.

»Nein, das wusste ich nicht.«

»Ungefähr dreißig Millionen Menschen sprechen Kurdisch. Das sind ein paar Millionen mehr als Schweden Einwohner hat.«

»Tatsächlich«, sagte er.

»Wollen Sie mich veralbern?«

»Nein, warum sollte ich?«

»Sie ahmen mich nach.«

»Das tu ich doch gar nicht. Ich möchte, dass Sie mir ein bisschen mehr von Ihrer Sprache erzählen.«

»Darüber gibt's nicht viel mehr zu erzählen. Soweit ich weiß jedenfalls. Es gibt verschiedene Dialekte, aber die gibt es ja in allen Sprachen.«

»Was sind das für Dialekte?«

»Ist das von Bedeutung?«

»Es interessiert mich.«

»Es hat also keine Bedeutung für Ihre ... Ermittlung oder wie das heißt?«

»Nennen Sie mir einige der Dialekte«, bat Winter.

»Tja ... Kalhur, Hwrami, Krimanji, Sorani. Einige Dialekte sind sehr alt, viele hundert Jahre. Aber ... dann wurde die Sprache verboten. Das wissen Sie doch?«

»Ja.«

»Man durfte sie nicht schreiben, man durfte sie nicht sprechen.«

Winter schwieg. Sie kamen an der Kirche vorbei. Das Kreuz war kaum zu sehen in der Sonne.

»Man durfte nicht einmal in der Sprache denken«, sagte sie.

Schweigend gingen sie einige hundert Meter weiter.

»Ich möchte Sie etwas fragen, Nasrin. Dabei geht es auch um Sprache.«

Sie antwortete nicht.

»Wie gut kennen Sie Mozaffar Kerim?«

»Was soll die Frage?«

»Sprechen Sie denselben Dialekt?«

»Ja.«

»Stammen Sie aus derselben Stadt?«

»Nein.«

»Ist er ein Freund Ihrer Familie?«

Nasrin antwortete nicht. Sie kamen an einer weiteren Kirche vorbei, der Kirche von Hjällbo.

»Ist er Ihr Freund?«

»Nein«, antwortete sie.

»Warum nicht?«

»Ich könnte Sie dasselbe fragen«, sagte Nasrin. »Ich könnte einen Namen nennen und Sie fragen, ob derjenige Ihr Freund ist, und Sie könnten mit nein antworten, und es gäbe hunderttausend Gründe, warum er nicht Ihr Freund ist.«

»Aus welchem Grund ist Mozaffar Kerim nicht Ihr Freund, Nasrin?«

»Was?« Sie ging langsamer, blieb stehen. »Was meinen Sie damit?«

»Ist er einmal Ihr Freund gewesen?«

Sie antwortete nicht.

»Wenn ich behaupte, dass er einmal Ihr Freund war, es aber nicht mehr ist, was sagen Sie dann?«

»Ich sage, dass ich nicht verstehe, was Sie meinen.«

»War er Hiwas Freund?«

»Ja.«

»War er immer Hiwas Freund?«

Sie antwortete nicht.

»Bis zum Schluss?«

»Welchem Schluss?«

»War er Hiwas Freund bis zu seinem Tod?«

Sie setzte sich wieder in Bewegung. Winter konnte ihr Gesicht nicht sehen. Er holte sie ein. Nasrin blieb wieder stehen und sah zum Himmel hinauf.

»Ich glaube, es wird gleich gießen«, sagte sie. Sie hatten den Marktplatz erreicht, der jetzt belebter war. Winter folgte Nasrins Blick. Der Himmel hatte sich bedrohlich zugezogen.

»Mehr Fragen will ich nicht beantworten«, sagte sie. »Ich will hier weg.«

Sie gingen weiter in Richtung Süden. Winter konnte das Haus sehen, in dem der Junge wohnte. Er war wieder da, immer wieder kehrte er hierher zurück. Bald würde er das verfluchte Gebäude sehen, in dem Hiwa so elend gestorben war. Es hatte nicht den Anschein, als wenn Nasrin daran dachte, es wusste, sich darum kümmerte oder es verstand.

»Hat Mozaffar Kerim Hiwa umgebracht?«, fragte Winter.

# 40

Winter beschloss, für eine Weile nach Hause zu fahren.

Es grollte, als er aus dem Auto stieg. Nun war kein einziger blauer Fleck mehr am Himmel, er war nur noch schwarz.

»Guckt mal, wer da kommt«, sagte Angela, als er den Flur betrat.

»Ich kann nicht lange bleiben.«

Er spielte mit den Mädchen im Wohnzimmer und im Flur.

Dann saß er mit seiner Frau bei einer Tasse Tee in der Küche, *swedish style*, aus Porzellantassen getrunken. Wieder grollte es draußen. In der Küche war es dunkel, als hätten sie das Rollo heruntergelassen.

»Das gibt ein mächtiges Gewitter«, sagte Angela.

Winter nickte.

»Wie lange bleibst du?«

»Solange ich es aushalte.« Er versuchte zu lächeln.

»Erzähl mir von deinem Tag.«

Er erzählte von Nasrin.

»Ich möchte wissen, wann der Schock sich gibt«, sagte er.

»Was passiert dann?«

»Ich weiß es nicht. Ich war nahe daran, sie zu fragen, ob ihr Bruder sie ausgenutzt hat.«

»Ob sie eine der Prostituierten war?«

»Ja.«

»Warum hätte sie das sein sollen?«

»Ich weiß es nicht, Angela.«

»Was spricht dafür?«

»Eigentlich nichts. Wir konnten nichts finden und haben auch keins der Mädchen gefunden.«

»Wie konnten sie entkommen, ich meine die Typen, die dieses miese Geschäft betreiben? Warum rückt ihr denen nicht auf die Pelle?«

»Wir versuchen es ja. Aber wir brauchen Beweise.«

»Zum Teufel mit den Beweisen!«, sagte Angela.

»Die kriegen wir schon noch«, sagte er.

»Wie?«

»Wir haben einige Verdächtige.«

»Wo sind sie denn? Warum sitzen die nicht in Untersuchungshaft?«

»Sie wissen es noch nicht.«

»Und wann erfahren sie es?«

»Den ersten werden wir jetzt einbestellen. Einen Taxifahrer. Er durfte lange genug frei herumlaufen. Und nach dem zweiten suchen wir noch.«

»Wer ist das?«

»Der Dolmetscher. Mozaffar Kerim.«

»Was für einen Verdacht habt ihr?«

»Ich will mit ihm reden, weil ich nicht daraus schlau werde, welche Rolle er spielt.«

»Rolle? Das klingt ja nach einem Schauspiel.«

»Es ist ein Schauspiel.«

»Für wen?«

»Für mich, unter anderen. Wir sind die Zuschauer gewesen.«

»Jetzt fängt es an«, sagte Angela, und Winter hörte, wie der Regen gegen die Scheiben klatschte.

Jerker Reinholz wurde für Punkt achtzehn Uhr einbestellt. Winter hatte sich entschieden.

»Worum geht es?!«, hatte Reinholz gefragt, als die Polizei ihn aufforderte, mitzukommen. Winter war nicht dabei gewesen. Halders hatte den Job übernommen zusammen mit zwei Streifenwagenbesatzungen.

»Er spielt Karten mit einem Kollegen«, berichtete Halders Winter vom Bahnhof. »Eine kleine Kaffeepause.«

»Wer ist der andere?«

»Wie heißen Sie?«, fragte Halders und nahm das Handy vom Ohr.

»Malmström.«

»Er heißt Malmström«, teilte Halders Winter mit.

»Und der Vorname?«

»Peter.«

»Er heißt Pe...«

»Ja, ich hab's gehört. Bring ihn mit.«

»Okay.«

»Um was zum Teufel geht es hier eigentlich?!«, fragte Malmström.

Die beiden Taxifahrer wurden in verschiedene Zimmer gesetzt, und Winter bereitete die Vernehmung von Reinholz vor. Er führte ein Gespräch mit Haftrichter Molina. Der Regen prasselte gegen das Fenster und peitschte den Abend heran.

»Du kannst ihn sechs oder sechs plus sechs Stunden festhalten, aber für Untersuchungshaft reicht es nicht. Das krieg ich nicht durch.«

»Ich weiß.«

»Dieser Mann steht nicht unter Tatverdacht, noch nicht. Beziehungsweise keiner von denen. In der Praxis bist du also immer noch der Leiter der Ermittlung, Winter.«

»Danke.«

»Besorg einen Konfrontationsfilm für diesen Jungen. Aber das hast du wohl schon in die Wege geleitet.«

»Zuerst möchte ich mit Reinholz sprechen.«

»Klar.«

»Und ich will mit dem Dolmetscher sprechen. Er hält sich verborgen.«

»Hast du eine Fahndung ausgeschrieben?«

»Nein, das mach ich, wenn es so weit ist.«

»Warst du bei ihm zu Hause?«

»Du meinst in seiner Wohnung? Nein. Er ist nicht da, er nimmt auch das Telefon nicht ab. Dann darf man die Wohnung doch nicht betreten.«

»Das ist gut, Winter. Genauso würde ich auch handeln.«

»Ich bin jetzt auf dem Weg dorthin«, sagte Winter. »Aneta und Fredrik kommen mit.«

»Und der Taxifahrer?«

»Den übernimmt Bertil.«

»Seit wann ist der denn wieder Verhörleiter?«

»Er ist der Beste, nach mir.«

Winter konnte durch die Windschutzscheibe kaum etwas sehen. Die Scheibenwischer schafften die Wassermassen nicht.

Als sie sich Gårdsten näherten, ließ der Regen etwas nach, und kurz bevor sie die Kanelgatan erreichten, meinte Winter Rauch zu erkennen, der wie eine weitere kleine schwarze Wolke am Himmel hing.

»Da hinten brennt es«, sagte Aneta Djanali.

Winter bog vom Gårdstensvägen ab. Jetzt sah er den Rauch und woher er kam.

»Scheiße, das ist ja Kerims Haus!«

Winter gab Gas, fuhr am Marktplatz vorbei und bremste vor dem Haus. Einige Menschen standen im Regen und starrten auf ein geöffnetes Fenster im ersten Stock, aus dem Rauch quoll. In wenigen Minuten würde es lichterloh brennen.

Aneta Djanali, Halders und Winter sprangen aus dem Auto. Von der anderen Seite des Gårdstenstunnels hörten sie Sirenen. Angereds Feuerwache war nicht weit entfernt. Jemand hat sofort die Feuerwehr alarmiert, dachte Winter. Es hat gerade erst angefangen zu brennen. Wir sind rechtzeitig gekommen.

Sie liefen die Treppen hinauf. Der Rauchgeruch war noch nicht stark.

Halders trat die Tür ein.

»Achtung!«, schrie er und warf sich zur Seite.

Aber es folgte keine Explosion.

Winter ging rasch in den Vorraum, die Pistole im Anschlag.

Brennende Wohnungen mit der Pistole in der Hand zu betreten, war nicht dramatisch, sondern Routinesache.

Halders und Aneta Djanali blieben draußen.

In einem Zimmer am Ende des Flurs, im Wohnzimmer, entdeckte Winter einen Körper auf dem Fußboden. Das Fenster stand offen, jenes Fenster, aus dem der Rauch entwich. Man konnte immer noch atmen. Winter erkannte das Gesicht auf dem Fußboden, es war Alan Darwish. Der junge Mann sah aus, als schliefe er friedlich, ohne den Besuch, das Feuer oder irgendetwas anderes, was gerade geschah, zu bemerken.

Das Sofa und ein Sessel brannten, und das Feuer fraß sich langsam an der Wand empor. Eine Tapetenbahn war gerissen und wirkte wie eine Wunde. Plötzlich schoss eine Flamme vor wie die Zunge eines Drachen und leckte nach einer Gardine. Jetzt kann man das Feuer auch von draußen sehen, dachte Winter, vorher ging das nicht.

»Das Feuer ist eine Urkraft«, hörte er eine Stimme hinter sich. Es war Mozaffar Kerims Stimme, mild und schön und dennoch kräftig. Sie durchdrang ohne Weiteres das Knistern des Feuers.

»Am Anfang gab es nur das Feuer. Es ist das einzige Reine, was auf dieser schmutzigen Welt existiert.«

Winter drehte sich um.

»Bleiben Sie ruhig, Kerim. Legen Sie das Gewehr ab.«

»Es ist eine schreckliche Welt. Finden Sie nicht auch? Ich weiß, dass Sie meiner Meinung sind. Sie haben sie gesehen. Sie leben auf dieser Welt.«

»Kerim, legen Sie das Gewehr ab.«

»Schmutz. Scheiße. Das ist ein schwedisches Wort, das mir gefällt. Scheiße. Es gibt nur noch Scheiße. Es gibt nichts Schönes mehr. Was früher einmal schön war, ist auch schmutzig geworden. Sie haben es zu Schmutz gemacht.«

»Wer hat es zu Schmutz gemacht?«

»Wer wohl, was glauben Sie? Wer beim Teufel glauben Sie? Ich kann nicht so gut fluchen wie Sie, aber jetzt will ich fluchen. Wer beim Teufel glauben Sie?«

»Sie haben die drei erschossen«, sagte Winter.

Kerim antwortete nicht. Er zielte mit einer abgesägten Schrotflinte auf Winters Gesicht. Seine Hände zitterten leicht. Das geht schief, dachte Winter. Ich kann besser und richtiger fluchen als er, aber das hilft mir jetzt nichts. Wo zum Teufel sind Aneta und Halders?

»Warum haben Sie sie erschossen?«

»Sie haben die Welt beschmutzt«, sagte Kerim. »Die neue Welt. Sich. Ihre Landsleute.«

Seine Hand zuckte. Die Finger. Winter schloss die Augen. Jetzt hatte er keine Kopfschmerzen mehr, nicht die Spur. Bald würden sie mit dem Rest seines Kopfes in der Ewigkeit verschwinden.

»Feuer reinigt«, hörte er Kerims Stimme wie aus einem weit entfernten Tunnel, vom anderen Ende des Gårdstenstunnels, über den er zum letzten ...

Und der Schuss zerriss sein Trommelfell. Er stürzte zu Boden, wartete auf den Schmerz oder die Dunkelheit. Dies ist meine letzte Sekunde, man hat eine Sekunde. Er spürte etwas Weiches unter sich. Er war auf Alans Körper gefallen. Es war ein furchtbares Gefühl. Im Zimmer roch es entsetzlich, der Rauch, das Schrot, die Explosion in unmittelbarer Nähe. Er war blind. Er war taub. Er war gelähmt.

Er lebte.

Er war nicht taub. Er hörte Anetas Rufe.

»Winter! Winter!«

Er war nicht blind. Er sah Aneta. Sie stand über Mozaffar Kerim gebeugt, das, was einmal Mozaffar Kerim gewesen war.

Aneta schaute auf.

»Ich konnte nicht einfach durch den Flur laufen, dann hätte er dich und mich erschossen. Als er mich entdeckte, richtete er das Gewehr auf sein Gesicht.«

Winter sah Kerims Hinterkopf. Er wollte es nicht. So etwas hatte er schon öfter gesehen.

»Ich konnte nicht eingreifen, Erik. Die Zeit war zu knapp.«

Winter spürte, wie sich etwas an seinem Bein bewegte. Er zuckte vor Schreck zusammen. Sein Herz hämmerte in seiner Brust, als wollte es hinaus.

Er schaute nach unten.

Alan Darwish bewegte den Arm.

Alan wurde mit dem Krankenwagen weggebracht. Aneta Djanali begleitete ihn. Winter hatte die Sirene gehört, während er immer noch spürte, wie Alans Körper sich auf dem Fußboden bewegte.

Die Feuerwehr war vor Ort.

Mozaffar Kerim wurde mit einem Leichenwagen weggebracht, ohne Sirene.

Es hatte aufgehört zu regnen, die schwarzen Wolken waren weiter gestürmt über das Meer. Der Asphalt dampfte. Die Luft war frisch.

Halders schaute auf die Straße, Krankenwagen und Leichenwagen waren mit unterschiedlichen Reisezielen für Darwish und Kerim verschwunden.

»Hat der junge Alan zusammen mit Mozaffar Kerim mit den Gewehren herumgeballert?«

»Im Laden? Wir werden sehen.«

»Alan hat nicht gerade munter gewirkt.«

»In einigen Tagen können wir ihn vernehmen.«

»Kerim hat bei seinem Abgang eine Menge Informationen mitgenommen.«

»So wollte er es wohl.«

»Warum hat er es getan? Warum hat er sie erschossen?«

»Ihm hat ihr Treiben nicht gefallen.«

»Was genau haben sie getrieben?«

»Auch das werden wir bald erfahren.«

»Von wem?«

»Zum Beispiel von dem einen oder anderen Taxifahrer.«

Halders warf einen Blick auf seine Armbanduhr.

»Hält Bertil nicht gerade ein Schwätzchen mit Reinholz?«

»Ja, ein langes, hoffe ich.«

Winter öffnete die Autotür.

»Was hast du jetzt vor?«, fragte Halders.

»Zurückfahren natürlich.«

»Das wirst du schön bleiben lassen. Du zitterst viel zu sehr, und du hast zu viel Rauch geschluckt. Eigentlich hättest du mit Alan im Krankenwagen mitfahren müssen. Fast wäre Kerims Transportmittel deins geworden. Ich möchte nicht mein Leben verlieren, nachdem ich es bis jetzt geschafft habe, es mir zu erhalten.« Halders streckte die Hand aus. »Her mit den Schlüsseln.«

Winter dirigierte die Fahrt.

»Dahinten nach links.«

»Das ist aber nicht der direkte Weg.«

»Doch. Nach Bergsjön schon.«

»Was zum Teufel willst du jetzt in Bergsjön?«

»Ich muss was überprüfen.«

»Was? Wen?«

»Wir haben Hussein Hussein gesucht und jetzt haben wir ihn gefunden.«

»Wirklich? Ist er wieder in Bergsjön?«

»Nein.«

»Das musst du mir schon erklären, Erik.«

»Alles zu seiner Zeit, Fredrik.«

»Alles zu seiner Zeit? Was ist das für ein altmodisches Motto?«

»Fahr zur Tellusgatan, Fredrik. Ich muss einen Moment die Augen zumachen.«

Winter schloss die Augen und fühlte, wie die Welt vorbeifuhr, nicht umgekehrt. Die alten Kopfschmerzen waren zurückgekehrt wie ein falscher Freund, der abhaut, wenn es brenzlig wird. Er hatte noch den Gestank in den Nasenlöchern, Gestank für jedes Nasenloch, und er wünschte, die verdammten Kopfschmerzen könnten ihn riechen.

Er hatte die Augen immer noch geschlossen, als Halders vor dem langen hübsch geschwungenen Gebäude hielt.

»Tellusgatan 20.«

Sie stiegen in den vierten Stock hinauf.

Die blauweißen Absperrbänder rahmten Husseins Tür ein wie Weihnachtsschmuck, aber es war noch ein halbes Jahr bis Weihnachten. So lange konnte kein Schmuck hängen bleiben.

Winter klingelte an der Tür gegenüber. Er klingelte noch einmal.

Sie hörten kleine Trippelschritte in der Wohnung. Leichte Schritte.

Jemand kratzte von innen an der Türklinke. Sie bewegte sich, aber nur ein wenig.

Schwerere Schritte folgten.

Die Tür wurde aufgeschoben und hätte Winter fast im Gesicht getroffen.

Er bückte sich und sah in das Gesicht des Jungen. Er war noch spät auf.

»Hallo, du. Hallo ... Mats.« Der Name fiel ihm rechtzeitig ein, einer von all den Namen, an die er sich nach diesem Fall erinnern würde.

Er zeigte Mats' Mutter seinen Ausweis.

»Ja, ich erkenne Sie wieder.«

Winter steckte die Hand in die Innentasche seines Sakkos und holte etwas hervor. Es war eine Fotografie, die er der Frau hinhielt.

»Kennen Sie diesen Mann?«

Sie schaute auf das Foto, auf dem ein Mann abgebildet war, der gerade ein Haus verließ. Er sah nach oben, als wäre er sich bewusst, dass sich auf der anderen Straßenseite ein Fotograf versteckt hielt. Aber Winter war sicher, dass der Mann nichts ahnte. Es war ein vorsichtiger Fotograf gewesen.

Mats' Mutter sah Winter an, dann wieder auf das Foto und dann wieder Winter.

»Das ist er«, sagte sie.

»Sind Sie sicher?«

»Darf ich mal sehen! Darf ich mal sehen!«, bettelte Mats.

Winter hielt ihm das Bild in Augenhöhe hin.

»Das ist ja Hussein!«, sagte Mats. »Hasse Hussein!«

»Er sagt es.« Mats' Mutter lächelte.

»Anscheinend ist er seiner Sache sicher«, sagte Winter.

»Klar ist das Hussein«, sagte sie und zeigte mit dem Kopf auf das kürzlich aufgenommene Foto von Mozaffar Kerim.

# 41

Der Säveån zog sich wie ein Wallgraben zwischen den nördlichen und südlichen Stadtteilen dahin. Halders überquerte den Fluss auf dem Kung Göstas väg. Wer zum Teufel war König Gösta? Winter sah die Skyline von Partille. Sie waren jetzt auf dem Weg nach Hause.

»Donnerwetter«, sagte Halders. »Wir haben ein lebendes Gespenst gesucht. Nun ist er ein richtiges Gespenst.«

»Was hat er mit der Wohnung in Bergsjön gemacht?«, fragte Winter.

»Vielleicht ein Hotel betrieben?«

»Mhm.«

»Sprachkurse.«

»Sie war ein Zufluchtsort, der nie benutzt werden konnte«, sagte Winter.

»Und warum nicht?«, fragte Halders. »Übrigens, es ist ein Genuss, diese Karre zu fahren.«

»Ich erwäge einen Wechsel«, sagte Winter.

»Zu was?«

»Opel Corsa.«

Halders lachte auf. Selbst in dieser Situation war Lachen noch möglich. Winter lachte nicht. Später vielleicht, morgen oder im nächsten Monat.

»Sie konnten die Wohnung in der Tellusgatan nicht benutzen, weil wir dort gewesen sind«, sagte Winter. »Weil wir ihnen zuvorgekommen sind.«

»Und wie haben wir sie gefunden?«

»Weil wir erfahren haben, dass Hussein Hussein bei Jimmy gearbeitet hat.«

Sie näherten sich dem Zentrum. Der Verkehr nahm zu. In einigen Wochen würde er sich lichten, aber nicht sehr. Dann war Urlaubszeit, und die Wege und Straßen würden sich mit Touristen füllen. Die Kinder wollten nach Liseberg. Auch Winter würde mit seinen Töchtern den Vergnügungspark besuchen. Als Kind und Jugendlicher war er jeden Sommer dort gewesen. Heute vermisste er einige Attraktionen, die etwas netteren. Einige der neuen wirkten zu gefährlich.

»Und in Bergsjön gab es einen Hussein Hussein, den wir zu suchen glaubten«, fuhr Winter fort.

»Wir wussten nur nicht, wer es war.«

»Ist ja auch nicht leicht, wenn jemand verschwunden ist.«

»Es war nicht nur das«, sagte Halders. »Wir haben ja schon einmal darüber diskutiert, wie leicht es ist, ein anderer zu werden, wenn man es will. Heutzutage ist das leichter.«

»Aller Wahrscheinlichkeit nach gibt es einen richtigen Hussein Hussein, der jeden Tag aus dem Urlaub heimkommen könnte und seine Wohnung versperrt vorfinden wird«, sagte Winter.

»Aus dem Urlaub? Oder von der anderen Seite.«

»Der anderen Seite?«

»Du weißt, was ich meine.«

»Sollte Mozaffar Kerim noch ein Leben auf dem Gewissen haben? Das ist doch nicht möglich.«

»Für den, der ein anderer geworden ist, ist nichts unmöglich.«

»Wie ist er so geworden?«

»Ich bin kein Psychologe, aber ich bin ja schon einige Jahre dabei. Er wurde von etwas getrieben, das vor nichts haltmachte.«

»Wovon wurde er getrieben, Fredrik?«

»Hass vielleicht. Wahnsinn, aber auch der wird einen Auslöser haben. Eine Ursache.«

»Mhm. Die Ursache haben wir noch nicht richtig zu fassen bekommen.«

»Immer gelingt es uns nicht, sie zu packen«, sagte Halders. »Ein bisschen unbefriedigend, oder was meinst du?«

Winter antwortete nicht. Die Fassade des Nya Ullevi wuchs vor ihm empor. Als es für die Fußballweltmeisterschaft 1958 gebaut worden war, hatte man das Stadion schön gefunden. Später fand man es hässlich und dann wieder schön und dann wieder hässlich, und so war es weitergegangen im Lauf der Jahre. Winter fand es schön. Er hatte es vom Fenster des Polizeipräsidiums quer über die Skånegatan im Blick, wenn er versuchte, etwas zu begreifen, das sich nicht greifen lassen wollte.

»Über Hussein haben wir jedenfalls etwas erfahren«, sagte er.

»Du hast was erfahren.«

»Ja. Nasrin Aziz hat es erzählt.«

»Jetzt kriegen wir Stress«, sagte Halders.

»Haben wir den nicht schon?«

»Warum hätte sie erzählen sollen, dass Hussein Hussein Mozaffar Kerim ist?«

»Sie wusste es nicht.«

»Dann gibt es also einen echten Hussein?«

»Vielleicht.«

»Was ist die Alternative? Aus ihrer Sicht?«

»Es ist sinnvoll, darüber nachzudenken, Fredrik, oder?«

Es hatte sich hinausgezögert. Ringmar bekam den Mann nicht zu fassen, und das hatte er auch gar nicht erwartet. Der Taxifahrer war absolut unwissend, er war durch die Welt gewandert wie ein Unschuldsengel, und Gott mochte wissen, wie er es geschafft hatte, bei dieser Unschuld seinen Führerschein zu bekommen. Und dann Berufsfahrer zu werden. Das war ein Job, in dem Ratten Ratten fraßen.

Die Vernehmung hatte begonnen.

»Woher kennen Sie Mozaffar Kerim?«

»Wer ist das?«

»Nun mal raus mit der Sprache, Reinholz.«

»Nee, ich weiß nicht, wer das ist.«

»Mozaffar Kerim. Er ist Dolmetscher.«

»Den kenn ich nicht«, sagte Jerker Reinholz. »Woher sollte ich den kennen?«

»Das sollen Sie mir erzählen.«

»Ich hab nichts zu erzählen.«

»Ihr Kollege kennt ihn.«
»Wen?«
»Mozaffar Kerim.«
»Peter Malmström kennt den Mann?«
»Ja.«
»Hat er das gesagt?«
»Ja.«
»Das glaub ich nicht.«
Und so weiter, und so weiter.
Ringmar legte eine Pause ein und ging in den Korridor.
Einige Sekunden später erhielt er die Nachricht.
Er kehrte zurück und setzte sich dem Unschuldsengel gegenüber. Von Kerims Tod wollte er ihm nichts erzählen, noch nicht.
»Wie war das an dem Morgen, als Sie bei Jimmys Laden waren?«
»Wic oft soll ich das denn noch erzählen? Herrgott noch mal, wie oft soll ich das noch runterleiern?«
»So oft, wie ich es will«, sagte Ringmar ruhig.
Reinholz leierte. Ringmar tat so, als läse er im Verhörprotokoll mit.
»Warum sind Sie so lange dageblieben?«, fragte er. »Bevor Sie den Notruf gewählt haben?«
»Es war nicht lange.«
»Ich finde es lange.«
»Sie können finden, was Sie wollen.«
»Warum haben Sie einen Schuhschutz benutzt?«
»Hä?« Reinholz lehnte sich zurück. Es war das erste Mal, dass er seine Haltung auffallend veränderte. »Was sagen Sie da? Was ... was soll das?«
»Sie haben doch Einmalüberziehschuhe benutzt, oder? Solche Dinger, wie man sie im Krankenhaus kriegt.«
Reinholz antwortete nicht. Er drückte seinen Rücken gegen die Stuhllehne, als wollte er durch die Wand verschwinden, sich hindurch drücken.
»Wissen Sie, wovon ich rede, Reinholz?«
»Nein.«
»Haben Sie so einen Schuhschutz noch nie gesehen?«
»Äh ... doch, klar. Das hat doch wohl jeder.«

»Warum haben Sie den übergezogen, als Sie bei Jimmys Laden ankamen?«

»Das hab ich nicht getan.«

Nein, dachte Ringmar, das hat er vielleicht nicht. Wir werden sehen. Die Frage muss ich weiterverfolgen.

»War es wegen des Blutes?«

»Welches Blut?«

»Wissen Sie nicht, von welchem Blut ich rede?«

Und so weiter, und so weiter.

»Wir sind gerade dabei, Ihr Auto zu untersuchen.«

»Warum das denn?«

Ringmar bestellte mehr kaltes Wasser.

Reinholz hatte sich in seinem Schweigen eingerichtet wie ein Bergsteiger, er hangelte sich von einem Felsvorsprung zum anderen, hielt sich so lange wie möglich fest oder so lange wie er es wagte, und dann kletterte er weiter. Aber er kam nicht hinauf, es ging nur abwärts, und zwar sehr schnell.

»Erzählen Sie von den Mädchen.«

Offene Fragen. Mochte Reinholz nach irgendeinem Halt suchen.

»Welchen Mädchen?«

»Die Mädchen, die Sie gefahren haben.«

»Warum sollten wir Mädchen herumkutschieren?«

»Erzählen Sie es mir.«

»Ich weiß nicht, wovon Sie reden.«

»Am Ende werden Sie es mir erzählen«, sagte Ringmar. »Das machen schließlich alle.«

Reinholz schwieg, er hatte nichts zu erzählen, weder jetzt noch sonst wann.

»Was ich nicht verstehe, ist, dass Mozaffar Kerim euch am Leben ließ«, sagte Ringmar. »Dass er Sie nicht umgebracht hat.«

»Fragen Sie ihn.«

Ringmar nickte.

»Stattdessen hat er irgendwie mit euch zusammengearbeitet. Hinterher. Das ist es, was ich nicht verstehe.« Ringmar nahm einen Schluck Wasser. Es war schon wieder warm geworden, nicht nur lau, sondern warm. Im Zimmer war es sehr heiß und feucht. Reinholz' Stirn war schweißbedeckt, wie von einem Film aus Wasser, das an einem Felsen herunterfloss.

»Erzählen Sie, warum Sie immer noch am Leben sind, Reinholz.«

Er massierte seine Stirn mit den Fingerspitzen. Coltrane blies »Psalm«, und zwar nicht zum ersten Mal in diesem Raum. In seiner Suite *A Love Supreme* sah Coltrane sein Geschenk an Gott. Winter dachte an Gottesgaben. Er dachte an Feuer. Das Feuer war nicht Gott. Gott war einer und mehrere. Ihn gab es überall und nirgends. Sagte man das nicht von ihm? Von ihr. Sie war überall. Diese höllischen Kopfschmerzen. Ich muss ernsthaft krank sein. Ich will nicht wissen, was es ist. Im Augenblick will ich andere Sachen wissen. Das hilft mir. Das lindert. Wo hab ich die Tablettenschachtel hingelegt? Jetzt klingelt das Telefon.

Bevor er den Hörer abhob, wusste er, dass er Brors brüllende Stimme hören würde. Es war dem Telefon anzusehen. Es zitterte schon jetzt.

»Ja?«

»Winter? Hör mal zu. Diese Jugendlichen oben auf dem Berg waren Kumpel von Alan.«

»Ja. Ich bewundere ihren Mut.«

»Äh ... was? Ja, sie sind dageblieben. Aber ... tja, die haben wohl auch nichts riskiert.«

»Sie haben uns abgelenkt, damit er türmen konnte.«

»Sie haben das Auto gefahren«, sagte Bror. »Hinterher sollten sie die Räder nehmen.«

»Aber du hast die Bank ausgesucht, auf der wir saßen.«

»Hör mal, darum ruf ich nicht an, sondern weil die vielleicht wissen, was mit den Mädchen passiert ist. Dieser kleine Prostitutionsring.«

»Vielleicht wissen?«

»Das Mädchen, Ronak, hat gewisse Andeutungen gemacht über die Frau, die in Rannebergen ermordet wurde.«

»Was für Andeutungen?«

»Noch wage ich nichts Genaueres zu sagen. Sie schützt sich selber, oder eine andere Person. Wohl eher jemand anderen. Sie ist ja nicht feige. Sie hat Angst. Sie weiß etwas, will es nur jetzt nicht sagen. Aber sie möchte es loswerden.«

»Die Frau, die ermordet wurde? Sie hieß Shahnaz Rezai.«

»Ja.«

»Was ist mit ihr?«

»Ronak will nicht mehr sagen.«

»Aha.«

»Ich hab den Eindruck, sie will von uns erfahren, was wir wissen, ehe sie mit etwas herausrückt. Was passiert. Was passiert ist.«

»Wie zum Beispiel, dass Mozaffar Kerim tot ist.«

»Wie das zum Beispiel, ja.«

»Sag es ihr.«

Ahmed saß ganz still auf dem Sofa. Inzwischen war es sehr spät, eigentlich viel zu spät. Aber der Junge war eine Nachteule. Winter hatte ihm einen Fußball mitgebracht. Er war mit dem Gedanken nach Hjällbo gefahren, dass es das letzte Mal war. Dann ist es vorbei. Der Juni ist bald vorbei, und dies hier ist bald vorbei. Rein technisch ist es schon vorbei.

»Vielleicht möchtest du lieber einen Tennisball?«, sagte er zu dem Jungen, der den Ball neben dem Sofa hatte liegen lassen.

Ahmed schüttelte den Kopf.

»Als ich zehn war, hab ich viel Fußball gespielt«, sagte Winter.

»Ich werde bald elf«, sagte Ahmed.

Seine Mutter schaute ihn an. In ihrem Gesicht zeichnete sich etwas wie Erleichterung ab. Sie erkannte ihren Sohn wieder, seine Stimme. Ihretwegen durfte es so spät sein, wie es wollte.

»Ja ... gut, klar, elf.«

Der Junge hob den Ball auf, wog ihn in den Händen. Er war weiß und grau. Winter war ins Stadion gegangen, um einen Fußball mit schwarzweißen Flicken zu kaufen, hatte aber keinen gefunden. Im Fernsehen sah er gern Fußball, aber ihm war noch nicht aufgefallen, dass die Bälle jetzt anders aussahen. Sie waren leichter, das hatte er gemerkt, als er diesen Ball in die Hand genommen hatte, aber das musste folglich auch bedeuten, dass sie windempfindlicher waren.

»Wollen wir uns jetzt mal ein bisschen über den Morgen unterhalten?«, fragte Winter.

Ich wusste nicht, dass er draußen war, hatte Ahmeds Mutter gesagt. Ich wusste nichts. Wir ... er muss sehr leise hinausgegangen sein. Er ist leise. Zu Hause schleicht er auch. Er schleicht immer. Aber dass er mitten in der Nacht draußen war. Ich verstehe das nicht.

Ihr schlaft, hatte Ahmed gesagt. Ihr werdet nicht mal wach, wenn man den Ball aufprallen lässt.

Winter hatte verstanden, um was es ging. Das mussten sie später untersuchen. Für so etwas waren andere Behörden zuständig. Jetzt wollte er nicht daran denken. Er brauchte es wohl auch nicht.

»Erinnerst du dich, dass wir von dem Onkel gesprochen haben, der still vor dem Laden gestanden hat?«, fragte er.

Der Junge nickte. Er war wieder in Schweigen versunken. Die Bilder, die er in seinem Kopf sah, schienen die Worte zu verdrängen.

»Was hat er dann gemacht?«

Der Junge antwortete nicht.

»Ist er im Laden herumgegangen?«

Der Junge nickte.

»Lange?«

»Ein bisschen …«

Winter wartete. Ahmed wollte noch etwas sagen.

»Er hat blaue Schuhe angezogen.«

Blaue Schuhe.

»Hat er die an der Tür angezogen?«

Der Junge nickte.

»Bevor er ein bisschen im Laden herumgegangen ist?«

Der Junge nickte.

Aber er ist nicht in das rote Meer getreten, dachte Winter. Seine Spuren haben wir nicht gefunden. Wo hat er den Schuhschutz gelassen? Er hat ihn irgendwo hingesteckt. Wir haben keine Leibesvisitation vorgenommen.

»Was hat er dann gemacht?«

»Er … hat nichts gemacht.«

»Hat er etwas angefasst?«

Der Junge schüttelte den Kopf.

»Hat er auf den Fußboden geguckt?«

Der Junge nickte.

»Hat er noch was anderes gemacht?«

»Er ist weggelaufen«, sagte Ahmed.

Winter hatte einen Konfrontationsfilm mitgebracht, auf dem Reinholz und Malmström mit sechs Polizisten, die nett aussahen, aufgestellt waren. Reinholz und Malmström sahen nett aus.

Auch einen Monitor hatte er mitgebracht. Er legte die Kassette ein.

»Ich zeige dir jetzt acht Onkel, die nebeneinander stehen, Ahmed. Sie stehen einfach bloß da. Sie werden nichts tun. Ich möchte, dass du mir sagst, ob du einen von ihnen erkennst.«

Der Junge nickte. Den Fußball hielt er fest an sich gepresst.

»Verstehst du?«

Der Junge nickte wieder.

»Wenn du es nicht möchtest, dann machen wir es nicht, Ahmed.«

Der Junge nickte.

»Möchtest du es machen?«

Der Junge nickte wieder.

»Es dauert nur einen kleinen Augenblick. Ich schalte jetzt an, okay? Bist du dabei?«

Der Junge nickte noch einmal.

»Wenn du jemanden von ihnen erkennst, sag es bitte.«

Winter drückte auf den Schalter.

Reinholz war der Dritte von links.

Fünfzehn Sekunden später sprang Ahmed vom Sofa auf und ging, oder besser gesagt schlich zum Monitor und zeigte mit einem dünnen Finger auf den dritten Onkel von links.

Ahmeds Mutter hatte Saft geholt. Winter trank auch Saft. Er war süß, aber nicht zu süß, und schmeckte gut. Später wollte er sie fragen, was für Beeren es waren. Der Geschmack war ihm neu.

»Ahmed, als wir letztes Mal miteinander gesprochen haben, hast du gesagt, dass du Leute mit Gewehren gesehen hast.«

Der Junge nickte.

Winter hatte das Foto von Mozaffar Kerim in der Tasche, wollte es aber noch nicht zeigen.

»Hast du sie aus dem Laden kommen sehen?«

Der Junge nickte.

»Was haben sie getan?« Winter wiederholte seine Fragen vom ersten Gespräch.

Der Junge antwortete nicht.
»Haben sie was gesagt?«
Der Junge schüttelte den Kopf.
»Wie viele waren es?«
Der Junge hielt seine Hand hoch.
»Wollen wir es an den Fingern abzählen, Ahmed?«
Der Junge lächelte und hielt zwei Finger hoch.
»Zwei? Waren es zwei?«
Der Junge nickte.
»Hast du zwei Leute im Laden gesehen?«
Der Junge nickte.
»Und zwei sind herausgekommen?«
Der Junge nickte.
»Sind sie mit einem Auto weggefahren?«
Der Junge nickte.
»Würdest du das Auto wiedererkennen?«
»Vielleicht.«
Er sprach wieder. Über Autos zu reden war leichter.
»Kennst du dich gut aus mit Autos, Ahmed?«
»Ich glaube … ja.«
»Als die beiden rausgekommen sind … haben sie da was gemacht?«
Der Junge hatte die Frage nicht verstanden.
»Trugen sie Mützen?«
Der Junge nickte.
»Was waren das für Mützen?«
Der Junge antwortete nicht.
»Waren sie schwarz?«
Der Junge nickte.
»Haben sie die Mützen abgenommen?«
Der Junge antwortete nicht. Winter verstand, dass es eine schwierige Frage war.
»Hat einer von beiden die Mütze abgenommen?«
Der Junge nickte.
»Einer hat seine Mütze abgenommen?«
Der Junge nickte.
»Hatte er helle Haare?«
Der Junge schüttelte den Kopf.

»Welche Farbe hatten die Haare, Ahmed?«
»Braun«, antwortete er.
»Er hatte braune Haare.«
»Sie.«
»Sie?«
»Es war eine Frau«, sagte Ahmed.

# 42

Aus dem alten Land gibt es nur ein einziges Foto von mir. Darauf bin ich acht Jahre alt, vielleicht sieben. Ich springe von einem Felsen, und es sieht aus, als würde ich fliegen. Den Boden kann man nicht sehen, nur die Ebene und weit entfernt die Berge, darum sieht es aus, als würde ich wie ein Vogel hoch oben durch die Luft fliegen.

Möchten Sie wissen, wer das Bild aufgenommen hat? Das war mein Vater. Er besaß keine Kamera, soweit ich weiß, aber er hat das Bild gemacht, er hatte sich irgendwo eine Kamera geliehen. Vielleicht hat er mich »mein kleiner Vogel« genannt, obwohl er mir den Namen einer Blume gegeben hat.

Von ihm besitze ich kein Bild.

Ich kann mich nicht mehr erinnern, wie er aussah. Ich möchte es gern, aber ich kann es nicht. Ob ich meine Mutter gefragt habe? Nein.

Ich mache mir Sorgen, was jetzt aus ihr wird. Und aus meinen kleinen Geschwistern. Werden sie jetzt bleiben dürfen? Nach allem, was ich getan habe? Nach allem, was Hiwa getan hat? Oder werden sie meine Mutter und die Kleinen zurückschicken? Vielleicht nach Deutschland. Und von dort aus weiß man nicht, wohin.

Mit meiner Mutter konnte ich über all das nicht sprechen. Werden Sie das für mich tun? Ich will nicht mit ihr sprechen, möchte es vielleicht nie. Sie dürfen es ihr erzählen. Wissen Sie, was Sie sagen sollen? Sie sollen sagen, dass ich es nicht wollte, ich wollte nichts von all dem, was passiert ist. Das sollen Sie ihr sagen.

Wir wurden herumgefahren, in der Gegend herumgefahren. Warum, das weiß ich nicht. Es war wie ein Traum, den man nicht träumen will. Ein böser Traum. Den nennt man Albtraum, wie ein Mahlstrom. Ein Mahlstrom ist ein Strudel, der einen auf den Grund zieht, glaube ich. So war es. Nur ein Spiel, haben sie gesagt. Aber es war kein Spiel.

Da waren Mädchen, die ich noch nie gesehen hatte. Sie kamen und verschwanden wieder.

Die Kunden waren alle weiß. Nur weiße Schweden. Die Taxifahrer sorgten für die Kunden. Ich habe es fast sofort begriffen. Sie fragen, warum ich nicht früher begriffen habe, was passieren würde. Vielleicht habe ich das? Nein. Ich habe Hiwa vertraut. Er hat mir nicht gedroht, anfangs nicht. Später sagte er, er sei nicht mein Bruder. Nicht mein Bruder! Er zeigte mir irgendein Papier, auf dem stand, dass er es nicht sei. Aber ich glaubte ihm nicht. Als ich das Geld sah, glaubte ich an das Geld. Das ist das Schlimmste für mich. Das Allerschlimmste. Dass ich so sehr an das Geld glaubte.

Jetzt dürfen Sie mich nicht mehr danach fragen, ich werde nicht mehr antworten.

Als Mozaffar Kerim es erfahren hat, ist er fast durchgedreht.

Er wollte mich heiraten. Er hat mich gefragt. Ich erinnere mich an den Augenblick, als wäre es eben gewesen, gerade vor fünf Minuten. Er hat nicht mit meiner Mutter gesprochen, sondern mit Hiwa. Hiwa hat gelacht, ihn ausgelacht. Als er ging, hat Hiwa gelacht.

Da wusste Mozaffar noch nichts. Als er es erfuhr, drehte er durch. Aber das habe ich ja schon gesagt. Sie fragen, ob es niemand wusste? Nein, anfangs nicht. Dann wussten es einige. Sie sind ihnen begegnet. Ich konnte nicht mehr schweigen, ich wollte raus … ich wollte weg. Da haben sie mir gedroht. Jimmy und Said. Als ich weg wollte.

Und Shahnaz. Shahnaz Rezai. Sie hat mir gedroht.

Es war nicht Mozaffar Kerim. Er hat sie nicht umgebracht.

Das habe ich getan. In ihrer Wohnung werden Sie keine Spuren von ihm finden, das weiß ich, denn er ist nie dort gewesen. Ich war es. Meine Spuren werden Sie finden. Ich bin als Letzte dort gewesen. Ich kann Ihnen sagen, wo das Messer liegt. Ich könnte es ausgraben und sie erneut damit erstechen.

Es war der Hausverwalter, oder wie er genannt wird, er hat es verstanden, er hatte mich schon früher gesehen. Er hat alles durchschaut, ich habe es ihm angesehen. Hat er Ihnen das gesagt?

Anfangs wusste Mozaffar Kerim nichts, und dann wusste er alles. Aber die Taxifahrer wollte er nicht auch noch umbringen. Zuerst wollte er es, doch dann hatte er keine Kraft mehr. Oder er wollte es später tun. Er hat mit ihnen zusammengearbeitet oder wie man das nennen soll. Er war immer noch wie wahnsinnig, wahnsinnig. Er tat so, als wäre er nicht wahnsinnig, aber den Schein kann man nicht wer weiß wie lange aufrechterhalten.

Ich ging davon aus, dass nur Jimmy und Said im Laden sein würden. Mozaffar hatte gesagt, sie seien allein. Es war nicht schwer, hineinzugehen und zu schießen. Sie hatten mir so wehgetan, jetzt tat ich ihnen weh, es war überhaupt nicht so schrecklich, wie ich gedacht hatte. Obwohl ich es wollte, ja, ich wollte es. Aber Mozaffar hat es nicht gereicht, das haben Sie ja gesehen. Sie seien es nicht wert, ihre Gesichter zu behalten, hat er gesagt. Er hat noch mehr gesagt, aber das würde ich gern vergessen. Man muss sich nicht an alles erinnern wollen.

Ich wusste nicht, dass Hiwa im Laden sein würde, in dem kleinen Zimmer. Als er herausgestürzt kam, konnte ich nichts machen. Ich versuchte trotzdem, mich vor ihn zu stellen, vor ihm zu stehen, als Mozaffar auf ihn zuging. Aber ich konnte nichts tun, nicht einmal, als Hiwa schrie. Jetzt weiß ich, dass Mozaffar es die ganze Zeit gewusst hat. Dass Hiwa da war. Dass er ihn als Ersten hatte umbringen wollen. Er wurde der Letzte, aber das spielt keine Rolle. Da drehte ich durch, wurde wahnsinnig. Auch ich wurde wahnsinnig. Ich fuhr zu dieser schrecklichen Hexe rauf und klopfte an ihre Tür, sie kannte mich ja und hat mich hineingelassen und dann … es war nicht schwer. Ich war wahnsinnig.

Und dann bedeutete es nichts mehr. Hätten Sie mich bei unserer ersten Begegnung gefragt, hätte ich es Ihnen erzählt. Aber Mozaffar war dabei. Und mir wurde klar, dass sich nichts ändern würde, wenn ich es Ihnen erzählte. Jetzt sage ich nichts mehr. Es gibt nichts mehr zu sagen. Würden Sie mir bitte das Foto von mir in meinem Land holen? Es liegt in der zweitobersten Schublade in meinem Zimmer. Es ist mein Berg, so empfinde ich es. Ich fliege über meinen Berg. Dieses Foto ist das Einzige, was ich noch von dieser Welt behalten möchte. Von jetzt an werde ich schweigen. Sie haben mich gebeten, von Anfang an zu erzählen, und das habe ich getan, oder? Wir haben lange hier gesessen. Jetzt können Sie das Gerät abstellen. Ich sage nichts mehr. Sie können es abstellen.

Winter beugte sich über das Tonbandgerät.

»Die Vernehmung von Nasrin Aziz ist beendet, es ist null Uhr zwei null drei.«

Er drückte auf den Knopf. Die Spulen surrten. Die Geschichte surrte, sie war vorbei.

»Möchten Sie noch ein Glas Wasser, Nasrin? Eine Tasse Kaffee?«

Nasrin schüttelte den Kopf.

Dank an Kriminalkommissar Torbjörn Åhgren, stellvertretender Chef der Spurensicherung bei der Landeskriminalpolizei, Göteborg.

Åke Edwardson
# Zimmer Nr. 10

Roman. www.list-taschenbuch.de
ISBN 978-3-548-60761-0

In einem verrufenen Hotel mitten in Göteborg findet die Polizei eine junge Frau, Paula – sie wurde erhängt. Wenig später wird auch Paulas Mutter ermordet und für Kommissar Erik Winter rückt ein Indiz in den Mittelpunkt der Ermittlungen: Beide Leichen haben eine weißbemalte Hand. Als er einen Zusammenhang zu einem Verbrechen herstellt, das 20 Jahre zurückliegt, gerät Winter plötzlich selbst in Gefahr.

»Ein Krimi wie eine Gletscherspalte – da geht es tief runter in eisige Kälte.« *tz München*

»Eine dichte Geschichte, die packt und nicht loslässt. Erik Winter möge leben, mit Glenfarclas, John Coltrane und all seinem Selbstmitleid – mindestens zehn Fälle lang.« *Spiegel Special*

»Beeindruckend sind vor allem Edwardsons Sinn für Details und die seelischen Abgründe seiner Hauptpersonen.« *Brigitte Extra*

List Taschenbuch

L300

# Åke Edwardson
# Segel aus Stein

Roman. www.list-taschenbuch.de
ISBN 978-3-548-60515-9

Anonyme Briefe aus Schottland, der Klang von Cool Jazz, ein verschwundener Mann und die dunklen Schatten der Vergangenheit: Als Erik Winter sich auf die Suche nach dem Vater seiner Jugendliebe Johanna Osvald macht, ahnt er noch nicht, worauf er sich einlässt. Denn ihm steht nicht nur eine Reise in die kargen Highlands, sondern vor allem in die Abgründe der menschlichen Seele bevor …

»Gewohnt solide und tiefsinnige Kost von einem der Großmeister des schwedischen Krimis« *GALA*

»Fesselnd, tiefgründig, detailgetreu« *B.Z.*

List Taschenbuch

L182

# JETZT NEU

Aktuelle Titel | Login/ Registrieren | Über Bücher diskutieren

Jede Woche vorab
in einen brandaktuellen
Top-Titel reinlesen, ...

... Leseeindruck verfassen,
Kritiker werden und eins
von **100** Vorab-Exemplaren
gratis erhalten.

vorablesen.de